LES HEURES NOIRES

Du même auteur
Chez Pocket

LA ROSE NOIRE
DERNIÈRE CHANCE

PHILLIP M. MARGOLIN

LES HEURES NOIRES

ALBIN MICHEL

Titre original :
After Dark

Traduit de l'américain
par Pierre Girard

ISBN 2-266-07384-2

Ce livre est dédié aux avocats sans cesse diffamés,
scandaleusement mal payés, éternellement débordés de travail,
qui défendent les indigents accusés devant les tribunaux.

PREMIÈRE PARTIE

LE JUSTE PRIX

CHAPITRE 1

1.

Le tribunal du comté de Multnomah occupait entièrement l'immeuble construit en face de Lowensdale Park. En 1914, année de son achèvement, il avait été le plus grand tribunal de la côte Ouest et le plus imposant bâtiment de la ville de Portland, Oregon. Mais on aurait vainement cherché sur sa façade des parois de verre spectaculaires ou des volutes art nouveau. Ceux qui étaient convoqués là pour affronter leur destin pénétraient dans un édifice solennel, à l'architecture brute, tout en béton gris et acier riveté.

Tracy Cavanaugh était trop excitée pour se laisser intimider par l'aspect sévère du bâtiment. Son entretien d'embauche au bureau de l'assistance judiciaire s'était achevé à deux heures et demie, ce qui lui laissait tout un après-midi libre. C'était une belle journée de mai, l'air embaumait et la tentation était grande d'aller traîner dans Portland pour en profiter. Mais Abigaïl Griffen devait requérir ce jour-là dans une affaire criminelle, et Tracy ne pouvait laisser passer l'occasion de voir à l'œuvre l'un des meilleurs procureurs de l'État.

Les employeurs potentiels avaient du mal à prendre Tracy au sérieux quand ils la voyaient pour la première fois. Aujourd'hui, par exemple, elle portait un tailleur bleu marine de coupe sévère, censé lui donner une allure de jeune cadre. Mais cette tenue mettait en valeur un superbe hâle qui, allié à sa silhouette mince et athlétique, à ses yeux bleu clair et à ses cheveux blonds, la faisaient plus ressembler à une étudiante sportive qu'à un clerc de la Cour Suprême de l'Oregon.

Tracy ne s'inquiétait guère de ces premières impressions. Les gens qui la recevaient ne tardaient pas à s'apercevoir qu'ils avaient affaire à une étudiante *très* intelligente. Ses diplômes de Yale et de Stanford, ainsi que ses antécédents comme clerc, faisaient d'elle la plus qualifiée des candidates, quel que soit le poste. Ce jour-là, l'entretien s'était d'ailleurs conclu par une proposition d'embauche en bonne et due forme. Tracy se trouvait dans cette situation agréable où il faut choisir entre différentes offres également intéressantes.

Quand elle sortit de l'ascenseur au cinquième étage, le public refluait vers la salle d'audience où se déroulait le procès pour meurtre d'une jeune femme du nom de Marie Harwood. C'était une salle aux proportions majestueuses, haute de plafond, ornée de colonnes corinthiennes et de moulures en plâtre. Tracy trouva un siège quelques secondes avant que l'huissier n'abatte son marteau. Une porte s'ouvrit sur le côté de l'estrade. Tout le monde se leva. Le juge Francine Dial, une femme mince au visage en partie caché par de grosses lunettes à monture d'écaille, prit place. Dans le public, tous les regards convergèrent vers elle, mais l'attention de Tracy était concentrée sur le procureur.

Les longues jambes d'Abigaïl Griffen, sa silhouette généreuse et sa beauté classique de Méditerranéenne la faisaient remarquer jusque dans les milieux les plus élégants. Et dans la salle d'audience, une telle beauté surprenait presque. Elle portait un tailleur en lin noir de grand couturier, veste longue légèrement drapée et jupe droite arrêtée au-dessous du genou. Quand Abigaïl Griffen se tourna vers la cour, ses longs cheveux bruns effleurèrent une seconde sa peau légèrement olivâtre, ses pommettes saillantes.

— D'autres témoins, Mr. Knapp ? demanda le juge Dial à l'avocat de Marie Harwood.

Carl Knapp se redressa sur son siège d'un air théâtral et lança un regard dédaigneux à Abigaïl Griffen. Puis il dit :

— Nous appelons l'accusée, Miss Marie Harwood.

La frêle créature aux airs d'orpheline assise à la table de la défense à côté de Knapp mesurait à peine plus d'un mètre cinquante. Son visage blême semé de taches de rousseur et ses cheveux blonds lui donnaient une allure enfantine, à laquelle sa robe mal taillée ajoutait une touche pathétique. C'était tout à fait le genre de personne, se dit Tracy, qu'un jury répugnerait à condamner pour meurtre.

Quand Marie Harwood s'approcha en tremblant de la barre des témoins et déclina son identité, Tracy entendit à peine sa voix. Le juge lui demanda de parler dans le micro.

— Miss Harwood, demanda Knapp, quel âge avez-vous ?

— Dix-neuf ans.

— Combien pesez-vous ?

— Quarante-quatre kilos, Mr. Knapp.

— Bien. Combien pesait la victime, Vince Phillips ?

— Vince était costaud. Très costaud. Il devait faire dans les cent vingt kilos.

— N'avait-il pas été lutteur professionnel, dans le passé ?

— Oui, monsieur.

— Et quel âge avait-il ?

— Trente-six ans.

— Mr. Phillips était-il un dealer de cocaïne ?

— Quand je vivais avec lui, il en avait toujours beaucoup.

Marie Harwood se tut et baissa les yeux.

— Voulez-vous un verre d'eau, Miss Harwood ? demanda Knapp, un peu mielleux.

— Non merci, monsieur. C'est seulement que... enfin... c'est dur, pour moi, de parler de cocaïne.

— Vous étiez déjà sous la dépendance de cette drogue quand vous avez connu Mr. Phillips ?

— Non, monsieur.

— C'est pendant que vous viviez avec lui que vous l'êtes devenue ?

— Oui. C'est lui qui m'a poussée à en prendre. Après, j'étais accro.

— Gravement ?

— Oui. Je pensais plus qu'à ça.

— Vous y trouviez du plaisir ?

Marie Harwood regarda Knapp avec de grands yeux.

— Oh, non, monsieur. Je détestais ça. Je détestais ce que j'étais devenue... et les choses que Vince me faisait faire pour en avoir.

— Quelles choses ?

Marie Harwood frissonna.

— Des saletés, répondit-elle calmement.

— Vous est-il arrivé de résister aux exigences sexuelles de Mr. Phillips ?

— Oui, monsieur. J'ai essayé. Je voulais pas faire ça.

— Que se passait-il, dans ces cas-là ?

— Il...

Elle se tut à nouveau, se tamponna les yeux de son mouchoir. Et accepta, cette fois, le verre d'eau qu'on lui tendait.

— Continuez, Miss Harwood, dit Knapp.

— Il me frappait.

Marie Harwood baissa la tête, ses épaules s'affaissèrent.

— Violemment ?

— Une fois, il m'a cassé plusieurs côtes, et il... il... je

pouvais plus ouvrir les yeux, après. Des fois, il me battait si fort que je m'évanouissais.

La voix n'était plus qu'un murmure.

— Vous n'êtes jamais allée à l'hôpital après qu'il vous avait ainsi battue ? demanda Knapp.

— Si, monsieur. La fois où je me suis échappée.

— Vous vous êtes échappée de l'hôpital ?

— Ils voulaient pas qu'il me reprenne chez lui. Je savais que c'était ma seule chance, vu que chez lui, j'étais prisonnière.

— Où êtes-vous allée en sortant de l'hôpital ?

— Je suis retournée chez John John.

— Qui est John John ?

— John LeVeque.

— Ce Mr. LeVeque, c'est aussi un dealer... non ?

— Oui, monsieur.

— Pourquoi êtes-vous allée chez lui après vous être enfuie ?

— Pour qu'il me protège. J'étais avec lui, avant Vince. Il... il n'aimait pas Vince, et Vince, lui, il avait peur de John John.

— Et John John, cette fois-là, vous a gardée auprès de lui ?

— Oui, monsieur.

— Venons-en au jour où vous avez tué Mr. Phillips. Pouvez-vous dire au jury ce qui s'est passé vers quatre heures et demie, cet après-midi-là ?

— Oui, monsieur. Ça faisait deux semaines que j'étais retournée chez John John, et je commençais à me sentir en sécurité, alors je suis sortie pour faire un tour. Et tout d'un coup, Vince est arrivé avec sa voiture à côté de moi, il a sauté sur le trottoir, et il m'a forcée à monter en me tirant par les cheveux.

— Vous vous êtes débattue ?

Marie Harwood secoua lentement la tête. Elle semblait honteuse.

— Ça s'est passé trop vite. J'ai pas eu le temps de réagir que j'étais déjà sur le plancher de la voiture. Chaque fois que j'essayais de me relever, il me frappait ou me tirait les cheveux. J'ai plus bougé.

— Que s'est-il passé, ensuite, une fois chez lui ?

— Il m'a fait prendre de la drogue. Dans la chambre.

— Décrivez-nous, s'il vous plaît, la chambre de Mr. Phillips.

— C'est une grande pièce, très grande, avec le lit d'eau au centre et des miroirs au plafond. Il y a aussi une chaîne stéréo et une télé à grand écran. Vince a tout peint en noir, et il a mis des rideaux noirs tout autour du lit. Ça fait vraiment bizarre.

— Que s'est-il passé, dans la chambre ?

— Il... il a déchiré tous mes vêtements. Oui, il a tout déchiré ! (Elle se mit à pleurer.) Je me suis débattue, mais je pouvais rien faire contre lui. Il était bien trop fort. Au bout d'un moment, j'ai renoncé. Alors... alors, il...

— Nous vous écoutons, Marie, dit Knapp. Vous avez tout votre temps.

Marie Harwood prit une profonde inspiration, puis, d'une voix tremblante :

— Vince m'a fait agenouiller. Puis il a mis de la cocaïne sur... son machin. Moi, je le suppliais, je lui disais que je voulais pas, mais il riait. Il m'a attrapée par les cheveux et il m'a forcée. Je... il a fallu que je suce...

Elle se tut. Tracy, touchée par son témoignage, se demandait ce qu'en penserait le jury. Pendant que l'accusée luttait pour reprendre son calme, elle se tourna vers le box des jurés. Ils étaient pâles, les lèvres serrées. Puis elle regarda le procureur et fut étonnée de voir Abbie Griffen aussi calme, voire insouciante, alors que l'accusée était, visiblement, en train de marquer des points.

— Et ensuite, que s'est-il passé ? demanda Knapp quand Marie Harwood eut cessé de pleurer.

— Vince m'a violée, répondit-elle d'une voix calme. Deux fois. Et dans l'intervalle, il me frappait. Et... il arrêtait pas de hurler qu'il allait me tuer, et que d'abord il voulait m'écorcher vive.

— Vous a-t-il dit avec quoi il ferait cela ?

— Oui, monsieur. Il avait pris un rasoir et il l'approchait de ma figure. Moi, je fermais les yeux pour pas le voir, mais il me giflait pour m'obliger à les rouvrir.

— Que s'est-il passé après qu'il vous eut violée pour la deuxième fois ?

— Il s'est endormi.

— Comment vous êtes-vous échappée ?

— C'est à cause de ce rasoir, répondit Marie Harwood avec un haussement d'épaules. Il l'avait laissé sur le lit. Et moi, je... je l'ai pris, et...

Son regard se troubla. Elle se passa une main sur la joue.

— Je voulais pas le tuer. Je voulais l'empêcher de me faire du mal, c'est tout.

Elle s'était tournée vers les jurés. Ses yeux imploraient.

— C'était presque un accident. Je savais même pas que le rasoir était encore là, avant de le toucher. Quand je l'ai pris sur le lit, Vince a ouvert les yeux, et j'ai eu tellement peur que... je l'ai frappé avec. Juste sous le menton. C'est tout ce que je sais.

Elle respirait avec difficulté.

— Voulez-vous que nous fassions une pause, Miss Harwood ? demanda le juge Dial, qui craignait de voir le témoin s'évanouir.

Mais celle-ci refusa d'un signe de la tête. De grosses larmes roulaient sur ses joues.

— Marie, reprit doucement Knapp, vous avez vu les photographies de l'autopsie. Mr. Phillips était blessé en de nombreux endroits du corps. Vous rappelez-vous avoir fait cela ?

— Non, monsieur. Je me souviens seulement du premier coup de rasoir. Après, plus rien. Mais c'est bien possible que j'aie fait ça. Je m'en rappelle plus, c'est tout.

— Et pourquoi avez-vous tué Mr. Phillips ?

— Pour m'en aller. Pour m'en aller, et qu'il puisse plus jamais me faire du mal. Et... à cause de la cocaïne. Je voulais plus être esclave de ça. C'est tout. Mais j'avais pas l'idée de le tuer.

Elle enfouit son visage dans ses mains et éclata en sanglots. Knapp se tourna vers Abigaïl Griffen, méprisant, pour lancer d'un ton de défi :

— C'est à vous, madame le procureur.

À l'instant où Abigaïl Griffen se levait pour procéder à son contre-interrogatoire, la porte de la salle s'ouvrit. Tracy jeta un coup d'œil par-dessus son épaule et vit Matthew Reynolds se glisser dans un siège resté vacant tout au fond de la salle, à côté d'une femme aux cheveux gris et à l'air collet monté. Comme il s'asseyait, la femme lui lança un bref regard, rougit et détourna sèchement la tête.

Tracy comprenait l'attitude de cette femme, qui l'agaçait. Mais Reynolds, se dit-elle, devait être habitué à ces réactions épidermiques et avait sans doute appris à les ignorer. La propre réaction de Tracy, en apercevant Matthew Reynolds, n'avait rien à voir avec l'indignation ou le dégoût — c'était plutôt du respect mêlé de crainte. Travailler avec Reynolds, être l'associée de Reynolds, était certainement ce qu'elle désirait le plus au monde. Mais celui-ci avait répondu à son offre de services par une lettre l'informant, en quelques mots, que son cabinet n'avait besoin de personne.

Reynolds était le plus célèbre avocat d'assises des États-Unis, et il s'était spécialisé dans la défense des accusés menacés de la peine de mort. À force de disputer ses proies à la sinistre Faucheuse, cet homme étrange avait fini par lui ressembler. Grand (il mesurait plus de deux mètres) et décharné jusqu'à la caricature, Reynolds semblait toujours près de s'écrouler sous le poids qui accablait ses fragiles épaules. Bien qu'il ne fût âgé que de quarante-cinq ans, ses cheveux étaient gris sur un front déjà largement dégarni. La chair de son visage se tendait sur ses joues creuses et sur l'arête de son nez aquilin. La peau avait l'éclat des os blanchis au soleil, excepté pour la grande tache de vin qui partait de la naissance des cheveux au-dessus du sourcil gauche et descendait sur la joue jusqu'à la lèvre supérieure. On se disait, à le voir, qu'il n'avait rien pour séduire un jury, bien au contraire. Mais les jurés, une fois les procès commencés, oubliaient vite son physique. On le savait capable de les émouvoir aux larmes à force de sincérité. Ceux qu'il défendait n'étaient jamais condamnés.

Tracy reporta son attention sur Abigaïl Griffen, qui commençait son contre-interrogatoire.

— Vous sentez-vous en état de continuer, Miss Harwood ? demanda-t-elle avec sollicitude.

— Je... ça va, répondit Marie Harwood d'une toute petite voix.

— Je vais donc commencer par quelques questions très simples pendant que vous reprenez vos esprits. Et si vous souhaitez que je m'arrête à un moment quelconque, dites-le-moi tout simplement. De même, si vous ne comprenez pas bien une question, dites-le-moi, car mon intention n'est pas de vous piéger ou de vous mettre dans l'embarras. D'accord ?

Marie Harwood répondit par un hochement de tête.

— Quand vous viviez avec Mr. Phillips, il y avait aussi de bons moments, n'est-ce pas ?

— Sûr. Enfin... il pouvait être gentil avec moi, des fois.

— Quand il était gentil, que faisiez-vous ensemble ?

— On se droguait. On prenait un tas de trucs.

— Vous sortiez ensemble ?

— Pas souvent.

— Et dans ces cas-là, que faisiez-vous ?

— Vince aimait aller au cinéma. On voyait beaucoup de films.

— Quel genre de films aimait-il ?

— Euh... les films de karaté. Les films avec de l'action.

— Vous aimiez ces films-là, vous aussi ?

— Non, m'dame. Moi, j'aime les comédies et les histoires d'amour.

— Vous avez mentionné la présence d'une chaîne stéréo et d'une télévision à grand écran dans la chambre. Vous écoutiez de la musique, ou vous regardiez la télévision avec lui ?

— Oui. Bien sûr.

— Vous n'avez pas prévenu la police, après avoir tué Mr. Phillips, n'est-ce pas ? demanda Griffen, changeant brusquement de sujet.

— Non. J'avais trop peur.

— Où êtes-vous allée ?

— Je suis retournée chez John John.

— Et vous étiez encore chez ce monsieur quand nous vous avons arrêtée, une dizaine de jours après le meurtre de Mr. Phillips ?

— Oui.

— Vous étiez la petite amie de John John avant d'aller vivre avec Mr. Phillips, n'est-ce pas ?

— Oui, m'dame.

— Il se livrait au trafic de drogue comme Mr. Vince. Ils étaient donc concurrents ?

— Oui.

— À quel moment avez-vous pris l'argent, Miss Harwood ? enchaîna vivement Abigaïl Griffen.

— Quoi ?

— Les trente mille dollars.

— De quoi vous parlez ?

— Vous connaissez Roy Saylor ?

— Bien sûr. C'était un copain de Vince.

— Son complice.

— Si vous voulez.

— Roy va témoigner. Il va dire que Vince Phillips devait acheter ce soir-là à son contact habituel deux kilos de cocaïne.

— Ça, Vince me l'avait pas dit. Il était trop occupé à me battre et à me violer pour me parler de ses affaires, répondit Marie Harwood d'un ton amer.

— Roy va déclarer également que Vince s'est rendu à sa

banque à quatre heures, ce jour-là, pour retirer l'argent du coffre dans lequel il l'avait déposé.

— C'est bien possible. Mais je l'ai pas vu.

— Bon. Mais si vous l'avez pris, c'est quelque chose que nous pouvons comprendre. Vous êtes terrifiée. Il est mort. Comme vous savez qu'il vous faudra sans doute fuir et vous cacher, vous prenez l'argent.

— Ça alors, je pensais pas à l'argent à ce moment-là ! Je voulais filer, c'est tout. Si j'avais voulu de l'argent, je serais restée. De l'argent, Vince, il m'en a toujours donné sans compter. Mais c'était pas ce que je voulais.

— Vous aviez vraiment peur de lui ?

— Pour ça, oui !

— En fait, si j'ai bien entendu ce que vous avez dit, Mr. Phillips vous a emmenée de force, vous a traînée jusque chez lui, vous a immédiatement déshabillée et vous a obligée à lui faire une fellation.

— Oui, m'dame.

— Après quoi, il vous a violée et vous a battue à plusieurs reprises, puis il s'est endormi ?

Marie Harwood fit oui de la tête.

— C'était une chose après l'autre ? Tantôt il vous violait, tantôt il vous battait ?

Marie Harwood fixait la barre devant elle. Elle répondit là encore par un imperceptible hochement de tête.

À la fac de droit, lors des sessions de travaux pratiques, Tracy avait appris qu'il ne faut jamais donner à un témoin l'occasion de répéter son témoignage pour ne pas ajouter du crédit à sa version dans l'esprit des jurés. Tracy ne comprenait pas pourquoi Abigaïl Griffen en était à la troisième répétition de cette histoire pathétique. Elle regarda Reynolds, curieuse de sa réaction. L'avocat se penchait en avant sur son siège, les yeux rivés sur Abigaïl Griffen.

— Vous n'avez pas cessé d'avoir peur, d'être morte de peur, entre le moment où il vous a jetée de force dans sa voiture et celui où vous vous êtes enfuie — n'est-ce pas ? demanda Griffen, offrant à Marie Harwood une nouvelle chance de répéter son histoire.

— C'est vrai.

— Soit il vous violait, soit il vous battait, soit il dormait. Tout cela a duré combien de temps, d'après vous ?

— J'en sais rien. Je regardais pas l'heure.

— Elle était pourtant bien lisible sur le magnétoscope.

— Oui, mais je l'ai pas regardée.

— Vincent était abonné au câble, n'est-ce pas ?

— Je crois bien.

— Quel canal — HBO, Pay-per-View, Showtime ?

Marie Harwood semblait mal à l'aise. Tracy, du coin de l'œil, vit que Reynolds fronçait les sourcils.

— Vous avez regardé cette télé avec Vince, n'est-ce pas ? demanda Griffen.

— Je vous ai dit qu'il me battait.

— Excusez-moi. Je voulais dire, en d'autres occasions ?

— Oui. Il recevait un tas de chaînes, celles qui passent des films.

— Quel est votre film préféré, Miss Harwood ?

— Votre Honneur, intervint Knapp, avec un regard appuyé en direction des jurés, je ne vois pas l'intérêt de cette question.

— Miss Harwood, elle, le voit, rétorqua Abigaïl Griffen.

Tracy regarda le témoin. Marie Harwood semblait affolée. Quant à Reynolds, il souriait maintenant, comme s'il venait enfin de saisir une plaisanterie qu'il aurait partagée avec la seule Abigaïl Griffen.

— Il s'agit d'un contre-interrogatoire, Mr. Knapp, dit le juge Dial. Je dois laisser Mrs. Griffen le mener comme elle l'entend.

— Vous voulez bien répondre à la question ? reprit Abigaïl Griffen à l'adresse du témoin. Quel est votre film préféré ?

— Je... j'en sais rien.

Abigaïl Griffen prit une feuille dans une chemise.

— *Honeymoon Beach*, par exemple. Vous l'avez vu ?

— Oui, dit Marie Harwood, prudente.

— Dites au jury de quoi parle ce film.

— Objection, Votre Honneur ! Cette fois, c'en est trop ! lança Knapp tandis que sa cliente s'agitait nerveusement à la barre des témoins. Nous ne sommes pas ici dans un jeu télévisé !

— Je promets de démontrer le bien-fondé de cette question, dit Abigaïl Griffen à l'intention du juge, sans quitter Marie Harwood des yeux.

— Objection rejetée. Vous pouvez continuer, Mrs. Griffen.

— Le film *Honeymoon Beach* est-il une comédie ? demanda Abigaïl Griffen.

— Oui.

— À propos de deux couples qui se livrent à un échange

de partenaires dans un club de vacances pendant leur voyage de noces ?

— Oui.

— Où l'avez-vous vu, Miss Harwood ?

— Au cinéma.

Abigaïl Griffen s'avança jusqu'au témoin.

— Dans ce cas, vous l'avez vu deux fois, dit-elle, en lui tendant la feuille qu'elle tenait à la main.

— Qu'est-ce que c'est ? demanda Marie Harwood.

— C'est une facture. Avec la liste complète des films demandés par téléphone de chez Vince Phillips à la chaîne Pay-per-View. Dont *Honeymoon Beach*, qui a été diffusé entre dix-sept heures trente et dix-neuf heures le jour où vous l'avez tué. Quelqu'un a téléphoné à seize heures cinquante pour passer commande en utilisant le téléphone de Mr. Phillips. Avez-vous regardé le film avant de lui trancher la gorge, ou après ?

— J'ai pas regardé de film !

Reynolds se leva calmement et quitta la salle au moment où Abigaïl Griffen disait :

— Quelqu'un a regardé *Honeymoon Beach*, Miss Harwood. D'après votre témoignage, il n'y avait que Vince Phillips et vous dans la maison, et le récepteur se trouve dans la chambre à coucher. Vince a-t-il commandé le film pendant qu'il vous violait, ou pendant qu'il vous battait ?

— Il a rien commandé du tout ! cria Marie Harwood. Je vous dis qu'on a pas regardé de film !

— À moins que vous ne l'ayez regardé toute seule, pendant que John John torturait Mr. Phillips pour lui faire dire où était l'argent ?

Marie Harwood fusilla Abigaïl Griffen du regard.

— Vous êtes-vous arrangée pour retrouver Vince après que John John eut appris qu'il était allé chercher l'argent à la banque ? Avez-vous couché avec lui pour lui trancher la gorge ensuite, pendant qu'il regardait *Honeymoon Beach ?*

— C'est un mensonge ! cria Marie Harwood, le visage congestionné par la fureur. J'ai pas regardé de film !

— Quelqu'un l'a fait, Marie, et quelqu'un a commandé le film par téléphone. Qui, d'après vous ?

2.

Le lendemain de la condamnation de Marie Harwood, Abbie Griffen était plongée dans la lecture d'une pile de rapports de police quand Jack Stamm, l'attorney general[1] du district de Multnomah, entra dans son bureau. En vingt-quatre heures on était passé de la douceur à la canicule, et la climatisation du bâtiment était en panne. Stamm avait ôté la veste de son costume d'été en toile écrue, dénoué son nœud de cravate et retroussé ses manches de chemise, mais il n'en était pas moins en nage, et visiblement assez mal en point.

L'attorney general était très grand, mince comme un fil, célibataire, et avait pour uniques passions le droit et la course de fond. Ses cheveux bruns commençaient à se raréfier au sommet de son crâne mais, avec ses yeux bleus et son sourire engageant, il paraissait moins que ses trente-huit ans.

— Félicitations pour la façon dont vous avez coincé Marie Harwood, dit-il. Excellent travail.

— Ma foi, merci ! répondit Abbie avec un grand sourire.

— Il paraît que Knapp fait toute une histoire. Il parle de vous dénoncer au barreau.

— Ah, bon ?

— Il dit que vous ne lui aviez pas parlé de cette facture de Pay-per-View avant l'audience.

Abbie lança un sourire malicieux à son patron.

— J'ai envoyé une copie en communication à ce salopard. Avec toute son arrogance, il était trop bête pour comprendre ce que signifiait ce papier. À supposer qu'il l'ait lu. Je ne sais ce qui m'a le plus réjouie, de confondre sa cliente ou de l'enfoncer, lui, publiquement !

— Eh bien, vous avez réussi les deux, et vous méritez de savourer votre triomphe. Je suis d'autant plus désolé de vous apporter de mauvaises nouvelles.

— Que se passe-t-il ?

— Je reçois ceci à l'instant.

1. Dans le système judiciaire américain, un *attorney general* élu dirige la police et la justice dans chaque État. Les *deputy attorneys* placés sous ses ordres (1 par comté) cumulent les fonctions de juge d'instruction et de procureur : ils mènent l'enquête, au nom de l'État, conduisent l'accusation et requièrent à l'audience. Pour une lecture plus facile, nous avons laissé à ces derniers le titre de procureurs *(N.d.T.)*.

Stamm tendit à Abbie une note portant les attendus du jugement prononcé par la Cour Suprême de l'Oregon dans l'affaire Charles Darren Deems. Deux ans auparavant, Abbie avait requis et obtenu la peine capitale contre ce Deems, un psychopathe violent accusé de l'assassinat par explosif du témoin d'un meurtre et de sa fille âgée de neuf ans. S'agissant de la peine capitale, la Cour Suprême de l'Oregon devait obligatoirement confirmer la sentence pour la rendre exécutoire. Et dès qu'elle avait statué, une copie du jugement était diffusée auprès des procureurs concernés par l'affaire. Par la suite, le texte ferait l'objet d'une publication officielle destinée aux bibliothèques de droit.

Abbie parcourut le texte d'introduction et la liste des noms des procureurs avant d'arriver à la ligne qui l'intéressait.

— Oh, non !

— Et le pire, dit Stamm, c'est qu'ils ont annulé l'ensemble de la procédure.

— C'est tout mon dossier qui s'écroule, dit Abbie, incrédule. Je ne pourrai pas le faire rejuger.

— Je ne vous le fais pas dire, opina sombrement Stamm.

— Quel est le juge qui a osé pondre ces attendus de merde ? demanda Abbie, tremblante de fureur contenue, en scrutant le document pour y trouver le nom de l'auteur.

Stamm ne répondit pas, évitant son regard.

— Le salaud, dit-elle, à voix si basse que Stamm l'entendit à peine. (Puis, refermant son poing sur le papier pour le froisser rageusement :) Je n'aurais jamais cru qu'il tomberait aussi bas. Il a fait ça pour me ridiculiser.

— Je ne sais pas, Abbie, dit Stamm sans trop de conviction. Il lui a fallu, pour cela, rallier les trois autres juges à son opinion.

Abbie le regarda fixement. Il y avait dans les yeux de la jeune femme tant de déception, de colère et de frustration qu'il détourna la tête. Jetant la boule de papier froissé à ses pieds, elle sortit de la pièce. Stamm se baissa pour ramasser le document. Puis il le défroissa, faisant apparaître clairement le nom du rédacteur des attendus. Il s'agissait de l'honorable Robert Hunter Griffen, juge de la Cour Suprême de l'Oregon, et époux récemment séparé d'Abigaïl Griffen.

CHAPITRE 2

Avocat de son état, Bob Packard était gros et avait tendance à se laisser aller. Sa ceinture, qu'il s'entêtait à serrer d'un cran de trop, lui sciait la taille. La graisse lui alourdissait les joues et formait plusieurs plis sous son menton.

Packard ne se sentait pas bien. Ses relevés bancaires et ses livres de comptes étaient étalés devant lui sur son bureau. Il venait de refaire tous les totaux, et le résultat était le même. D'un geste machinal, il passa la main sur ses lèvres sèches. Il croyait pourtant la situation moins catastrophique. Le volume de ses honoraires avait augmenté, les clients payaient normalement. Où l'argent était-il passé ? Les frais généraux de son cabinet restaient stables, tout comme ses dépenses domestiques. Mais, bien sûr, il y avait la cocaïne. De ce côté-là, la dépense semblait s'être considérablement accrue depuis quelque temps.

Packard prit une profonde inspiration et essaya de se calmer. Il fit rouler sa tête et secoua plusieurs fois ses épaules pour détendre les muscles. Si le problème, c'était la poudre, il n'avait qu'à arrêter la poudre. Aussi simple que ça. La cocaïne n'était pas une nécessité. Il pouvait en prendre comme il pouvait s'en passer, et il s'en passerait donc à l'avenir. Dès que sa provision serait épuisée.

Son problème résolu, Packard se sentit mieux. Repoussant les livres de comptes, il se plongea dans l'étude d'une affaire pour laquelle il devait présenter une motion de renvoi dans les quarante-huit heures. Il était vital que cette démarche aboutisse. Si son client passait en jugement, il était fichu. Et pour emporter la décision, il fallait une motion brillante, imparable, qui ne laissât rien au hasard — un modèle du genre.

Packard commença à lire, mais il avait du mal à se concentrer. Il pensait à ses problèmes d'argent, et à l'autre problème. Son fournisseur. Celui qui s'était fait coffrer deux jours plus tôt, alors que Packard devait justement récupérer un petit quelque chose pour reconstituer le stock qu'il voyait diminuer de jour en jour.

Puisqu'il allait arrêter, bien sûr, il n'y avait plus de problème. Mais tout de même, il détestait l'idée de ne pas pouvoir se procurer de coke au cas où il en aurait besoin. Rien qu'à y penser, il se sentait fébrile, alors qu'il lui aurait fallu du calme et de la concentration pour se mettre à cette motion.

Il songea au sac à fermeture Éclair qui se trouvait dans le tiroir de son bureau. Avec une petite ligne, il pourrait expédier à toute allure la recherche qu'il lui fallait faire avant d'attaquer cette motion, puis il la rédigerait en un tournemain... Et ce serait toujours un peu de cocaïne dont il n'aurait plus à s'inquiéter. Puisqu'il arrêtait, après tout, la première chose à faire était de se débarrasser du stock !

Il en était là de son raisonnement, et s'apprêtait à passer à l'acte, quand la réceptionniste l'appela sur l'interphone.

— Mr. Packard, il y a ici un Mr. Deems qui demande à vous voir.

Packard fut pris d'un besoin urgent d'aller aux toilettes.

— Mr. Packard ? appela l'hôtesse.

— Euh... oui, Shannon. Je viens.

Bob Packard ne s'était jamais senti à l'aise en présence de Charlie Deems, même quand ils étaient séparés par la glace antiballes à travers laquelle ils avaient dû communiquer pendant le séjour de l'ancien trafiquant de drogue au quartier des condamnés à mort. Les faits qui avaient valu à Deems sa condamnation avaient de quoi impressionner les âmes les moins sensibles. Un certain Harold Shoe essayait alors de s'implanter sur le territoire de Deems. Deux gamins avaient retrouvé dans une décharge son cadavre affreusement mutilé. D'après les conclusions du médecin légiste, Shoe avait mis très longtemps à passer de vie à trépas. À la vue des photos dans le rapport d'autopsie, Packard avait perdu l'appétit pour le reste de la journée.

Le hasard voulut que Larry Hollins, un syndicaliste de vingt-huit ans qui travaillait en équipe de nuit, passe devant la décharge au moment où Deems y abandonnait son macabre fardeau. Hollins pensa aussitôt qu'il s'agissait d'un corps, puis se dit qu'il avait été victime de son imagination et n'y songea plus jusqu'au jour où il tomba sur un article de journal relatant la découverte du cadavre de Shoe.

Hollins ne reconnut pas Deems de façon formelle, mais se déclara certain de l'identifier le jour où on le lui présenterait dans un groupe de suspects. Une fuite s'étant produite, le nom de Hollins parut dans la presse, et Deems disparut de la circulation pendant plusieurs jours. Un matin, Hollins décida d'emmener sa fille de neuf ans à l'école afin de s'y entretenir avec son instituteur. Une charge explosive fixée sous la voiture les tua tous les deux.

Packard jeta un regard chargé de convoitise au dernier tiroir de son bureau, et se dit qu'il avait intérêt à affronter Deems avec toute sa lucidité. Charlie, d'ailleurs, devait être de bonne humeur. Packard ne venait-il pas de gagner son affaire en appel ? Il venait sans doute lui témoigner sa reconnaissance.

Quand Packard arriva dans le hall de la réception, Deems était plongé dans *Newsweek*.

— Charlie ! lança Packard d'un ton chaleureux, en lui tendant la main. Quel plaisir de te voir !

Charlie Deems leva les yeux. C'était un homme de taille moyenne, aux épaules larges et au torse puissant. Plutôt joli garçon, avec ces cheveux bruns et bouclés il rappelait à Packard vaguement Warren Beatty. Le charme principal de Deems résidait dans son sourire, un rien gauche et qui vous mettait tout de suite en confiance. À moins, bien entendu, qu'on ait lu le rapport psychiatrique qui figurait dans le dossier criminel de Charlie Deems.

— Tu as l'air en forme, Bob, déclara Deems avec entrain, comme ils s'asseyaient dans le bureau de l'avocat.

— Merci, Charlie. J'en dirai autant de toi.

— Ça m'étonne pas. Fallait bien que je m'entretienne et que je fasse passer le temps, pendant que j'étais là-bas. T'as pas idée du nombre de pompes et autres exercices qu'on peut faire quand on est enfermé vingt-quatre heures sur vingt-quatre.

Deems portait une chemise marron à manches courtes. Il gonfla le biceps de son bras droit en clignant de l'œil.

— En effet, je vois, dit Packard d'un ton approbateur. Quoi de neuf ?

— Pas grand-chose. Je suis simplement passé pour te remercier.

Packard haussa les épaules, modeste.

— J'étais payé pour ça.

— Tu t'es bien débrouillé. Je suis sûr que cette connasse de Griffen l'a en travers de la gorge, continua Deems en riant. Tu l'as revue, depuis le jugement ?

— Une fois, oui, au tribunal. Mais je n'ai pas parlé de cette affaire. À quoi bon pavoiser...

— Ah, Bob, t'es trop bon, vraiment ! Moi, j'aurais bien

aimé la voir en face, parce que je sais que cette affaire lui tenait vraiment à cœur. Elle voulait ma peau. Elle aura rien du tout.

— Oh, je ne pense pas qu'elle y tenait spécialement, Charlie.

— Ah, bon ?

Il y avait quelque chose d'enfantin dans la curiosité exprimée par Deems.

— Non, franchement, je ne le pense pas. Je crois qu'elle a fait son boulot, c'est tout. Il s'est trouvé que j'ai mieux fait le mien.

— Ouais. T'as peut-être raison, mais c'est pas comme ça que je vois les choses. J'ai bien réfléchi à tout ça, pendant que j'étais au trou. J'avais tout mon temps pour penser à elle. Je suis sûr que cette salope m'en voulait, à moi personnellement, Bob.

Il y avait, dans le regard de Deems, une lueur qui inquiéta Packard.

— Laisse tomber, Charlie. Tu vas avoir les flics à tes basques vingt-quatre heures sur vingt-quatre. Tu ne peux pas prendre le moindre risque.

— Ah, sûr. Pour ça, je suis d'accord. (Deems avait pris un ton raisonnable.) Il passera de l'eau sous les ponts. Non, Bob, je veux reprendre une vie normale. Ce qui m'amène à l'autre raison de ma visite.

— C'est quoi ? demanda Packard, sur ses gardes.

— Je voudrais te demander un petit service.

— Lequel ?

— Tu vois, j'ai l'impression que t'as pas eu trop de mal à gagner en appel dans mon affaire. On peut même pas me faire repasser en jugement — il a fallu que le juge déconne complètement pour en arriver là, pas vrai ?

— Enfin... Oui, il a fait une erreur, répondit Packard avec prudence. Mais faudrait pas croire que c'était si facile que ça à plaider et à gagner.

Deems secoua la tête.

— C'est pas mon avis. Et je suis pas seul à le penser. Y'a un tas de mecs, en taule, qui s'y connaissent en droit. Je leur ai demandé ce qu'ils pensaient de mon affaire. Ils savaient tous que t'allais gagner en appel. Pour eux, à ce qu'ils m'ont dit, c'était du tout cuit. Alors, je me disais que, puisque c'était si facile, tu pourrais me rembourser un peu d'argent sur les honoraires que je t'ai versés.

— Ça ne marche pas comme ça, Charlie, répondit Packard, en essayant de se persuader qu'il s'embarquait dans une banale discussion d'affaires comme peuvent en avoir deux individus civilisés et d'esprit rationnel. Les honoraires ne sont pas remboursables, et ne dépendent pas des résultats obtenus. Tu ne te souviens pas que nous en avions discuté ensemble ?

— Je me rappelle, rétorqua Deems avec un bref hochement de tête. Mais tu vois, Bob, je pense à la publicité. C'est sur ta réputation que les clients viennent te trouver, pas vrai ? Et plus les clients sont contents, mieux ça marche pour toi. C'est de la pub gratuite. Alors, ça me ferait plaisir que tu me rembourses la moitié des honoraires.

Packard blêmit.

— Quinze mille dollars ? Ça m'est impossible, Charlie.

— Mais si, c'est possible. Et ces quinze mille, si j'ai bonne mémoire, représentent seulement la moitié de l'argent. Le kilo de cocaïne que je t'ai donné a dû te rapporter bien plus, à la revente. J'ai raison, ou pas ? Mais je te demande pas de me rendre la came. Et je veux pas savoir combien t'as gagné avec. T'as tout de même fait du bon boulot pour moi. J'aimerais que tu me rendes l'argent, c'est tout.

La sueur commençait à perler sur la lèvre supérieure de Packard. Il se força à sourire.

— Tu sors de taule, et je pense bien que tu dois avoir besoin de fric. Si je t'en prêtais un peu ? Mille dollars, ça t'irait ?

— Sûr. Mais quinze mille m'iraient encore mieux.

Cette fois, Deems ne souriait plus.

— Impossible, Charlie, répéta Packard, têtu. Quand on a passé un accord, on ne revient pas dessus. Tu étais condamné à mort pour meurtre, et te voici libre. Je peux dire que j'ai bien mérité mes honoraires.

— Mais oui ! Y'a aucun doute. Et je veux pas te forcer à faire quoi que ce soit. Si tu me rends l'argent, je veux que ça vienne vraiment de toi. Une bonne action, disons, dont tu pourras être fier.

Deems se tut et se laissa aller contre le dossier de son fauteuil. Le cœur de Packard cognait follement contre sa poitrine, et il regrettait la ligne de coke qu'il s'était refusée un instant plus tôt.

— Dis donc, t'as pas l'air bien, Bob ? dit soudain Charlie Deems. Si c'est comme ça, n'en parlons plus. D'accord ?

Parlons d'autre chose. Dis-moi, par exemple : tu aimes les jeux à la télé ?

— Les jeux ? répéta Packard, décontenancé par le brusque changement de sujet, mais soulagé que Deems ait lâché prise aussi facilement.

— Oui ! Les jeux !

— Tu sais, je travaille pendant la journée. J'ai rarement l'occasion de les regarder.

— Moi non plus, je les regardais jamais, avant d'aller au trou. Mais là-bas, on avait une télé. C'était un de nos grands luxes. Les gardiens nous laissaient regarder les jeux. Pour moi, c'était devenu une vraie drogue. Au début, je trouvais ça nul, mais plus j'en voyais, et plus je comprenais qu'on peut en apprendre autant en regardant les jeux à la télé qu'en allant à l'école. T'as jamais regardé « Le Juste Prix » par exemple ?

— C'est celui où les gens doivent deviner le prix d'un réfrigérateur ou d'un service de table en porcelaine ?

— C'est ça ! s'exclama Deems en se redressant sur son siège, un large sourire aux lèvres. (Puis, imitant le présentateur :) Bob Packard, de Portland dans l'Oregon, c'est à vous ! À vous de jouer au « Juste Prix » ! Toi, t'es assis dans le public, et à ce moment-là, tu te lèves et tu t'amènes en courant — tu l'as déjà regardé ?

— Une ou deux fois.

— Eh bien, moi, je trouve ça formidable, comme émission, continua Deems avec entrain, parce que ça t'apprend la valeur des choses. Par exemple, si je pose deux cailloux sur ton bureau et que je te demande combien ils valent, tu me répondras qu'ils valent pas grand-chose — pas vrai ? J'ai bien dit deux cailloux. Mais si l'un des cailloux est un bloc de granite ordinaire, et l'autre du diamant ? Tu me suis ? Les deux sont de la même grosseur, mais ton jugement sur leur valeur est carrément différent.

Packard hocha distraitement la tête pour éviter de vexer Deems et jeta un bref coup d'œil à sa montre.

— C'est très intéressant, Charlie, et je serais ravi de poursuivre cette conversation, mais j'ai une motion à rédiger. Je dois la déposer d'ici deux jours, et c'est un travail assez complexe.

— Ça, j'en doute pas. Mais je crois que c'est plus important pour toi, au fond, de parler de la valeur des choses.

La peur qu'avait ressentie Packard au début de l'entretien

avait disparu, et il ne perçut pas la menace dans le ton de Deems.

— Où veux-tu en venir, Charlie ? Sois clair.

— Mais oui ! Tu es un homme très occupé. Je veux pas te faire perdre ton temps. Mais je crois que cette petite discussion t'aidera à voir les choses sous le bon angle. Par exemplc, qu'est-ce qui vaut le plus aujourd'hui : une bonne nuit de sommeil, ou les services pourris d'un avocat camé jusqu'aux yeux ?

Packard devint cramoisi.

— C'est injuste, Charlie. Sans moi, tu serais mort à l'heure qu'il est.

— Peut-être. Et peut-être que non. Comme je te le disais à l'instant, la plupart des gens à qui j'en ai parlé pensaient que cette affaire était facile à gagner. Ce qui met le prix de tes services très, très en dessous de trente mille dollars. Tu vois ce que je veux dire ? Mais fixer un prix à des abstractions, estimer la valeur d'un travail d'avocat, c'est bien plus difficile que de faire la différence entre le diamant et le granite, Bob. Si tu commençais plutôt par deviner la valeur d'un objet ordinaire, utilisé dans la vie quotidienne ?

— Écoute, dit Packard avec humeur, je viens de te dire que je n'avais pas de temps à perdre avec ces idioties.

Deems ne parut pas entendre et tira de sa poche un sous-vêtement féminin, une culotte qui, visiblement, avait déjà servi, et la posa sur le bureau devant Packard. Celui-ci se pencha en avant pour examiner l'objet. Il lui semblait avoir déjà vu cette culotte.

— Et ça, Bob, ça vaut combien, d'après toi ?

— Où l'as-tu prise ?

— On va voir si tu devines. Je peux te donner un indice.

Deems se pencha à son tour, souriant par anticipation à la réaction de Packard, et dit d'une voix haut perchée : « Lâche-moi un peu ! Si t'arrives pas à bander, au moins, laisse-moi dormir ! »

Packard blêmit. Dana, sa femme, lui avait dit cela la nuit précédente, alors qu'il essayait vainement de lui faire l'amour. Et le ton dégoûté était parfaitement imité.

— Tu sais, Bob, reprit Deems avec un air de feinte commisération, ta technique laisse beaucoup à désirer. Tu t'es même pas occupé des tétons de Dana. Ils sont à croquer, pourtant ! Essaye-les, ce soir. C'est comme les boutons de la radio. Si tu les manipules comme il faut, tu peux tomber sur la bonne station.

Packard, en un éclair, reconnut la culotte que Dana avait retirée la veille au moment où ils se couchaient. Elle l'avait laissée choir au pied du lit. Ce qui signifiait que Deems était entré dans leur chambre au cours de la nuit.

— Tu étais là ?

— Eh oui, Bob.

Packard se leva d'un bond.

— Dis donc, espèce de fumier...

— Fumier ? l'interrompit Deems d'une voix étonnée. Tu veux donc qu'on se batte ? Voilà qui serait intéressant. La jeunesse et la rapidité contre la taille et la puissance. Mais il faut tout de même que je te donne un conseil, Bob. Si tu commences à te battre avec moi, débrouille-toi pour me tuer. Sinon, je te tomberai dessus tôt ou tard, au moment où tu t'y attendras le moins, et tu finiras comme Harold Shoe.

Packard revit, en un éclair, les photographies de l'autopsie de Shoe. Le médecin légiste avait conclu que l'homme avait subi l'amputation des pieds et des mains à l'aide d'une scie alors qu'il était encore vivant. La colère de l'avocat retomba d'un coup et il se tassa sur son siège. Il luttait vainement pour se donner une contenance, respirant à grands coups sous l'œil attentif et patient de Charlie Deems.

— Qu'est-ce que tu veux, Charlie ?

— Je veux que tu joues le jeu. (Le ton était menaçant.) T'as pas vraiment le choix. Alors, combien vaut cette culotte ?

— Trois dollars cinquante ? Quatre ? risqua Packard. Je n'en sais rien !

— T'es trop terre à terre, Bob. Pense à la façon dont je me la suis procurée, et tu comprendras sa vraie valeur. Moi, je dirais : le prix de toute une vie de sommeil. Tu crois pas que ça vaut bien quinze mille dollars ? Une vie entière à dormir tranquille, à ce prix-là, c'est encore pas cher !

La mâchoire de Packard se mit à trembler.

— Charlie, sois raisonnable, supplia-t-il. Je n'ai pas quinze mille dollars à te donner. Tu m'as réglé cette avance il y a un an. Tout est parti, depuis. On pourrait s'entendre à moins ? Trois mille, ça t'irait ? Je peux sans doute les trouver.

— Voyons, Bob. Trois mille dollars, pour moi, c'est un pourboire.

Packard savait qu'il n'avait pas cette somme. Il était déjà endetté sur son loyer, sur les traites de sa voiture. Puis il songea au prix qu'il serait prêt à donner pour être certain que Charlie Deems ne se glisserait plus jamais dans sa chambre, la nuit, pour l'expédier dans un univers cauchemardesque de torture et de souffrance.

Packard prit le chéquier dans son tiroir. Sa main tremblait si fort que la signature était à peine lisible. Il tendit à Deems le chèque de quinze mille dollars. Deems l'examina, remercia Packard et se dirigea vers la porte. Puis il se retourna, et dit avec un clin d'œil :

— Dors bien, et gaffe aux punaises !

DEUXIÈME PARTIE

LAURA

CHAPITRE 3

1.

Salem, capitale de l'Oregon, était une petite ville endormie, environnée de terres agricoles, que l'autoroute 1-5 mettait à environ quatre-vingts kilomètres de Portland. La Cour Suprême de l'Oregon y avait son siège, dans State Street, depuis 1914. L'immeuble, haut de quatre étages, s'ornait d'une façade crépie de couleur terre cuite et une étroite pelouse le bordait sur trois côtés. À l'arrière, se trouvait un parking et au-delà de ce dernier un autre bâtiment abritant l'administration de la justice et les bureaux de la cour d'appel.

À huit heures, en arrivant, Tracy Cavanaugh remarqua plusieurs véhicules portant les logos de diverses chaînes de télévision. Elle les regarda avec curiosité en descendant la rue qui séparait la cour du palais du gouverneur. Le grand soleil de juillet faisait étinceler la statue du pionnier en bronze doré dressée au-dessus du palais et jetait des reflets d'émeraude sur l'herbe du petit parc qui l'entourait. Tracy avait revêtu une robe jaune vif, en accord avec cette journée éclatante, et portait des lunettes de soleil à verres panoramiques.

Tracy aurait bientôt achevé une année à la Cour Suprême de l'Oregon en tant que clerc du juge Alice Sherzer. Ces postes de clercs étaient dévolus, sitôt après l'obtention de leur diplôme, aux étudiants les mieux notés. Chaque juge avait auprès de lui un clerc chargé d'étudier les questions juridiques les plus délicates, de rédiger des notes sur les opinions exprimées par les autres juges et de vérifier, avant publication, les attendus des jugements pour s'assurer qu'ils ne contenaient pas la plus petite erreur. Une tâche exigeante mais passionnante, à laquelle on se donnait à fond pendant un ou deux ans. La plupart des clercs décrochaient ensuite de très bons postes dans les meilleurs cabinets d'avocats, où on les recherchait à la fois pour leur compétence et pour leur connaissance intime des juges et de leur façon de penser.

Laura Rizzatti était aussi pâle que Tracy était bronzée, et ses traits évoquaient la douceur, la rondeur et la délicatesse d'un modèle de Botticelli. Quand Laura était absorbée dans ses pensées, elle jouait avec ses longues mèches brunes. Elle en tenait plusieurs, enroulées sur son index gauche, quand Tracy apparut sur le seuil du minuscule bureau.

— Pourquoi tous ces journalistes de la télé, dehors ?

Laura se leva d'un bond, lâchant le document qu'elle tenait à la main.

— Ne fais plus jamais ça !

— Désolée de t'avoir fait peur !

Tracy se mit à rire et pencha la tête de côté pour voir ce que Laura étudiait avec tant d'attention. Elle eut le temps de lire le nom de l'affaire et la mention « Vol. XI » avant que Laura ne retourne le volume.

— L'affaire Deems ? s'étonna Tracy. Je la croyais close depuis un mois, puisque nous avons cassé le jugement.

— En effet. Qu'est-ce que tu me demandais, à l'instant ?

Tracy regarda Laura, et remarqua les cernes sous ses yeux. Les vêtements de la jeune femme étaient chiffonnés, et on avait l'impression qu'elle ne s'était pas couchée de la nuit.

— Les gens de la télé. Qu'est-ce qu'ils font ici ?

— Matthew Reynolds plaide à neuf heures dans l'affaire Franklin-Pogue.

— Reynolds ! Préviens-moi quand tu monteras en salle d'audience.

— Je n'irai pas.

— Comment ça ?

— Le juge Griffen s'est récusé, donc je n'ai aucune raison d'assister aux débats.

— Mais pourquoi s'est-il récusé lui-même ?

— C'est sa femme qui doit requérir.

— Sans blague !

Tracy éclata de rire.

— Sans blague, répéta Laura, d'un ton plein d'amertume.

— C'est une maligne, celle-là.

— Une garce, oui. Elle aurait pu se faire remplacer par un autre procureur.

— Oui, mais alors, le juge Griffen aurait siégé. Et maintenant, il ne le peut plus, puisque l'État est représenté par un membre de sa famille. Moyennant quoi, elle se débarrasse du juge le plus libéral de la Cour Suprême et a de meilleures chances de l'emporter. Moi, je trouve ça plutôt malin, du point de vue juridique.

— Peut-être. Mais du point de vue éthique, c'est moche.

— Ne le prends pas comme si c'était dirigé contre toi !

— Je ne le prends pas comme ça, répondit Laura avec irritation. Mais le juge est un type tellement formidable. Ce divorce est en train de le démolir. Une combine pareille, c'est une façon de lui remuer le couteau dans la plaie.

— Ma foi, si elle est vraiment aussi garce que tu le dis, il se portera mieux sans elle. Et tu devrais tout de même y aller pour écouter Reynolds. Il est fabuleux. Tu sais qu'il défend depuis vingt ans des meurtriers passibles de la peine de mort et qu'aucun de ses clients n'a jamais été exécuté ?

— Il se fait payer pour ça.

— C'est là que tu te trompes, Laura. Il plaide ces affaires comme s'il était investi d'une mission. Et c'est un génie. Tu n'as pas lu sa plaidoirie dans l'affaire Aurelio ? Son recours au Cinquième Amendement était une trouvaille formidable.

— Il est intelligent, et peut-être sincère, mais pour la mauvaise cause.

— Ne sois pas aussi rigide. Va écouter les débats. Je t'assure que Reynolds mérite le déplacement. Je passerai te prendre avant de monter.

2.

L'un des éléments d'architecture les plus impressionnants de la Cour Suprême de l'Oregon est, au plafond de la salle d'audience, un « ciel ouvert » de verre teinté reproduisant le sceau de l'État. L'ensemble est protégé par un deuxième vitrage placé au-dessus. Par cette journée ensoleillée, la lumière filtrant à travers les deux épaisseurs de verre jetait un reflet jaune pâle sur les six juges rassemblés pour entendre les débats.

Tracy parvint à s'asseoir sur une banquette, tout au fond de la salle, au moment où les juges prenaient place. Ils siégeaient sur une estrade légèrement incurvée occupant toute la largeur de la salle. Sur une autre estrade, plus petite, face au juge Stuart Forbes qui présidait les débats, Abigaïl Griffen classait tranquillement ses papiers. Comme le juge l'invitait à commencer, elle dit :

— Que la cour me permette d'abord de me présenter. Abigaïl Griffen. Je représente ici le bureau du district attorney du comté de Multnomah et les intérêts de Denise Franklin. Nous demandons à la cour de prononcer l'annulation d'une décision du juge Pogue faisant obligation à Mrs. Franklin d'ouvrir sa maison aux experts mandatés par la défense.

— Le juge Pogue statuait sur une requête de l'accusé, Jeffrey Coulter, n'est-ce pas, Mrs. Griffen ? demanda le juge Mary Kelly, une quadragénaire pleine de charme venue à la magistrature après une brillante carrière d'avocate d'affaires.

— Oui, Votre Honneur.

— Sur quoi se fondait cette requête ?

— D'après Mr. Reynolds, avocat de l'accusé, le fils de Denise Franklin, Roger, avait promis à Jeffrey Coulter de lui vendre des bijoux volés. Coulter s'est donc rendu chez les Franklin, mais Roger Franklin n'avait pas de bijoux à lui montrer et a tenté de voler à Mr. Coulter l'argent qu'il avait sur lui. Mr. Coulter prétend qu'il a tiré sur Roger Franklin en état de légitime défense, après que celui-ci eut tenté de l'abattre.

— Et la défense souhaite examiner la maison de Mrs. Franklin dans l'espoir d'y trouver des preuves susceptibles de corroborer la version de l'accusé ?

— Oui, Votre Honneur.

— Je n'y vois rien de déraisonnable. Qu'avez-vous contre la décision du juge Pogue ?

— Mrs. Franklin est en deuil, Votre Honneur. Elle ne souhaite pas ouvrir sa maison à des gens envoyés par l'homme qui a tué son fils.

— Nous compatissons à la douleur de Mrs. Franklin, Mrs. Griffen, mais il est fréquent que des témoins soient aussi parents des victimes. Ils doivent subir les interrogatoires de police, les questions des journalistes. La police et les enquêteurs du comté ne se sont-ils pas rendus dans cette maison ?

— Certes, mais avec l'accord de Mrs. Franklin, et alors que la maison était encore sous scellés. Ce n'est plus le cas aujourd'hui. Les scellés ont été levés, et la maison rendue à sa propriétaire, Mrs. Franklin, qui n'est pas partie prenante dans le procès criminel intenté à Mr. Coulter. Un juge n'est pas habilité à obliger quelqu'un qui n'est pas partie prenante à recevoir chez lui les représentants de l'accusé.

— Existe-t-il une jurisprudence en faveur de votre argumentation ?

Abbie Griffen répondit avec le sourire tranquille de la juriste qui s'attendait à la question. Pendant qu'elle énumérait, à l'intention du juge Kelly, un certain nombre de décisions émises par les tribunaux de l'Oregon, Tracy regarda l'avocat de la partie adverse. On ne pouvait qu'être frappé par le contraste entre les deux personnages. Abigaïl Griffen, avec sa veste noire superbement coupée, sa jupe plissée noire, son chemisier en soie et son collier de perles, avait tout d'un mannequin. Face à elle, Matthew Reynolds, mal fagoté dans son costume noir, avec sa chemise blanche et sa cravate en tire-bouchon, ressemblait plus à un entrepreneur des pompes funèbres ou à quelque prédicateur sorti d'une lointaine campagne qu'au plus grand avocat d'assises d'Amérique.

Une question posée par le juge Arnold Pope réveilla l'intérêt de Tracy pour les débats.

— Mrs. Griffen, Mr. Coulter a-t-il dit, lors de son arrestation, qu'il avait agi en état de légitime défense ?

— Non, Votre Honneur.

— Les policiers ont-ils trouvé l'arme avec laquelle, d'après l'avocat de la défense, la victime aurait tiré sur Mr. Coulter ?

— Aucune arme n'a été trouvé sur les lieux.

Le juge Pope, un ancien avocat aussi large que haut, le cheveu ultracourt et la nuque rasée, fronçait les sourcils avec l'air de réfléchir intensément. Le juge Kelly leva les yeux au ciel. Pope, dont les capacités intellectuelles étaient limitées, compensait cette carence par des attitudes arrogantes et dogmatiques. Il siégeait à la Cour Suprême après s'être fait élire à la place d'un juge contre lequel il avait mené l'une des campagnes les plus sordides de toute l'histoire de l'Oregon.

— Et si cette histoire de légitime défense était du blabla ? demanda le juge Pope.

— En effet, Votre Honneur. Nous pensons que Mr. Coulter en a imaginé le scénario après coup.

— Avec, peut-être, l'aide de Mr. Reynolds ? poursuivit le juge Pope.

Tracy fut choquée d'entendre Pope insinuer que Matthew Reynolds avait peut-être, en toute connaissance de cause, introduit de fausses déclarations dans le dossier. Reynolds, raide sur son siège, ne broncha pas, mais elle le vit rougir.

— Rien ne permet de dire que Mr. Reynolds a failli à l'honnêteté dans cette affaire, Votre Honneur, déclara Abbie d'un ton ferme.

— D'ailleurs, intervint le juge Kelly, pour ramener le débat sur un terrain moins déplaisant, ce n'est pas sur cette question que nous avons à statuer — n'est-ce pas, Mrs. Griffen ?

— En effet, Votre Honneur.

— Si je comprends bien, poursuivit Mary Kelly, vous soutenez que nous devons annuler l'injonction du juge Pogue, indépendamment des déclarations des deux parties, parce qu'il n'avait pas compétence pour ordonner quoi que ce soit à une tierce personne qui n'est pas partie prenante dans l'affaire.

— C'est cela même.

Une petite ampoule rouge placée devant le podium se mit à clignoter, indiquant que le temps de parole d'Abigaïl Griffen était écoulé.

— Si la cour n'a pas d'autres questions, je n'ai rien à ajouter moi-même.

Le président Forbes fit un signe de tête à Abbie avant d'appeler :

— Mr. Reynolds ?

Matthew Reynolds déplia lentement sa haute silhouette, comme si le fait de se mettre debout lui demandait un gros effort, et se dirigea sans hâte vers le podium. Il était bien décidé à ne pas laisser sa colère contre Arnold Pope prendre le pas sur ses obligations vis-à-vis de son client. Il prit tout son temps pour classer ses papiers et laisser passer l'insulte. À peine levait-il les yeux que le juge Frank Arriaga, un petit blondinet joufflu et toujours souriant, lui lança :

— Eh bien, Mr. Reynolds, que pensez-vous de la thèse de l'accusation ? J'ai étudié la jurisprudence dont Mrs. Griffen fait état, et elle semble la conforter.

Quand Reynolds parlait, on entendait comme un écho du Sud profond. Les mots ne se bousculaient pas dans sa bouche. Ils filaient doucement, lentement, tels des barques sur une mer tranquille.

— Les affaires qu'on vient de citer ne sauraient influencer la décision de cette Cour, Votre Honneur. Les faits qui nous intéressent sont d'une tout autre nature. Mrs. Franklin n'est pas seulement, et il s'en faut de beaucoup, une mère éplorée. Nous la croyons capable de couvrir une tentative de vol avec agression commise par son fils. Chaque jour qui passe sans qu'il nous soit permis de pénétrer dans sa maison offre à Mrs. Franklin une chance supplémentaire de détruire des preuves.

« Et ceci m'amène à mon principal argument juridique. Les droits de l'accusé, tels qu'ils sont définis, notamment, dans les Cinquième et Quatorzième Amendements de la Constitution des États-Unis font obligation à l'accusation de préserver toute preuve en sa possession qui serait favorable à un accusé. Quand nous avons présenté notre requête au juge Pogue, la maison des Franklin était encore sous scellés. Nous avons fait connaître au ministère public notre conviction que la maison contenait des preuves propres à disculper Mr. Coulter, et nous lui avons fait connaître également notre conviction que Mrs. Franklin risquait de détruire ces preuves. Peu après le dépôt de notre requête, la police a retiré les scellés et rendu la maison à Mrs. Franklin. Nous considérons cela comme une violation du devoir fait à l'État de préserver toute preuve favorable à un accusé.

— Pouvons-nous approuver une injonction émise par un juge qui n'avait pas autorité pour le faire ? demanda le juge Arriaga.

— Non, mais nous pensons que la cour devrait statuer sur ce point comme si la maison était toujours sous scellés. Sinon, l'accusation pourra toujours s'opposer à des demandes légitimes comme celle-ci en levant les scellés avant que la cour ait la possibilité d'intervenir.

« Les amendements que j'ai cités codifient dans notre droit la notion d'équité fondamentale. Réjouissons-nous d'avoir une jurisprudence fondée sur l'équité plutôt que sur le pouvoir. On voit bien la tension entre ces deux idées dans l'affaire qui nous intéresse. L'État, qui mène l'accusation, symbolise le pouvoir. Il use de ce pouvoir pour confisquer la maison d'un citoyen privé afin d'enquêter sur un crime. Une fois satisfait, puisqu'il a identifié le criminel, l'État use de son pouvoir pour arrêter mon client et le priver de sa liberté.

« Nous avions jusque-là, Votre Honneur, un usage normal, équitable du pouvoir. Mais au stade final, l'État a usé de son pouvoir d'une façon qui n'était plus équitable. Dès l'instant où mon client s'est adressé à l'État et a réclamé la possibilité d'examiner les lieux du crime afin d'y rechercher une preuve susceptible de le disculper, l'État a usé de son pouvoir d'une manière injuste en lui refusant cet accès.

« Les injonctions légales devraient être émises par des juges impartiaux, et non par des avocats zélés agissant unilatéralement. Quand les policiers, contrairement à notre demande, ont levé les scellés sur les lieux du crime, ils ont agi en violation du concept d'équité fondamentale qui fonde les droits de la défense. Mr. Colter demande simplement, mesdames et messieurs, la possibilité d'examiner les lieux. Il ne veut rien faire de plus que ce que l'État lui-même a pu faire en usant de son pouvoir. Il ne demande que l'égalité de traitement. Le juge Pogue a compris cela, et nous vous demandons de faire preuve d'équité à votre tour en maintenant son injonction.

La cour se retira. Matthew Reynolds regarda Abigaïl Griffen rassembler ses papiers et refermer son attaché-case. D'ici un instant, il lui faudrait traverser la foule compacte des journalistes massés à l'extérieur de la salle d'audience, sur le palier du troisième étage. Reynolds savait que s'il devait lui parler, c'était maintenant ou jamais. Abbie se dirigea vers la porte.

— Mrs Griffen !

Elle se retourna et vit Reynolds qui la suivait, les pans de sa veste lui battant les flancs, tel un corbeau brutalement précipité sur terre et qui peine à reprendre son vol.

— Merci d'avoir dit à la cour que vous ne me pensiez pas malhonnête, lança Reynolds avec, dans la voix, un tremblement qu'Abbie n'y avait pas remarqué lorsqu'il plaidait. Ma réputation est ce que j'ai de plus précieux.

— Ne me remerciez pas, Mr. Reynolds. Mais je suis curieuse. Cette accusation était si incongrue... Il n'y aurait pas un peu d'animosité entre le juge Pope et vous ?

Reynolds hocha la tête d'un air attristé.

— J'ai plaidé contre Arnold Pope dans une affaire de meurtre lorsqu'il était procureur du comté de Walker. On avait arrêté un innocent après une instruction bâclée. Le juge Pope, en ce temps-là, rameutait volontiers la presse sur ses procès, et il s'était vanté, cette fois, d'obtenir rapidement une condamnation.

— Et il en a été pour ses frais, je présume ?

— Exactement. Mais après le procès, il a menacé de me poursuivre pour subornation de jurés.

— Et alors... ?

— Et alors, le juge a dit à Pope qu'il avait perdu son affaire parce qu'il n'avait aucune raison de la gagner, et qu'il s'opposerait à toute demande de poursuites contre moi. Pour moi, l'incident s'est arrêté là. Mais je pense qu'il en a gardé quelque rancœur à mon égard.

— Désolée pour vous.

— C'est gentil de dire cela, sachant que l'animosité de Pope vous assure son vote !

— Oui, mais d'autres juges prendront votre parti uniquement pour ne pas être de son côté !

— Espérons que ce que vous dites est vrai, Mrs. Griffen, répondit Reynolds, un tantinet solennel.

— Pourquoi ne m'appelez-vous pas Abbie ? Nous allons beaucoup nous voir, pendant ces débats. Soyons simples.

— Entendu, Abbie.

— À bientôt, Matt.

Reynolds, serrant sa serviette sur sa poitrine comme un bouclier, regarda Abigaïl Griffen franchir les portes de la salle d'audience.

Les journalistes, dès qu'il apparut dans le hall, s'agglutinèrent autour de Matthew Reynolds. Abbie en profita pour filer par l'escalier de marbre et quitter l'immeuble par la porte de derrière. S'attendant à la présence des journalistes — Reynolds ne pouvait pas faire un pas sans qu'ils accourent —, elle avait garé sa voiture dans une rue adjacente. Elle aperçut de loin Robert Griffen assis à la place du passager.

Avec son pantalon cognac, sa chemise bleu marine et ses mocassins, le juge Griffen avait tout d'un joueur de golf professionnel. Ses cheveux bruns, qu'il portait longs, lui masquaient en partie le front. Comme elle ouvrait la portière arrière pour jeter son attaché-case sur la banquette, il lui sourit. Abbie, surprise par l'éclat de ses yeux bleus, en oublia une seconde pourquoi elle l'avait quitté.

— Comment s'est passée l'audience ? demanda Griffen.

— Que fais-tu dans ma voiture ? répliqua sèchement Abbie en se glissant derrière le volant.

Le sourire vacilla.

— Tu me manquais. J'ai pensé qu'on pourrait discuter un peu.

— Tu as mal pensé, Robert. Peut-être que l'une des filles que tu sautais dans mon dos aura du temps pour ça.

Griffen accusa le coup.

— Vraiment, tu n'as pas une minute ?

— J'ai rendez-vous à Portland, et je ne veux pas être en retard, dit Abbie en mettant le contact. Et d'ailleurs, Robert, je sais ce que tu veux, et la banque est fermée. Tu ferais mieux de te dégoter une riche maîtresse, ou de changer ton train de vie.

— Tu dis n'importe quoi. Je n'en ai jamais voulu à ton argent, et les autres filles... Mon Dieu, je ne sais pas ce qui m'a pris. Mais c'est fini, tout ça. Je te le jure. C'est toi que j'aime, Abbie.

— Et quand tu as fait casser le jugement dans l'affaire Deems, c'était pour me prouver ton amour ?

Griffen pâlit.

— Qu'est-ce que tu racontes ?

— C'est uniquement pour m'embêter, que tu as fait ça.

— Ne sois pas stupide. J'ai agi, dans cette affaire, en fonction du droit. Comme la majorité des juges. Bon Dieu, même Arnold Pope a voté comme moi !

— Je ne suis pas stupide, Robert. Tu t'es fondé sur un principe que trois États, seulement, appliquent pour annuler la condamnation d'un psychopathe dangereux.

— Ce n'est pas un mauvais principe. Nous avons pensé..., (Griffen s'interrompit.) C'est ridicule ! Je ne vais pas, maintenant, dans ta voiture, me justifier pour la façon dont j'ai statué dans l'affaire Deems !

— C'est vrai, Robert. Tu n'as rien à faire dans ma voiture. Descends.

— Abbie...

Abbie Griffen se tourna brusquement vers celui qu'elle considérait désormais comme son ex-mari pour le regarder droit dans les yeux.

— Si tu n'as pas quitté cette voiture dans dix secondes, j'appelle la police.

Griffen rougit de colère. Il ouvrit la bouche pour parler, ne dit rien, poussa la portière en secouant la tête et sortit.

— J'aurais dû me douter qu'on ne pouvait pas discuter avec toi.

— Ferme la portière, s'il te plaît.

Griffen referma la portière à toute volée et Abbie démarra en trombe pour sortir du parking. En retournant vers la cour d'appel, Griffen ne vit pas, sur le seuil du bâtiment administratif, Matthew Reynolds qui le regardait.

3.

En 1845, deux Yankees établirent une concession sur des terres bordant le fleuve Willamette, dans le territoire de l'Oregon, et jouèrent à pile ou face pour savoir si la ville qu'ils se proposaient d'y construire se nommerait Portland ou Boston. Portland naquit ainsi sur un site idyllique. La forêt l'entourait de toutes parts, au pied de deux hautes collines dominant la rive occidentale du fleuve. De cette rive, on apercevait, au-delà de la chaîne des Cascades, les sommets enneigés des monts Hood, Adams et St. Helen.

Portland se construisit au bord du fleuve avant de s'en éloigner lentement au fur et à mesure qu'elle prenait les proportions d'une ville. Les premières maisons furent démolies pour être remplacées par des immeubles de fer et de verre. Mais juste au-dessous de Washington Park, aux approches du centre-ville, subsistaient quelques superbes demeures de style victorien reconverties en bureaux pour abriter des cabinets d'architectes, de médecins ou d'avocats.

À dix heures, au soir de sa plaidoirie devant la Cour Suprême de l'Oregon, la lumière était éteinte dans les bureaux et la bibliothèque occupant les deux premiers étages de la maison de Matthew Reynolds, mais elle brûlait encore dans l'appartement du troisième étage. La journée avait été dure pour Reynolds. Il s'était écoulé tellement de temps depuis la fusillade que ses experts ne voyaient plus guère l'intérêt d'examiner la maison des Franklin. Quelle que soit la décision de la Cour Suprême, le stratagème juridique utilisé par Abigaïl Griffen risquait de faire perdre à son client la preuve qui aurait dû le disculper et lui permettre de gagner son procès.

Mais ce n'était pas la seule chose qui perturbait Reynolds. Il était encore sous le coup de sa rencontre avec Abbie Griffen. Reynolds était fasciné par les capacités intellectuelles de cette femme. Elle était l'une des rares personnes avec lesquelles il se sentait d'égal à égale dans une salle d'audience. Et, surtout, Abbie était la femme la plus belle qu'il ait jamais vue. Il avait eu l'occasion de lui parler puisqu'il avait déjà plaidé contre elle. Pourtant, il avait dû rassembler tout son courage, ce jour-là, pour l'aborder après l'audience et la remercier d'avoir rejeté les insinuations malveillantes du juge Pope. Mais l'entendre ainsi défendre son honneur, à lui, Matthew Reynolds, l'avait littéralement électrisé.

Reynolds était prêt à se mettre au lit, mais ne se sentait pas fatigué. Il y avait sur sa commode deux photographies de son père et, dans un cadre, une page de journal montrant celui-ci devant un tribunal de Caroline du Sud. L'article était ancien, et le papier commençait à jaunir. Matthew effleura l'article du regard, puis fixa les deux photographies d'un œil affectueux.

Un miroir surplombait la commode. Matthew s'y regarda. Quelle allure ! Le *Time* s'était montré charitable, en parlant de son physique ordinaire. Enfant, déjà, il subissait des railleries incessantes. Combien de fois n'était-il pas rentré chez lui en pleurs, meurtri par la cruauté des gamins du quartier ?

Il se demanda ce que voyait Abigaïl Griffen lorsqu'elle le regardait. Ce regard allait-il au-delà des apparences ? Se doutait-elle le moins du monde qu'il pensait si souvent à elle ? Pensait-elle quelquefois à lui, de son côté ? Il secoua la tête, effrayé par la témérité d'une telle supposition. Un homme comme lui, avec ce physique, cette allure, dans les pensées d'Abigaïl Griffen ? Ridicule !

Matthew sortit de sa chambre et descendit dans le hall. Le cabinet, comme l'appartement, était décoré de meubles anciens. Le bureau à cylindre sur lequel travaillait Matthew avait appartenu à l'avocat, mort en 1897, d'une compagnie de chemins de fer. Un juge du dix-neuvième siècle, célèbre pour le nombre de condamnations à mort qu'il avait prononcées, s'était longtemps assis sur le fauteuil qui était désormais celui de Matthew. Ce dernier prenait un malin plaisir à s'y installer pour préparer ses plaidoiries.

À côté du bureau se trouvait une table d'échecs au pied de marbre blanc et au plateau composé de carreaux de marbres verts et blancs. Reynolds ne sortait jamais. Les échecs lui avaient fourni un refuge lorsqu'il était enfant, et il continuait à y jouer. Il avait une dizaine de parties en cours avec divers correspondants, américains ou habitants de pays lointains. Les pièces disposées sur l'échiquier représentaient la partie qu'il disputait alors avec un professeur norvégien dont il avait fait la connaissance lors d'un symposium sur la peine de mort. C'était aussi la seule partie dans laquelle il n'occupait pas une position dominante.

Il se pencha sur l'échiquier. Le coup pouvait être décisif, mais il était trop sur les nerfs pour se concentrer. Après quelques minutes, il éteignit le plafonnier et s'assit derrière le bureau à cylindre. L'unique source de lumière de la pièce était la petite lampe Tiffany posée au-dessus du cylindre. Reynolds ouvrit le tiroir du bas et en tira une grande enveloppe de papier craft. Il était le seul à en connaître l'existence. L'enveloppe renfermait divers articles de journaux et un grand nombre de photographies. Il prit les articles et les photographies et les étala devant lui, sur le bureau.

Le premier article était un portrait d'Abigaïl Griffen publié dans *The Oregonian* après qu'elle eut gagné l'affaire Deems. Reynolds avait si souvent relu cet article qu'il le connaissait par cœur. Une photographie en noir et blanc d'Abbie occupait un bon tiers de la première page. L'article continuait dans les pages intérieures, illustré cette fois d'une photographie d'Abbie et du juge Griffen. Le juge tenait sa femme par les épaules. Abbie, sa chevelure soyeuse retenue par un bandeau, se serrait contre son mari avec l'air de dire qu'elle n'avait rien de plus précieux au monde.

Les autres articles étaient consacrés à des affaires gagnées par Abbie. Ils comportaient tous des photographies. Reynolds, repoussant les articles, disposa les photographies devant lui. Il les examina longuement. Puis il tendit la main pour prendre l'une de ses préférées, un instantané en noir et blanc où l'on voyait Abbie dans le jardin public, face à l'immeuble de la Cour Suprême, assise sur un banc et la tête renversée en arrière, le visage offert aux rayons du soleil.

CHAPITRE 4

1.

En 1958, année où elle obtint son diplôme de la faculté de droit, Alice Sherzer était l'une des trois filles de sa promotion. Elle chercha du travail à Portland, enchaînant les entretiens avec des employeurs potentiels, tous de sexe masculin et tous pareillement décontenancés devant cette grande fille maigre qui prétendait devenir avocate. Un important cabinet lui offrit de s'occuper des successions, ce qu'elle refusa poliment. Elle voulait plaider, et rien d'autre. Ses interlocuteurs lui expliquaient inévitablement que leurs clients n'accepteraient jamais d'être représentés par une femme devant un tribunal — sans compter les réactions prévisibles des jurés et des magistrats.

Alice Sherzer ne se résigna pas. Elle voulait plaider. Quitte à s'établir à son compte s'il le fallait. Elle accrocha donc sur sa porte une plaque d'avocat. Quatre ans plus tard, un autocar de la compagnie Greyhound écrabouilla une vieille Chevrolet, quasiment une épave, conduite par un client d'Alice. L'homme, père de quatre enfants, venait d'être licencié par la scierie qui l'employait jusque-là. L'accident le laissa paralysé à vie. Alice poursuivit Greyhound. Le cabinet représentant la compagnie se trouvait être celui qui lui avait proposé quelques années plus tôt un emploi dans son service des successions.

Les avocats de Greyhound auraient sans doute conseillé à la compagnie de faire une offre raisonnable pour régler l'affaire à l'amiable, si la victime n'avait eu Alice Sherzer pour défenseur. Mais ils estimèrent que le fait d'être représenté par une femme revenait à ne pas l'être du tout. Au tribunal, ils ignorèrent ostensiblement Alice, se moquant d'elle dès qu'elle avait le dos tourné. Tout le monde s'amusa beaucoup de cette affaire, jusqu'au jour où le jury accorda quatre millions de dollars au plaignant. Le jugement fut confirmé par la Cour Suprême, le juge qui présidait ayant si bien conduit les débats qu'il n'avait pas laissé à ses collègues masculins le moindre prétexte pour interjeter appel.

Rien ne frappe autant les esprits que l'argent, et quatre millions de dollars, c'était une somme considérable en 1962. Alice cessa d'être une simple curiosité. Plusieurs cabinets, à commencer par celui qu'elle venait de battre, lui firent des propositions. Non, merci, répondit poliment Alice. Avec ses honoraires — un pourcentage sur la somme allouée par les juges — et l'afflux de nouveaux clients provoqué par ce jugement, elle n'avait nul besoin d'un salaire d'associée. Elle avait besoin d'associés.

En 1975, le cabinet Sherzer, Randolph et Picard était l'un des plus importants de l'État, Alice était mariée et mère de deux enfants, et un siège était à pourvoir à la cour d'appel de l'Oregon. Alice prit rendez-vous avec le gouverneur et lui fit observer qu'aucune femme n'avait jamais été nommée dans une cour d'appel de l'Oregon. Comme le gouverneur lui exposait les problèmes politiques que ne manquerait pas de soulever une telle nomination, Alice lui rappela la coquette somme qu'il avait acceptée de la part d'une femme au titre de contribution à sa dernière campagne, et la somme encore plus importante dont elle disposait pour financer la campagne qu'elle ne manquerait pas de mener contre tout candidat de sexe masculin soutenu par lui. Sept ans après sa nomination à la cour d'appel, Alice Sherzer devint la première femme juge à la Cour Suprême de l'Oregon. Elle avait maintenant soixante-cinq ans. La rumeur de son départ à la retraite revenait à chaque début d'année, mais l'esprit d'Alice Sherzer fonctionnait toujours à plein régime, et elle ne songeait pas le moins du monde à raccrocher.

Le juge Sherzer avait un bureau d'angle donnant d'un côté sur le Capitole et de l'autre sur les bâtiments de briques rouges et les pelouses de Willamette University. Quand Tracy frappa à sa porte, le lendemain de la venue de Matthew Reynolds, le juge se tenait derrière le bureau qui avait été naguère celui de Charles L. McNary, l'un des tout premiers juges à siéger à la Cour Suprême. McNary s'était présenté comme candidat à la vice-présidence des États-Unis aux côtés de Wendell Willkie en 1940, lors de la tentative malheureuse des républicains pour enlever la présidence à Franklin Delano Roosevelt. L'antique bureau formait un contraste saisissant avec les sculptures et les peintures abstraites dont le juge Sherzer avait décoré ses locaux.

— Vous allez bientôt nous quitter, n'est-ce pas ? demanda-t-elle quand Tracy fut assise.

— Oui.

— Vous avez quelque chose en vue ?

— J'ai reçu plusieurs offres, mais je n'ai pas fait de choix définitif.

— Le juge Forbes m'a parlé d'un poste à pourvoir, et m'a chargée de vous demander si vous seriez intéressée.

— De quoi s'agit-il ?

— Matthew Reynolds cherche quelqu'un.

— Vous plaisantez !

— L'un de ses associés vient de le quitter pour le cabinet Parish, et il a besoin de le remplacer immédiatement.

— J'ai du mal à y croire. Je rêve de travailler avec Matthew Reynolds.

— Ce ne sera pas facile. Reynolds épuise tous ses collaborateurs.

— Vous savez bien que la tâche ne m'effraie pas.

— C'est vrai, mais avec Reynolds, ce n'est plus une tâche, c'est un esclavage. Ses associés résistent rarement plus d'un ou deux ans.

— Merci de me prévenir, mais rien ne m'empêchera d'essayer, si Reynolds veut bien de moi.

— Je tenais simplement à ce que vous sachiez où vous mettez les pieds. Reynolds vit dans son bureau. Son existence se résume à l'étude des dossiers et à la préparation des procès. Il travaille quatorze heures par jour, sept jours par semaine. Je sais que ça semble fou, mais je n'exagère pas. Reynolds n'a pas de vie sociale. Le concept même lui est étranger. Il attendra de vous que vous soyez à son entière disposition, taillable et corvéable à merci, à toute heure du jour et de la nuit, week-ends compris. On m'a dit que Matt ne dormait pas plus de quatre heures et que dans son bureau la lumière ne s'éteignait jamais.

— Je persiste à dire que le poste m'intéresse.

— Autre chose. Il n'a jamais eu une femme comme associée. Pour être franche, ajouta le juge avec un petit sourire, je me demande s'il sait ce qu'est une femme.

— Pardon ?

— Je ne sais pas pourquoi, mais il semble les fuir comme la peste.

— S'il n'a jamais eu de femme comme associée, pourquoi voudrait-il de moi ?

Le juge se mit à rire.

— En effet ! Reynolds a déjà engagé plusieurs clercs qui sortaient d'ici parce qu'il a fait ses études en même temps que le juge Forbes et se fie à ses recommandations. Il a sauté sur son téléphone pour appeler Forbes dès qu'il a su que nous voulions lui envoyer une femme, mais Forbes lui a juré que vous ne mordiez pas. Il est donc prêt à vous rencontrer. Voici le numéro de son cabinet. La secrétaire vous fixera un rendez-vous.

Tracy prit le papier que lui tendait Alice Sherzer.

— C'est fabuleux ! Je ne sais comment vous remercier.

— Si ça marche, vous me remercierez en travaillant de telle sorte que la prochaine fois Reynolds n'hésite pas à embaucher une femme.

2.

La bibliothèque occupait la plus grande partie du deuxième étage de l'immeuble de la Cour Suprême. On y accédait par le grand escalier de marbre. Face aux portes, dans un petit espace vitré, se trouvaient le guichet d'accueil et un bureau pour les bibliothécaires ; et, de part et d'autre du bureau, des boxes de travail. Au-delà des boxes, les rayonnages chargés de livres s'enfonçaient dans les profondeurs du bâtiment. Une galerie surplombait le tout, jetant des ombres sur les alignements de livres.

Laura Rizzatti, assise dans l'un des boxes, prenait fiévreusement des notes. Une pile de volumes contenant des minutes de procès se dressait devant elle. Quand Tracy lui toucha l'épaule, elle sursauta.

— Que dirais-tu d'une petite pause café ? demanda Tracy. J'ai quelque chose d'incroyable à te raconter.

— Pas maintenant, je ne peux pas, répondit Laura en retournant son bloc-notes d'un geste vif pour cacher ce qu'elle était en train d'écrire.

— Allons ! Un petit quart d'heure. Tu n'en mourras pas !

— Vraiment, c'est impossible. Le juge a besoin de ça tout de suite.

— Qu'est-ce que c'est ?

— Oh, rien d'intéressant, dit Laura, d'un ton détaché, mais visiblement mal à l'aise. Qu'est-ce que tu voulais me dire ?

— J'ai rendez-vous avec Matthew Reynolds ! Il cherche quelqu'un, et le juge Forbes m'a recommandée.

— C'est formidable, commenta Laura. Mais son enthousiasme semblait quelque peu forcé.

— Je donnerais dix ans de ma vie pour travailler avec Reynolds. Pourvu que je lui fasse bonne impression ! Le juge Sherzer m'a dit qu'il n'avait jamais eu de femme dans son équipe, et qu'il ne semble guère s'y intéresser.

— Attends qu'il te connaisse, sourit Laura. Je suis certaine que tu vas lui en mettre plein la vue.

— Espérons-le. Si tu changes d'avis, pour le café, rejoins-moi. Je suis même prête à te l'offrir !

— Je ne peux pas, je t'assure. Bonne chance tout de même !

Tracy traversa la bibliothèque et trouva le volume de la *New York University Law Review* dont elle avait besoin. Elle l'emporta dans son box et se mit à lire en prenant des notes. Une demi-heure plus tard, elle se leva pour aller voir Laura et tenter une nouvelle fois de la débaucher. Elle était terriblement excitée par la perspective de cet entretien avec Matthew Reynolds et mourait d'envie d'en parler.

Laura n'était plus à son bureau. Mais Tracy y remarqua le bloc-notes jaune sur lequel elle l'avait vue écrire. Laura y avait noté une liste d'affaires criminelles. Tracy examina la liste, sans comprendre, et se demanda pourquoi Laura avait paru si soucieuse de la lui cacher. Puis, haussant les épaules, elle partit à la recherche de son amie.

Tracy chercha le long des rayonnages jusqu'à la section consacrée aux minutes des affaires traitées par la cour d'appel de l'Oregon. Laura se trouvait tout au bout d'une allée, près du mur, et Tracy fut surprise de la voir en conversation avec le juge Pope. Elles avaient plus d'une fois parlé de lui, et Tracy savait que Laura n'avait que mépris pour Arnold Pope. Tracy se dirigeait déjà vers son amie et le juge, quand quelque chose dans leur attitude l'arrêta.

L'espace entre les rayonnages étant des plus étroit, Laura et le juge, face à face, se touchaient presque. Laura semblait très énervée. Elle parlait en agitant les mains. Pope, soudain, rougit et dit quelque chose. Tracy ne pouvait le comprendre, car ils chuchotaient, mais le ton lui parut furieux. Elle vit Laura s'écarter du juge, heurtant du dos l'étagère chargée de livres. Pope dit encore quelque chose. Laura secoua la tête. Puis le juge leva la main pour la poser sur l'épaule de Laura. Laura voulut repousser cette main, mais Pope la tenait fermement. Tracy s'avança dans l'allée de manière à être vue, et lança d'une voix forte :

— Alors, ce café ? On y va ?

Pope parut surpris et lâcha l'épaule de Laura.

— J'ai un dossier à voir avec Laura. Vous me pardonnerez, monsieur le juge, dit Tracy d'un ton qui signifiait clairement qu'elle avait tout vu.

Pope rougit à nouveau. Il regarda fixement Laura, puis Tracy.

— Très bien, dit-il en contournant Tracy pour s'éloigner.

— Ça va ? demanda Tracy, dès que Pope fut hors de vue.

— Tu nous as entendus ? demanda Laura, anxieuse.

— Je n'ai rien entendu du tout, répondit Tracy, embarrassée. J'ai cru comprendre que Pope te serrait d'un peu trop près. Il t'a embêtée ?

— Non, dit Laura, très vite. Il cherchait seulement à savoir comment Bob... le juge Griffen allait voter dans une affaire.

— C'est bien vrai, ce que tu me dis là ? Tu avais pourtant l'air...

— Ça va, Tracy, coupa Laura. Je te dis que ça va. Laisse tomber.

— Voyons, Laura. Je pourrais peut-être t'aider, si tu me disais ce qui te tracasse.

— Comment pourrais-tu m'aider, explosa soudain Laura. Tu n'as pas idée de ce que j'endure !

— Laura, je...

— Je t'en prie, il ne faut pas m'en vouloir, mais tu ne pourras pas comprendre, dit Laura.

Puis, tournant brusquement les talons, elle s'enfuit entre les rayonnages. Tracy, stupéfaite, regarda son amie disparaître.

3.

— C'est Laura, monsieur le juge. Elle demande à vous voir, annonça la secrétaire dans l'interphone.

— Faites-la entrer.

Le juge Griffen était en train de préparer la réunion de la mi-journée et espérait que Laura aurait achevé la recherche qu'il lui avait confiée sur l'affaire de taxes inscrite à l'ordre du jour. La porte s'ouvrit au moment où il signait une lettre. Il leva la tête et sourit. Mais son sourire s'évanouit quand il vit la tête de sa jeune collaboratrice. Elle semblait au bord des larmes.

— Il faut que je vous parle, dit-elle d'une voix tremblante.

Griffen se leva, fit le tour de son bureau.

— Il y a quelque chose qui ne va pas ?

— Oui, dit Laura. Tout !

Et elle éclata en sanglots.

La salle de conférences de la Cour Suprême de l'État de l'Oregon était vaste et peu meublée, à l'exception de la grande table qui en occupait le centre et de quelques bibliothèques vitrées anciennes. Quatre juges des précédentes générations, immortalisés dans des portraits décorant les murs, fixaient d'un regard sévère leurs collègues des temps modernes. Le juge Forbes, qui présidait la séance, était assis à l'une des extrémités de la table, les manches de sa chemise blanche retroussées sur ses avant-bras, son nœud de cravate desserré. Alice Sherzer posa son gobelet de café et ses dossiers à sa place, à la droite du président. Vincent Lefcourt, très digne sous son casque de cheveux blancs, s'assit à la gauche de Forbes.

Robert Griffen poussa la porte et faillit bousculer Mary Kelly, qui venait d'allumer sa première cigarette.

— Pardon !

Mary Kelly portait une robe verte sans manches, de coupe large. Elle chassa de la main la mèche blonde qui lui tombait sur le front et sourit machinalement à son collègue.

— Il n'y a pas de mal, dit-elle.

Puis elle vit la tête de Griffen, et son sourire disparut. Elle posa la main sur son avant-bras. Il s'immobilisa.

— Que se passe-t-il ? demanda Mary Kelly à mi-voix.

Griffen secoua la tête.

— Rien. Ça va.

Elle fit un pas de côté pour cacher son interlocuteur aux autres juges, leur tournant le dos.

— Dis-moi ce que tu as.

Griffen détourna le regard. Mary Kelly lui serra le bras un peu plus fort. Quand Griffen se décida à la regarder, il avait l'air bouleversé. Il s'apprêtait à répondre lorsque Pope entra à son tour.

— Votre femme a l'air en pleine forme, Bob, lança-t-il méchamment. Quel dommage, que vous ayez raté sa plaidoirie !

Griffen blêmit, et Mary Kelly regarda Pope comme elle aurait regardé un insecte dans sa salade. La porte s'ouvrit à nouveau et Frank Arriaga pénétra en trombe. Il tenait un sachet en provenance de la pâtisserie voisine.

— Désolé, les gars. Mon assistant est arrivé en retard avec le ravitaillement. J'ai manqué quelque chose ?

— Mais non, prends ton temps, Frank, dit Forbes en souriant.

Arriaga s'assit à côté de Vincent Lefcourt, qui le regarda d'un œil amusé tirer de son sachet un énorme beignet dégoulinant de confiture.

— Commençons, puisque tout le monde est là, proposa le juge Forbes.

— On se voit tout de suite après, murmura Mary Kelly en se penchant vers Griffen.

Forbes tendit la main vers la pile de dossiers posée devant lui.

— J'allais commencer par toi, Frank, mais puisque tu as la bouche pleine de cette saleté... Dis-moi plutôt, Vincent : que penses-tu de l'affaire Franklin ?

4.

Le juge Sherzer avait besoin d'une note sur une affaire en cours pour le lendemain matin, mais Tracy était tellement troublée par ce qui s'était passé dans la bibliothèque qu'elle avait le plus grand mal à se concentrer. À cinq heures, elle décida de faire une pause et de reprendre la rédaction de sa note après le dîner.

Elle avait trouvé un appartement au deuxième étage d'une résidence située à moins d'un kilomètre de la cour d'appel. Si au collège puis dans ses études de droit elle avait toujours été parmi les meilleurs, elle était loin d'exceller en tant que ménagère. La porte d'entrée donnait directement sur un living-room qui n'avait pas été nettoyé depuis une semaine. On avait jeté le courrier et les journaux en vrac sur le canapé. Dans un angle de la pièce, la poussière s'accumulait sur le petit poste de télévision en noir et blanc que Tracy allumait rarement. Le matériel d'escalade était bien entretenu, mais il était resté en tas à côté de la télé.

L'appartement était loué meublé. Tracy y avait apporté comme seule touche personnelle quelques photographies rappelant ses exploits sportifs. L'un de ces clichés, dans le living-room, la montrait face à une tribune sur une piste d'athlétisme, effleurant de la main l'épaule d'une autre athlète qui se penchait en avant. Les deux jeunes femmes portaient sur leurs tenues le logo de Yale University. Elles venaient de terminer respectivement première et deuxième l'épreuve du 1 500 mètres. On les sentait épuisées et triomphantes.

Un autre cliché montrait Tracy lors de l'ascension d'une montagne couronnée de neige. Elle portait un parka dont elle avait rejeté le capuchon en arrière et brandissait un piolet. Et dans la chambre, on la voyait tête en bas et pieds en l'air sur un fond de paroi rocheuse, alors qu'elle tentait l'une des voies d'escalade les plus dangereuses de Smith Rocks, dans l'est de l'Oregon.

Sitôt chez elle, Tracy se déshabilla en laissant choir ses vêtements sur le sol de la chambre et enfila sa tenue de jogging. Puis elle se lança sur le parcours d'une dizaine de kilomètres qu'elle avait adopté en arrivant à Salem.

Tout en courant, Tracy songea à l'incident de la bibliothèque. Elle ne s'expliquait pas la réaction de Laura. Laura n'aimait pas du tout le juge Pope. Pourquoi, alors, avait-elle voulu le protéger s'il l'avait importunée ? Se pouvait-il qu'il y ait une autre explication à ce qu'elle avait vu ? Elle était incapable d'en imaginer une qui paraisse censée. Il se passait quelque chose dans la vie de Laura, sans aucun doute. Tracy avait été frappée par sa pâleur, son air défait lorsqu'elle l'avait surprise en train de lire les minutes de l'affaire Deems. La façon dont Laura s'était d'abord dérobée, puis son explosion soudaine au moment de quitter la bibliothèque, tout cela correspondait bien à l'état d'agitation dans lequel Tracy la voyait depuis quelques jours. Mais quelle était la cause de cette anxiété ?

Après son jogging, Tracy prit une douche et avala une salade de crevettes accompagnée de deux tranches de pain au levain. Puis elle jeta la vaisselle dans l'évier et reprit le chemin de son bureau en coupant à travers le campus de Willamette University. Pendant la journée, les pelouses et les arbres centenaires en faisaient un lieu de promenade très agréable. Mais à la tombée de la nuit, lors des vacances d'été, l'endroit devenait désert. Des réverbères éclairaient les sentiers que Tracy s'efforçait de suivre. La température avait chuté et un petit vent frais la faisait frissonner. Comme elle arrivait à mi-chemin, elle crut voir bouger une silhouette dans l'ombre d'un bâtiment. Elle se figea sur place, cherchant à distinguer quelque chose dans la lumière finissante. Le vent, au-dessus d'elle, agitait les feuilles des arbres.

Tracy attendit un moment sans bouger, puis reprit sa marche en se reprochant d'être aussi émotive.

Il n'y avait plus âme qui vive dans les bureaux de la Cour Suprême quand Tracy y pénétra vers sept heures et demie. On éprouvait une impression bizarre à se trouver seul dans cet immeuble vide, mais Tracy y avait passé maintes soirées à travailler. Les bureaux des clercs se trouvaient dans la partie du bâtiment regardant vers le Capitole. Un espace commun, essentiellement occupé par une table de conférence, séparait ces bureaux du service du courrier. La table de conférence était jonchée d'agrafes et de trombones, de gobelets en plastique, d'assiettes en carton et de recueils de lois. Il n'y avait pas autour de cette table deux chaises assorties, et aucune n'était en bon état. Derrière la table, une petite pièce sans fenêtre abritait un ordinateur et l'unique imprimante. Des étagères chargées de livres, des classeurs à dossiers et un canapé défoncé complétaient le décor. Tracy traversa cet espace commun pour s'engager dans le petit couloir menant à son bureau. Ayant trouvé les notes dont elle avait besoin pour rédiger le rapport demandé par Alice Sherzer, elle éteignit la lumière de l'étage et prit l'escalier pour monter à la bibliothèque.

Une note en bas de page, dans un article, mentionnait quelques affaires intéressantes. Tracy chercha sur les rayonnages et trouva assez vite les dossiers. Ils la renvoyèrent à d'autres affaires, et son travail l'absorba tant qu'au moment d'aller rédiger son rapport elle sursauta en voyant l'heure : dix heures passées. Elle rassembla ses notes, éteignit les lumières de la bibliothèque. Le bruit de ses pas descendant le grand escalier de marbre sonnait bizarrement, répercuté par l'écho dans le silence de l'immeuble, et lui donnait l'impression de ne pas être seule. Elle se mit à rire en se rappelant sa nervosité, en début de soirée, lorsqu'elle avait traversé le campus. Qu'avait-elle donc ?

Tracy poussa la porte du couloir desservant les bureaux des clercs, et s'immobilisa. Elle était certaine d'avoir tout éteint avant de monter à la bibliothèque, mais il y avait maintenant de la lumière dans le bureau de Laura Rizzatti. Quelqu'un était entré dans l'immeuble pendant qu'elle se trouvait à l'étage au-dessus.

— Laura ?

Pas de réponse. Tracy, immobile sur le seuil, tendit l'oreille pour saisir le moindre bruit susceptible de lui signaler une présence. N'entendant rien, elle pénétra dans le bureau de Laura. Les tiroirs du classeur étaient tous ouverts, et des dossiers jonchaient le sol. Des procès-verbaux étaient éparpillés tout autour. Quelqu'un avait fouillé le bureau pendant que Tracy était à la bibliothèque.

Comme elle tendait la main vers le téléphone pour appeler Laura, la porte du couloir se referma. Tracy resta quelques secondes figée sur place, puis se précipita pour ouvrir. Il n'y avait personne dans le hall. Elle revint sur ses pas, regarda à travers les vitres. Personne sur le parking. Tracy s'efforça de retrouver son calme. Il fallait prévenir la police de ce qui venait de se passer. Mais *que s'était-il passé ?* C'était peut-être Laura elle-même qui avait mis ce désordre dans son bureau. La chose n'aurait rien d'étonnant, étant donné l'état dans lequel elle se trouvait depuis quelques jours. Et Tracy avait peut-être *cru* entendre la porte se fermer ? Après tout, elle n'avait *vu* personne dans l'immeuble, personne sur le parking.

Tracy ne se sentait plus le courage de rester dans ces locaux déserts. Elle décida de laisser ses notes et de revenir de bonne heure, le lendemain, pour rédiger ce rapport. Elle éteignit, et se dirigea vers son bureau. C'est alors que, du coin de l'œil, elle aperçut quelque chose sous la grande table de conférence. Elle s'immobilisa. Un rai de lumière éclairait une jambe de femme. Le reste du corps était dans l'ombre. Tracy s'agenouilla. La torsion du corps semblait indiquer que la femme avait essayé de ramper pour échapper à son agresseur. Les cheveux noirs et bouclés étaient collés par le sang qui continuait à couler. La tête était tournée de telle sorte que les yeux sans vie semblaient fixer Tracy. Celle-ci se releva vivement en étouffant un sanglot. Elle savait qu'elle aurait dû chercher le pouls de la victime, mais ne se résolvait pas à toucher le mince poignet de Laura Rizzatti. Car elle savait aussi, d'instinct, que cela ne changerait rien.

Les premiers policiers arrivés sur les lieux demandèrent à Tracy d'attendre dans son bureau. C'était une pièce si petite qu'elle pouvait presque toucher les cloisons en étendant les bras. Un tableau indiquait les affaires en cours. Près de la table, côté fenêtre, un antique ventilateur était posé au sommet d'une armoire métallique remplie de dossiers. Quelques chemises contenant des procès-verbaux étaient soigneusement rangées sur la table, à côté d'un ordinateur.

Une mince jeune femme vêtue d'un pantalon beige, d'une chemisette bleu pastel et d'un anorak léger du même bleu entra dans son bureau en lui présentant son badge. Elle avait la tête de quelqu'un qu'on vient de tirer d'un profond sommeil. Ses yeux bleus étaient rougis, et ses cheveux blonds mal peignés, ou pas peignés du tout.

— Heidi Bricker, inspecteur.

Elle tenait de son autre main un gobelet géant au logo de McDonald. Elle le tendit à Tracy.

— Un café chaud ?

— Merci, répondit Tracy d'une voix lasse.

Heidi Bricker s'assit à côté d'elle.

— C'était une amie à vous ?

Tracy répondit par un hochement de tête.

— La découverte du corps a dû vous faire un choc.

Tracy but une gorgée de café. Il était vraiment chaud et lui brûlait le palais, mais elle n'en avait cure. La douleur physique était une sorte de dérivatif.

— Que faisiez-vous ici, aussi tard ?

— Je travaille pour le juge Sherzer. Elle étudie un dossier assez complexe sur lequel la cour est appelée à statuer prochainement, et elle m'a demandé de lui rédiger pour demain matin un rapport sur un point de droit.

— Quand vous êtes-vous mise au travail ?

— Vers sept heures et demie.

— Où ?

— À l'étage au-dessus, dans la bibliothèque.

— Avez-vous vu ou entendu quelque chose d'anormal ?

— Non. Quand on est dans la bibliothèque, on ne peut rien entendre de ce qui se passe à l'étage des clercs.

L'inspecteur Bricker prit quelques notes dans son carnet à spirale avant de demander :

— Laura travaillait comme clerc, elle aussi ?

Tracy hocha la tête.

— Oui. Auprès du juge Griffen.

— En quoi consistait sa tâche ?

— Elle préparait les dossiers en vue des délibérations, rédigeait des attendus de jugements et étudiait les demandes de révision présentées par les plaignants déboutés en cour d'appel.

— Vous pensez que son assassinat pourrait être lié à l'une des affaires sur lesquelles elle travaillait ?

— Je ne peux pas imaginer une chose pareille. Nous ne savons rien qui ne soit public.

— Expliquez-moi ça.

— D'accord. Supposons qu'après avoir été condamnée

pour un quelconque délit, ou avoir perdu un procès, vous ayez le sentiment d'être victime d'une injustice. Soit parce que le juge a accepté de verser au dossier des pièces qui n'auraient pas dû y figurer, soit parce qu'il a aiguillé les jurés vers une mauvaise interprétation de la loi. Vous avez alors la possibilité de faire appel. Lors d'un appel, vous demandez à la cour de dire si le juge a fait correctement son travail, ou s'il a commis des erreurs de procédure. S'il a effectivement commis des erreurs, et si elles étaient suffisamment graves pour influencer le verdict, la cour d'appel renvoie l'affaire devant un tribunal pour y être jugée une nouvelle fois.

« Les minutes d'un procès sont la transcription, mot pour mot, de tout ce qui s'est dit au cours des débats. Si vous faites appel, le greffier du tribunal prépare une copie de ces minutes. Un appel peut se fonder sur ce document. Si quelqu'un avoue un crime alors que le procès est clos, cet aveu ne peut justifier un appel car il ne figure pas dans les minutes.

— Si je comprends bien, rien n'est secret aux yeux d'un juge de cour d'appel ?

— Il arrive que certaines parties d'un dossier soient déclarées confidentielles, mais c'est rare. Et personne n'est autorisé à rendre public le nom du juge chargé de rédiger les attendus du jugement, ou les positions exprimées par tel ou tel juge auprès de ses collègues lors de la délibération à huis clos qui précède le jugement. Mais tout ceci n'a rien à voir avec Laura.

— Mais alors, qui avait une raison de fouiller son bureau ?

— Je n'en sais rien. Que voulez-vous que fasse un voleur avec des dossiers et des procès-verbaux ? Ils ne peuvent intéresser que les avocats et les juges concernés par des affaires précises.

— Il n'y avait pas d'argent, pas de bijoux ?

— Laura n'était pas riche, et je ne l'ai jamais vue avec le genre de bijoux susceptibles de vous faire assassiner.

— Voyez-vous qui pouvait lui vouloir du mal ? Un ex-mari, ou ex-petit ami désireux de se venger ?

— Laura était célibataire. Et, à ma connaissance, elle n'avait pas de petit ami. Elle était secrète, aussi, et il se peut qu'il y ait eu quelqu'un sans que je le sache, mais...

Tracy se tut un peu trop brusquement.

— Oui ? fit Heidi Bricker, le regard attentif.

— Je... je me demande ce qu'il faut faire.
— À propos de quoi ?
— Ce que je vous dis restera confidentiel ?
— Nous avons l'obligation de communiquer nos rapports à la défense dans certains cas, lorsqu'il y a arrestation, mais nous nous efforçons de respecter la discrétion quand on nous le réclame.
— Je me demande si...
— Tracy, votre amie a été assassinée. Si vous savez la moindre chose susceptible de nous mettre sur la piste de celui qui a fait ça...
Tracy parla à l'inspecteur Bricker du comportement de Laura au cours des jours précédents, et de l'incident entre elle et le juge Pope dans la bibliothèque.
— Ce n'était peut-être rien, dit-elle pour conclure. Laura n'a pas dit que Pope avait tenté quoi que ce soit, mais pour moi, il ne fait pas de doute qu'il était en train de l'importuner.
— Bien. Je vous remercie. Si je parle de ceci au juge Pope, je ne lui dirai pas de qui je le tiens. Autre chose ?
Tracy secoua la tête d'un air las.
— Bien. Merci de votre coopération, mais vous semblez vraiment à bout de forces. Je vais vous faire raccompagner chez vous. Il se peut que j'aie à nouveau besoin de vous voir, dit Heidi Bricker en tendant sa carte de visite à Tracy. Et si jamais, de votre côté, vous pensiez à quelque chose...
— Je vous appellerais, bien sûr. Mais je vous ai dit absolument tout ce que je savais. Je n'arrive pas à comprendre pourquoi quelqu'un a pu en venir à tuer Laura.

5.

Tracy attendit sur le palier pendant qu'un policier faisait le tour de son appartement. Elle était épuisée, et se tenait à la rampe pour ne pas tomber. Elle avait peine à croire que Laura, à qui elle avait parlé quelques heures plus tôt, avait cessé de vivre.
— Tout va bien, miss, annonça le policier. (Tracy, qui ne l'avait pas entendu revenir, sursauta.) J'ai regardé dans toutes les pièces, mais vérifiez bien que tout est fermé. Je passerai toutes les heures, au cas où vous auriez besoin de quelque chose.
Tracy le remercia. Et elle verrouilla consciencieusement

sa porte, comme il le lui avait conseillé. Elle n'avait plus qu'une envie, dormir, mais se demandait si elle le pourrait. La première chose qu'elle vit en entrant dans sa chambre fut le clignotement du voyant de son répondeur. Elle se laissa choir sur son lit, pressa le boûton, et retint sa respiration en entendant la voix de Laura.

— Tracy, j'ai des ennuis. Il faut que je te parle. Il est neuf heures cinq. Appelle-moi dès ton retour, quelle que soit l'heure. Il faut que je...

Tracy entendit une sonnerie en arrière-plan. Et après un bref silence, à nouveau la voix de Laura.

— S'il te plaît, Tracy, appelle-moi. S'il te plaît.

CHAPITRE 5

1.

Pendant les jours qui suivirent la mort de Laura, tout le monde, à la cour, se déplaça autour de Tracy sur la pointe des pieds comme si elle avait souffert de quelque maladie rare, à l'exception d'Alice Sherzer qui lui proposa de venir loger chez elle. Tracy déclina l'invitation, déclarant qu'elle préférait rester seule dans son appartement et faire face à ses angoisses.

Le vendredi, il fit une chaleur humide, accablante. Le ventilateur brassait l'air à grand-peine dans le minuscule bureau de Tracy. L'affaire de pension d'invalidité sur laquelle elle planchait lui paraissait d'une telle aridité qu'elle avait du mal à se concentrer. Elle buvait à petites gorgées le Coca-Cola allégé qu'elle venait de s'offrir, pour les glaçons plus que pour la boisson elle-même, quand Arnold Pope fit une entrée fracassante, le visage congestionné et le regard mauvais. Avec son poil hérissé et sa machoire proéminente, il avait tout d'un bouledogue prêt à mordre.

— Vous avez dit quelque chose sur moi à une certaine Heidi Bricker ?

Tracy fut effrayée par cette agression soudaine, mais n'en laissa rien paraître.

— Je n'aime pas beaucoup qu'on me parle sur ce ton, Mr. Pope, dit-elle d'un ton ferme en se levant pour affronter le juge.

— Et moi, je n'aime pas beaucoup que des clercs racontent des histoires sur moi quand j'ai le dos tourné, mademoiselle !

— De quoi voulez-vous parler ? demanda Tracy, en s'efforçant de garder un ton calme.

— L'inspecteur Heidi Bricker, de la police de Salem, est venue me voir. Elle m'a dit que quelqu'un m'accusait d'avoir importuné Laura Rizzatti à la bibliothèque. Elle n'a pas voulu me donner le nom de cet accusateur, mais nous n'étions que trois à la bibliothèque. Vous pensiez que je ne me douterais pas d'où venait cette calomnie ?

— J'ai dit à l'inspecteur Bricker ce que j'avais vu.

— Vous ne m'avez pas vu importuner Laura Rizzatti, pour la bonne raison que je ne l'ai pas fait. Vous allez appeler cette Heidi Bricker et lui dire que vous avez menti.

— Il n'en est pas question ! rétorqua Tracy, furieuse.

— Écoutez-moi bien, mademoiselle. Votre carrière dans la justice ne fait que commencer. Vous n'allez pas, déjà, vous faire des ennemis ? Ou bien vous appelez cet inspecteur, ou bien...

— Quelque chose ne va pas ? demanda le juge Griffen en apparaissant sur le seuil du bureau.

Il portait une chemise blanche à manches courtes dont il avait déboutonné le col et il avait desserré le nœud de sa cravate à impressions cachemire rouges et jaunes. Une mèche de cheveux, collée par la transpiration, lui barrait le front. On aurait pu le prendre pour l'un des clercs.

Pope fit volte-face.

— Ceci est entre Miss Cavanaugh et moi, dit-il.

— Ah, bon ? J'avais cru entendre des menaces.

— Je me fiche de ce que vous croyez, Griffen. Je ne permettrai pas à cette fille de lancer des accusations contre moi quand j'ai le dos tourné !

— Calmez-vous, Arnold. Quel que soit le problème entre Miss Cavanaugh et vous, il y a certainement d'autres façons de le régler. Tout le monde vous entend crier.

Les épaules de Pope s'affaissèrent. Il parut sur le point de dire quelque chose à Griffen, puis se ravisa et se retourna vers Tracy.

— Je compte sur vous pour donner ce coup de téléphone. Et ensuite, vous me ferez des excuses.

Déjà le juge Pope se ruait hors du bureau, bousculant Griffen au passage. La porte claqua.

— Ça va ? demanda aussitôt Griffen.

Tracy répondit d'un hochement de tête. Elle craignait, si elle parlait, de laisser voir sa peur.

— Que s'est-il passé ?

Tracy hésita.

— Je vous en prie, dit Griffen. Je ne demande qu'à vous aider.

— J'ai dit quelque chose à la police. Au sujet du juge Pope et de Laura. C'est ce qui l'a rendu furieux.

— Que s'est-il passé entre eux ?

— Je... je ne le sais pas vraiment. Ce ne sont que des soupçons. J'ai peut-être eu tort d'en parler.

— Tracy, je m'en veux terriblement après ce qui est arrivé à Laura. Si vous savez quelque chose, il faut me le dire.

Tracy se taisait, réticente.

— De quoi s'agissait-il, Tracy ?

— Je crois que le juge Pope importunait Laura.

— Comment cela ?

— Il la... poursuivait. J'ai surpris quelque chose dans la bibliothèque. Je n'ai pas pu entendre ce qu'il disait, mais j'ai vu qu'il essayait de la forcer... Quand j'ai demandé à Laura ce qui s'était passé, elle n'a pas voulu l'accuser, mais elle était encore sous le choc. Laura n'allait pas bien du tout, ces derniers temps. Elle semblait avoir perdu le sommeil, et elle était très nerveuse.

— Et c'était, d'après vous, à cause d'Arnold ?

— Je n'en sais rien.

Griffen réfléchit un instant à ce qu'il venait d'entendre. Puis il se leva, ferma la porte du bureau et revint s'asseoir devant Tracy.

— Ce que je vais vous dire doit rester entre nous. Promettez-moi d'abord de n'en parler à personne.

— Bien sûr.

— Nous ne cessons d'avoir des problèmes avec Arnold Pope depuis qu'il a remplacé le juge Kamsky. Il faut vous dire que Kamsky avait, ici, l'estime de tous. C'était un magistrat brillant et, de surcroît, formidablement perspicace. Vous ne pouvez pas savoir combien de fois il nous a aidés, par la justesse de ses vues, à régler des conflits qui nous paraissaient insolubles.

« Quand Pope a été élu à la place de Ted, nous avons tous été anéantis. Ted était non seulement le meilleur juge de la cour, mais aussi un ami très cher pour chacun d'entre nous. Nous nous sommes tout de même efforcés de traiter Pope comme l'un des nôtres. Nous avons pris sur nous pour ne pas risquer d'être injustes à son égard. Mais l'homme s'est révélé une vraie catastrophe. Et de tous les problèmes qu'il nous a posés, le plus grave concernait son comportement avec les femmes. Stuart en a longuement discuté avec lui après qu'une secrétaire et une assistante sont venues se plaindre. Nous espérions qu'il aurait retenu la leçon, mais apparemment il n'en a rien été.

— Qu'allez-vous faire maintenant ?

— Je vais mettre Stuart au courant de ce que vous venez de me raconter, mais je vois mal ce que nous pourrions faire. Vous êtes l'unique témoin, et il vous est impossible de dire ce qui s'est réellement passé. Il n'en est pas moins utile, pour nous, de savoir que ce problème n'est pas réglé.

« Vous comprendrez, j'espère, pourquoi je vous demande la plus grande discrétion là-dessus. Il y va de l'image de la cour dans l'opinion. Les gens ont besoin de croire que nos décisions sont fondées sur la justice. C'est cette acceptation de notre autorité de magistrats par les justiciables qui donne sa force à la loi. Tout scandale qui nous atteint ternit auprès du public l'image de notre fonction.

— J'ai déjà parlé à la police.

— Bien sûr. Il le fallait. Et j'apprécie votre franchise avec moi.

C'était maintenant au tour de Griffen de se taire. Il semblait mal à l'aise.

— Laura était votre amie, n'est-ce pas ?

— J'aimerais le croire, mais elle était surtout quelqu'un de très secret.

— Ah, bon ? Je vous croyais très proches.

— Pas vraiment. Nous étions les deux seules filles parmi les clercs, ce qui nous rapprochait, mais Laura ne se liait pas facilement. Elle est venue deux ou trois fois dîner chez moi et une autre fois je suis allée chez elle, mais elle ne s'est jamais livrée.

Tracy se tut un instant. Elle venait de se rappeler le dernier message de Laura.

— Je crois qu'elle était prête à le faire, ce soir-là. Je crois qu'elle avait terriblement besoin d'une amie à qui parler. Si seulement...

Tracy n'acheva pas sa phrase. Griffen se pencha vers elle.

— Alice m'a parlé de cet appel. Il ne faut surtout pas vous sentir coupable. Vous n'auriez rien pu faire.

— Je le sais. Mais je ne me sens pas mieux pour autant.

— Laura ne se laissait pas approcher. J'essaye toujours, moi-même, de mieux connaître mes assistants. J'organise plusieurs fois par an des parties de pêche ou des randonnées, histoire de faire ensemble quelque chose qui n'ait rien à voir avec notre travail de juristes. Laura trouvait toujours une excuse pour se dérober. J'ai fait mon possible pour l'amener à sortir de sa coquille, mais nos rapports sont restés strictement professionnels. Et pourtant, ces derniers temps, j'ai eu moi aussi le sentiment que quelque chose la tourmentait. Je l'ai sentie, à plusieurs reprises, tout près de se confier, puis elle a fait machine arrière. Quand j'ai appris qu'elle avait été assassinée... Comment vous dire... J'ai eu l'impression d'être passé à côté de quelque chose. J'espérais qu'elle vous aurait parlé, à vous.

— Je ne peux que vous retourner votre conseil. Si je ne suis pas coupable, en quoi le seriez-vous ?

Griffen sourit. Il semblait las.

— Il est toujours plus facile de donner des conseils que d'en recevoir. J'aimais beaucoup Laura. C'était, me semblait-il, quelqu'un de bien. Je regrette qu'elle ne m'ait pas fait confiance. Elle m'aurait peut-être dit, alors, ce qui la tourmentait, et j'aurais peut-être pu l'aider.

— Elle avait une grande confiance en vous, juge Griffen. Elle vous admirait, et voyait en vous un modèle.

— Cela me fait plaisir.

Le juge Griffen se leva pour sortir. Au moment de franchir le seuil, il se retourna :

— Je tiens à vous dire que vous jouissez, auprès des juges, d'une excellente réputation. Vous n'êtes pas seulement la meilleure parmi les clercs, mais aussi l'une des juristes les plus compétentes avec laquelle il m'ait été donné de travailler depuis que je siège à la cour. Je suis certain que vous ferez une excellente avocate.

Tracy se sentit rougir.

— Merci de m'avoir parlé comme vous l'avez fait, poursuivit Griffen. Je sais que tout ceci vous a durement éprouvée. Si je peux vous aider en quoi que ce soit, n'hésitez pas. Vous me ferez un grand plaisir en me considérant comme un ami.

2.

Raoul Otero portait un costume sur mesure, gris à fines rayures bleues, une chemise de soie blanche et une cravate Hermès jaune et bleue. Sous les lumières tamisées de la Casa Maria, il pouvait passer pour quelque cadre d'entreprise prospère, mais un éclairage plus cru aurait révélé le visage grêlé et le regard toujours aux aguets d'un enfant des plus dangereux bas-fonds de Mexico City.

— Je trouve que t'as bonne mine, pour un mort, *amigo*, dit Otero en ouvrant les bras.

Otero avait pris du poids, mais Deems sentit néanmoins la dureté des muscles quand celui-ci le serra contre sa poitrine.

— Je me sens bien, répondit Deems, comme Otero relâchait son étreinte.

— Tu connais Bobby Cruz ? demanda Otero.

Un type maigre au teint cireux et à la lèvre supérieure ornée d'une fine moustache était assis sur la banquette. Il n'avait pas dit un mot et ne s'était pas levé pendant qu'Otero accueillait Charlie, mais n'avait pas quitté ce dernier des yeux.

— Bien sûr, je connais Bobby, répondit Deems.

Les deux hommes ne semblaient pas spécialement ravis de se voir. Cruz portait une veste sport sur une chemise blanche à col ouvert. Deems savait que le garde du corps d'Otero était armé, mais il s'en fichait.

— Alors ? demanda Otero en se glissant avec difficulté entre la table et la banquette. Quel effet ça fait, d'être dehors ?

— C'est mieux que d'être dedans, répondit Deems, du tac au tac.

Otero se mit à rire.

— Voilà ce qui me plaît chez toi, *amigo*. Ton sens de l'humour. Les types qui sortent de taule, en général, on les entend râler. Toi, tu plaisantes.

Deems haussa les épaules.

— On a déjà mangé, reprit Otero, avec un geste d'excuse pour montrer les reliefs du repas. Tu veux une bière, un café ?

— Ça va, Raoul. Parlons plutôt affaires. J'ai quinze mille, et je veux un kilo.

Otero parut gêné.

— Ça risque de poser des problèmes, Charlie.

— Ah ? Question de prix ?

— Le prix est correct, mais je peux pas traiter avec toi en ce moment.

— Je sais bien qu'un kilo, ça représente pas grand-chose, Raoul. Disons que c'est un début. J'ai de grosses rentrées d'argent en vue pour bientôt, mais ce kilo m'aidera à me remettre en selle.

— Je peux pas.

Deems, la tête penchée sur le côté, regarda fixement Otero.

— T'as jamais craché sur mon fric, jusqu'ici. Où est le problème ?

— T'es grillé, Charlie. Les flics vont t'avoir à l'œil. Dès que tu commenceras à dealer, ils te tomberont dessus, et ils tomberont aussi sur tous ceux avec qui on t'aura vu. Y'a un tas de gens qui t'en veulent encore d'avoir tué cette gosse avec son père. Ça a causé un sacré grabuge, tu sais. Pendant trois mois, on n'a rien pu vendre. Les affaires étaient quasiment à zéro. T'aurais jamais dû faire ça sans m'en parler avant, *amigo*.

— Dis donc, intervint Deems, qu'est-ce que tu voulais que je fasse ? Que j'attende tranquillement qu'on vienne me passer les bracelets ? Ce connard avait qu'à se mêler de ce qui le regardait.

Otero secoua la tête.

— Si tu m'en avais parlé, j'aurais pu t'arranger le coup. Tuer comme ça une petite fille, c'est mauvais pour les affaires, Charlie.

Deems se pencha par-dessus la table. Cruz se redressa, prêt à l'action. Deems, ignorant le garde du corps, regarda Otero droit dans les yeux.

— T'as trouvé que c'était mauvais pour les affaires, quand je me suis occupé de régler son compte à Harold Shoe ? demanda-t-il. Et quand j'ai refusé de donner aux flics le nom de la personne qui disait que ça serait vraiment dommage d'endormir Mr. Shoe avant de le raccourcir aux extrémités ?

Otero leva la main.

— J'ai jamais dit que t'étais pas un type régulier, Charlie. Mais c'est pas de ça qu'on parle, c'est des affaires. Je suis sûr que les flics te suivent depuis que t'es sorti. Tout ce qu'on fera ensemble, ils le sauront. La situation est redevenue à peu près normale, et je tiens à ce qu'elle le reste.

Charlie sourit froidement en secouant la tête.

— Arrête ces conneries, Raoul. T'as une dette envers moi.

Otero s'empourpra.

— Je suis resté poli avec toi, parce que je voulais pas te faire de peine — d'accord, Charlie ? Je traiterai pas avec toi. C'est trop risqué. Plus tard, quand les choses se seront tassées, je dis pas. Mais pas maintenant. Je peux pas être plus clair.

— Et se foutre de ma gueule, ça pourrait être encore pire, pour les affaires.

— Qu'est-ce que ça veut dire ?

— Paraît que t'es un type intelligent. Devine. (Charlie se

leva.) Quand je traiterai des affaires, sous peu, ça sera plus au kilo, ça sera pour beaucoup plus. À ce moment-là, je reviendrai te voir. Ça te laisse un peu de temps pour te demander si c'est intelligent de planter un type qui est allé en taule et qui a risqué la peine de mort pour pas te donner, toi et ton gros cul. Quelqu'un qui a fait ça n'a plus peur de la mort, Raoul. Et toi ?

Cruz glissait lentement sa main droite sous la table. Otero lui saisit l'avant-bras.

— Je vais réfléchir à ce que tu me dis, *amigo*.

— On a toujours intérêt à réfléchir, Raoul. À bientôt.

Deems sortit du restaurant.

— Voilà trop longtemps que Charlie Deems est sur cette terre, Raoul, dit Cruz en espagnol, en le suivant des yeux.

— Charlie est un peu énervé, c'est tout, répondit Raoul, mais le ton manquait de conviction. Il se laisse aller. Quand il se sera calmé, il fera ce qu'il m'a conseillé de faire. Il réfléchira. Et il verra les choses comme je les vois.

— Je me le demande. Il est pas comme les autres types, Charlie. Il pense pas comme les autres. Il est tordu dans sa tête. Vaudrait mieux s'en débarrasser, Raoul. Comme ça, au moins, on prendrait pas de risques.

Otero semblait dubitatif. Tuer des gens, c'était forcément mauvais pour les affaires, mais Bobby Cruz avait raison de dire que Charlie Deems ne pensait pas comme les autres. Charlie Deems était différent de tous les hommes que Raoul Otero avait connus, et il avait pourtant connu quelques sales *hombres*, en son temps.

Charlie Deems était assis dans sa voiture garée derrière le restaurant. La colère courait dans ses veines comme un flot incandescent. Une colère dirigée contre Raoul, pour qui il avait risqué la peine de mort en voulant le protéger, et qui aujourd'hui le laissait tomber. Contre Abigaïl Griffen, aussi, la garce qu'il tenait pour responsable de tous ses ennuis. Si elle n'avait pas fait de sa condamnation un enjeu personnel, il n'aurait pas perdu deux années de sa vie.

Charlie laissait courir son imagination. Il se voyait vidant son chargeur dans le ventre de Raoul Otero puis s'asseyant, une bière à la main, pour le regarder agoniser dans d'épouvantables souffrances. Concernant Abigaïl Griffen, il imaginait quelque chose de tout à fait différent.

3.

Le Caruso n'était pas le meilleur restaurant italien de Portland, mais il y avait des lumières tamisées, un bon service de bar et le calme dont Abigaïl avait besoin ce jour-là pour remâcher ses griefs envers son mari. Elle sortait d'un rendez-vous qui avait duré deux heures avec l'avocat chargé du divorce.

À trente-trois ans, Abbie était persuadée d'avoir assez vécu pour s'être fait une idée de l'existence, mais s'agissant de l'amour, la confusion la plus totale régnait dans son esprit. Ses parents étant morts dans un accident de voiture lorsqu'elle avait trois ans, elle avait grandi avec l'idée qu'il lui manquait cette forme d'amour bien particulière que reçoivent les enfants pourvus d'un père et d'une mère.

Abbie avait peur de nouer des relations avec des hommes, car elle craignait que l'amour qu'elle partagerait avec eux ne disparaisse comme celui dont l'avait privée la mort de ses parents. Elle était déjà en deuxième année à l'université du Wisconsin lorsqu'elle était tombée amoureuse pour la première fois.

Abbie but une gorgée de vin et pensa à Larry Ross, preuve que son moral était au plus bas. Elle avait été si heureuse en épousant Robert qu'elle en avait oublié Larry. Mais au fur et à mesure que son mariage allait à vau-l'eau, elle s'était surprise à penser de plus en plus souvent à lui.

Abbie était maintenant légèrement éméchée. Elle tenta de retrouver l'image de Larry dans sa mémoire, mais en vain. Et si son souvenir allait disparaître à jamais ?

Larry Ross. Un garçon calme et prévenant, un étudiant en médecine qui avait été son ami pendant un an avant de devenir son premier amant. Quand Larry entra à Columbia University pour y faire sa médecine, Abbie envoya sa candidature dans toutes les écoles de droit proches de New York. Elle fut admise à celle de New York une semaine avant la mort de Larry, poignardé lors d'une agression en pleine rue. Abbie prit un avion et rentra chez elle, auprès de la tante qui l'avait élevée.

Après la mort de Larry, elle prit la fuite chaque fois qu'un garçon se montrait désireux de forger une relation durable, car elle était obsédée par l'idée qu'elle pourrait le perdre et n'y survivrait pas une deuxième fois.

Puis elle avait rencontré Robert Griffen, qui avait su se faire aimer d'elle, et l'avait trahie.

Abbie avait sifflé plusieurs Jack Daniels à la suite, installée sur une banquette en cuir dans le recoin le plus éloigné de l'entrée du restaurant. Puis elle avait attaqué son assiette de *linguine con vongole* en buvant du chianti, et la bouteille était presque vide quand la haute silhouette de Tony Rose se dressa devant elle, masquant le peu de lumière qu'il y avait dans la salle.

Tony était policier, et Abbie l'avait connu à l'époque où elle s'occupait d'affaires de drogues. Il était joli garçon, bien bâti, et son taux de testostérone devait être celui d'un gamin de quinze ans. À la deuxième affaire, Abbie avait renoncé à travailler avec lui à la préparation de ses témoignages en dehors de la présence d'un tiers. Mettre sur pied un bon interrogatoire direct tout en repoussant les assauts d'un flic énamouré était un exercice trop épuisant.

— Salut ! lança Rose avec un grand sourire. Je me disais bien que c'était vous !

L'alcool avait sérieusement émoussé les réflexes d'Abbie, et Rose eut le temps de s'asseoir à côté d'elle avant qu'elle ne réagisse.

— Comment allez-vous ? demanda Rose, plein d'entrain.

— Pas très bien, Tony.

— Quel est le problème ?

Il prit une mine inquiète.

— Mon salopard de mari, l'honorable Robert Hunter Griffen, répondit Abbie avec une franchise dont elle n'aurait jamais été capable à jeun.

— C'est vrai, dites donc ! J'avais oublié. Vous êtes mariée à un juge de la Cour Suprême, c'est ça ?

— Plus pour très longtemps.

— Ah, bon ?

— Je l'ai quitté, ce salaud, bredouilla Abbie.

Rose avait déjà remarqué la bouteille de chianti presque vide et les glaçons en train de fondre dans le dernier verre de Jack Daniel's. Doté d'un flair infaillible pour repérer les femmes soûles, il se disait que les inhibitions de l'avocate avaient dû s'envoler depuis pas mal de temps déjà dans les vapeurs de l'alcool.

— Mais dites donc ! C'est pas Griffen qui a fait relâcher Charlie Deems ?

— Eh oui, mon vieux ! Et la prochaine fois que Deems tuera quelqu'un, on pourra dire merci à ce brave Robert. Et laissez-moi vous dire quelque chose. Je crois qu'il a fait ça rien que pour m'embêter, Robert. Et il nous rendrait service à tous, l'ami Deems, s'il pouvait faire sauter aussi mon trou-du-cul de futur ex-époux et l'expédier dans l'autre monde !

Abbie tendit la main pour prendre son verre de vin, et le renversa. Un ruisseau de chianti rouge comme le rubis s'écoula de la table. Elle voulut l'éviter, mais ne fut pas assez rapide.

— Oh, merde, dit-elle, en tamponnant sa jupe avec une serviette.

— Ça va ?

— Non, Tony. J'en peux plus, répondit Abbie, hors d'elle.

— Écoutez, j'allais rentrer chez moi. Je vous raccompagne ?

— J'ai ma voiture.

— Vous voulez rire ! s'exclama Rose — mais c'était lui qui riait. Si je vous avais vue au volant ce soir, je vous envoyais au violon.

Abbie fit mine de se lever, puis se laissa retomber sur la partie encore sèche de la banquette et sa tête bascula en arrière.

— Une journée pourrie qui finit comme elle avait commencé !

— Laissez votre voiture ici, vous reviendrez la chercher en taxi demain matin. Je vais régler l'addition, vous me rembourserez plus tard.

Abbie était trop fatiguée pour résister à Rose et trop ivre pour s'inquiéter. Il la prit par le bras et elle se laissa entraîner.

— Quoi ?

— Je disais : Attention à votre tête.

Abbie ouvrit les yeux. Elle vit, tout près, le torse de Tony Rose et se demanda où elle était. Puis Rose bougea, et elle aperçut sa maison au-delà de la portière.

— Allons-y ! dit Rose en l'aidant à s'extraire de la voiture.

Abbie avait peine à tenir debout. Il lui entoura la taille de son bras. Sa tête se mit à tourner, tout se troubla et elle se laissa aller contre l'épaule du policier. Il souriait.

— Doucement. On y est presque. Votre clé ?

Abbie s'aperçut qu'elle avait son sac à la main. Elle lutta quelques secondes avec le fermoir, parvint à l'ouvrir et trouva la clé, mais rata le trou de la serrure à la première tentative.

— Laissez-moi faire, dit Rose en lui prenant la clé des mains.

Il la soutint pour franchir le seuil et trouva le commutateur. Abbie, surprise par l'éclat de la lumière, ferma les yeux en s'appuyant à la cloison. Elle entendit la porte se refermer et sentit Rose tout près d'elle. Puis les lèvres de Rose. Son haleine sentait la menthe. Il l'embrassa gentiment. Et, toujours gentiment, passa un bras autour de sa taille.

— Que faites-vous ? demanda Abbie.

— Ce que vous voulez, chuchota Rose, comme s'il lui confiait un secret.

— Non !

Elle le repoussa. Le bras musclé du flic se durcit autour d'elle et elle se retrouva écrasée contre sa poitrine. Elle résistait à son étreinte, mais il était beaucoup plus fort. Deux mains puissantes vinrent se plaquer sur ses fesses et elle sentit soudain la peur l'envahir du fond de son ivresse. Comme elle rejetait la tête en arrière, Rose colla ses lèvres sur son cou tandis que l'une de ses mains remontait sous la jupe. Elle trouva le lobe de son oreille et y planta les dents.

— Eh !

Rose bondit en arrière en portant la main à son oreille.

Abbie le gifla de toutes ses forces. Le policier eut l'air interloqué.

— Mais qu'est-ce qui vous prend ?

— Sortez d'ici, salaud ! glapit Abbie.

— Mais enfin... Je voulais simplement vous aider à dessoûler.

— Et c'est comme ça que vous vous y prenez ?

— Écoutez, j'ai cru...

— Vous avez cru que j'allais coucher avec vous parce que j'étais au bout du rouleau !

— Mais non ! C'est pas ça du tout. J'ai pensé qu'il vous fallait un ami.

— Ah ! C'est ce que vous étiez en train de faire ? L'ami ?

— Dites donc, se rebiffa Rose, soudain. Quand je vous ai embrassée, ça a pas eu l'air de vous déplaire.

— Espèce de salaud ! Je suis soûle !

— Frigide, oui !

— Ça suffit, Tony. Vous vouliez coucher avec moi. Ça n'a pas marché, et voilà tout.

Rose semblait vexé comme un petit garçon.

— Possible, dit-il. Enfin... disons qu'on s'y est mal pris pour cette fois. Mais c'est pas de ma faute. C'était bien vous qui aviez l'air d'en vouloir.

— Tony, vous êtes sourd, ou quoi ? commença Abbie.

Puis elle se tut. Peu importait, après tout. Elle voulait qu'il s'en aille, et rien de plus.

— Écoutez, Tony, c'était une erreur. N'en parlons plus. D'accord ?

Rose retira sa main de son oreille. Elle était couverte de sang.

— Merde, dit-il. Vous m'avez blessé pour de bon.

— Désolée, répondit Abbie. (La fatigue avait eu raison de sa colère.) Vous voulez bien vous en aller, maintenant ? J'ai envie de me mettre au lit.

— Ça doit être vrai ce que tout le monde dit, que vous êtes frigide, lança-t-il, histoire d'avoir le dernier mot.

Abbie se dit qu'il lui fallait bien sauver la face. Et que ce n'était pas trop cher payé pour le voir s'en aller. Ce qu'il fit, en claquant la porte, qu'elle referma aussitôt à clé. Elle entendit la voiture démarrer et s'éloigner.

C'est alors qu'elle se vit dans le miroir de l'entrée. Ses lèvres étaient barbouillées de rouge et ses cheveux avait l'air d'être passés dans un lave-linge.

— Seigneur, murmura-t-elle.

Elle s'imagina arrivant ainsi au tribunal. Cette pensée la fit rire. Ah, le spectacle ! Elle riait de plus en plus fort et ne pouvait plus s'arrêter. Mais quelle idiote ! Comment avait-elle pu se fourrer toute seule dans une telle situation ?

Elle se laissa choir sur la moquette. Et quand le rire s'arrêta enfin, elle sentit la dépression fondre sur elle. Adossée au mur, elle se mit à pleurer. C'était de la faute de Robert si elle était dans cet état. Elle l'avait aimé de tout son être et il l'avait trompée. Elle éprouvait pour lui une haine dont elle ne se serait jamais crue capable.

Abbie ferma les yeux. Elle était si lasse. Elle fut tout près de s'endormir, sursauta, parvint à grand-peine à se mettre debout. Elle allait dormir, bien sûr, mais tout de même pas par terre, dans l'entrée.

Un petit couloir menait à sa chambre. Elle s'y engagea en titubant. Les stores étaient levés, et le jardin, découpé par le cadre des fenêtres, avait l'air d'un paysage peint en noir sur fond noir. Le seul éclairage provenait d'une fenêtre de la maison voisine. Abbie tendit la main vers le commutateur mais, juste avant que la lumière jaillisse dans la pièce, une ombre masqua la lueur en provenance de cette fenêtre. Abbie se raidit. Il y avait quelqu'un dans la cour. Elle éteignit pour mieux voir au-dehors, mais elle était encore éblouie par la lumière de sa chambre.

Abbie pressa son visage contre la vitre pour scruter le jardin. Personne. Cette silhouette entrevue était née de son imagination. Elle s'écroula sur le lit et ferma les yeux. De la cuisine, lui parvint le grincement d'une poignée de porte. Elle rouvrit les yeux. Mais son cœur battait trop fort, et l'empêchait d'entendre quoi que ce soit.

Il lui était souvent arrivé, au fil des années, de recevoir des menaces de gens qu'elle avait fait condamner. Elle en avait pris quelques-unes assez au sérieux pour apprendre à se servir d'un semi-automatique Beretta 9 mm qu'elle gardait dans le tiroir de sa table de chevet. Elle sortit le revolver. Puis, après avoir envoyé valser ses chaussures, elle ressortit de la chambre, longea le petit couloir et traversa l'entrée plongée dans l'obscurité pour aller dans la cuisine. Là, elle entendit à nouveau grincer la poignée de la porte vitrée. Quelqu'un essayait de la forcer. Était-ce Rose ? Avait-il abandonné sa voiture quelque part pour revenir à pied ?

Abbie s'accroupit dans l'obscurité et regarda à l'extérieur. Il y avait un homme sur la véranda, penché devant la porte. Abbie ne distinguait pas son visage car il portait un masque. Sans réfléchir, elle bondit jusqu'à la porte et braqua le revolver en criant : « Plus un geste ! » — l'extrémité du canon pressée contre la vitre. L'homme, effectivement, resta une seconde immobile. Puis il se redressa lentement en écartant ses deux bras comme les ailes d'un oiseau géant. Il était en noir de la tête aux pieds et portait des gants noirs, mais Abbie eut l'impression étrange de le connaître. Leurs regards se rencontrèrent à travers la glace. Quelques secondes passèrent sans que ni l'un ni l'autre ne bouge. L'homme fit un pas en arrière, puis un autre. Puis, se retournant, il traversa le jardin à longues enjambées, sauta par-dessus la clôture et disparut.

Abbie ne songea pas une seconde à le poursuivre. Elle était simplement contente qu'il soit parti. Elle tremblait, maintenant, de tous ses membres. Elle s'assit lourdement sur une chaise de la cuisine, posa le Beretta sur la table. Elle s'aperçut alors qu'elle n'avait pas enlevé la sécurité. Elle eut une brève nausée, puis se sentit heureuse d'être saine et sauve.

Elle songea un instant à appeler la police pour l'informer de cette tentative d'intrusion, puis y renonça. Elle était tellement fatiguée qu'elle n'avait plus qu'un désir : dormir. Et de toute façon, elle n'aurait pas su décrire l'homme. Si la police venait, elle ne pourrait pas se coucher de la nuit. Pis, il lui faudrait parler de la venue de Tony Rose aux policiers, bien qu'elle fût certaine qu'il n'était pas l'homme en noir. Mais elle ne voulait à aucun prix raconter cette histoire lamentable.

Abbie resta encore un moment sur sa chaise, puis retourna dans la chambre après s'être assurée que toutes les issues étaient bien fermées. Elle posa le Beretta sur la table de nuit, et se déshabilla. Elle était certaine de s'endormir tout de suite, fatiguée comme elle l'était. Mais le moindre bruit réveillait son imagination exacerbée, et le jour pointait quand elle sombra enfin dans le sommeil.

TROISIÈME PARTIE

L'APPRENTI SORCIER

CHAPITRE 6

1.

La salle d'attente de Matthew Reynolds n'offrait pas la débauche de cuir, de verre et d'acier poli qui caractérise la décoration des grands cabinets d'avocats. Mais l'appuie-tête au crochet drapé sur le canapé rustique, les lampes Tiffany et les vieux fauteuils profonds avaient un effet apaisant qu'appréciaient aussi bien les clients menacés de prison que les jeunes femmes convoquées pour un entretien d'embauche.

De superbes photographies de pics montagneux déchiquetés, de lacs aux eaux cristallines ou de sentiers forestiers égayaient les murs. L'une d'elles attira plus spécialement l'attention de Tracy. On y voyait, dans une clairière, une biche et son faon en train de brouter des feuilles, apparemment indifférents à la présence du photographe. Les fourrés qui les entouraient étaient littéralement inondés de lumière par un grand rayon de soleil plongeant à travers les arbres. Il y avait dans cette image une vibration sereine, quasiment religieuse qui éveilla un écho profond chez Tracy. Elle était perdue dans sa contemplation quand la réceptionniste vint la chercher et l'invita à la suivre le long d'un couloir aux murs décorés d'une autre série de photographies du même style.

— C'est Mr. Reynolds qui les a prises, annonça fièrement la réceptionniste en s'effaçant pour la laisser entrer dans le bureau de l'avocat.

— Elles sont magnifiques, répondit Tracy, sincèrement impressionnée par la beauté des éclairages et l'utilisation des perspectives. Est-ce que Mr. Reynolds a déjà exposé ses clichés ?

— Pas que je sache, dit la réceptionniste avec un sourire. Asseyez-vous donc. Mr. Reynolds vient tout de suite.

Elle s'éclipsa, laissant Tracy seule dans la grande pièce d'angle. Des ouvrages de droit et divers papiers étaient soigneusement empilés sur l'imposant bureau qui en occupait le centre. Deux chaises en cuir à haut dossier attendaient les visiteurs. Tracy aperçut, au-delà des fenêtres, des plates-bandes fleuries et le vert intense d'une pelouse impeccablement entretenue.

Elle fit quelques pas vers le mur le plus proche, qui était tapissé de souvenirs des affaires plaidées par Reynolds : coupures de presse encadrées et croquis d'audiences parus dans différents journaux aux quatre coins du pays. Tracy s'attarda devant un cadre dans lequel se trouvait la couverture d'un dossier plaidé devant la Cour Suprême des États-Unis. Au-dessus, on avait fixé dans une encoche un étroit porte-plume blanc.

— Ces porte-plume sont spécialement fabriqués pour la cour, dit Matthew Reynolds depuis le seuil de la pièce. Si vous y plaidez un jour, vous les trouverez sur la table de la salle d'audience. On est invité à garder l'un de ces objets comme preuve de sa venue devant la plus haute juridiction du pays. J'ai plaidé à sept reprises devant la Cour Suprême des États-Unis, mais le porte-plume que vous voyez là est celui auquel je tiens le plus.

Reynolds se tut et Tracy resta clouée sur place, comme devaient l'être ses jurés, songea-t-elle, chaque fois qu'ils voyaient cet homme au physique « ordinaire » se métamorphoser devant leurs yeux sous l'effet de sa passion.

— J'ai gagné cette affaire en soulevant un point de pure technique juridique. Ce qui a tout de même sauvé la vie de Lloyd Garth. Il n'y a pas eu besoin, cette fois-là, de grandes démonstrations.

Un léger sourire flottait sur les lèvres de Reynolds.

— Deux semaines avant le procès, un autre type avait avoué le meurtre. Lloyd s'était toujours proclamé innocent, mais très peu de gens l'avaient cru. Asseyez-vous, Miss Cavanaugh. Asseyez-vous.

Tracy, captivée par le récit de Reynolds, mit quelques secondes à réagir. L'avocat parcourut son *curriculum vitae*. Tracy était rarement à son désavantage, mais elle sentit que Reynolds, déjà, dominait l'entretien. Elle dit donc, pour tenter de reprendre l'initiative :

— Toutes ces photos de nature sont de vous ?

— Ma foi, oui ! répondit Reynolds en souriant, non sans fierté.

— Elles sont étonnantes. Vous avez une formation technique ?

Le sourire de Reynolds disparut. Un voile de tristesse passa dans son regard.

— Non. Je n'ai jamais travaillé la technique de la photo à proprement parler. Mais mon père était chasseur — un grand chasseur — et il m'a tout appris sur la forêt. Il pouvait s'enfoncer dans les bois et y suivre la piste d'un animal pendant des jours et des jours. Le shérif lui demandait parfois de retrouver des hommes. Des chasseurs égarés, et une fois, même, un condamné qui s'était évadé. Il a aussi, un jour, retrouvé un petit garçon qu'on n'espérait plus revoir vivant.

« Il m'a appris à chasser. Je ne me débrouillais pas mal. Le temps passant, je n'ai plus eu le cœur à tuer, mais j'ai gardé l'amour de la forêt. La photo m'aide à sortir de moi-même dans les moments où la vie semble trop lourde à porter.

— Je vous comprends parfaitement. Moi, c'est l'escalade. Quand on s'accroche à une paroi verticale et que la différence entre la vie et la mort ne tient plus qu'à la force qu'on a dans les poignets, on ne peut compter que sur soi-même. Il n'y a plus que vous et le rocher, et tout le reste est oublié.

À peine le dernier mot prononcé, elle trouva affreusement prétentieux ce qu'elle venait de dire. Reynolds parut se refermer un peu. Et quand il parla, son ton était moins chaleureux :

— Vous venez de Californie ?

Tracy répondit d'un hochement de tête affirmatif.

— Que font vos parents ?

— Mon père travaille dans le cinéma. Il est producteur.

— Il réussit bien ?

Tracy sourit.

— Très bien.

— Et votre mère ?

— Elle ne travaille pas, mais elle s'occupe d'une foule d'œuvres charitables.

Tracy s'était dit que tout cela ferait bonne impression, mais elle craignait maintenant qu'un pareil tableau ait de quoi hérisser un homme comme Reynolds.

— Yale, poursuivit Reynolds sans que sa voix laisse rien deviner de ce qu'il pensait de cette formation. Diplômée en mathématiques, publications dans la *Stanford Law Review*...

Tracy haussa les épaules et se demanda si tout n'était pas raté.

—... et vous voici cinquième du marathon inter-universités. Tout ce que vous tentez semble réussir ?

Tracy chercha une réponse modeste, n'en trouva pas et

opta pour le contraire. Si elle devait décrocher ce poste, ce ne serait pas en jouant les timorées.

— Disons que c'est la chance. Je suis très intelligente, et j'ai une constitution d'athlète, dit-elle. Mais quand je veux quelque chose, je sais aussi y mettre du mien.

Reynolds hocha la tête.

— Pourquoi avez-vous choisi de faire carrière dans la justice ?

Tracy s'était souvent posé cette question.

— Quand j'étais petite, je n'arrivais pas à m'expliquer le monde. Je ne comprenais pas pourquoi la terre et le ciel ne se tamponnaient pas. Pourquoi étions-nous suspendus dans l'espace ? Comment une chaise pouvait-elle être faite de minuscules atomes qui ne se touchaient pas les uns les autres, et en même temps assez solide pour que je ne puisse pas passer ma main au travers ? Les mathématiques mettent de l'ordre dans les sciences. Leurs règles répondaient à mon besoin de trouver un sens à toute cette folie.

« Les humains aiment à se croire rationnels et civilisés, mais je crois, moi, que nous sommes en permanence au bord du chaos. Voyez les horreurs auxquelles on assiste aujourd'hui en Afrique ou dans les pays d'Europe de l'Est. J'ai été fascinée par le droit exactement comme je l'avais été par les mathématiques. La loi met de l'ordre dans la société et fait échec à la barbarie. Quand les règles du droit sont bafouées, c'est la civilisation qui s'effondre.

« L'Amérique est un État de droit. Je m'étonne toujours qu'un pays aussi puissant fasse peser aussi peu de contraintes sur ses citoyens. Non pas que je trouve tout parfait. Il s'en faut de beaucoup. Nous avons perpétré un nombre incalculable d'injustices. L'esclavage en est l'exemple le plus flagrant. Mais à l'origine de tout cela, il y a le fait que l'être humain est faillible. Puis je pense à ce que pourrait faire le Président s'il le voulait. Surtout avec les technologies dont on dispose de nos jours. Comment se fait-il que nous ne vivions pas sous une dictature ? Pourquoi Nixon, au lieu de démissionner, n'a-t-il pas tenté un coup d'État ? C'est, je crois, parce que nous sommes un État de droit au sens le plus strict du terme, et que les juristes et les avocats sont les gardiens du droit.

Tracy sentit qu'elle se laissait emporter. Elle se tut et regarda Matthew Reynolds. Mais rien ne permettait de dire si ce discours l'avait impressionné ou s'il la percevait comme une idiote.

— J'ai cru comprendre que la jeune femme qu'on a assassinée était l'une de vos amies ?

Déconcertée par la question, elle ne put que hocher la tête. Une image de Laura travaillant sur quelque point de droit, une mèche de cheveux enroulée autour des doigts, lui vint à l'esprit. Puis l'image de Laura morte, ses boucles brunes collées par le sang, se superposa à la première.

— Quel châtiment méritera l'assassin de votre amie, si on le prend ?

Tracy savait que Reynolds l'interrogeait à propos de la peine de mort, mais ne s'attendait pas à ce qu'il aborde la question sous cet angle. Pour préparer cet entretien, elle s'était plongée pendant plusieurs heures dans une série d'articles traitant du sujet, dont un certain nombre écrits par Matthew Reynolds lui-même. Mais la réflexion théorique était une chose, et son sentiment sur le sort qu'il fallait réserver à l'assassin de Laura en était une autre.

— Ce n'est pas bien de me poser cette question, dit-elle.

— Et pourquoi ?

— Laura était mon amie. C'est moi qui ai découvert le corps.

Reynolds eut un hochement de tête compatissant.

— Il y a toujours un corps. Il y a toujours une victime. Il y a toujours quelqu'un qui reste, et pleure. Vous n'avez pas envie de venger votre amie ?

C'était une bonne question, qui obligeait Tracy à prendre clairement position. Elle regarda Matthew Reynolds par-dessus le grand bureau. Il l'observait avec beaucoup d'attention.

— Si je rencontrais celui qui a assassiné Laura, j'aurais envie de le tuer de mes propres mains. Mais j'espère qu'il se trouverait autour de moi des gens assez censés pour m'en empêcher. Une société civilisée doit viser à des idéaux plus élevés que celui-ci. Elle doit dépasser ce concept de vengeance travestie en meurtre légal.

— Seriez-vous favorable à la peine de mort si c'était un moyen sûr d'en finir avec le crime ?

— Peut-être, mais il n'en est rien. Ce n'est pas moi qui vais vous apprendre qu'il n'existe pas une statistique pour prouver que la peine de mort dissuade les criminels. Quelques années après le rétablissement de la peine de mort dans l'Oregon, les meurtres y ont atteint un chiffre record.

« Et il y a le risque d'erreur. J'ai lu récemment que quatre cent seize innocents avaient été condamnés à mort en Amérique entre 1900 et 1991, et que vingt-trois d'entre eux avaient été exécutés. Tout jugement peut être révisé si les autorités judiciaires s'aperçoivent qu'elles ont commis une erreur — sauf la sentence de mort.

— Pourquoi voulez-vous travailler avec moi, Miss Cavanaugh ?

— Parce que vous êtes le meilleur et parce que tout, jusqu'ici, m'a été facile. Je ne le regrette pas, mais je voudrais donner quelque chose à des gens qui ont été moins chanceux que moi.

— Voilà un souhait qui vous honore, mais nos clients ne sont pas seulement moins « chanceux ». Ce sont des sociopathes, des ratés, des fous. Des hommes capables de torturer des femmes et de tuer des enfants. Ils n'ont rien de commun avec le genre de personnes que vous avez pu fréquenter à Yale ou à Beverly Hills.

— J'en suis tout à fait consciente.

— Êtes-vous consciente, aussi, du fait que nous travaillons nuit et jour, week-ends compris ? Qu'en pensez-vous ?

— Le juge Sherzer m'a parlé de votre conception de la semaine de travail, et j'ai tout de même tenu à vous voir.

— Dites-moi, Miss Cavanaugh, demanda Reynolds d'un ton neutre, vous êtes-vous déjà trouvée à la prison de Stark, en Floride, à la nuit tombée ?

— Non, monsieur, répondit Tracy, déconcertée par cette question.

— Et je suppose que vous n'êtes jamais allée non plus à la prison de Columbia, en Caroline du Sud, à la nuit tombée ?

Tracy secoua la tête. Reynolds poursuivit, sans la quitter des yeux :

— Plusieurs avocats de ma connaissance sont allés rendre visite à leurs clients à la nuit tombée. Ces collègues ont un certain nombre de choses en commun. Tous sont de brillants avocats, et d'habiles juristes. Ils représentent, si vous voulez, la crème du barreau en matière de moralité, d'éthique, de sens du devoir et d'engagement personnel. Tous ont droit à notre admiration pour leur façon de mener leur vie et pour leur dévouement à la cause de la justice.

« Ils n'ont pas que cela en commun. Il leur est arrivé à tous de se rendre dans l'une de ces prisons à la nuit tombée et d'en repartir à l'aube, après la mort de leur client.

Tracy sentit un frisson lui parcourir l'échine.

— Ils ont, enfin, une dernière chose en commun. Ils sont tous repartis à l'aube après la mort de leur client parce qu'un autre avocat avait, à un moment ou à un autre, omis de ménager un recours, ou bien avait mal ou insuffisamment poussé ses investigations, ou encore n'avait pas su voir que ce client n'était pas aussi bien défendu que son co-accusé. Et ces co-accusés sont aujourd'hui vivants, et libres, et ne le doivent qu'à la qualité des paroles prononcées devant un tribunal, ou à ce qu'a fait ou n'a pas fait un avocat.

Reynolds se tut un court instant. Il se laissa aller contre le dossier de son siège et pointa un doigt osseux vers Tracy.

— Miss Cavanaugh, voici vingt ans que je plaide, et jamais ni moi ni aucun de mes associés ne nous sommes rendus dans une prison à la nuit tombée. Jamais. Je n'en tire pas d'orgueil, car l'orgueil n'entre pas dans le travail que nous faisons. C'est un travail qui éreinte et qui abrutit. Si vous venez ici, vous dormirez mal, vous vous nourrirez mal, et vous n'aurez plus une minute pour courir ou escalader des parois rocheuses. C'est un travail qui use et qui désespère. Il exige du dévouement pour des gens qui sont les parias de notre société. C'est un travail qui ne vous vaudra pas d'éloges, mais attirera plus d'une fois sur vous la haine et la vindicte d'honorables citoyens.

Tracy était tendue. Son cœur cognait contre sa poitrine. Elle désirait travailler avec cet homme comme elle n'avait jamais rien désiré de sa vie.

— Mr. Reynolds, si vous me donnez ma chance, je ne vous décevrai pas.

Il la regarda par-dessus son doigt toujours tendu. Puis il se pencha en avant sur son fauteuil.

— Vous savez que je n'ai jamais travaillé avec une femme ?

— Le juge Sherzer me l'a déjà dit.

— Quelles qualités particulières pensez-vous apporter à cette tâche, en tant que femme ?

— Aucune, Mr. Reynolds. Mais en tant qu'avocate, plusieurs. Je jouis d'une exceptionnelle capacité d'analyse des questions juridiques, et je me donne totalement à mon travail. Le juge Forbes peut en répondre. Il ne m'aurait jamais recommandée à vous, d'ailleurs, s'il ne m'estimait pas à la hauteur de ce que vous attendez. Si vous m'embauchez, vous n'aurez pas à vous inquiéter de la qualité des paroles que j'écrirai ou que je prononcerai.

— Nous verrons, dit Reynolds, en se levant. Quand pouvez-vous commencer ?

CHAPITRE 7

1.

Tracy Cavanaugh, vêtue d'un jean délavé et d'un vieux T-shirt de l'équipe d'athlétisme de Yale University, était assise par terre en train d'extraire d'un carton les ouvrages de droit qu'elle voulait ranger sur une étagère quand elle entendit quelqu'un derrière elle. Un jeune homme brun aux cheveux bouclés et au large sourire se tenait sur le seuil. Tracy fut surprise par l'attirance immédiate qu'il lui inspirait. Il se présenta.

— Barry Frame, enquêteur de Matthew. Vous êtes la nouvelle associée ?

Frame, large d'épaules et mince des hanches, mesurait plus d'un mètre quatre-vingts. Il portait ce jour-là une chemise bleue et un pantalon kaki. Les manches de sa chemise, retroussées jusqu'aux coudes, laissaient voir des avant-bras velus et musclés. Tracy se leva et passa la main sur son jean avant de la tendre à Frame. Il la serra doucement.

— L'installation se passe bien ? demanda-t-il, en regardant les cartons.

— Oh, oui !

— Besoin d'un coup de main ?

— Merci, mais je n'ai pas apporté grand-chose.

— Vous avez trouvé à vous loger ?

— Oui. Et très bien. Près des quais. C'est tout récent.

— Vous venez de Salem, c'est bien ça ?

Tracy hocha la tête.

— J'étais clerc à la Cour Suprême.

— Avec quel juge ?

— Alice Sherzer.

— Moi, j'ai été clerc avec Lefcourt, il y a cinq ans.

Tracy ne comprenait plus. Frame s'était bien présenté comme l'enquêteur de Matthew Reynolds.

Il se mit à rire.

— Vous vous demandez pourquoi je ne plaide pas, n'est-ce pas ?

— Eh bien, je..., commença Tracy, honteuse de se sentir aussi transparente.

— Ne soyez pas gênée. J'ai l'habitude que les avocats me regardent comme ça. Mais non, je n'ai pas raté l'examen d'admission au barreau. Après mon passage chez le juge Lefcourt, Matthew m'a embauché comme avocat, mais je préférais les enquêtes au travail sur les dossiers. Quand son enquêteur est parti, je me suis proposé pour le remplacer. Je gagne moins, mais je ne suis pas coincé derrière un bureau et personne ne m'oblige à porter une cravate.

— Mr. Reynolds ne vous confie aucun travail juridique ?

— Je fais ce que je peux pour éviter ça. Il a tout de même fallu que je m'y mette en attendant votre arrivée dans l'équipe. Le dernier associé est parti du jour au lendemain.

— Pourquoi ?

— Il a craqué. Matt exige beaucoup des gens qui l'entourent, parfois au-delà du raisonnable.

— Par exemple... ? demanda Tracy, dans l'espoir que Barry lui révèle quelques-unes des horreurs auxquelles on avait déjà fait allusion devant elle à propos des exigences de Reynolds vis-à-vis de ses collaborateurs.

— Eh bien, Matt plaide des affaires à travers tout le pays. Il peut vous demander de devenir du jour au lendemain une experte du droit en vigueur dans tel ou tel État.

— Je ne vois pas ce qu'il y a là de déraisonnable.

— Je l'ai vu demander ça à un malheureux moins d'une semaine avant le procès.

— Vous voulez rire ?

— Pas du tout.

— Évidemment, ça doit être dur, commenta Tracy, vaguement inquiète. À la Cour Suprême, on ne manquait pas de travail non plus, mais le juge Sherzer disait toujours que l'acquisition des connaissances devait primer sur la rapidité.

Tracy, soudain, craignait de se sentir dépassée.

— Vous en seriez capable ? demanda Frame.

— J'apprends vite. Mais là, c'est beaucoup demander. Je m'en sortirais, à la rigueur, si le domaine couvert n'était pas trop vaste.

— Ça tombe bien, enchaîna Frame avec un grand sourire. Vous partez lundi prochain pour Atlanta.

— Quoi ?

— Je ne vous ai pas dit que Matthew se servait de moi pour faire passer les mauvaises nouvelles ? Eh bien, voilà qui est fait. Je joue le rôle du messager à qui tout le monde veut faire la peau.

— Qu'est-ce que je vais faire à Atlanta ? demanda Tracy, incrédule.

— Vous assisterez Matthew dans l'affaire Livingstone. Le dossier est dans la bibliothèque. Mettez-vous-y dès que vous aurez fini ces rangements. Il est assez épais.

— De quel genre d'affaire s'agit-il ?

— L'accusé risque la peine de mort. Matt ne s'occupe pratiquement que de ces affaires-là. Du point de vue juridique, c'est plutôt épineux, mais vous devriez démêler tout ça assez vite... si vous passez la semaine dessus. Il y a un bon restaurant chinois qui vend des plats à emporter, à deux pas d'ici. Et il reste ouvert très tard.

— Mr. Reynolds me laisse cinq jours pour devenir une spécialiste du droit de la Géorgie et me mettre au courant de toute cette affaire ? demanda Tracy.

Son expression disait clairement qu'elle ne croyait pas un mot de cette douteuse plaisanterie.

Frame éclata de rire.

— Ah, si vous pouviez voir la tête que vous faites ! Remettez-vous ! Atlanta, en plein mois d'août, c'est délicieux. Quarante degrés à l'ombre, et cent pour cent d'humidité dans l'air.

Et de rire. Tracy l'entendit encore longtemps après qu'il eut quitté la pièce. Elle se rassit par terre, regarda les cartons qu'il lui restait à vider. Elle s'était promis d'aller courir en sortant du bureau, mais il n'en était plus question. Pour ce qui était de l'exercice, il semblait qu'elle soit appelée à se contenter désormais de la manipulation des recueils de lois.

2.

— Merci de me recevoir aussi vite, dit Matthew Reynolds en pénétrant dans le bureau d'Abigaïl Griffen, trois mois après leur rencontre devant la Cour Suprême.

— Je n'avais pas vraiment le choix, répondit Abbie. (Elle montra du doigt les attendus du jugement intervenu dans l'affaire Franklin.) La cour vous a suivi dans votre argumentation. Quand vos experts peuvent-ils venir chez Mrs. Franklin ?

— J'ai téléphoné en Californie. Le criminologue avec

lequel je travaille peut être ici mardi. Quant aux gens de Portland, il suffit de leur fixer un rendez-vous.

— Je vais donc prévenir Mrs. Franklin de votre venue mardi. Un policier vous attendra sur place pour vous remettre la clé.

— Je dois me rendre pour quelque temps à Atlanta, où je plaide une affaire. Barry Frame, mon enquêteur, accompagnera les experts en balistique.

— Je ne serai pas à mon bureau moi-même.

— Ah ?

— C'est moins exotique qu'Atlanta, mais je pars pour une semaine dans ma maison sur la côte — une remise en forme, disons. Dennis Haggard s'occupe de tout pendant mon absence. Je le mettrai au courant.

— Est-il possible d'avoir un exemplaire des photos prises sur place après le crime, et les schémas de vos experts en balistique ?

— Bien sûr.

Abbie appela son assistante sur l'interphone pour lui transmettre la demande de Reynolds. Tandis qu'elle parlait, Reynolds fixait la courbe de sa joue, admirait la finesse de sa peau. Elle portait un costume-pantalon noir et un chemisier jaune qui faisait ressortir son hâle. Une fine chaîne d'or entourait son cou. Le diamant qui l'ornait était assorti aux diamants des boucles d'oreilles.

Abbie se retourna vers Reynolds et surprit son regard. Il rougit.

— Je reviens dans une minute, dit-elle en se levant, comme si elle n'avait rien remarqué. Que diriez-vous d'un café ?

— Volontiers.

Abbie sortit, laissant à Matthew le temps de reprendre contenance. Il se leva et fit le tour de la pièce. Il s'attendait à voir des photographies d'Abbie et de son mari, et fut surpris de ne trouver aucun objet portant une marque un tant soit peu intime. Le bureau d'Abbie était couvert de dossiers et de rapports de police. Son diplôme et quelques autres récompenses officielles décoraient l'un des murs. Des coupures de presse concernant des affaires qu'elle avait plaidées étaient accrochées les unes par-dessus les autres. On y vantait l'habileté et la ténacité d'Abbie. La peine de mort avait été prononcée presque chaque fois qu'elle l'avait demandée, et elle avait maintes fois obtenu de lourdes peines de prison pour les plus grands criminels de l'Oregon. Abigaïl Griffen ne laissait ni trêve ni répit à ses adversaires.

Matthew remarqua une tâche plus claire sur le mur. L'article qu'on avait retiré reposait, à l'envers, sur un classeur à dossiers. Matthew le retourna et lut le titre en gros caractères :

CONDAMNATION À MORT POUR LE MEURTRIER À LA BOMBE.

Une photographie montrait Charlie Deems quittant le tribunal, menottes aux poignets, encadré par trois gardes taillés comme des armoires à glace.

— J'ai oublié de vous demander si vous preniez de la crème et du sucre, dit Abbie en revenant avec un gobelet de café.

Reynolds ne l'avait pas entendue arriver.

— Noir, c'est parfait, répondit-il nerveusement, tel un gamin surpris en train de chiper de la confiture.

Abbie lui tendit le gobelet, et vit ce qu'il regardait.

— Je suis désolé, pour Deems, lui dit Reynolds.

— J'aurai donc entendu Matthew Reynolds déplorer l'annulation d'une condamnation à mort !

— Il n'y a pas de contradiction à refuser la peine de mort et à regretter qu'un homme comme Deems ne soit pas derrière les barreaux.

— Vous le connaissez ?

— Il voulait me prendre comme avocat, mais j'ai refusé.

— Pourquoi ?

— Il y avait chez Deems quelque chose qui me déplaisait. Allez-vous le faire repasser en jugement ?

— Je ne le peux pas. La cour a annulé la procédure en retirant du dossier les déclarations faites par Deems à un indicateur de la police. Sans cet aveu, il n'y a plus d'affaire. Il est déjà sorti de prison.

— Vous ne craignez pas pour votre sécurité ?

— Pourquoi cette question ?

— Deems m'a paru quelqu'un de très vindicatif.

Abbie hésita. Elle n'avait plus pensé à l'homme qui avait tenté d'entrer chez elle par effraction, après s'être dit qu'il s'agissait probablement d'un vulgaire cambrioleur. Mais la question de Reynolds faisait surgir une autre hypothèse.

— Deems doit être si content d'en avoir réchappé qu'il m'aura oubliée, dit-elle avec un sourire un peu forcé.

L'assistante apporta une grande enveloppe. Abbie en vérifia le contenu avant de la tendre à Reynolds.

— J'aimerais qu'on fixe la date du procès, dit-elle.

Quand vos experts en balistique en auront fini avec leurs rapports, vous saurez quelle suite vous entendez donner. Reprenez contact avec moi à ce moment-là.

— Je vous remercie pour votre coopération, répondit Reynolds, comme s'il dictait la dernière phrase au bas d'une lettre officielle. Je vous ferai renvoyer ces photos dès que mes collaborateurs auront terminé.

Quel drôle de type, songea Abbie après le départ de Reynolds. Si sérieux, si guindé. Ce n'est pas quelqu'un à qui on proposerait d'aller prendre une bière. Et il avait une façon si gauche de lui tourner autour, de rougir à tout propos, comme ces missionnaires des mers du Sud qui ne savaient comment se tenir en présence des Tahitiennes complètement nues. Pour un peu, elle se serait dit qu'il en pinçait pour elle.

Abbie s'attarda un instant sur cette pensée. Que Reynolds soit amoureux d'elle, voilà qui pourrait ne pas être inutile. Lui faire perdre un peu de ses moyens pendant les procès... Toutes les armes étaient bonnes pour Abigaïl Griffen. Reynolds avait peut-être l'air d'un vieux pingouin, mais c'était aussi le meilleur avocat auquel elle se soit jamais mesurée.

CHAPITRE 8

1.

Joel Livingstone était un beau garçon de dix-huit ans aux épaules larges, aux yeux bleus et aux cheveux blonds légèrement ondulés. Ce jour-là, le plus important de sa vie, Joel avait revêtu une chemise blanche, un blazer bleu marine, un pantalon gris aux plis irréprochables, et avait soigneusement noué sa cravate aux armes de Wheatley Academy.

Un soleil torride brillait sur Peachtree Street, où se trouvait le cabinet du correspondant de Matthew Reynolds à Atlanta. Mais à l'intérieur, l'ambiance était lourde. Joel, vautré dans un fauteuil, fixait Reynolds avec un sourire narquois. Un observateur pressé aurait pu en conclure que Joel n'avait que faire de tout ce que lui disait Matthew, mais le mouvement spasmodique de son pied frappant nerveusement le sol trahissait sa peur. Reynolds songea que ce pied ne faisait que répéter la question que le garçon lui avait mille fois posée depuis un an qu'il était son avocat. « Est-ce que je vais mourir ? Est-ce que je vais mourir ? » Et à cette question-là, seul Reynolds était en mesure de répondre.

— On va au tribunal ?

— Pas encore, Joel. Il y a du nouveau.

— Comment ça, du nouveau ? demanda le garçon d'un ton fébrile.

— Hier soir, en rentrant à mon hôtel, j'ai trouvé un message du procureur, Mr. Folger.

— Qu'est-ce qu'il voulait ?

— Il propose de régler ton affaire avant le procès. Nous en avons discuté dans ma chambre jusqu'à minuit.

Matthew regarda son jeune client droit dans les yeux. Joel s'agita un peu sur son siège.

— Mary Harding était connue et aimée de tous, Joel. Son assassinat a suscité une vague d'indignation à Atlanta. D'un autre côté, tes parents sont des membres éminents de cette communauté. On les aime et on les respecte. Nombreux sont ceux qui compatissent à leur peine. Et certains, parmi ces derniers, disposent d'un certain pouvoir. Ils ne veulent pas que ta mère et ton père aient maintenant à subir la mort de leur unique enfant.

Joel fixait Reynolds, attendant la suite.

— Mr. Folger a fait une offre de règlement amiable, Joel. Il nous faut l'accepter avant que le juge ne statue sur nos demandes.

— Quelle offre ?

— Nous plaidons coupable et il promet, en échange, de ne pas réclamer la peine de mort.

— Qu'est-ce... qu'est-ce qui se passera ensuite ?

— La détention à perpétuité, avec une peine incompressible de dix ans.

— Non ! Je ne vais pas rester toute ma vie en prison !

— C'est ce que je peux faire de mieux pour toi.

— Mon père vous a payé un quart de million de dollars ! Vous êtes censé me tirer de là !

Matthew secoua la tête avec lassitude.

— On m'a engagé pour te sauver la vie, Joel. Personne ne peut te faire sortir de prison. Tu as tué Mary, et tu l'as avoué aux policiers. C'est un fait et on n'y reviendra pas. Il n'a jamais été question de te faire libérer. Nous en avons souvent parlé, souvent. Tu t'en souviens ?

— Mais si je passe devant le tribunal...

— Tu seras reconnu coupable, condamné, et il se pourrait que tu meures.

Matthew prit une photographie de Mary Harding à l'université et la posa à côté d'un cliché d'autopsie de la jeune fille.

— Voilà ce que les jurés auront devant les yeux pendant toute la durée de leurs délibérations. Quelle sera la sentence, à ton avis ?

La lèvre inférieure de Joel se mit à trembler. Son arrogance d'adolescent avait disparu.

— Mais j'ai à peine dix-huit ans ! gémit-il. (Une larme roula sur sa joue.) Je veux pas rester toute ma vie en prison !

Il se tassa sur son siège, cachant son visage dans ses mains. Matthew se pencha, posa une main sur son épaule.

— Alors, Joel ?

— J'ai peur, sanglota le garçon.

— Je sais, Joel. Tous ceux que j'ai défendus, même les plus durs ont eu peur comme toi au moment de prendre une décision.

Joel leva vers Matthew son visage inondé de larmes. Il

n'était plus qu'un enfant, un tout petit enfant. Il était impossible de l'imaginer chevauchant le corps nu de Mary Harding et frappant, frappant avec la lourde bûche pour chasser d'elle jusqu'au dernier souffle de vie.

— Qu'est-ce que je vais faire, Mr. Reynolds ?

— Tu feras ce qu'il faudra pour vivre malgré tout. Tu ne resteras pas éternellement prisonnier. Au bout d'un certain temps, on t'accordera la liberté conditionnelle. Tu as des parents qui t'aiment. Ils seront là pour t'aider à ta sortie de prison. Et en attendant ce jour, tu pourras suivre des cours, obtenir un diplôme universitaire.

Matthew poursuivit ainsi en s'efforçant de paraître optimiste, de communiquer un peu d'espoir à Joel. Pieux mensonges. La prison serait un enfer pour Joel Livingstone. Un enfer dont il ressortirait vivant, un jour. Mais ce jour-là, il n'aurait plus grand-chose de commun avec le Joel Livingstone de ses dix-huit ans.

2.

Matthew Reynolds et Tracy Cavanaugh bataillaient déjà depuis trois jours devant le tribunal quand la décision de Joel Livingstone de plaider coupable mit brusquement fin aux débats. Pendant que le juge délibérait, Tracy regarda les parents de Joel. Ils étaient tous deux très élégants, luttant désespérément pour conserver leur calme et leur dignité, et complètement perdus dans cette enceinte de justice.

Bradford Livingstone, important banquier et promoteur industriel d'Atlanta, se tenait raide sur son siège, les mains croisées sur ses genoux, mal à l'aise au milieu des policiers, badauds habitués des prétoires et autres individus avec lesquels il n'avait pas l'habitude de frayer. Tracy surprit le regard incrédule qu'il posait de temps à autre sur son fils. Elaine Livingstone ne laissait rien paraître de ses sentiments. Mais elle semblait plus lointaine, plus pâle et plus fragile chaque jour. Quand le juge lut la sentence, Tracy eut l'impression que le couple vieillissait de plusieurs années sous ses yeux.

Après l'audience, il y eut une entrevue éplorée entre Joel et ses parents, puis une entrevue épuisante entre les parents et Matthew, au cours de laquelle celui-ci fit preuve d'une profonde compassion.

Il était presque sept heures quand Tracy retrouva l'avocat

— Non, Tracy. Le juge ne pouvait pas aller contre l'accusation. Je sais que vous avez du mal à le croire, mais vous y viendrez. Je sais, et c'est ce qui compte, que le juge aurait trouvé un moyen de maintenir la validité des aveux, et que les jurés n'auraient pas eu la moindre pitié à l'égard de ce gamin riche et gâté, meurtrier d'une fille adorable.

Reynolds consulta sa montre.

— Je vais marcher un peu avant de me coucher. Une voiture vient nous chercher demain matin à sept heures pour nous conduire à l'aéroport. Passez une bonne nuit. Et que cette affaire ne vous empêche pas de dormir. Nous avons fait du bon travail. Nous avons fait ce qu'il fallait. Nous avons sauvé la vie de notre client.

3.

Matthew Reynolds referma la porte de sa chambre d'hôtel et resta dans l'obscurité. La chambre était froide et impersonnelle, le lit impeccablement fait, un carré de chocolat à la menthe posé au centre de l'oreiller. Comme chaque soir.

Reynolds retira sa veste, la jeta sur le dossier d'une chaise. L'air conditionné séchait la sueur qui plaquait sa chemise à son torse étroit. Au-delà de la fenêtre hermétiquement close, Atlanta suffoquait dans la chaleur du mois d'août. Les lumières de la ville clignotaient à perte de vue. Il les contemplait pour la dernière fois. Demain, il serait à Portland, chez lui, loin des journalistes, loin de son client, loin de cette affaire.

En se retournant, il aperçut le clignotant rouge du répondeur sur la table de chevet. Après avoir écouté le message, il composa le numéro de Barry Frame. Il avait hâte de savoir s'il y avait du nouveau dans l'affaire Coulter.

— On a mis dans le mille ! claironna aussitôt Barry.

— Explique-moi ça, demanda Reynolds, anxieux.

— Mrs. Franklin avait placé un tableau devant l'impact de balle. Un portrait d'Elvis Presley sur fond de velours noir — une horreur. Les flics n'avaient pas pensé à l'enlever. Ils n'ont pas le sens de l'esthétique. Contrairement à moi, par chance pour Jeffrey Coulter.

Frame se tut, savourant son triomphe.

— Cesse de t'envoyer des fleurs, et viens-en aux faits.

— Calme-toi, Matt. On n'aura plus à s'inquiéter pour cette affaire. Je peux t'assurer que Mrs. Griffen laissera tomber dès qu'elle aura lu le rapport des experts. Le tableau était placé trop haut, tu vois. Ça choquait. On n'accroche pas un tableau à une hauteur pareille, même quand on a aussi mauvais goût que Mrs. Franklin. Ça m'avait déjà gêné sur les photos, mais une fois sur place, c'était encore plus flagrant.

« D'après la version donnée par Jeffrey, il est tombé en arrière quand Franklin a sorti son revolver. Et du coup, Franklin l'a raté. Mais Jeffrey est grand. Si Franklin voulait lui mettre une balle dans la tête, il fallait qu'il vise haut. On a trouvé dans leur album de photos un cliché pris dans l'entrée trois mois plus tôt, et comme par hasard le portrait d'Elvis n'y figurait pas au même endroit. En le décrochant, j'ai découvert la trace d'un joli petit trou rebouché au mastic. On a tout filmé en vidéo, et on a également pris des photos. L'expert est formel quant à l'origine du trou, bien qu'il ne contienne plus de balle. Mrs. Franklin a dû la retirer avec sa pince à épiler.

— Quand aurons-nous le rapport du criminologue ?

— D'ici la fin de la semaine.

— Il faut enquêter sur les antécédents de Franklin. Mets un autre type là-dessus s'il le faut.

— Mais pourquoi ? Le fait que Mrs. Franklin ait retiré la balle, puis qu'elle ait mastiqué le trou, et enfin qu'elle ait déplacé son tableau pour le cacher prouve bien qu'elle voulait couvrir son fils. Abigaïl Griffen sera obligée de laisser tomber l'accusation.

— Il ne faut jamais compter sur la sagesse d'un procureur, Barry. Abigaïl Griffen n'est pas du genre à baisser les bras. Elle aura peut-être, à partir des mêmes faits, une autre interprétation que la nôtre. On maintient la pression tant qu'elle n'a pas officiellement renoncé à l'accusation.

— Comme tu voudras, répondit Barry, résigné. Je vais mettre Ted French sur l'enquête. Comment ça se passe, à Atlanta ?

— Joel a accepté de plaider coupable.

— C'est bien ce que tu voulais ?

— Oui.

— Comment vont ses parents ?

— Pas très bien. (Matthew resta silencieux quelques secondes en se frottant les yeux.) Je rentre demain, par avion, Barry. Mais ne dis rien. Je veux prendre quelques jours de repos.

— Tu vas bien ? Tu as une drôle de voix.

— Je suis fatigué. J'ai besoin d'un peu de tranquillité.

— Voilà des années que je te le dis. Tu arrives à quelle heure à l'aéroport ? Je viens te chercher.

— Trois heures dix. Tu as fait du bon boulot, Barry, chez les Franklin. Du *très* bon boulot.

Matthew raccrocha. La fatigue lui brouillait la vue et il tenait à peine debout. Étendu dans l'obscurité, il se mit à penser à Joel Livingstone, et à Jeffrey Coulter, de Portland, et à Alonso Nogueiras de Huntsville au Texas, et à tous les autres, tous ces gens qui voyaient en lui leur seule chance d'échapper à la mort. C'était trop pour un seul homme, et il commençait à se dire qu'il ne pourrait pas continuer ainsi.

Puis il pensa à Tracy Cavanaugh, à son enthousiasme et à son désir de bien faire. Jadis, il passait lui-même d'une affaire à l'autre avec l'énergie d'un néophyte. Mais les affaires, désormais, l'épuisaient, et il lui fallait chaque fois, pour repartir de l'avant, faire appel à toute son énergie. Il avait besoin de s'éloigner pour quelque temps des clients et du spectre de la mort qui ne le quittait jamais. Il avait besoin de quelque chose... de quelqu'un.

Matthew se retourna sur le côté, coinça l'oreiller sous sa joue. Le tissu rêche et frais était d'un contact agréable. Fermant les yeux, il vit Abigaïl Griffen sur l'une des photographies qu'il gardait dans le tiroir de son bureau. C'était sa préférée. Abigaïl surprise dans une pose un peu abandonnée devant l'une des portes-fenêtres de sa maison, les bras le long du corps, un genou légèrement fléchi, regardant vers la forêt avec l'air d'écouter quelque léger bruit apporté par le vent.

CHAPITRE 9

1.

Le temps avait été frais et couvert pendant la matinée mais vers midi le brouillard se dissipa, remplacé par un soleil éclatant. Armée de son Pentax, Abbie fit le tour de la maison en prenant des clichés sous différents angles. Elle voulait un souvenir de cet endroit qu'elle avait aimé plus que nul autre au monde.

Puis elle suivit un étroit sentier qui serpentait sous les arbres jusqu'à une pointe rocheuse surplombant l'océan. Elle fit encore quelques clichés avant de descendre jusqu'à la plage par l'escalier en bois.

Abbie était vêtue ce jour-là d'un T-shirt bleu marine et d'un grand sweatshirt gris à capuchon tombant par-dessus son jean. En arrivant sur la plage, elle retira ses tennis et ses chaussettes. Après la tempête de la veille, l'océan était encore très agité. Abbie enfonça ses orteils dans le sable pour sentir l'humidité. Des mouettes descendaient en piqué au-dessus des vagues. Elle prit une autre photo, en reculant vers la falaise chaque fois que l'eau écumante approchait de trop près. Une vague projeta vers le ciel une gerbe d'écume, puis retomba dans des remous furieux.

Abbie acheva sa pellicule et continua à marcher le long de la plage. Elle adorait l'océan, et elle adorait cette maison. C'était là qu'elle venait quand elle voulait fuir tout le reste. Elle s'éveillait avec le soleil, mais restait au lit pour lire. Quand elle avait faim, elle se préparait des pancakes parfumés au gingembre ou à quelque autre fruit exotique, qu'elle mangeait en buvant du café au lait. Elle surveillait le lait tout en lisant des romans d'aventures qui l'aidaient à oublier les violeurs et les assassins qu'elle poursuivait à longueur d'année. La journée s'écoulait ainsi, à ne rien faire d'important et à jouir de cette oisiveté.

Abbie courba l'échine pour laisser passer une rafale. L'air marin était vivifiant. Elle ne se faisait pas à l'idée de perdre cette maison, et c'était pourtant inéluctable. Robert, à qui elle appartenait, avait été formel là-dessus : il n'était pas question qu'elle l'utilise, une fois le divorce prononcé. Il ne savait que trop à quel point elle aimait cet endroit, et il en profitait. C'était, pour Abbie, une raison supplémentaire de le haïr.

Le soleil déclinait. Abbie atteignit l'endroit où la plage se faisait très étroite au pied d'une haute falaise. De là, elle reprit le chemin de la maison, courbée en avant pour avancer sur le sable dans lequel elle s'enfonçait à chaque pas. En arrivant au pied de l'escalier, elle se sentit mélancolique. Elle s'assit sur la première marche pour remettre ses tennis. Elle pourrait toujours, bien sûr acheter une autre maison. Mais comment en trouver une qui lui convienne aussi parfaitement que celle-ci ?

Elle se laissa envahir par le rythme des vagues. Que feraitelle, une fois divorcée ? Elle ne craignait pas la solitude. Elle avait déjà vécu seule. C'est toujours mieux que de cohabiter avec quelqu'un qui se sert de vous et vous ment. Il lui manquait ce sentiment bien particulier, ce sentiment d'être amoureuse qu'elle avait connu avec Larry Ross et au début de son mariage avec Robert. Abbie se demanda si elle se risquerait jamais à retomber amoureuse, sachant avec quelle facilité l'amour pouvait se reprendre.

Quand la fraîcheur vint lui rappeler que la nuit tombait, Abbie se releva et gravit les marches. Elle suivit à pas lents le sentier sous les arbres. Quelque chose bougea dans le sous-bois et elle se figea sur place dans l'espoir d'apercevoir un cerf. Elle était sur les nerfs depuis qu'un inconnu avait tenté de forcer sa porte. En entendant Matthew Reynolds parler de Charlie Deems comme d'un individu capable de poursuivre une vengeance, elle s'était souvenue que l'homme en noir avait à peu près la même silhouette que celui-ci. L'idée d'être traquée par un Charlie Deems la perturbait profondément.

Elle attendit, anxieuse, dans l'ombre des pins, mais la provenance du bruit resta un mystère. Une fois à la maison, elle se doucha avant de préparer un repas soigné qu'elle prit sur la véranda, accompagné d'un chardonnay frappé qui allait parfaitement avec la truite aux amandes et le riz pilaf au safran. Des myriades d'étoiles brillaient au ciel comme autant de diamants. En ville, on ne les voyait jamais ainsi.

Abbie adorait cuisiner et, en général, se sentait très en forme après avoir mangé l'une de ses propres créations. Mais ce soir, à l'idée de perdre la maison, elle se sentait apathique et larmoyante. Son dîner achevé, elle prit une tasse de café, mais ses paupières se faisaient lourdes. Depuis la véranda, elle vida le reste de café sur la terre battue, et rentra.

Abbie se dressa sur son séant, certaine d'avoir entendu quelque chose. Mais quoi ? Son cœur battait si fort qu'elle dut respirer profondément et à plusieurs reprises pour retrouver un peu de calme. Il n'y avait qu'un mince croissant de lune, et la chambre était plongée dans une obscurité totale. Le cadran lumineux, sur sa table de nuit, lui apprit qu'elle n'avait pas dormi plus d'une heure et demie.

Comment identifier le bruit qui l'avait réveillée ? Elle n'entendait plus que le grondement des vagues se brisant sur la plage. Au moment où elle se disait enfin qu'elle avait fait un mauvais rêve, une marche craqua dans l'escalier et son cœur se remit à cogner de plus belle. Elle se déplaçait toujours avec un revolver depuis la tentative d'effraction à son domicile. Mais comme elle tendait la main pour le prendre, elle se rappela qu'elle avait laissé son sac au rez-de-chaussée.

Trop fatiguée pour changer de vêtements au moment de se coucher, elle s'était contentée de retirer ses tennis et son jean, qu'elle avait laissés par terre avant de s'écrouler. Elle se laissa glisser hors du lit, enfila le jean en toute hâte, chaussa les tennis.

La chambre donnait sur une coursive. Abbie saisit la poignée et s'efforça d'ouvrir la porte sans faire de bruit. Mais l'air humide chargé de sel avait fait gonfler le bois, et la porte était bloquée. Abbie poussa un peu plus fort, craignant qu'on ne l'entende si elle ouvrait la porte d'un seul coup. La porte ne bougea pas d'un pouce.

À nouveau, le craquement d'une marche. La panique s'empara d'elle. À la seconde où elle ouvrait la porte en poussant de toutes ses forces, elle entendit très distinctement des pas en haut de l'escalier menant à sa chambre. Déjà, elle se ruait sur la coursive, repoussait la porte derrière elle pour retarder son poursuivant, puis roulait par-dessus le fragile garde-fou à l'instant où la porte de sa chambre s'ouvrait à la volée. Elle vit, en une fraction de seconde, la silhouette d'un homme se découper sur le seuil. Puis elle tomba dans le vide et se reçut durement sur la terre battue.

La porte de la coursive heurta avec violence le mur extérieur de la maison. Abbie s'était relevée, et courait. Un chemin de terre filait entre les bois et le bord de la falaise, sur environ un kilomètre, jusqu'à la propriété voisine. Il n'y avait pas de clôture et le chemin était étroit, mais Abbie s'y engagea sans hésiter, en priant le ciel pour ne pas être suivie.

À une cinquantaine de mètres, un sentier s'enfonçait dans le bois. Abbie, réfléchissant à toute vitesse, se dit que ses chances de survie seraient meilleures dans le sous-bois, qui offrait de nombreux endroits où se cacher. Elle bifurqua sur sa gauche et s'enfonça dans une obscurité encore plus épaisse en faisant le moins de bruit possible.

Puis elle s'accroupit derrière un tronc et tendit l'oreille. Quelques secondes plus tard, un bruit de pas lui parvint, venant du chemin. Abbie prit une profonde inspiration et essaya de se calmer. Il lui fallait s'enfoncer plus loin dans le bois. Elle s'y cacherait pour attendre le lever du jour, en espérant que l'homme se décourage avant. Elle avait presque retrouvé son calme quand elle entendit un bruit sur sa droite. Un flot d'adrénaline courut dans ses veines et elle bondit en avant, sans se préoccuper du bruit qu'elle faisait. Ses pieds frappaient le sol. Elle filait à travers les fourrés en s'éloignant de la falaise, indifférente aux branches qui lui fouettaient le visage et lacéraient son T-shirt. Puis elle sentit que ses pieds ne touchaient plus terre. Elle voulut se mettre en boule pour amortir sa chute, mais atterrit la face contre terre. Une sorte de gerbe lumineuse jaillit sous ses paupières pour s'éteindre aussitôt. Ses poumons, un instant, furent privés d'air. Elle resta plaquée contre le sol, espérant qu'on ne la verrait pas dans l'ombre. Et presque aussitôt, elle entendit le craquement sonore des branches piétinées et le bruit plus lent de celles qu'on écartait et qui se remettaient en place. Tout près.

Il n'était plus question de fuir. Elle distinguait, sur sa droite, l'énorme masse d'un tronc abattu. Une courte distance l'en séparait. Elle la parcourut en rampant pour se blottir contre le bois pourrissant, et ne bougea plus.

Quelque chose tomba sur la joue d'Abbie. Puis se mit à bouger. Des pattes minuscules le long de sa joue, sur ses lèvres. Un insecte ! Puis un autre, et un autre encore. Serrant les lèvres, elle respira par le nez. Tout son corps se tendait, prêt à bondir, mais elle savait que le moindre mouvement pouvait lui coûter la vie.

Un lourd silence régnait sous le couvert des arbres. L'homme s'était arrêté et ne bougeait plus. Peut-être cherchait-il à se repérer. Abbie porta une main à son visage pour chasser les insectes. Elle expira avec lenteur. Son cœur battait si fort qu'il lui fallait absolument se calmer si elle voulait entendre quelque chose.

La terre était fraîche contre sa joue, et les arbres se découpaient sur le ciel nocturne. La silhouette d'un homme, soudain, vint occuper l'espace entre deux troncs. Il lui tournait le dos, mais elle était certaine qu'il allait la voir s'il se retournait et regardait dans sa direction, au ras du sol. Elle se recroquevilla un peu plus contre le tronc d'arbre abattu, en priant pour qu'il ne se retourne pas. Ce qu'il fit, pourtant. Lentement. Encore quelques centimètres, et il la verrait. Abbie chercha une pierre ou une grosse branche pour s'en faire une arme, mais ne trouva rien à portée de sa main. L'homme, maintenant, regardait l'arbre abattu. Puis il regarda Abbie. Puis le ciel s'illumina.

2.

La sonnerie du téléphone arracha Jack Stamm à un sommeil profond. Il se mit à tâtonner à la recherche du récepteur. Quand il l'eut trouvé, il décrocha d'un geste rageur et la sonnerie se tut enfin.

— District attorney Stamm ?

Stamm regarda en clignant des yeux les chiffres lumineux de son réveille-matin à touches digitales. Il était 4 h 47.

— Qui est à l'appareil ?

— Seth Dillard. Shérif du comté de Seneca. Nous nous sommes déjà vus, à Boise il y a deux ans, à la conférence sur la sécurité.

— Ah, bien, dit Stamm, en s'efforçant vainement de mettre un visage sur le nom du shérif. Pourquoi m'appelez-vous si tôt ?

— Nous avons ici quelqu'un de chez vous. Abigaïl Griffen.

— Comment ? Que s'est-il passé ?

— Elle dit qu'on a essayé de la tuer.

Le comté de Seneca se trouvait à l'ouest de Portland, à environ deux heures de route, et il était sept heures et demie quand Jack Stamm arrêta sa voiture entre deux véhicules de police déjà garés devant un chalet en bois en forme de A appartenant à Evelyn Wallace, voisine des Griffen. En sortant de sa voiture, Stamm vit les premiers rayons du soleil filtrant entre les arbres et entendit le choc régulier et monotone de la houle contre la falaise, amorti par les bois qui s'étendaient entre la petite maison et l'océan.

L'un des assistants du shérif apparut sur le seuil, et Stamm lui montra sa carte professionnelle. Le chalet était de petites dimensions. Le living-room, flanqué d'une cuisine, occupait tout le rez-de-chaussée. Abbie, enveloppée dans une couverture, était recroquevillée sur un divan et buvait une tasse de café. Evelyn Wallace, une mince sexagénaire, se tenait assise à côté d'elle.

Stamm eut un choc en voyant Abbie, les cheveux en désordre, les joues maculées de terre, les yeux rougis. Il remarqua aussi les plaies et les ecchymoses qu'elle portait au visage.

— Mon Dieu, Abbie. Vous n'avez rien ?

Abbie leva les yeux en entendant la voix de Stamm. Dans un premier temps, elle ne parut pas reconnaître son patron. Puis, au prix d'un grand effort, elle parvint à ébaucher un sourire.

— Je suis épuisée, mais ça va. Merci d'être venu.

— Ne dites pas de bêtises. Vous ne pensiez tout de même pas que j'allais vous laisser rentrer seule en voiture, après ce que vient de m'apprendre le shérif ?

Abbie s'apprêtait à répondre quand un grand type aux traits burinés et au visage barré d'une moustache poivre et sel fit irruption dans la pièce. Il était coiffé d'un Stetson et portait l'uniforme des policiers du comté de Seneca.

— Mr. Stamm ?

— Shérif Dillard ?

— Lui-même, monsieur. Merci d'être venu.

Le shérif se tourna vers Abbie.

— Vous vous sentez suffisamment d'aplomb pour retourner à la maison ? Mes hommes en ont presque terminé, et j'aimerais que vous repreniez, sur place, le récit de ce qui s'est passé.

Abbie se leva. La couverture glissa de ses épaules. Ses vêtements étaient maculés de boue.

— Vous tiendrez le coup, mon petit ? demanda Mrs. Wallace.

— Je vais très bien. Merci mille fois, Mrs. Wallace. Vous avez été formidable.

Abbie monta dans la voiture du shérif. Stamm les suivit le long d'une courte allée jusqu'à la route. Le shérif bifurqua très vite sur sa gauche pour s'engager sur une piste étroite conduisant à la maison des Griffen. Abbie et le shérif y pénétraient quand il arrêta sa voiture et gravit les marches de la véranda.

La porte d'entrée ouvrait sur un vaste living-room doté d'une cheminée. Il y avait deux chambres et une cuisine à l'étage, et au-dessus deux autres chambres donnant sur la coursive.

— Les relevés ont été faits ? demanda le shérif Dillard à un grand flic dégingandé occupé à boire le café qu'il avait apporté dans une bouteille Thermos.

— Les hommes viennent tout juste de partir.

— Avant de nous retracer les faits, dit le shérif à Abbie, pouvez-vous vous assurer que rien n'a été volé ?

Abbie inspecta les pièces du bas le plus vite possible avant de conduire tout le monde jusqu'à sa chambre. Ce qu'elle venait de vivre l'avait physiquement et nerveusement épuisée, et elle gravit l'escalier avec lenteur. Parvenue sur le seuil de la chambre, elle s'immobilisa comme si elle avait craint d'y trouver son agresseur. Puis elle prit une profonde inspiration, et entra.

Les stores de la grande baie vitrée étaient levés, et une lumière pâle éclairait la pièce. Seule, une lampe renversée sur le sol rappelait ce qui s'était passé, mais Abbie sentait encore une présence qui lui donnait la chair de poule. Elle frissonna. Elle avait eu peur après la première tentative d'intrusion, mais cette peur n'avait pas duré car elle s'était persuadée qu'il s'agissait d'un incident banal. Elle savait, désormais, qu'il n'en était rien.

— Comment vous sentez-vous, Mrs. Griffen ? demanda le shérif Dillard.

— Ça va. Je suis seulement fatiguée, et un peu terrifiée.

Elle inspecta rapidement les tiroirs de la commode, la table de chevet, vérifia avec soin le contenu de son portefeuille, ouvrit les placards.

— À première vue, il ne manque rien.

— Si nous passions sur la coursive — un peu d'air frais vous fera du bien, suggéra le shérif avec sollicitude.

Abbie sortit de la pièce et s'assit dans l'un des fauteuils pliants. Un vent léger, chargé de sel, soufflait de l'océan qu'elle aperçut, immense et bleu, par-delà le bois.

— Pouvez-vous, maintenant, nous dire comment les choses se sont passées ? demanda le shérif.

Abbie hocha la tête. Elle commença son récit par le bruit qu'elle avait entendu dans le sous-bois en revenant de la plage, et retraça tous les événements de la nuit en s'attardant de temps à autre pour préciser certains détails qui lui paraissaient susceptibles d'aider les enquêteurs. Elle éprouvait, à raconter ces moments terribles, une peur rétrospective presque aussi intense que celle qu'elle avait eue alors, car elle pensait maintenant à ce qui lui serait arrivé si elle n'était pas parvenue à s'échapper. À sa grande surprise, elle fut plusieurs fois obligée de s'interrompre pour ne pas éclater en sanglots.

Quand elle dit au shérif qu'elle avait vu l'homme sur le seuil de la chambre, il lui demanda si elle pouvait le décrire avec plus de précision.

— Non, répondit Abbie. Je n'ai fait que l'apercevoir en une fraction de seconde avant de me laisser tomber de cette coursive. Il m'a semblé, seulement, qu'il était tout en noir. Je suis certaine qu'il portait une cagoule, ou un bas qui lui masquait le visage, mais c'est tout. Je cherchais plutôt à voir l'endroit où j'allais tomber.

— Continuez.

— J'ai roulé sur le sol, je me suis relevée et je suis partie en courant. J'ai couru jusqu'au sentier qui longe la falaise. J'ai entendu claquer la porte de la coursive. Il avait dû la pousser très violemment. J'ai couru dans l'obscurité. J'entendais le bruit des vagues, et je voyais l'écume blanche au pied de la falaise, c'est tout. J'étais terrifiée, et je craignais de tomber.

« Le sentier suit la falaise sur une centaine de mètres environ, puis s'enfonce dans le bois. J'ai aperçu une trouée entre les arbres, et je m'y suis engouffrée avec l'espoir que l'homme qui me poursuivait continuerait sur le sentier. J'essayais de ne pas faire de bruit. Il est passé sans s'arrêter. J'ai entendu ses pas et même sa respiration. Je commençais à me dire que je lui avais échappé quand il y a eu à nouveau un bruit sur ma droite.

— Quelle sorte de bruit ?

— Je ne sais pas. C'était... je ne peux pas dire. (Elle secoua la tête.) Ça m'a fait très peur.

— Pouvait-il s'agir d'une deuxième personne ?

— C'est ce que j'ai pensé sur le moment. J'ai bondi, et je me suis enfoncée dans le sous-bois. J'étais tellement paniquée que je ne me souciais même plus du bruit que je faisais. Je fonçais droit devant moi pour m'éloigner de la falaise et de l'endroit d'où était venu ce bruit.

Elle décrivit le tronc d'arbre abattu contre lequel elle

s'était tapie. Au souvenir des insectes, elle ne put réprimer un nouveau frisson.

— Je n'ai plus rien entendu pendant un moment, reprit-elle. Je me suis dit que l'homme s'était éloigné. Puis j'ai vu cette ombre entre deux grands arbres, juste devant moi. Je pense que c'était l'homme que j'avais aperçu sur le seuil de ma chambre.

— Mais vous n'en êtes pas tout à fait certaine ?

— Non. C'était, apparemment, la même silhouette et la même corpulence, mais je l'avais vu si vite la première fois...

— Continuez.

— J'ai compris que s'il se retournait, il me verrait. J'étais même sûre qu'il m'entendait respirer. Il s'est retourné, et j'ai pensé que j'étais découverte. C'est à ce moment que le bois s'est éclairé d'un seul coup.

— Éclairé ?

— Oui. Il y a eu une lueur brève, mais très intense. Elle venait de l'autre côté du tronc d'arbre contre lequel j'étais couchée.

— Vous savez ce qui a provoqué cette lueur ?

— Non. J'étais à plat ventre. J'ai seulement vu la lumière.

— Avez-vous reconnu l'homme, à ce moment ?

Abbie hésita.

— Il y a deux semaines maintenant, à Portland, un homme a tenté de forcer la porte de mon appartement. J'ai réussi à le mettre en fuite, mais je l'ai bien vu avant qu'il ne saute de ma véranda. Il était habillé comme celui de cette nuit. Je suis certaine qu'il s'agissait de la même personne. Il me serait impossible de l'identifier dans un groupe. Il avait le visage masqué dans les deux cas, et quelque chose, je ne sais quoi, qui me fait penser à Charlie Deems.

Stamm parut surpris.

— Qui est ce Charlie Deems ? demanda le shérif.

— Un individu jugé pour meurtre voici deux ans. Il a été condamné à mort, mais la Cour Suprême a récemment annulé toute la procédure, et il est sorti de prison.

— Je vois. Ce nom me disait quelque chose. Mais qu'est-ce qui vous fait dire qu'il pourrait s'agir de lui ?

— La taille, la silhouette, l'allure générale. Je n'en jurerais pas. C'est simplement une impression.

— Avez-vous fait une déposition à la police, à Portland, après la première tentative ? demanda le shérif.

— Non. Je n'en ai pas vu l'utilité. Je n'avais pas pu identifier l'homme, et il n'y avait pas eu vol. Comme, en outre, il portait des gants, on n'aurait même pas pu relever ses empreintes. A ce moment, d'ailleurs, j'avais eu l'impression qu'il me rappelait quelqu'un, mais je n'avais pas encore fait le rapprochement avec Deems.

Le shérif hocha la tête.

— Bon. Finissez donc votre récit, et vous pourrez rentrer chez vous.

— Après cette grande lueur, l'homme est resté une seconde sans bouger. Puis il est parti, me semble-t-il, vers l'endroit d'où était venue la lueur. J'ai entendu les branches craquer sous ses pas tandis qu'il s'éloignait. Puis je n'ai plus rien entendu. Mais j'étais décidée à rester le plus longtemps possible sans bouger. J'avais affreusement peur qu'il ne soit encore là, à me guetter. Je ne peux pas vous dire combien de temps j'ai attendu ainsi, car je n'avais pas l'heure sur moi, mais cela m'a paru une éternité. J'ai tout de même fini par me relever. J'ai marché jusqu'à la maison de Mrs. Wallace, et c'est elle qui vous a appelé.

— Après le départ de l'homme, vous n'avez plus rien entendu ?

— Non, mais il y avait forcément quelqu'un d'autre. Cette lueur, ces bruits inexpliqués...

— Bien. Vous avez maintenant besoin de prendre une douche et de vous changer. Je vais descendre avec Mr. Stamm, et nous vous attendrons dans le living-room.

— Parlez-moi un peu de ce Charlie Deems, dit le shérif, comme ils redescendaient l'escalier.

— Si c'est Deems qui la poursuit, Abbie court un sérieux danger, répondit Stamm. C'est un tueur, un animal à sang froid. Il a déjà torturé à mort un trafiquant de drogue, puis tué une petite fille et son père pour empêcher ce dernier de témoigner contre lui. J'ai assisté à l'interrogatoire de Deems. Il n'a jamais craqué. Il est resté souriant du début à la fin. Et poli, avec ça. Il a fait comme si toute cette histoire n'était qu'une vaste plaisanterie. Je l'ai observé quand le juge a prononcé la sentence de mort. Il n'a pas cillé, et je parierais que son rythme cardiaque ne s'est pas accéléré d'un quart de seconde.

— Vous le croyez capable d'attenter à la vie de Mrs. Griffen ?

— Certainement, si c'est ce qu'il a décidé. Charlie Deems est un homme que rien n'arrête. Je me demande simplement pourquoi il se donnerait tout ce mal, maintenant qu'il est lui-même tiré d'affaire. Mais il faut dire qu'avec Deems, on n'est pas dans le domaine du rationnel.

Le shérif Dillard semblait perplexe, et inquiet.

— Voyez-vous, Mr. Stamm, ce qui me tracasse, c'est qu'on n'a rien volé. On pourrait en conclure que l'homme était venu pour ça, et qu'il a cédé à la panique. Mais je n'y crois pas non plus. Pourquoi, dans cette hypothèse, aurait-il poursuivi Mrs. Griffen dans le bois ? Pourquoi cet acharnement ? Non. Je crois que cet homme était bel et bien venu pour agresser votre procureur.

CHAPITRE 10

1.

La maison des Griffen, un bâtiment jaune de style colonial, dressait ses trois étages au bout d'une allée de gravier sur un terrain boisé de trois hectares. On avait placé une barrière métallique à l'entrée de l'allée. Malgré l'heure tardive, des voisins et des curieux s'étaient rassemblés en assez grand nombre devant cette barrière. Les gens tendaient le cou pour essayer de voir la maison et s'interrogeaient sur les causes de l'explosion qui avait secoué le silence de leur quartier résidentiel, l'un des plus chics de Portland.

Nick Paladino, au volant de sa voiture, avança lentement jusqu'à la barrière tandis que la foule s'écartait pour la laisser passer. Un policier en uniforme se pencha pour regarder à l'intérieur du véhicule. Nick avait la tête balafrée d'un ancien boxeur. Le regard méfiant du policier s'adoucit à la vue du badge que Nick lui montra aussitôt, et il s'empressa de déplacer la barrière.

Jack Stamm, assis, la mine sombre, à côté de l'inspecteur, regardait l'allée de gravier. La nouvelle de l'explosion l'avait terriblement secoué, et il s'était reproché tout au long du trajet de ne pas avoir « fait quelque chose » pendant la semaine qui venait de s'écouler depuis l'agression d'Abigaïl Griffen.

Paladino gara sa voiture à côté d'un véhicule de secouristes. Ces derniers, qui n'avaient rien d'autre à faire, regardaient travailler les pompiers. Il n'y avait pas d'incendie, mais seulement la carcasse tordue d'une Mercedes Benz d'un modèle tout récent. Et le chauffeur de la Mercedes, à l'évidence, était mort depuis longtemps.

Paul Torino, le chef de la brigade d'intervention antiexplosifs, intercepta l'inspecteur et le district attorney avant qu'ils ne franchissent les barrières disposées autour du lieu de l'explosion. Torino était un petit homme chauve à la nuque épaisse, aux épaules larges et aux jambes arquées. Il portait l'uniforme noir de son unité sous une combinaison en matière plastique jetable destinée à le protéger des risques bactériologiques encourus au contact du sang des victimes.

— Enfilez ça, si vous voulez que je vous emmène pour la visite guidée, dit-il en tendant aux deux hommes deux combinaisons semblables à la sienne.

Stamm se glissa aisément dans la sienne, mais Paladino eut quelque peine à l'enfiler par-dessus sa panse de buveur de bière.

— À quelle heure l'explosion s'est-elle produite ? demanda Stamm.

— Dix heures trente-cinq, répondit Torino en écartant la barrière pour les faire passer.

Des projecteurs mobiles avaient été installés pour éclairer le devant de la maison, et on avait allumé toutes les lumières à l'intérieur. La brigade des explosifs se livrait à une fouille méthodique des lieux pour retrouver les fragments de la bombe qui lui permettraient par la suite d'en déterminer la nature et la composition. L'un des policiers était chargé de collecter des indices. Un autre faisait un relevé des lieux pour indiquer l'endroit précis où chaque indice avait été trouvé.

Stamm vit un homme qui photographiait un trou béant dans la porte du garage. Les restes de la Mercedes se trouvaient juste devant cette porte. Stamm en conclut que la voiture était garée dans l'allée, et repartait en marche arrière quand l'engin avait explosé. Il en fit le tour complet avant de regarder à l'intérieur. Une odeur âcre stagnait, que la brise nocturne ne parvenait pas à dissiper. La glace Securit du pare-brise était craquelée mais entière, et toutes les autres vitres avaient volé en éclats sous le souffle de l'explosion. L'allée et la pelouse étaient jonchées d'éclats de verre et de débris métalliques tordus. Le toit de la voiture, au-dessus de la place du conducteur, était déformé comme si un poing gigantesque l'avait frappé de l'intérieur. Torino montra deux trous dans la tôle en expliquant qu'ils avaient été faits par des fragments de tuyau métallique. Puis il invita les deux hommes à s'approcher de la portière du conducteur.

— Quand nous pourrons examiner le dessous de la voiture, dit-il, nous trouverons un énorme trou dans le plancher, sous le siège du conducteur. C'est là que l'engin était fixé. Regardez la ceinture de sécurité. (Elle était coupée en deux.) La victime a été projetée contre le toit, et la ceinture s'est rompue. Puis le corps est retombé sur le siège.

Stamm retint sa respiration et jeta un coup d'œil à l'intérieur. Regarder la victime d'un assassinat n'avait jamais rien d'agréable. Et s'agissant d'une personne de votre connaissance, c'était encore plus pénible. Mais là, à voir l'homme recroquevillé en chien de fusil et les yeux fermés, on avait un peu l'impression qu'il dormait. La tête et la partie supérieure du tronc étaient intactes, ainsi que les jambes au-dessous des genoux. Mais le reste du corps, entre les genoux et le torse, était affreusement déchiqueté. Stamm vit des lambeaux de chair collés au toit et contre le pare-brise. Pourtant, il n'y avait pas autant de sang qu'on aurait pu s'y attendre, et la mort avait été causée par des lésions internes. Stamm rassembla son courage pour regarder à nouveau le visage, et le revit tel qu'il l'avait connu vivant. Puis, sentant venir un étourdissement, il se détourna.

— Paul, lança une voix du côté du garage. Viens voir... !

La porte du garage était maintenant levée. À l'intérieur, un homme de la brigade anti-explosifs se tenait accroupi devant un réfrigérateur blanc adossé au mur du fond.

Un fragment de métal de forme circulaire était incrusté dans la porte du réfrigérateur.

— C'est passé par le trou qu'on voit dans la porte du garage ? demanda Torino à l'homme qui l'avait appelé.

— Oui. On a mesuré la trajectoire. Tu vois un peu, si j'avais été là-devant en train de prendre une bière ? Je me retrouvais avec deux trous du cul !

— Demande à Peterson de photographier ça, ordonna Torino. Ne l'enlevez pas avant.

Stamm, en se penchant, remarqua deux petits morceaux de cuivre et quelque chose qu'il ne put identifier inclus dans le cercle de métal.

— C'était l'une des capsules placées aux extrémités de l'engin, expliqua Torino. Et ces bouts de cuivre sont les restes de l'ampoule qui a servi de détonateur. Quand le truc a explosé, les capsules sont parties comme des balles. Celle-ci a traversé la porte du garage pour aller se planter dans le réfrigérateur.

L'homme chargé de dessiner les lieux et le collecteur d'indices les avaient rejoints à l'intérieur du garage.

— Il commence à y avoir foule, là-dedans, dit Torino. Et il fit sortir Stamm et Paladino.

— Paul, demanda Stamm, vous aviez enquêté, n'est-ce pas, sur le meurtre par explosif de Hollins et de sa fille ?

— L'affaire Deems ?

Stamm hocha la tête.

— Votre question ne me surprend pas, enchaîna Torino. Parce que j'ai tout de suite eu une impression de *déjà vu* en examinant cette capsule. Je pourrai me prononcer avec certitude quand nous aurons retrouvé tous les fragments de la bombe, mais je suis prêt à parier un an de salaire que c'était exactement la même que celle qui a tué Hollins et sa petite fille.

2.

Peu après minuit, Jack Stamm se rendit à Meadowbrook, lotissement d'une vingtaine de petites mais très jolies maisons réparties le long de trois rues sinueuses dans la proche banlieue de Portland. La maison devant laquelle il gara sa voiture était de style moderne, toute de plain-pied avec un garage attenant. Le véhicule de police qui le suivait s'arrêta le long du trottoir pendant que Stamm pressait la sonnette de l'entrée, puis frappait à la porte. Le lotissement était si récent que les arbres n'avaient pas encore poussé au point de donner de l'ombre et la petite maison était pourvue de nombreux vitrages pour capter le maximum de soleil pendant la journée. Stamm scruta un moment l'obscurité régnant à l'intérieur, puis se retourna vers les policiers en uniforme qui l'accompagnaient.

— Allez voir à l'arrière. Regardez s'il n'y a pas de traces d'effraction.

Les policiers se séparèrent et firent le tour de la maison. Stamm était inquiet. Pourquoi n'y avait-il personne ? Puis des phares illuminèrent la rue. La voiture freina, s'engagea dans l'allée et s'immobilisa. Abbie en sortit. Elle portait un jean, un long chemisier en coton de couleur sombre, et un imperméable bleu marine. Ses cheveux étaient tirés en queue de cheval.

Elle regarda le véhicule de police. Puis les deux policiers qui revenaient après avoir fait le tour de la maison. Puis Stamm.

— Que se passe-t-il, Jack ? demanda-t-elle, soudain inquiète.

— Où étiez-vous ? demanda Stamm, sans répondre à la question.

— Quelqu'un m'a posé un lapin. Qu'y a-t-il ?

Stamm hésitait à parler. Abbie lui prit le bras.

— Allons. Répondez-moi.

Stamm posa ses deux mains sur les épaules d'Abbie.

— J'ai de mauvaises nouvelles à vous annoncer, dit-il. (Toute une série d'émotions passa sur le visage d'Abbie.) C'est Robert. Il est mort.

— Comment ? parvint-elle à articuler.

— On l'a assassiné.

— Oh, mon Dieu !

— Une bombe placée sous sa voiture, Abbie. Comme celle avec laquelle Charlie Deems a tué Hollins et la petite fille.

Les jambes d'Abbie ne la portaient plus. Stamm la fit asseoir sur les marches de l'entrée.

— Écoutez attentivement ce que je vais vous dire, Abbie. Rien ne prouve que Deems ait fait cela, mais les engins étaient bien les mêmes. Donc, je ne veux pas prendre de risques. Deux policiers resteront ici cette nuit, et je vais demander pour vous une protection vingt-quatre heures sur vingt-quatre.

— Mais pourquoi Robert ? demanda Abbie, l'air incrédule. C'est grâce à lui que Deems a échappé à la mort !

— Deems est un sadique. Il veut peut-être vous tuer, mais vous faire souffrir d'abord en tuant quelqu'un qui vous est proche.

Abbie semblait hébétée.

— D'abord la tentative chez moi, puis l'agression au chalet, et maintenant, Robert... Je n'arrive pas à croire que c'est à moi qu'il arrive tout ça.

— Essayez de ne pas trop vous inquiéter, Abbie. Nous allons vous protéger, et nous trouverons celui qui a tué Robert. Mais il va falloir être prudente. Prendre tout cela au sérieux.

Abbie hocha lentement la tête.

— Vous avez raison. Quand je pense que je suis sortie seule, ce soir.

— Que faisiez-vous dehors, si tard ?

— Quelqu'un m'a appelée. Un type qui voulait me voir et m'a fixé un rendez-vous. Mais il n'est pas venu.

— À quelle heure ?

— Vers neuf heures.

Abbie se tut, comprenant soudain pourquoi Stamm lui posait ces questions.

— Vous croyez qu'il pourrait y avoir un rapport entre cet appel et l'assassinat de Robert ? demanda-t-elle.

Stamm n'écoutait pas. Il s'était tourné vers les deux policiers.

— Éloignez les voitures. Vite ! Puis lancez un appel radio à Paul Torino. Il doit encore être à la maison du juge Griffen. Dites-lui de m'envoyer la brigade anti-explosifs. Immédiatement !

Il aida Abbie à se relever et l'entraîna vers sa voiture.

— Que faites-vous ? demanda Abbie, toujours sous le choc, et ne comprenant pas les craintes du district attorney.

— Il faut vous éloigner de cette maison en attendant que la brigade anti-explosifs l'ait visitée. Si vous avez été absente à partir de neuf heures, la personne qui a placé la bombe sous la voiture de votre mari a eu tout le temps d'en mettre une ici également.

CHAPITRE 11

1.

Cette pièce sans fenêtre, dans le sous-sol du commissariat central de Portland, ressemblait plus à un petit entrepôt qu'au bureau de la brigade anti-explosifs. Les murs de béton nu et le sol étaient littéralement couverts de cartons pleins de débris métalliques, de fils de cuivre et de morceaux de tuyaux. Seul, un bureau en fer, près de la porte, semblait indiquer que l'endroit servait à autre chose qu'à stocker des déchets, mais il disparaissait lui-même sous un amoncellement d'objets hétéroclites et parfaitement mystérieux pour un œil non averti.

Paul Torino ouvrit la porte et Nick Paladino pénétra dans son atelier. À l'appel de Torino, Paladino était descendu par l'ascenseur depuis le bureau des affaires criminelles.

— Qu'y a-t-il, Paul ?

— J'ai quelque chose à vous montrer.

Torino s'assit derrière le bureau en indiquant un siège à Paladino. Puis il écarta d'un grand geste le bric-à-brac étalé devant lui, dont il fit un tas à l'extrémité du bureau. Un carton déchiré était posé par terre près de lui. Torino en sortit plusieurs objets qu'il posa sur le bureau. Puis il exhiba à l'intention de son interlocuteur le dessin d'un morceau de tuyau crayonné sur une feuille de papier.

— Voici, en gros, le schéma de l'engin qui a tué le juge Griffen. Il a suffi de le fixer sous la voiture, ce qui n'était pas difficile à faire.

Torino se pencha sur la feuille pour tracer un rectangle. Puis il dessina un fer à cheval à chacune des extrémités du tuyau, et un gros point noir au milieu de la partie recourbée de chaque fer à cheval.

— C'est une bande de métal, dit-il en montrant le rectangle. Là, des aimants, poursuivit-il en montrant les fers à cheval. On perce des trous dans la bande métallique, on fixe les aimants à la plaque avec des boulons, puis on fixe les aimants au tuyau avec une bande adhésive. La bombe est prête, il n'y a plus qu'à la placer sous la voiture.

— Je vois.

Torino prit une plaque de métal tordue d'une vingtaine de centimètres de longueur, de quatre centimètres de large et de deux centimètres d'épaisseur.

— Qu'en dites-vous ? demanda-t-il.

Paladino examina l'objet, puis le schéma.

— C'est la plaque métallique sur laquelle étaient fixés les aimants ?

— Exactement. Je l'ai prise ce matin au bureau des affaires criminelles. Elle faisait partie de la bombe qui a tué Larry et Jessica Hollins. Vous n'y voyez pas quelque chose de bizarre ?

Paladino prit la pièce de métal pour la regarder de près. Elle pesait lourd. L'une des extrémités du rectangle était plate et semblait avoir été coupée par une machine. L'autre extrémité était irrégulière et portait une encoche en forme de V.

— Les deux extrémités sont différentes, observa Paladino.

— Exact. Ce morceau de métal a été prélevé dans une bande plus longue. On l'a placé dans un étau et on s'est servi d'une scie à métaux pour le découper afin de l'ajuster aux dimensions du tuyau.

Torino mit un doigt sur l'extrémité irrégulière.

— Regardez cette encoche. Elle vient de ce que la personne qui a fait la découpe s'y est prise à deux fois, en partant de chaque bord.

Torino saisit un sachet de plastique transparent contenant un autre morceau de métal tordu.

— Quand la bombe a explosé, hier, le juge Griffen était assis juste au-dessus. Ce fragment de métal a été projeté à travers le plancher et a tué le juge. Le médecin légiste l'a trouvé à l'autopsie. Regardez le côté droit.

La similarité entre l'encoche sur la bande de métal provenant de la bombe qui avait tué Hollins et celle provenant de la bombe utilisée contre Griffen sautait aux yeux.

— Vous pensez donc que c'est la même personne qui a découpé ces pièces ? demanda Paladino.

— Je n'ai aucun moyen de l'affirmer. Mais ce que je peux vous *dire*, c'est que je n'avais vu jusqu'ici qu'une bombe fabriquée de cette façon. Ça vaut une signature ou une empreinte digitale.

— D'après vous, donc, c'est bien Deems ?

Torino ne répondit pas. Il prit le dernier objet restant sur le bureau. C'était un sachet en plastique contenant un morceau de métal. Paladino l'examina. Il vit un rectangle dont l'une des extrémités était coupée par une machine, et l'autre coupée à la main.

— Qu'est-ce que c'est ? demanda Paladino, certain de connaître déjà la réponse.

2.

— Inspecteur Bricker, dit Tracy Cavanaugh après que la standardiste lui eut passé le bureau des affaires criminelles du commissariat de Salem. Je ne sais pas si vous vous souvenez de moi...

— Bien sûr. Vous travaillez avec le juge Sherzer.

— Enfin, à l'époque où nous nous sommes vues. Je suis maintenant à Portland.

— J'espère que vous n'êtes pas partie à cause de ce qui était arrivé à votre amie ?

— Non, non. Mais j'avais achevé mon année en tant que clerc.

— Comment allez-vous ? Le moral, je veux dire.

— Je pense souvent à Laura, mais ça va. Le changement m'a fait du bien. Et j'ai beaucoup à faire.

— Bien. Pourquoi m'appelez-vous ?

— Je voulais savoir où en était votre enquête. Avez-vous un suspect ?

— Non. Nous avons écarté l'hypothèse du crime commis par un voleur, car tout semble montrer que Ms. Rizzatti était personnellement visée. Quelqu'un a fouillé sa maison. C'était peut-être la personne que vous avez entendue sonner à la porte d'entrée pendant qu'elle enregistrait un message sur votre répondeur. Mais nous ne savons absolument pas qui a pu la tuer.

— Ah.

Il y eut un blanc sur la ligne. L'inspecteur Bricker rompit le silence :

— Vous m'appeliez pour autre chose ?

— Oui, effectivement... Vous avez vu ce qui est arrivé au juge Griffen ?

— Oui, répondit le détective.

Tracy crut percevoir une certaine prudence dans le ton.

— Quand j'ai appris qu'on l'avait assassiné, je n'ai pas pu m'empêcher de penser... vous ne croyez pas qu'il pourrait y avoir un rapport entre ces deux meurtres ? Avez-vous envisagé cette possibilité ? N'est-ce pas un peu trop fort comme coïncidence, d'abord la jeune femme qui travaillait comme clerc auprès du juge Griffen, puis le juge lui-même...

— J'ai pris contact avec le commissariat de police de Portland dès que j'ai appris la nouvelle. Nous pensons les uns et les autres qu'il pourrait effectivement y avoir un rapport entre les deux meurtres. Mais rien, jusqu'ici, n'est venu étayer cette hypothèse. Si, de votre côté, vous voyez quelque chose qui...

— Non. J'ai simplement... Je me demandais si vous y aviez pensé. Merci d'avoir bien voulu me parler.

— C'est naturel. N'hésitez pas à me rappeler.

3.

Après avoir écouté Nick Paladino lui exposer ce qu'il venait d'apprendre de la bouche de Paul Torino, Jack Stamm se leva et alla se camper devant la fenêtre de son bureau. L'été, dans l'Oregon, était comme un rêve. La forêt d'un vert intense s'étendait sur des kilomètres et des kilomètres, et des montagnes aux sommets enneigés se dressaient dans le lointain. Des bateaux de plaisance passaient sur la Willamette en une débauche de voiles multicolores. Le crime et le désespoir n'auraient pas dû exister en de tels lieux, mais la réalité, obstinément, s'immisçait dans ce paradis.

— Et Deems ? Vous savez où il est ?

— Il s'est volatilisé.

— Comme l'autre fois, avant de tuer Hollins.

— Torino a expliqué comment on fabriquait une bombe lors du procès de Deems.

Stamm se retourna, abandonnant sa contemplation du paysage. Paladino attendait calmement.

— Paul est formel, à propos de ces fragments de bombe ?

— Je sais que ce n'est pas ce que vous voudriez entendre, Jack. Mais vous n'avez même pas besoin de savoir ce qu'en pense Paul. La similitude vous sautera aux yeux.

— Répondez à ma question, bon Dieu !

L'inspecteur baissait les yeux, gêné.

— Paul est prêt à jurer qu'ils sont exactement semblables.

Stamm prit un trombone sur son bureau et se mit à le

tordre avec application sans cesser d'aller et venir à travers la pièce. Paladino l'observait. Il savait exactement à quoi pensait Jack Stamm, car il était passé par les mêmes angoisses depuis son entretien avec Torino.

— Seigneur ! dit Stamm.

— Je sais ce que vous ressentez, Jack. C'est ridicule. Je n'y crois pas une seconde. Mais nous devons envisager toutes les possibilités. Abbie a un mobile, elle n'a pas d'alibi pour le laps de temps au cours duquel l'engin a été fixé sous la voiture de Griffen, elle sait comment fabriquer une bombe. Paul dit qu'il le lui a expliqué point par point lorsqu'ils préparaient son témoignage pour le procès de Deems.

— On est en plein délire, dit Stamm, furieux, en jetant le trombone dans sa corbeille à papier. Nick, vous connaissez Abbie. Vous la voyez tuer quelqu'un ?

— Non. Et c'est la principale raison pour laquelle je ne poursuivrai pas cette enquête. Je connais trop bien Abbie pour être objectif. Même chose pour vous, Jack.

Stamm revint vers le bureau, se laissa choir dans son fauteuil.

— Vous avez raison. Il se pourrait même que je témoigne. Je vais devoir demander au bureau de l'attorney general de désigner un procureur sur cette affaire. Merde. C'est impossible !

— À mon avis, vous devriez tout de suite les appeler et organiser une réunion.

Stamm était furieux. Il savait qu'Abbie n'avait pas tué son mari. Et il savait aussi que, selon toute probabilité, Charlie Deems était le meurtrier. Mais dès l'instant où un soupçon pesait sur l'un des procureurs placés sous son autorité, aussi mince qu'en fût la probabilité, il était dans l'obligation de se retirer.

La sonnerie de l'interphone vint l'arracher à ses réflexions.

— Mr. Stamm, annonça la secrétaire, je sais que vous ne voulez pas être dérangé, mais Charlie Deems est ici. Il demande à vous parler.

— Charlie Deems ?

— Il est à la réception. Il dit que c'est important.

— Très bien. Prévenez-le que j'arrive.

Stamm regarda Nick Paladino.

Le détective semblait aussi surpris que le district attorney.

— Qu'est-ce qu'il fout ici, Nick ?

— Je n'en ai pas la moindre idée, Jack.

— Il ne viendrait tout de même pas se constituer prisonnier ?

— Charlie Deems ? Ne rêvons pas.

Stamm remit sa veste, rectifia son nœud de cravate. Son bureau n'était qu'à quelques pas du hall de réception. Dans un fauteuil en plastique moulé, Charlie Deems attendait, plongé dans *Sports Illustrated*.

— Mr. Deems ? Jack Stamm.

Deems le regarda par-dessus son journal, sourit et se leva pour le suivre de l'autre côté de la barrière séparant la réception du reste des services.

— On m'a dit que vous vouliez me voir, Mr. Stamm.

— En effet.

— Me voici.

— Vous voulez bien me suivre dans mon bureau ?

— Mais bien sûr.

Le ton de Deems était aimable. Ils passèrent devant la secrétaire, entrèrent dans le bureau de Stamm.

— Vous connaissez Nick Paladino.

— Et comment ! C'est lui qui m'a arrêté. Mais je n'en veux à personne. Surtout depuis que nous travaillons ensemble.

— Je vous demande pardon ?

— Mais oui ! J'ai décidé de tourner la page. Je veux apporter mon concours à la justice.

— À quoi devons-nous cette miraculeuse conversion, Charlie ? intervint Paladino, sarcastique.

— Quand on se retrouve dans l'antichambre de la mort, on a tout le temps de penser à la vie. Oui, la vie, et ce qu'elle signifie. Je ne veux plus gâcher la mienne. Je suis un homme nouveau.

— Voilà qui est fort bien, mon vieux. C'est pour cette raison que vous êtes venu ? Pour nous parler du nouveau Charlie ? demanda Paladino.

— Ma foi, je sais que c'est pas le boulot qui manque, ici. Si c'était simplement pour vous annoncer que je voulais tourner la page, je pouvais vous envoyer une lettre. Non. Je suis venu pour vous aider à arrêter des criminels.

— Vous pensez à quelqu'un en particulier ? demanda Stamm.

— Oh, oui ! Il y a des gens que je serais content d'envoyer en prison pour un bon bout de temps.

— Qui, par exemple ?

— Eh bien, Raoul Otero, par exemple. Je suis au courant

de toutes ses opérations. Je sais comment il fait entrer la came dans le pays, où on la lui transforme et qui travaille pour lui. Ça vous intéresse ?

— Éventuellement.

— Éventuellement, répéta Deems. (Puis, avec un petit rire :) Mr. Stamm, vous en mouillez votre froc, tellement ça vous excite. Mais vous me la jouez cool, c'est bien normal et je vous respecte pour ça. Sinon, ça m'inciterait à faire monter les prix !

— Quels sont vos prix ? demanda Paladino.

Deems se tourna lentement vers l'inspecteur.

— Merci de poser la question. D'abord, j'aurai besoin d'une protection. Il est pas du genre à tendre l'autre joue, Raoul.

— Venons-en au fait, Charlie, dit Paladino.

— Évidemment, j'accepterai une petite rémunération.

— C'est censé m'étonner ?

— Eh ! Pendant que je travaille pour vous, je travaille pas pour moi. On va pas se disputer pour de l'argent. C'est quand même moi qui risque ma peau dans cette histoire.

— Pour l'argent, je peux voir. Mais il va nous falloir des garanties.

— Normal. J'ai même un petit bonus à vous offrir.

— Il s'appelle comment, ce bonus ?

Deems souriait de toutes ses dents. Il se tut quelques secondes pour savourer l'instant. Puis :

— Ça vous intéresserait, de savoir qui a fait sauter le juge Griffen ?

4.

— Elle travaille trop et elle ne s'amuse pas assez, la petite Tracy. Ça la rend triste ! lança Barry Frame du seuil de la bibliothèque.

— Oh, je sais bien, dit Tracy, penchée sur un dossier.

Barry vint s'asseoir à côté d'elle à la longue table de chêne qui occupait le centre de la pièce. Tout autour d'eux, les murs étaient couverts d'étagères sur lesquelles dossiers et textes de lois s'empilaient du sol au plafond.

— Savez-vous qu'il est plus de huit heures ?

Tracy jeta un coup d'œil à sa montre.

— Et je parie, en plus, que vous n'avez pas dîné ?

— Gagné !

— Vous aimez la cuisine thaïlandaise ?

— Je ne sais pas..., dit Tracy en hésitant, avec un regard vers la pile de documents qui se dressait devant elle.

Frame sourit en secouant la tête.

— Il vous fait trimer comme une bête, hein ?

— Non, c'est simplement que...

— Et, bien entendu, vous avez eu droit au « si vous travaillez pour moi, vous ne dormirez pas beaucoup et vous mangerez mal ».

Tracy retint une exclamation de surprise et sourit d'un air penaud.

— C'est le discours qu'il sert à tous ceux qui arrivent ici, et ça marche à tous les coups. Même moi, je m'y suis laissé prendre un certain temps, puis j'ai compris. Ce n'est pas parce que Matt vit comme un spartiate que vous devez en faire autant et vous transformer en machine. Je ne sais pas ce que vous êtes en train de faire, mais ça peut attendre jusqu'à demain matin. Et vous ne serez pas capable de travailler longtemps si vous mourez d'inanition.

— Je crois bien que j'ai une petite faim.

— Et alors ?

— Et alors, emmenez-moi chez ce thaïlandais. À une condition : on partage.

— Il n'a jamais été question d'autre chose.

Dehors il faisait encore chaud, mais l'atmosphère n'était pas oppressante. Tracy s'étira et regarda le ciel. Un croissant de lune se frayait un chemin dans une poussière d'étoiles scintillantes. Les lumières des maisons dispersées sur les collines dominant la ville faisaient penser à des lucioles géantes.

— Il n'est pas trop loin ce restaurant — on peut y aller à pied ? J'ai besoin d'exercice.

— C'est à six ou sept rues d'ici. Autant dire rien du tout, pour une marathonienne.

— Comment le savez-vous ?

— Matt me passe tous les *curriculum vitae* qu'il reçoit.

— Ah ! Vous avez vu celui que j'ai envoyé il y a six mois ?

— Oui.

— Pourquoi ne m'a-t-il pas reçue, à l'époque ?

— Vous êtes une nana, plaisanta Frame. Je lui ai bien dit, alors, qu'il serait un crétin s'il ne donnait pas suite, mais le Grand Sorcier et les filles, ça fait deux. Quand il vous a embauchée, je n'en suis pas revenu. Le juge Forbes avait dû mettre le paquet pour vous recommander !

— Pourquoi appelez-vous Mr. Reynolds « le Grand Sorcier » ?

— Il y a trois ans, Matt a réussi à faire acquitter Marcus Herrera. Le *Time* en a fait sa couverture et l'a baptisé le Grand Sorcier parce que tout le monde disait qu'il faudrait un magicien pour sauver Herrera. Il a détesté ça.

— Moi, je le vois comme un romantique.

— C'est aussi un sacré malin. Un tas de gens doivent leur vie à ses tours de magie.

— À quoi attribuez-vous cette réussite ?

— C'est très simple. Matt Reynolds est plus fort que tous les adversaires qu'il a eus jusqu'ici.

Tracy resta pensive un instant. Matthew Reynolds était très fort, mais il y avait bien d'autres avocats de talent. Si quelqu'un lui avait posé la question qu'elle venait elle-même de poser à Barry, Tracy aurait parlé des heures et des heures de travail que Reynolds consacrait à chacune de ses affaires. Elle n'avait jamais vu, dans aucun domaine, quelqu'un travailler autant.

— Qu'est-ce qui le motive, Barry ? Qu'est-ce qui le pousse à se donner ainsi ?

— Vous savez qui était son père ?

— Mr. Reynolds m'en a un peu parlé la première fois que je l'ai vu. J'ai l'impression qu'il l'aimait beaucoup.

— Il l'adorait. Oscar Reynolds a été exécuté au pénitencier de Columbia, en Caroline du Sud, quand Matt avait huit ans. Condamné à mort pour viol et assassinat.

— Mon Dieu !

— Deux ans après, un homme passait des aveux complets et était reconnu coupable des crimes pour lesquels on avait exécuté Oscar Reynolds. Matt n'aime guère en parler, et on le comprend. Sa mère sombra dans la neurasthénie pendant que le père était en prison, et se suicida quelques jours après son exécution. Matt a connu toute une série de foyers adoptifs avant qu'un parent éloigné ne le recueille définitivement. Il ne parle jamais de cette période de son existence, mais je crois que la vie n'a pas été facile pour lui.

Tracy aurait voulu dire quelque chose, mais ne trouvait pas les mots. Ce que Barry venait de lui apprendre était bouleversant. Et elle pouvait, à coup sûr, y trouver les réponses à toutes les questions qu'elle se posait au sujet de Matthew Reynolds et de son dévouement à sa cause.

Elle essaya d'imaginer ce qu'avait été la vie de Matthew Reynolds à huit ans, avec un père exécuté pour viol et assassinat, une mère qui se suicidait, et cette tache de naissance qui le défigurait et devait exciter la cruauté des autres enfants.

— Comme il a dû être seul, dit Tracy.

— Il l'est toujours. Je suis sans doute pour lui ce qui ressemble le plus à un ami.

Ils cheminèrent un moment en silence. Barry, à l'évidence, voulait ajouter quelque chose, et Tracy sentait que c'était trop important pour le presser.

— Il y a une autre raison à la réussite professionnelle de Matthew, dit enfin Barry. Les avocats, normalement et comme tout le monde, ont une vie en dehors de leur métier. Mais pour Matt, la vie et le métier ne font qu'un. Je n'exagère pas. Rien ne l'intéresse en dehors de son travail, à l'exception peut-être de ses parties d'échecs par correspondance. Le monde réel a été pour lui d'une telle cruauté qu'il a fait de son métier d'avocat un refuge, une place forte qui l'isole et le protège de tout le reste. Si on y réfléchit, d'ailleurs, c'est un peu comme le jeu d'échecs. Le droit est fait de règles, et il les connaît toutes sur le bout du doigt. Dans un tribunal, pendant une audience, les lois le protègent. Il s'immerge dans ses dossiers, dans les affaires qu'il plaide, et agit comme si rien d'autre n'existait.

« En tant qu'avocat, on a besoin de lui. Pour nombre de ses clients, il est le seul ami qu'ils auront jamais.

Barry se tut. Il gardait les yeux baissés et Tracy aurait voulu qu'il lui parle encore de ce patron qu'elle avait tellement envie de comprendre. Mais Barry, se tournant soudain vers elle, demanda :

— Vous continuez à courir ?

— Pardon ?

— Je vous demande si vous courez toujours.

— Je suis bien trop débordée, ces derniers temps, répondit Tracy, l'esprit ailleurs, et gênée de sauter à un sujet aussi futile après ce qu'elle venait d'entendre. J'ai de la chance quand j'arrive à mettre le nez dehors pendant la semaine.

— Vous courez sur quelle distance ?

— Dix ou douze kilomètres. Juste ce qu'il faut pour maintenir la machine en état de marche.

— Et à quelle allure ?

— Dix à l'heure, environ.

— Je pourrais vous accompagner, un de ces jours ?

Tracy hésita. Elle se demandait si Frame cherchait un partenaire ou une petite amie. Puis elle se dit que ça n'avait pas d'importance. Ce serait toujours plus agréable de courir à deux. Frame était beau garçon, et elle n'avait personne dans sa vie. On verrait bien.

— J'avais l'habitude de courir en sortant du travail, les jours de semaine. C'était le bon temps. Maintenant, je cours *avant* de venir au bureau, c'est-à-dire au petit jour, quand je peux, et pendant les week-ends... quand je peux aussi.

— Eh bien, dit Barry en souriant. On pourrait se retrouver dimanche vers neuf heures, et ensuite on prendrait un bon brunch au Papa Hayden.

— Chiche, répondit Tracy en souriant à son tour.

Elle commençait à voir d'où venait le vent.

CHAPITRE 12

Le procureur délégué Chuck Geddes consentit, de mauvaise grâce, à attendre le lendemain des funérailles pour interroger Abigaïl Griffen. Il fallut que Jack Stamm s'en mêle, et lui dise qu'il serait quelque peu inhumain et certainement du plus mauvais goût de soumettre une veuve à interrogatoire le jour où son mari était porté en terre. Ce fut l'argument du mauvais goût qui emporta la décision, Geddes se piquant d'avoir sur toutes choses un jugement infaillible.

Geddes avait une tête à vanter les mérites de certaines marques de cigarettes dans des films publicitaires, et se déplaçait comme un homme auquel on aurait greffé une tige d'acier dans le dos. Cette démarche martiale était sans doute un souvenir des années passées sous l'uniforme. Ses convictions étaient aussi inflexibles que sa colonne vertébrale. Quand il perdait un procès, c'était toujours à cause de l'incapacité intellectuelle du juge, de la tactique malhonnête employée par un adversaire sans scrupules ou de la stupidité des jurés. Mais l'équité oblige à dire que Geddes gagnait bon nombre de ses procès. Et c'était à ces succès, précisément, qu'il devait son poste. Car Geddes était un procureur infatigable, doué d'une ruse quasiment animale et tout à fait capable de séduire un jury.

Le policier en faction devant la maison d'Abbie se détendit en reconnaissant Jack Stamm. La voiture était à peine arrêtée qu'on vit Chuck Geddes en jaillir et rajuster la ceinture de son complet trois-pièces à la coupe irréprochable. Neil Christenson, son enquêteur, descendit à son tour pendant que Geddes vérifiait ses boutons de manchettes. Chez les Christenson, on était auxiliaire de justice de père en fils depuis trois générations, et Neil avait servi dans la police avant d'intégrer l'administration judiciaire, où il travaillait maintenant depuis neuf ans. Il avait la corpulence d'un ancien poseur de rails trop occupé par ses nouvelles fonctions pour se maintenir en forme mais qui s'astreint encore à courir quelques kilomètres ou à faire quelques pompes quand l'occasion s'en présente. Et sous son crâne presque rasé à la façon des militaires, Christenson possédait des yeux bleus et un sourire avenant qui faisaient oublier sa taille impressionnante. À côté d'un Geddes tiré à quatre épingles, il portait une veste en tweed usée jusqu'à la corde et beaucoup trop épaisse pour la saison, un pantalon marron en tissu léger, une chemise bleu clair au col élimé et pas de cravate du tout.

Abbie ouvrit la porte. Elle semblait à bout de forces. Ses cheveux étaient à peine brossés, elle ne portait pas de maquillage et de larges cernes marquaient ses yeux. Elle n'avait guère pris la peine de ranger après le départ des amis qui l'avaient raccompagnée depuis le cimetière. Les assiettes sales, les cendriers débordants et les gobelets de café à demi vides traînaient partout dans le living-room.

— Comment vous sentez-vous ? demanda Stamm.

— Ça va.

Abbie regarda les deux hommes qui se tenaient derrière lui.

— Je vous présente Chuck Geddes, procureur délégué, et Neil Christenson, son enquêteur.

— Mes condoléances, madame. La mort du juge Griffen est une terrible tragédie, dit Geddes en s'avançant d'un pas, la main tendue.

Abbie semblait désorientée et vaguement inquiète.

— Qu'y a-t-il, Jack ?

— On peut entrer ? demanda Stamm.

Abbie s'effaça pour leur laisser le passage. Après un regard au désordre du living-room, elle conduisit tout le monde dans la cuisine, où le ménage avait été fait.

— J'ai du café, si quelqu'un en veut.

— Décaféiné ? demanda Geddes.

— Non.

Stamm et Christenson acceptèrent une tasse de café noir, et Geddes s'abstint.

La cuisine de la fenêtre donnait sur un petit balcon et, au-delà, sur une arrière-cour fermée par une clôture. Une plate-bande longeait la clôture. Le contraste était frappant entre le bouquet riche et joyeux formé par les fuchsias écarlates, les roses thé et les glaïeuls jaunes, et l'atmosphère sinistre qui régnait dans la cuisine.

— Qu'est-ce qui vous amène ? demanda Abbie quand ils furent assis autour de la table.

Stamm jeta un bref regard à Abbie, puis fixa le fond de sa tasse.

— Je me trouve dans une situation très désagréable. Il m'est impossible de poursuivre l'enquête sur le meurtre du juge Griffen. La police de Portland va devoir, elle aussi, y renoncer. Chuck a été délégué comme procureur du comté de Multnomah. C'est lui qui traitera ce dossier.

Abbie semblait perplexe.

— Pourquoi devez-vous y renoncer ? Que s'est-il passé ?

— Ce n'est pas facile à dire, Abbie. Mais vous êtes désormais suspecte.

Elle regarda Stamm.

— Vous dites cela sérieusement ? demanda-t-elle, interloquée.

— On ne peut plus sérieusement, répondit Stamm, très vite.

Abbie regarda les trois hommes, l'un après l'autre. Elle ne souriait plus.

— C'est délirant !

Geddes, les jambes croisés, bien raide sur sa chaise, n'avait rien perdu de la réaction d'Abbie.

— Un témoin nous affirme, preuves à l'appui, que vous avez sollicité son aide pour tuer le juge Griffen.

— C'est ridicule ! Quel témoin ? Quelles preuves ?

— Je ne suis pas autorisé à vous le dire pour le moment, mais vous pouvez nous aider à éclaircir cette affaire en répondant à quelques questions. Je dois, bien entendu, vous informer que vous avez le droit de ne pas répondre et que tout ce que vous direz pourra être retenu contre vous devant un tribunal. Vous avez aussi le droit de consulter un avocat, et si vos moyens ne vous le permettent pas, le tribunal vous en fournira un gratuitement. Avez-vous bien compris ce que je viens de vous dire ?

Abbie regarda Chuck Geddes, l'air de n'en pas croire ses oreilles.

— Vous êtes insultant, monsieur. C'est délibéré de votre part ?

— Je fais mon travail, répondit Geddes, impassible.

Abbie se retourna vers Stamm.

— Je ne rêve pas, Jack ? Je suis réellement suspecte ?

— J'en ai peur. Et vous devriez songer à prendre un avocat avant de poursuivre cette discussion avec Chuck.

Geddes tressaillit et fusilla Stamm du regard avant de reprendre contenance.

— Je n'ai pas besoin d'avocat, Jack. Je n'ai pas tué Robert. Posez toutes les questions qu'il vous plaira.

— Abbie..., commença Stamm.

— Elle vient de vous dire qu'elle acceptait de répondre, Jack, intervint sèchement Geddes. Peut-être pourra-t-elle écarter tout soupçon. Si quelqu'un nous a menés en bateau, autant le savoir tout de suite.

Stamm savait qu'il avait bien fait de mettre Abbie en garde, mais il n'insista pas. L'affaire, désormais, était entre les mains de Geddes.

— Mrs. Griffen, dites-nous où vous vous trouviez entre neuf heures et minuit le soir où le juge Griffen a été tué ?

— J'ai déjà expliqué tout cela à Jack.

— Je le sais, mais Neil voudrait entendre de votre bouche ce que vous avez à répondre.

— J'instruis actuellement une affaire criminelle dans laquelle l'accusé est un certain Jeffrey Coulter, défendu par Matthew Reynolds. (Au nom de Reynolds, Geddes se pencha un peu plus en avant.) Les experts mandatés par Reynolds ont examiné récemment la maison des Franklin, où a eu lieu le meurtre. Leurs conclusions sont favorables à Coulter. Le soir où mon mari a été tué, un homme m'a appelée peu avant neuf heures pour me prévenir que les experts de Reynolds avaient forgé des preuves en visitant la maison des Franklin. Il proposait de me rencontrer immédiatement dans roseraie du Lewis and Clark College.

— La roseraie se trouve sur le campus, mais c'est un endroit assez isolé, n'est-ce pas ? observa Geddes.

— En effet. C'est à l'extrémité du campus, derrière la piscine.

— Jack m'a raconté votre récente mésaventure au bord de l'océan. N'avez-vous pas craint d'être attaquée une nouvelle fois, en vous rendant à une heure pareille dans un lieu aussi désert ?

— Je ne pouvais pas laisser passer une chance d'épingler Coulter. Et je m'y suis rendue armée. J'avais bien pensé qu'il s'agissait peut-être du salaud qui m'avait agressée dans ma maison de la côte, et je dois reconnaître que je l'espérais presque.

— Vous n'avez pas eu l'idée de vous faire accompagner ?

— L'homme, au téléphone, m'avait demandé de venir seule, faute de quoi il ne dirait rien. Je ne voulais pas lui faire peur. Peu importe, d'ailleurs, puisqu'il ne s'est pas montré.

— Avez-vous un témoin, quelqu'un pour confirmer vos dires ?

— Non. Le parking était désert à mon retour ici, et je n'ai croisé personne.

— Mrs. Griffen, votre divorce se passait-il mal ?

— Je ne veux pas parler de ma vie privée.

— C'est pourtant un sujet qu'il sera difficile d'éviter.

— Désolée. Robert est mort. Il n'y a pas à revenir sur ce qui s'est passé entre nous.

— Je comprends vos réticences, mais nous enquêtons aujourd'hui sur un assassinat. Combien de fois avez-vous, vous-même, posé cette question à des suspects ou à des témoins, madame ?

— Souvent. Mais je refuse de parler de mes rapports personnels avec Robert.

— Bien. Admettons. Pour le moment. Et vos rapports... financiers ?

— Qu'entendez-vous par là ?

— Il n'est pas interdit de penser que ce divorce risquait de vous coûter cher.

— Oui. Mais je ne l'ignorais pas quand j'ai pris ma décision.

— Pouvez-vous nous dire où vous en étiez, votre mari et vous, sur le plan financier ?

Abbie regarda Geddes, puis Christenson. Aucune émotion ne se lisait sur leurs visages. Puis elle se tourna vers Jack Stamm. Celui-ci s'était légèrement voûté sur son siège. Il avait la tête de quelqu'un qui se verrait bien disparaître dans un trou de souris.

— Je n'aime pas beaucoup le ton ni le tour de cette conversation, Mr. Geddes. Je vais donc y mettre fin. Jack avait raison. Il vaut mieux que je consulte un avocat.

— Comme vous voudrez.

— Quel est mon statut, Jack ? demanda Abbie.

— Votre statut ?

— Suis-je encore libre de travailler ? Ou bien suis-je suspendue, ou révoquée ?

Stamm ne se résolvait pas à la regarder en face.

— Je crois qu'il vaudrait mieux, pour vous, envisager un congé. C'est ce que vous auriez fait de toute façon, après ce deuil. Je répartirai vos dossiers entre les autres procureurs.

— Je vois, dit lentement Abbie.

— Ne croyez pas que je fasse cela de gaieté de cœur, Abbie. Je ne doute pas une seconde de votre innocence.

C'est aussi pour cette raison que je me suis désisté au profit de l'attorney general. Je n'avais pas le choix, en tant que magistrat.

Abbie se leva.

— Pardonnez-moi si j'ai été brutale, Mr. Geddes. Je me sens très lasse. Je vous contacterai après avoir vu mon avocat.

— Je comprends, dit Geddes avec un sourire condescendant. Croyez que tout cela m'est également très pénible. Mais ce n'est pas tout.

— Oui ?

Geddes tendit la main. Christenson ouvrit son attaché-case et en tira un papier qu'il fit passer à Geddes qui le tendit à Abbie.

— C'est un mandat de perquisition.

— Quoi !

— Je me le suis fait délivrer ce matin par le juge Morosco.

Abbie se tourna une nouvelle fois vers Jack Stamm.

— Espèce de salaud ! Je vous croyais mon ami. Je ne peux pas croire ça, venant de vous !

Stamm rougit de colère.

— J'ignorais tout de ce mandat de perquisition, Abbie.

— C'est vrai, Mrs. Griffen. Je n'en ai rien dit à Jack. Neil, s'il vous plaît, appelez vos hommes.

Christenson se leva, ouvrit la porte d'entrée et fit un signe de la main. On entendit des bruits de moteurs et, quelques secondes plus tard, trois véhicules de la police d'État de l'Oregon se garaient devant la maison.

— Je souhaiterais que vous vous mettiez à un endroit de la maison et n'en bougiez plus, Mrs. Griffen, dit Geddes. À moins que vous ne préfériez aller chez quelqu'un d'autre pendant le temps de cette perquisition. Je peux vous y accompagner, puisque nous allons fouiller aussi votre voiture.

Tout allait si vite qu'Abbie devait lutter pour ne pas perdre pied. Mais la colère lui donna de nouvelles forces. Elle regarda Geddes bien en face.

— Je reste ici, dit-elle. Et j'observe.

QUATRIÈME PARTIE

LA PRISONNIÈRE

CHAPITRE 13

1.

— Mrs. Griffen, dit Matthew Reynolds en accueillant Abbie dans le hall de la réception, il ne fallait pas vous croire obligée de venir si vite, après ce qui vous est arrivé. L'affaire Coulter pouvait attendre un peu.

— Je ne viens pas vous parler de l'affaire Coulter. Peut-on aller dans votre bureau ?

Reynolds, intrigué, guida Abbie le long du corridor menant à son bureau. Dès qu'ils furent assis, elle dit :

— Que savez-vous de Chuck Geddes ?

Reynolds ne demanda pas à Abbie pourquoi elle lui posait cette question. Mais il l'observa tout en rassemblant ses idées. Elle était très belle, tout en noir avec autour du cou un simple rang de perles. Mais elle paraissait lasse et restait crispée sur son siège, comme si elle avait craint de s'effondrer au moindre mouvement.

— Il y a quatre ans environ, le district attorney de La Grande a fait appel au bureau de l'attorney general pour instruire une affaire de meurtre assez compliquée dans laquelle j'assurais la défense. Au début, Mr. Geddes était très condescendant vis-à-vis de moi. Puis, comme les choses tournaient à son désavantage, il s'est emporté, offrant l'image d'un homme impérieux et brutal. Il me donnait l'impression de considérer toutes les requêtes que je présentais comme faisant partie de quelque obscur complot dirigé contre lui.

« Deux ans plus tard, nous plaidions une affaire à John Day. Il a, d'entrée de jeu, fait preuve de la plus grande agressivité. Sa paranoïa se fixait sur le moindre détail. J'ai présenté une requête visant à invalider la principale preuve invoquée par l'accusation, et comme j'ai obtenu gain de cause, l'affaire n'est jamais passée en jugement. Par la suite, j'ai appris que Geddes avait contrevenu aux règles de la procédure en omettant de me signaler un témoin dont la déposition l'aurait beaucoup gêné. J'ai le sentiment que, lorsqu'il est sous pression, cet homme est capable de tout pour gagner.

— Vous le croyez ambitieux ?

— Oui. Terriblement. Mais... pourquoi cet intérêt subit pour Mr. Geddes ?

Abbie baissa les yeux et parut se concentrer. Quand elle releva la tête, l'effort qu'elle faisait pour garder une contenance se lisait sur son visage.

— J'ai personnellement besoin d'un avocat.

— De quelle sorte d'affaire s'agit-il ?

— Hier, Geddes est venu chez moi pour m'interroger à propos de la mort de Robert, mon mari. À ses yeux, je suis suspecte.

Reynolds se redressa sur son fauteuil.

— Il avait un mandat de perquisition et il a fait fouiller ma maison, poursuivit Abbie. Il m'a parlé d'un témoin qui m'accuserait d'être impliquée dans cet assassinat, et disposerait d'une preuve pour étayer cette accusation.

— Qui est ce témoin ?

— Ils n'ont pas voulu me le dire. Geddes m'a traitée comme une criminelle. (Le cœur d'Abbie battait follement et elle dut reprendre haleine avant d'ajouter :) J'ai l'impression que d'un instant à l'autre, maintenant, ils vont... m'arrêter.

— Tout cela est absurde. En avez-vous parlé à Jack Stamm ?

— Jack s'est récusé. Geddes a été désigné pour instruire l'affaire. C'est lui qui mènera l'enquête, et engagera les poursuites.

— Je peux vous indiquer plusieurs excellents avocats.

— Non. C'est à vous que je veux confier ma défense.

Au regard qu'il lui lança, Abbie vit que Matthew Reynolds était partagé entre des émotions contradictoires.

— Cela me flatte, Mrs. Griffen, mais je ne vois pas comment je pourrais faire, alors que vous conduisez l'accusation contre Jeffrey Coulter.

— Non. On m'a suspendue. Dennis Haggard a été chargé de l'affaire à ma place.

— Jack Stamm vous a suspendue ?

— J'ai d'abord été furieuse. Je le suis encore. Mais Jack n'avait pas le choix. Je suis soupçonnée d'un meurtre sur lequel ses services enquêtent actuellement.

— Pourquoi moi ? demanda Matthew.

Abbie était sombre.

— Parce que vous êtes le meilleur, Matthew. Si je dois être jugée, j'aurai besoin du meilleur avocat possible. Ils ne seraient pas allés aussi loin, déjà, s'ils n'étaient pas sûrs de leur affaire. Perquisitionner la maison d'un procureur... (Abbie secoua la tête.) Geddes n'aurait jamais fait une chose pareille s'il ne pensait pas détenir des preuves solides de ma culpabilité.

— Êtes-vous coupable ?

Abbie regarda Matthew droit dans les yeux.

— Je n'ai pas tué mon mari, dit-elle d'une voix ferme.

Matthew l'observa un instant, puis dit :

— Vous voici pourvue d'un avocat.

L'incertitude qui voilait le regard d'Abbie se dissipa comme la brume au soleil du matin. Tout son corps parut se détendre.

— J'avais peur que vous ne refusiez de m'aider.

— Mais pourquoi ?

— Parce que... je ne sais pas. Coulter. Le fait que je sois procureur.

— Vous êtes un être humain en difficulté, et je ferai tout ce qui sera en mon pouvoir pour vous protéger.

— Merci, Matthew. Vous n'avez pas idée de ce que cela signifie pour moi.

— Cela signifie entre nous, en tout cas, de nouveaux rapports. Nous ne sommes plus des adversaires. Nous travaillons ensemble, désormais. Par ailleurs, je reste un homme de loi, mais vous devenez ma cliente. Ce sera, pour vous, forcément bizarre. C'était vous, jusqu'ici, qui étiez responsable de chaque affaire et preniez les décisions. À partir de maintenant, c'est moi qui suis aux commandes. Allez-vous l'accepter ?

— Bien sûr. Mais je pourrai vous aider. Je veux participer à ma défense.

— Bien entendu, vous y participerez. Mais pas en tant qu'avocate. Ça ne pourrait pas marcher. Vous avez déjà vu ce qui se passe, le plus souvent, quand un prévenu prétend assurer lui-même sa défense. Vous êtes trop concernée pour rester objective.

— Je le sais bien, mais...

— Si nous travaillons ensemble, vous devrez vous en remettre à mon jugement. En serez-vous capable ?

— Je... je ne sais pas. Je ne suis pas quelqu'un de passif.

— Je ne vous demande pas d'être passive. Je vous demande de me faire confiance. À partir de maintenant, il n'y a pas ici d'affaire plus importante que la vôtre. Me croyez-vous quand je dis cela ?

Les yeux bleus de Matthew brillaient d'un éclat si intense que tout son visage en était transformé. Abbie avait déjà vu Reynolds ainsi, devant la Cour Suprême, lorsqu'il avait demandé aux juges de se montrer équitables envers Jeffrey Coulter. Elle se sentit soudain plus calme.

— Oui, je vous crois.

— Bien. Nous pouvons commencer. Il faut d'abord que je vous explique la relation entre l'avocat et son client.

— Je n'ignore pas..., commença Abbie, mais Reynolds l'arrêta d'un geste de la main.

— Pensez-vous que je respecte votre intelligence et votre compétence en tant que juriste ?

— Je... Oui.

— Je ne cherche pas à vous offenser. Je cherche à vous aider. Cette situation est entièrement nouvelle pour vous. Vous êtes la cliente, et vous êtes soupçonnée de meurtre. Je vais vous conseiller exactement comme je conseillerais un autre client. Je ne négligerai rien, car j'aurais trop peur de commettre une faute en brûlant des étapes, précisément, sous prétexte que je connais et respecte votre compétence.

— D'accord.

— Abbie, tout ce que vous me direz restera confidentiel. Je suis la seule personne à laquelle vous pouvez désormais vous confier avec la certitude que vos paroles ne seront pas répétées aux gens qui enquêtent sur vous.

« Ne soyez pas choquée de ce que je vais vous dire maintenant. Je défends les accusés dans des affaires criminelles. Nombre d'entre eux *sont* des criminels, et nombre d'entre eux, à un moment ou à un autre, me mentent. Je ne m'en offusque pas. Je sais que les gens soumis à une telle pression sont capables de faire des choses qu'ils ne feraient jamais dans des circonstances ordinaires. Si, donc, il vous arrivait de me mentir, je ne vous en voudrais pas. Mais vous risqueriez de m'induire en erreur, et de m'amener à agir d'une façon finalement plus préjudiciable pour vous que si vous m'aviez dit la vérité.

Abbie se redressa sur son siège et, encore une fois, regarda Reynolds bien en face.

— Je ne vous mentirai jamais, Matthew, dit-elle avec force. Je vous le promets.

— Bien. Expliquez-moi, maintenant, pourquoi Chuck

Geddes est persuadé que vous avez tué votre mari. Le mobile, pour commencer.

— Nous étions séparés, si c'est ce que vous désirez savoir, dit Abbie en rougissant un peu.

— Une séparation à l'amiable ?

— Non.

— Lequel des deux en a pris l'initiative ?

— Moi.

— Le juge Griffen aurait préféré rester marié ?

— Robert était attaché à un certain style de vie, dit Abbie, incapable de cacher son amertume. Mais son salaire de juge ne lui en offrait guère les moyens.

— Il devait avoir de la fortune ? J'ai cru comprendre qu'il réussissait bien comme avocat, avant de devenir magistrat.

— Robert était intelligent, et doté d'un charme indéniable, mais ce n'était pas un bon avocat. Il était paresseux et manquait de considération pour ses clients. Pour lui, c'étaient tous des idiots auxquels il fallait extorquer un maximum d'argent, et il ne se gênait pas pour le dire. Les clients ont fini par le sentir, et par en parler aux associés de Robert. Sa clientèle s'est amenuisée. Il a, certes, gagné de l'argent à une certaine époque, mais il en dépensait encore plus. Comme je vous le disais, il vivait sur un grand pied. Il a postulé pour la Cour Suprême parce que ses associés ne voulaient plus de lui et qu'il sentait venir le moment où il lui faudrait quitter ce cabinet.

— Pourquoi le gouverneur a-t-il nommé le juge Griffen, si sa réputation était si mauvaise ?

— Elle ne l'était pas pour la plupart des gens qui connaissaient le magnifique bureau de Robert avec vue sur la Willamette, voyaient sa plaque sur la porte de l'un des plus prestigieux cabinets de Portland et le croisaient dans des réunions mondaines où il se montrait toujours brillant.

« Le cabinet avait fourni une contribution financière importante à la campagne du gouverneur, et souhaitait se débarrasser de Robert. D'ailleurs, en toute honnêteté, il n'était pas un mauvais juge. Et il a essayé, pendant un certain temps, de bien s'acquitter de sa tâche. Robert n'avait pas que des défauts, hormis le fait qu'il était essentiellement préoccupé de lui-même.

Matthew prit quelques notes, puis demanda :

— Qui serait sorti vainqueur de cette procédure de divorce, si elle avait effectivement eu lieu ?

— Robert. D'après mon avocat, il s'apprêtait à réclamer deux millions de dollars.

Reynolds fut surpris par la somme. Il n'avait jamais vu Abbie comme une femme riche. Il pensait que Robert Griffen possédait la fortune du couple, puisqu'il avait été l'associé d'un important cabinet d'avocats, alors qu'Abbie travaillait dans les services du district attorney.

— Vous auriez pu faire face à de telles exigences ? demanda Reynolds.

— Oui. Ce n'était pas trop cher, à mes yeux, pour le chasser de mon existence.

— Deux millions de dollars constituent un très bon mobile pour un assassinat.

— Il aurait transigé à moins, et j'aurais gardé de quoi vivre, même si j'avais dû payer cette somme pour me débarrasser de lui.

— La plupart des jurés auront du mal à croire que vous envisagiez de donner deux millions de dollars sans y attacher d'importance.

— C'est pourtant la vérité.

— Je n'ai pas dit le contraire, Abbie. Mais nous parlons de la nature humaine. De ce qu'une personne ordinaire peut penser d'une telle somme.

Abbie se tut et réfléchit à ce qu'elle venait d'entendre.

— D'où tenez-vous votre fortune ? demanda Reynolds.

— Mes parents sont morts dans un accident de voiture quand j'étais toute petite. Ma tante Sarah s'est occupée de moi. Elle a fait fructifier l'argent de l'assurance.

— Parlez-moi de cette tante Sarah.

— Elle ne s'était jamais mariée, et j'étais sa seule parente. Quelques années après m'avoir recueillie, elle a créé un petit commerce d'accessoires automobiles pour améliorer ses revenus. Au début, elle vendait dans sa propre maison. Puis l'affaire s'est développée. Elle l'a cédée à une chaîne de magasins, l'année de ses cinquante ans, pour plusieurs millions de dollars. J'avais seize ans moi-même, et je venais d'achever mes études secondaires. Nous sommes parties ensemble pour un voyage autour du monde qui a duré une année. La plus belle année de ma vie. Ma tante Sarah est morte cinq ans plus tard. Avec l'argent qu'elle avait investi pour moi et ce qu'elle m'a laissé en héritage, je suis plutôt riche.

— Vous étiez très proche de votre tante ?

— Je l'adorais. Comme on adore une mère. Elle m'a élevée pour faire de moi quelqu'un de fort et d'autonome. Elle m'a appris à ne pas craindre la solitude.

Abbie se tut quelques secondes pour ne pas se laisser submerger par l'émotion.

— J'aurais bien besoin d'elle, aujourd'hui, dit-elle enfin.

Reynolds avait baissé les yeux, gêné de voir Abbie se livrer ainsi. Quand il releva la tête, son expression était grave.

— Vous n'êtes pas seule, Mrs. Griffen, il ne faut plus penser ainsi. Je suis là, auprès de vous, ainsi que tous mes collaborateurs. Ce que nous faisons, nous le faisons bien. Croyez-le. Et nous ferons tout ce qui sera en notre pouvoir pour vous laver de cette terrible accusation.

2.

Jack Stamm avait fait attribuer à Chuck Geedes, dans les services du district attorney du comté de Multnomah, un bureau donnant sur la contre-allée de la Cinquième Avenue. Quand les fenêtres étaient ouvertes, Geddes entendait monter vers lui la rumeur de la ville. Ce bruit sourd et ininterrompu était sur le point de le faire basculer dans le sommeil quand une idée lui vint à l'esprit.

Geddes se redressa et bondit sur son calepin. Si Neil Christenson parvenait à trouver une preuve pour étayer sa nouvelle théorie, cette preuve serait plus qu'un simple clou dans le cercueil d'Abigaïl Griffen. Elle le scellerait définitivement.

Il se mit à écrire. Puis il appela la Cour Suprême à Salem. Il sonna ensuite Neil Christenson sur l'interphone pour le convoquer de toute urgence. En l'attendant, Geddes continua à réfléchir, s'émerveillant des intuitions fulgurantes dont il se découvrait une fois de plus capable. On ne manquait pas de bons procureurs, se dit-il, avec un sourire de satisfaction, mais les grands juristes, eux, étaient beaucoup plus rares.

Perdu dans ses pensées et sa béatitude, Geddes sursauta en entendant la sonnerie du téléphone.

— Geddes, dit-il d'un ton sec, furieux d'être dérangé à un aussi mauvais moment.

— Mr. Geddes ? Matthew Reynolds à l'appareil.

Geddes se raidit aussitôt. Il détestait Reynolds depuis que celui-ci l'avait, à deux reprises, humilié devant un tribunal.

Mais il s'appliquait à n'en rien laisser paraître. Il craignait trop de lui faire plaisir.

— Que puis-je pour vous, Matt ? demanda-t-il sur un ton de fausse camaraderie.

— Rien, pour le moment. Je vous appelle car j'ai appris que vous étiez chargé de l'enquête sur le meurtre du juge Griffen.

— C'est exact.

— Abigaïl Griffen m'a demandé d'être son avocat, et je préfère que vous, ou vos agents, vous absteniez d'entrer directement en contact avec elle au sujet de cette affaire. Si vous avez besoin de lui parler, appelez-moi et je ferai mon possible pour vous aider. Je vous ai écrit tout cela dans une lettre que je viens de poster. Merci de ne pas l'oublier.

S'entendre ainsi donner des ordres comme à un vulgaire collaborateur par un Matthew Reynolds, quand on s'appelle Chuck Geddes... il y avait de quoi vous faire grincer des dents. Mais on ne s'en serait pas douté à entendre Geddes répondre d'un ton égal à l'avocat d'Abbie :

— D'accord, Matt, et merci de m'avoir appelé. Mais je ne vois pas pourquoi Mrs. Griffen prend tout cela aussi mal. Vous savez bien, l'un et l'autre, que la veuve est toujours la première soupçonnée. J'ai été navré, vraiment, de devoir l'importuner alors qu'elle venait tout juste d'enterrer son mari, mais nous ne nous intéressons pas plus à elle qu'à quiconque.

— Vous avez donc d'autres suspects ?

— Voyons ! Vous savez bien qu'il ne m'est pas possible de parler d'une enquête en cours.

— En effet, dit Reynolds, assez sèchement pour faire comprendre à Geddes qu'il n'était pas d'humeur à jouer aux devinettes. Je vous laisse, donc.

— J'ai toujours plaisir à vous entendre, dit Geddes comme Neil Christenson pénétrait dans son bureau.

— Bien, bien, bien..., chantonna-t-il. S'il nous fallait une preuve supplémentaire de la culpabilité d'Abigaïl Griffen, la voici.

— Quelle preuve ?

— Elle a engagé Matthew Reynolds comme avocat.

Christenson ne sourit pas.

— Qu'est-ce qui vous tracasse ? demanda Geddes, vexé que Christenson n'ait pas réagi à sa plaisanterie.

— Je crois que nous aurions intérêt à être prudents, sur

cette enquête. Pour moi, il y a quelque chose qui cloche dans tout ça.

Geddes se rembrunit.

— Quoi, par exemple ?

— D'abord, ce Charlie Deems. C'est le pire témoin à charge qu'on puisse imaginer, surtout avec Reynolds comme avocat de la défense. Vous imaginez ce qu'un type comme Reynolds peut faire d'un Charlie Deems dans un contre-interrogatoire ? Il avait un parfait mobile pour mentir. Abigaïl Griffen l'a fait condamner à mort. Et n'oubliez pas, tout de même, que Deems était le suspect numéro un avant de s'amener avec son témoignage dans le bureau de Stamm.

— Assez bien vu, Neil. Mais réfléchissez un peu. Vous reconnaissez que Deems est intelligent ?

— Ah, pour ça, oui ! Comme la plupart des psychopathes.

— Pourquoi, alors, aurait-il tué le juge Griffen avec un engin explosif en tous points analogue à celui qu'il avait déjà utilisé pour tuer Hollins ? Vous ne pensez pas, plutôt, que quelqu'un qui savait comment Deems avait bricolé la première bombe s'est servi de ce qu'il — ou elle — savait pour fabriquer la seconde de la même façon, afin que les experts fassent tout de suite le rapprochement entre Deems et la mort de Griffen ?

— Ce n'est pas mal pensé non plus, Chuck. Mais ce Deems ne m'inspire pas confiance. Qu'est-ce qu'il fait ici ? Comment expliquer qu'un individu comme lui se transforme du jour au lendemain en auxiliaire de la police ?

— Pour une raison très simple. Il hait Abigaïl Griffen, qui l'a fait condamner à mort. La vengeance, en tant que mobile, existe depuis que le monde est monde.

« Et il y a ce fragment de métal, et son alibi — ou plutôt son absence d'alibi. Vous ne croyez pas plus que moi à cette histoire rocambolesque de rendez-vous dans la roseraie, n'est-ce pas ? C'est vraiment un conte à dormir debout !

Geddes rit à ses propres paroles. Mais Christenson restait sérieux.

— Il y a tout de même eu cette tentative d'agression, au bord de l'océan. Abigaïl Griffen pensait que l'homme était peut-être Deems.

— À supposer qu'il y ait bien eu tentative d'agression. Vous savez ce que nous a dit hier le shérif Dillard. Mais alors, vous ne trouvez pas bizarre qu'Abigaïl Griffen soit sortie toute seule en pleine nuit pour rencontrer un inconnu dans un endroit désert quelques jours après qu'on a tenté de la violer ou de l'assassiner ? Non, Neil, cette petite dame nous a brodé un joli tissu de mensonges, et un jury ne s'y laissera pas plus prendre que moi.

Christenson fronça les sourcils.

— Ce que vous dites semble se tenir, mais tout de même, je...

Geddes prit un air agacé.

— Neil, je n'ai pas le moindre doute en ce qui concerne Abigaïl Griffen. C'est elle qui a fait le coup, et je ne la raterai pas. J'ai besoin, sur cette affaire, d'un enquêteur qui fasse ce qu'il faut pour la coincer. Si vous ne vous sentez pas à l'aise par rapport à tout ça, dites-le-moi. Je peux trouver quelqu'un d'autre.

— Ce n'est pas ça...

— Je préfère, car j'apprécie votre travail.

Geddes fit pivoter son siège pour regarder vers la fenêtre.

— Voyez-vous, Neil, je ne resterai pas éternellement à ce poste. (Il marqua une pause avant de continuer :) Gary Graham, à la fin de son mandat, ne se représentera pas au poste d'attorney general.

— Je ne le savais pas.

— Moi, si, même si ce n'est pas de notoriété publique. Ça restera donc entre nous, d'accord ? (Geddes pivota à nouveau pour se retrouver face à Christenson. Posant ses avant-bras sur le bureau, il se pencha en avant.) Si je suis capable de faire condamner un procureur de l'envergure d'Abigaïl Griffen, défendue qui plus est par Matthew Reynolds, alors je pourrai me présenter moi-même et me faire élire à ce poste, Neil.

Geddes se tut un instant, comme pour écouter l'écho de ses propres paroles.

— Et ce jour-là, reprit-il, il faudra que je m'entoure d'hommes sûrs. D'hommes sur lesquels je puisse compter. Vous me suivez ?

— Oui, Chuck. J'ai bien entendu.

— Ce n'est pas tout de m'entendre, Neil. Ce que je demande, c'est une loyauté sans faille. L'aurai-je ? Puis-je compter sur vous à cent pour cent ?

— On peut toujours compter sur moi à cent pour cent, Chuck.

Geddes sourit.

— C'est très bien. Car je viens de trouver à l'instant le

moyen de régler toute cette affaire. Asseyez-vous, et écoutez-moi.

Christenson s'assit. Geddes se laissa aller contre le dossier de son siège, les mains croisées derrière la tête.

— J'ai toujours pensé qu'on pouvait expliquer un crime en découvrant le mobile, commença Geddes d'un ton pontifiant. Quel était donc le mobile d'Abigaïl Griffen ? Nous savons que son divorce lui aurait coûté fort cher, mais elle a beaucoup d'argent. Je me suis donc demandé, quel autre mobile peut-elle avoir ? Et j'ai pensé, alors, à la *façon* dont le juge Griffen a été tué. (Geddes secoua la tête.) Ce carnage me dit que nous sommes en présence d'un crime passionnel. La personne qui a tué le juge Griffen le haïssait tellement qu'elle voulait le détruire, le détruire complètement.

« Mais qu'est-ce qui, d'après vous, engendre ce type de haine ? Le sexe, Neil ! Le désir ! La jalousie ! J'ai donc pensé au divorce du couple Griffen. Pourquoi voulaient-ils se séparer ? Il y avait forcément du sexe là-dessous. Ou bien il la trompait, ou bien elle le trompait. C'est alors que j'ai eu mon idée.

Geddes observa un nouveau silence pour ménager ses effets. Christenson, habitué aux numéros de son patron, les subissait avec une résignation stoïque.

— Laura Rizzatti, Neil. Laura Rizzatti ! Elle était là, elle aussi, et nous l'avions oubliée !

Geddes, cette fois, réussit à capter l'attention de son enquêteur.

— L'avez-vous déjà vue, Neil ? Moi, oui. Elle était clerc à la Cour Suprême, et fréquentait la cafétéria du sous-sol. J'y ai déjeuné, un jour, avec elle et le juge Griffen. C'est d'ailleurs de là qu'est venue mon idée. Je les avais vus ensemble.

« C'était une jolie fille. Une *très* jolie fille. Le genre Italienne bien en chair, avec la peau claire et des yeux magnifiques. Je crois que rien de tout cela n'avait échappé au juge, Neil. (Nouveau silence lourd de sous-entendus.) Je crois que le juge couchait avec elle.

— Attendez..., commença Neil.

Geddes leva la main.

— Laissez-moi finir. Ce n'est qu'une théorie, mais elle se tient. Abigaïl Griffen est une belle femme, mais il se pourrait qu'elle soit aussi froide au lit que dans une salle d'audience. Voilà notre juge, frustré, qui se met à lorgner sur Laura Rizzatti, avec qui il travaille et qu'il voit tous les jours. Et, hop ! ils s'envoient en l'air tous les deux.

— Ça... On n'y était pas.

— Vraiment ? (À nouveau, un sourire plein de suffisance apparut sur les lèvres de Geddes.) J'ai fait ma petite enquête, figurez-vous, avant de vous appeler. J'ai discuté avec Ruth McKenzie à la Cour Suprême. Ruth était la secrétaire du juge Griffen. Je lui ai demandé si elle n'avait rien remarqué de particulier entre Laura et le juge dans la période précédant l'assassinat. Et savez-vous ce qu'elle m'a dit ? Que le jour où elle a été assassinée, Laura était venue trouver le juge et qu'elle était visiblement bouleversée. Mrs. McKenzie n'a pas pu entendre ce qu'ils se disaient, mais Laura semblait avoir pleuré et le juge était lui-même très perturbé.

Christenson réfléchit un instant à la version proposée par Geddes, et fut obligé de s'avouer qu'elle n'était pas tout à fait invraisemblable.

— D'abord la collaboratrice de Griffen, puis Griffen lui-même, reprit Geddes. C'est un peu fort, comme coïncidence, Neil. Je pense qu'Abigaïl Griffen a découvert que son mari et Laura Rizzatti fricotaient ensemble, et qu'elle les a tués tous les deux.

3.

Sitôt après son coup de téléphone à Chuck Geddes, Matthew Reynolds demanda à sa secrétaire de prendre tous les appels et monta dans son appartement. Les rêves deviennent réalité, se dit-il en montant l'escalier vers le troisième étage. Il arrive que nos désirs les plus chers soient exaucés.

Matthew entra dans le cabinet de travail sans un regard pour le jeu d'échecs et ferma la porte à clé. Des particules de poussière dansaient dans les rayons de soleil. Il tira la grande enveloppe en papier craft du tiroir de son bureau, et étala devant lui les photographies d'Abigaïl Griffen. Mais ces images n'avaient pas capté l'essence du personnage. Elle était tellement plus belle dans la réalité. Tellement parfaite. Et elle était à lui, désormais.

CHAPITRE 14

— Tu es bien silencieuse ? s'étonna Barry Frame.

Tracy venait de quitter Macadam Boulevard pour s'engager dans une rue conduisant à la maison où Robert Griffen était mort. Il faisait un temps superbe et Tracy avait replié la capote de son cabriolet, mais elle restait prisonnière de ses pensées.

— Je le connaissais, Barry. Je l'aimais bien. Il s'était montré très gentil avec moi après l'assassinat de Laura.

— Et tu supportes mal de travailler pour une femme qui l'a peut-être tué.

Tracy ne répondit pas.

— Mais si Mrs. Griffen est innocente ? Matthew croit en elle. Aller en prison alors qu'on est innocent, c'est pire que mourir. Quand on est mort, on ne sent plus rien. Mais être enfermé vivant derrière des barreaux pour un crime qu'on n'a pas commis, c'est une souffrance de chaque jour, de chaque heure et de chaque seconde.

— Qu'est-ce qu'on va faire ? demanda Tracy, changeant délibérément de sujet.

Barry fut tenté de la relancer, puis y renonça.

— Maintenant que la police nous permet à nouveau d'accéder aux lieux, Matt veut que nous visitions soigneusement la maison. Pour le cas où s'y trouverait quelque chose qui puisse aider Mrs. Griffen.

— Les policiers ont déjà fouillé, après l'explosion ?

— Bien sûr, mais ils peuvent avoir laissé des choses.

— J'ai l'impression de perdre mon temps.

Barry se tourna vers Tracy.

— Matt estime que le temps qu'on consacre à une affaire n'est jamais du temps perdu. Si nous ne trouvons rien, nous pourrons passer à autre chose. Mais Matthew dit toujours : « Imaginez que nous n'ayons pas cherché, alors qu'il y avait quelque chose à découvrir ? » Il nous est arrivé de faire des trouvailles dans des endroits où, sans Matt, je ne me serais pas donné la peine de fouiller.

Tracy s'engagea dans l'allée. La voiture de Matthew était

garée devant la maison. Il était assis par terre, adossé à un tronc d'arbre, les jambes repliées devant lui et le menton touchant presque les genoux, incroyablement déplacé sur cette pelouse avec son complet noir, sa fine cravate et sa chemise blanche.

Abigaïl Griffen arriva au volant de sa voiture au moment où Tracy se garait. Tracy examina leur nouvelle cliente quand celle-ci sortit de sa voiture. Elle portait une chemisette bleue et une jupe ocre et paraissait toujours aussi altière et sûre d'elle en dépit des tensions auxquelles elle était soumise. Une femme capable de s'assumer dans n'importe quelle situation, une femme qui restait toujours maîtresse d'elle-même. Tracy se demanda jusqu'où une telle femme était capable d'aller quand elle se sentait menacée. Jusqu'au meurtre, si elle ne voyait pas d'autre moyen d'échapper à la menace ?

Abigaïl Griffen se dirigea vers Reynolds sans prêter attention à Tracy ni à Barry Frame.

— Vous attendiez depuis longtemps, Matt ?

— Je profitais de la solitude, répondit Reynolds en se levant et en époussetant son pantalon avec des gestes maladroits pour en chasser la terre et les brins d'herbe. Je vous présente Tracy Cavanaugh, ma collaboratrice. Elle travaillera avec nous. Et Barry Frame, mon enquêteur.

Abbie les salua d'un signe de tête, mais ne tendit pas la main.

— Entrons, dit-elle.

Ils furent accueillis à l'intérieur par cette odeur de moisi qu'on retrouve immanquablement dans les résidences secondaires le jour de leur réouverture. Les portes et les fenêtres étaient restées fermées depuis le meurtre, retenant la chaleur étouffante de l'été. Tracy avait l'impression de manquer d'air et cela lui donnait mal au cœur.

Dans le living-room, tous les rideaux étaient tirés, ne laissant filtrer qu'une pâle lumière jaune. Abbie alla d'une fenêtre à l'autre pour écarter les rideaux et laisser entrer le soleil. Tracy, debout près de l'entrée, la regardait évoluer dans son décor familier. Le living-room était spacieux et haut de plafond. Un divan blanc et quelques fauteuils à haut dossier faisaient face à la cheminée en pierre de taille. À côté du foyer, des ustensiles en fer forgé pendaient à un crochet. Quand Abbie ouvrit la dernière fenêtre, un rayon de soleil tomba sur un grand tableau accroché au-dessus d'un buffet en chêne, illuminant un paysage de forêt peint à l'huile dans un riche camaïeu de verts et de bruns. Puis Abbie ouvrit une porte-fenêtre. Une bouffée d'air frais balaya la pièce. La porte-fenêtre ouvrait sur un patio où l'on apercevait une table ronde sous un parasol. Et au-delà du patio, une vaste pelouse ombragée par de grands arbres, et une piscine. La propriété jouxtait la forêt.

— Voilà qui est mieux, dit Abbie.

Elle se retourna lentement pour inspecter la pièce.

— Où le juge Griffen rangeait-il ses papiers personnels ? demanda Matthew.

— Là-dedans.

Abbie poussa une porte à l'extrémité du living-room, et les autres la suivirent dans une pièce sans fenêtre, tapissée du sol au plafond de boiseries et d'étagères à livres. Les volumes, rangés sur les étagères, offraient un mélange hétéroclite de littérature classique, de romans populaires, de livres d'histoire, de manuels et de revues de droit. Il y avait un tapis persan au sol et un bureau contre l'une des cloisons. Un ordinateur était posé sur le bureau.

Abbie ouvrit les tiroirs du bureau. Ils étaient vides.

— On dirait que la police est déjà passée, observa-t-elle.

— Je m'y attendais, répondit Matthew en regardant autour de lui. Vous n'avez pas un coffre ? Un endroit que la police n'aurait pas visité, et où le juge Griffen aurait pu cacher quelque chose ?

Abbie se dirigea vers un petit portrait placé entre deux étagères et le souleva, révélant la porte d'un coffre mural. Elle fit jouer la combinaison, et le coffre s'ouvrit. Matthew et Barry Frame s'approchèrent au moment où elle plongeait la main à l'intérieur. Tracy contourna le bureau pour voir ce qu'elle avait trouvé.

— Récépissés bancaires, titres, relevés d'impôts, dit Abbie. Je ne vois rien de particulier, Matt.

La porte d'entrée s'ouvrit. Abbie se retourna. Barry repartit vers le living-room.

— Bureau du district attorney, dit une voix. Votre identité, s'il vous plaît.

— Barry Frame, enquêteur de Matthew Reynolds. Nous représentons Abigaïl Griffen. Elle est ici chez elle, et nous sommes entrés avec sa permission. Tout le monde est dans le bureau.

Matthew et Abbie virent soudain Barry Frame, suivi de Chuck Geddes, de Neil Christenson et de deux policiers en uniforme.

— Salut, Matt, lança Geddes.
— Bonjours, Mr. Geddes.
— Pouvez-vous me dire ce que vous faites ici ?
— Je suis l'avocat de Mrs. Griffen. Cette maison appartient à Mrs. Griffen. Nous sommes ici à la demande de Mrs. Griffen.
— Comment êtes-vous entrés, et que faites-vous dans ma maison ? demanda Abbie.
Matthew mit aussitôt sa main sur le bras de sa cliente et se plaça entre Abbie et Geddes.
— C'est ce que je m'apprêtais à vous demander, dit-il.
Geddes lui décocha son sourire le plus condescendant.
— J'y réponds avec plaisir. J'ai ouvert la porte d'entrée grâce à la clé retrouvée par le médecin légiste dans la poche de votre mari, Mrs. Griffen. Et je suis venu vous signifier que vous êtes en état d'arrestation pour le meurtre du juge Griffen.
Reynolds se tourna vers Abbie.
— Pas un mot, dit-il, laconique. (Puis, revenant à Geddes :) Vous avez un mandat ?
— Bien sûr, répondit Geddes, tout sourires.
Christenson tendit le mandat à Matthew, qui le lut attentivement. Tracy était impressionnée par le calme de Reynolds.
— Vous serez d'accord, je pense, pour laisser libre Mrs. Griffen après les indispensables formalités, dit Matthew, sa lecture achevée.
— Non, monsieur, répondit Geddes. Votre cliente est accusée du meurtre d'un juge de la Cour Suprême. Étant donné sa fortune, elle est susceptible de s'enfuir à tout moment. Nous maintiendrons Mrs. Griffen en détention jusqu'à l'ouverture du procès. Libre à vous de présenter une demande de liberté sous caution.
— Vous ne dites pas cela sérieusement. Mrs. Griffen est procureur et jouit d'une excellente réputation.
— Réservez vos effets de manches pour le procès. Vous avez eu de la chance la dernière fois que nous nous sommes rencontrés devant un juge. Vous en aurez peut-être encore.
— Il ne s'agit pas de nous, Mr. Geddes. Mrs. Griffen est un être humain. Il n'y a pas de raison de la priver de sa dignité en la jetant pour plusieurs jours en prison.
— Mrs. Griffen est accusée de meurtre avec préméditation, rétorqua Geddes. Elle relève de la pire espèce de criminels — un procureur qui viole la loi ! Elle sera jugée pour

le meurtre de son mari, et je veillerai à ce qu'elle soit condamnée à mort.

Abbie blêmit. Tracy la vit chanceler sous l'effet du choc, et eut soudain très peur pour leur cliente.

Reynolds posa sur Geddes un regard méprisant.

— Comme vous êtes petit ! dit-il d'un ton posé. Si abominablement petit ! Je vais me faire un plaisir de vous démolir publiquement.

Geddes devint cramoisi. Il se tourna vers les policiers.

— Passez-lui les menottes, et emmenez-la.

Abbie regarda Reynolds. La peur se lisait dans son regard.

— Suivez-les, dit Matthew. Il le faut, vous le savez bien. Et ne dites rien, à quiconque, au sujet de votre affaire. Ni à un policier, ni à une compagne de cellule.

— Mais, Matt... je ne vais pas aller en prison, ce n'est pas possible !

Reynolds mit ses deux mains sur les épaules d'Abbie.

— Il va falloir être forte. Ne les laissez pas vous abattre. Je vous ferai sortir dès que possible.

Le policier chargé des menottes avait l'air très gêné. Il attendit que Reynolds se soit écarté pour prier poliment Abbie de croiser ses mains derrière son dos. En refermant les menottes, il lui demanda si elles ne lui faisaient pas mal. Abbie secoua la tête.

— Allons-y, dit Geddes en se dirigeant vers la sortie après une volte-face militaire.

Tracy sortit sur les pas de Matthew et regarda le policier ouvrir la portière arrière pour Abbie.

— Tu avais vraiment besoin d'insulter Mr. Geddes comme tu viens de le faire ? demanda Barry après le départ des policiers.

— Je me moque de Mr. Geddes.

— Il est du genre susceptible. Les choses vont être plus difficiles pour tout le monde, après ça.

Reynolds se tourna vers Frame. Tracy vit sur ses traits et dans son attitude une détermination presque effrayante. Il lui sembla, en un éclair, le percevoir comme un corps de pure énergie et elle sentit, pour la première fois, quel terrifiant adversaire il devait être.

— Laisse-moi Chuck Geddes, Barry. J'ai autre chose pour toi. Si Geddes a obtenu une mise en accusation, il est tenu de nous communiquer immédiatement le dossier. Nous allons donc savoir qui est le mystérieux témoin, et sur quelles preuves ils se fondent. Tu auras de quoi t'occuper.

CHAPITRE 15

1.

Le quatrième étage de la prison était réservé aux individus dangereux, à ceux qui souffraient de problèmes psychiatriques et à ceux qu'on maintenait dans des conditions d'isolement total. Le directeur connaissait Abbie depuis des années et l'aimait beaucoup. Il se chargea lui-même des formalités, puis s'assura qu'on la plaçait bien dans une cellule du quatrième étage réservée à elle seule, car il savait ce qui se passerait s'il faisait cohabiter un procureur avec d'autres prisonnières.

L'ascenseur s'ouvrait sur un étroit corridor de béton peint dans des tons pastel de jaune et de brun. Le parloir du quatrième étage se trouvait en face de l'ascenseur, de l'autre côté du corridor. C'était une petite pièce ronde meublée d'une table en bois et de deux fauteuils en plastique. Matthew était debout quand le gardien ouvrit la lourde porte métallique pour faire entrer Abbie.

Elle s'était coiffée et ne portait aucun maquillage. Elle avait de larges cernes sous les yeux. Le gardien lui retira ses menottes. Elle s'assit en se massant les poignets et garda le même regard inexpressif en attendant que le gardien ait quitté le parloir. Dès qu'il fut sorti, elle écarta les bras pour montrer à Reynolds le pantalon de drap bleu et le pull-over à manches courtes de même couleur qui composaient l'uniforme des détenues. Puis elle eut un sourire las.

— Ce n'est pas tout à fait la dernière mode...

— Je vois avec plaisir que vous n'avez pas perdu votre humour.

— Je sais exactement ce que Geddes essaye de faire. Vous croyez que je vais me laisser démonter par ce crétin ? (Elle se tut. Son sourire disparut, avec sa superbe.) Pas facile, tout de même. J'ai à peine fermé l'œil. Il y a un tel bruit. Ma voisine de cellule a pleuré toute la nuit. À un moment, j'étais si lasse que je me suis laissée aller à imaginer ma vie ici pendant vingt ans. Et j'ai compris pourquoi cette femme pleurait. (Elle se reprit.) Pardon. Je m'étais juré de ne pas pleurnicher.

— Allons. Je suis là pour ça. Pour vous écouter. Pour vous aider.

Abbie sourit à nouveau.

— Je vous en suis reconnaissante. Quand aurons-nous l'acte d'accusation ?

— En fin d'après-midi. L'audience n'a pas pu être fixée plus tôt car on a dû faire venir un juge d'un autre comté. Tous ceux du comté de Multnomah se sont récusés parce qu'ils vous connaissent.

— Qui est cet autre juge ?

— Jack Baldwin. Il vient de Hood River. Ne vous en faites pas. J'ai déjà plaidé devant lui, et il est très correct.

— Pouvez-vous me faire sortir d'ici ? demanda Abbie en s'efforçant de cacher son désarroi.

— Je ne sais pas. Geddes ne nous fera pas de cadeau. Il s'opposera à une mise en liberté sous caution. Vous savez qu'on ne l'obtient pas automatiquement dans les affaires de meurtre.

— Qu'allez-vous faire ?

— Je vais tâcher de trouver un biais. J'ai envoyé Tracy chez vous. Elle doit vous ramener de quoi vous habiller pour le procès.

— Merci, du fond du cœur. Je ne sais ce qui me ferait le plus peur, d'être condamnée à mort ou de paraître en public dans ces oripeaux.

Matthew ne put réprimer un sourire.

— C'est devant les médias, aussi, que vous allez livrer bataille. Je ne veux pas que vous ayez l'air d'une orpheline.

Abbie sourit à son tour. Puis son regard se voila. Il sentit qu'elle cédait à la tristesse et à la lassitude.

— Qu'y a-t-il ? demanda Matthew.

Abbie prit une profonde inspiration.

— J'ai peur de tout perdre, Matt. Ma réputation, ma carrière...

— Vous n'avez rien perdu et vous ne perdrez rien du tout. Geddes ne vous prendra pas votre fierté, si vous ne le laissez pas faire. Vous savez que vous êtes innocente. Peu importe ce que diront les journaux, ou ce que penseront les gens aussi longtemps que vous pourrez vous regarder dans une glace en sachant que c'est vous qui avez raison.

Abbie se mit à rire.

— On ne me permet pas d'avoir un miroir. Je pourrais le casser. Attenter à mes jours !

Matthew la regarda en souriant. C'était un instant unique. Les craintes partagées, cette soudaine intimité, la confiance qu'elle lui témoignait. Il aurait voulu que cette visite ne s'achève jamais.

— Je dois m'en aller, dit-il, à regret. J'ai rendez-vous avec Jack Stamm dans quelques minutes.

— C'est lui, votre biais ?

— Si nous avons de la chance.

2.

— Ça faisait une paye, Matt ! dit Jack Stamm en regardant Reynolds assis en face de lui dans son bureau.

— Merci de me recevoir.

— Je ne suis pas certain d'y être autorisé, répondit Stamm tordant machinalement un trombone sur une pile de papiers officiels.

— Vous savez ce qu'a fait Geddes, n'est-ce pas ?

Stamm avait l'air mal à l'aise. Il replia le trombone.

— Abbie est une amie, dit-il d'un ton neutre. Il m'est interdit d'intervenir dans ce dossier. C'est pourquoi j'ai appelé l'attorney general.

— Vous êtes le district attorney de ce comté. Geddes est votre subordonné.

— C'est vrai en théorie, mais vous savez très bien que je ne peux pas interférer sur ses décisions.

— Geddes voit dans cette affaire une occasion de régler ses comptes avec moi et d'assurer sa propre publicité. Vous avez eu des échos de la conférence de presse qu'il a donnée après l'arrestation ?

— Même cette conversation entre nous ne devrait pas avoir lieu, Matt. Je dois le laisser mener son affaire comme il l'entend.

— Je ne vous demande pas d'interférer sur la conduite de cette affaire. Je vous demande de lui parler de ce problème de liberté sous caution. Vous ne trouvez tout de même pas normal qu'Abbie reste des mois en prison pendant que nous préparons ce procès ? Je viens de la voir. Elle va très mal. Elle lutte pour ne pas craquer, mais ses efforts sont visibles.

— Abbie est riche. Elle aurait les moyens de s'enfuir

dans un pays qui n'a pas d'accord d'extradition avec les États-Unis. Geddes a peur qu'elle file.

— Si elle était coupable ! Soyons sérieux, Jack. Croyez-vous qu'Abbie ait tué Robert Griffen ?

Stamm replia une nouvelle fois le trombone et observa un court silence avant de répondre :

— Non. Je ne la crois pas coupable.

— Dans ce cas, comment pouvez-vous laisser Geddes l'enfermer derrière des barreaux ?

— Écoutez, Matt. Vous avez déjà plaidé contre Geddes. Vous savez comment il est. J'en ai discuté avec lui, et il sait que je ne suis pas d'accord. Mais il ne cédera rien. Que puis-je faire de plus ?

— Vous pouvez en référer à l'attorney general. Appelez Gary Graham, dites-lui ce que Geddes est en train de faire. Dites-lui qu'il a tort.

— Je ne sais pas...

— Dites aussi à Graham que je me suis engagé auprès de vous à ce qu'Abbie remette son passeport et accepte de se soumettre à un dispositif de surveillance électronique. J'en ai parlé avec les responsables de ce système. Abbie ne pourra pas sortir de chez elle sans que Geddes en soit instantanément informé. Et ainsi, elle n'aura pas à subir la prison.

Stamm réfléchit à la suggestion de Reynolds. Le trombone se rompit entre ses doigts. Puis il dit :

— Je ne sais pas si Geddes s'inclinera, mais je peux sans doute obtenir de Gary qu'il le rappelle à l'ordre.

— Je vous en prie, faites-le.

Stamm hésita.

— Si j'appelle Gary, je vous demanderai quelque chose, à vous aussi.

— Allez-y.

— Geddes va être furieux que je l'aie court-circuité. Et il aura raison. Si je fais cela pour Abbie, il faudra aider Geddes à sauver la face. Je vous demande de le laisser proposer lui-même cette mise en liberté conditionnelle. Il le fera à l'audience, et vous le remercierez de sa bienveillance.

Les lèvres de Reynolds frémirent, trahissant le sourire qu'il réprimait. Puis il dit, sans laisser percer la moindre trace d'émotion :

— Je n'ai aucun grief personnel contre Mr. Geddes. Je n'ai en tête que l'intérêt de ma cliente.

— Ravi de l'entendre. Maintenant, écoutez-moi bien. (Stamm posa les morceaux de trombone et se pencha en avant.) Je prends un risque sérieux en faisant cela. Il est probable que, pour venir en aide à une amie, je viole les règles de l'éthique. Je ne ferai rien de plus. Vous comprenez ?

— Oui.

Stamm se leva. Il tendit la main.

— Battez-vous pour Abbie. Et bonne chance.

3.

Le soleil baissait sur l'horizon quand le technicien chargé de l'installation du dispositif de surveillance électronique acheva de brancher sur le téléphone d'Abbie un boîtier oblong d'une trentaine de centimètres. Abbie portait désormais un bracelet auquel était fixée une petite plaque métallique. Un ordinateur était programmé pour l'appeler à intervalles irréguliers depuis le centre de contrôle. Elle devait alors décrocher le téléphone, dire son nom ainsi que l'heure qu'il était, puis insérer la petite plaque métallique dans la fente du boîtier. Les surveillants du centre de contrôle avaient appris à reconnaître sa voix, et l'insertion de l'objet dans la fente attestait de sa présence dans la maison.

Le bracelet contenait également un micro-émetteur. Si Abbie s'éloignait de plus de cinquante mètres du boîtier électronique, un signal partait vers le centre de contrôle pour alerter l'équipe de surveillance.

Matthew raccompagna le technicien jusqu'à la porte, puis revint dans le living-room. Par la porte-fenêtre ouverte, il vit Abbie debout dans le patio, les bras croisés et serrés autour d'elle, perdue dans sa contemplation du coucher de soleil. Il s'immobilisa pour la regarder. Les yeux fermés et la tête légèrement renversée en arrière, elle goûtait la brise tiède et rassurante de cette fin d'après-midi.

C'étaient des visions comme celle-ci que Matthew avait souvent eues en rêve. Abbie et lui, dans la douceur de l'été, au soir d'une journée parfaite. Des ombres immenses, déjà, couraient vers la maison, fonçant le vert de la pelouse cernée par les hautes silhouettes des chênes et des cyprès. Quelques rayons écarlates, dardant entre les cimes des arbres, frappaient le bleu cobalt de l'eau de la piscine.

Abbie sentit la présence de Matthew. Elle ouvrit les yeux, tourna légèrement la tête. Il tressaillit comme si elle avait lu dans ses pensées. Mais Abbie se contenta de sourire et Reynolds s'approcha d'elle.

— Les policiers sont partis, dit-il.

— C'est si bon d'être seule.

— Je peux m'en aller, si vous préférez.

— Non. Restez. Je ne disais pas cela pour vous.

Matthew, Abbie. Tous les deux côte à côte. Comme dans les rêves.

— J'avais acheté cette maison sur un coup de cœur, dit Abbie, pensive. Puis je n'ai plus supporté de l'habiter quand j'ai appris que Robert me trompait. Je me suis installée à Meadowbrook, et je n'ai pas eu de regrets. Mais il me semble que je n'avais jamais apprécié comme ce soir la beauté de cet endroit. Peut-être que tout le monde devrait passer quelques jours en prison.

Matthew ne se pressa pas de répondre. Il voulait faire durer ce moment.

— C'est magnifique, dit-il enfin.

Ils se turent. Puis Abbie se tourna vers lui.

— Vous n'avez pas faim ?

— Si. Un peu.

— La tambouille de la prison était à la hauteur de sa réputation. J'ai envie d'une nourriture digne de ce nom. Vous partagerez avec moi ?

— J'ai demandé à Barry d'approvisionner votre réfrigérateur.

— Je le sais. Vous avez pensé à tout.

Matthew rougit. Elle éclata de rire.

— Quand donc cesserez-vous ?... Enfin, Matthew ! Nous allons passer beaucoup de temps ensemble. Je ne peux pas vivre dans la crainte de vous intimider !

— Je suis confus.

— Il ne faut pas ! Donc, je vous garde à dîner ?

— Si vous voulez.

— Bien. Mais vous allez me laisser le temps de prendre une douche. J'ai encore sur moi cette odeur de prison. Ensuite, je vous préparerai des œufs au bacon. Une quantité d'œufs au bacon. Brouillés, les œufs. Avec une montagne de toasts. Ça vous ira ? Allez savoir pourquoi, c'est d'œufs au bacon que j'ai envie !

— C'est parfait.

— Il y a du café dans le placard qui se trouve au-dessus du réfrigérateur. Vous pourriez vous en occuper en attendant que je redescende ?

Matthew alla traîner dans la cuisine, sans se presser, savourant chaque seconde. Puis il revint dans l'entrée en effleurant le mur du bout des doigts. Quelque part au-dessus de lui, la douche se mit à couler. Matthew tendit l'oreille, imagina le corps d'Abbie ruisselant sous le jet. Et il se sentit soudain terrifié à l'idée, aussi saugrenue fût-elle, de se trouver dans l'intimité d'une femme comme Abigaïl Griffen.

Quand le café fut en route, Matthew s'assit à la table de la cuisine pour attendre Abbie. Elle lui avait demandé de rester. L'aurait-elle demandé à *n'importe qui*, simplement pour avoir une compagnie après l'épreuve de la prison ? Était-il pour elle autre chose qu'un moyen d'échapper à la solitude, comme la télévision qu'on laisse allumée toute la nuit parce que son bruit vous rassure ?

La douche s'arrêta. Le silence était électrique, et Matthew, fébrile comme un collégien. Il se leva et fouilla dans les tiroirs à la recherche de tasses, d'assiettes, de couverts. La table était presque mise quand il entendit Abbie. Il se retourna et la vit sur le seuil de la cuisine. Ses cheveux, encore raides d'humidité, tombaient sur ses épaules. Ses traits, sans le moindre maquillage, semblaient reposés. Ce n'était plus la femme qu'il avait vue à la prison. La fatigue et le découragement avaient disparu sans laisser de traces. Elle rayonnait d'espoir.

La sonnerie du téléphone retentit. Ils s'immobilisèrent. Abbie baissa la tête, regarda le bracelet à son poignet, et ses épaules s'affaissèrent. La sonnerie continuait. Elle se retourna lentement et marcha vers l'appareil, le bras tombant le long du corps comme si ce bracelet avait soudain été très lourd.

Elle décrocha à la troisième sonnerie, écouta quelques secondes et dit, la voix blanche :

— Abigaïl Griffen. Il est vingt heures quarante-cinq.

Puis elle posa le récepteur pour insérer la plaque métallique du bracelet dans la fente du boîtier électronique. L'effort qu'elle avait dû faire pour répondre au téléphone et accomplir ces gestes simples l'avait épuisée. Quand elle se retourna vers lui, Matthew reconnut le visage qu'il lui avait vu au parloir de la prison. Il se sentit cruellement impuissant devant une telle souffrance.

CHAPITRE 16

1.

— Tu ne devineras jamais qui est ce mystérieux témoin, lança Barry Frame en posant les rapports de police sur le bureau de Matthew Reynolds.

— Dis-le-moi, alors.

— Charlie Deems.

Matthew Reynolds ouvrit la bouche, mais resta sans voix. Frame ne put réprimer un sourire.

— Alors ? Bonne nouvelle, ou mauvaise nouvelle ? demanda Frame. Geddes a décidé de fonder l'accusation sur la parole d'un psychopathe trafiquant de drogue qui assassine des gamines de neuf ans.

Matthew Reynolds ne partageait pas la satisfaction de son enquêteur.

— Qu'y a-t-il, patron ?

— Tu as lu le dossier d'instruction qu'ils nous ont communiqué ? demanda Reynolds, en montrant les papiers empilés devant lui.

— Non, j'ai eu tout juste le temps d'aller le chercher au bureau du DA [1] et de t'en faire une copie. Mais j'ai le rapport rédigé par Stamm à la suite de son entretien avec Charlie Deems. Ça aussi, c'est une chance. Geddes, à sa place, n'aurait jamais pris la peine de faire un rapport.

— Il y a autre chose, Barry. Geddes ne s'appuierait pas sur le témoignage d'un Charlie Deems s'il n'avait pas des éléments pour le corroborer. Je veux que Tracy et toi épluchiez ce dossier. J'en ferai autant de mon côté.

— Tout de suite ? demanda Barry, sentant que ses projets pour la soirée étaient déjà à l'eau.

Reynolds ignora la question.

— Je veux une liste des points qui posent problème et des points faibles de l'accusation. Je veux votre opinion sur

1. District Attorney *(N.d.T.)*.

ce que nous devrions faire. Je me demande ce qui rend Geddes assez sûr de lui pour fonder toute son accusation sur le témoignage de Charlie Deems. Et ça me fait très peur.

2.

Abbie vint ouvrir, vêtue d'un short beige et d'un chemisier bleu marine. Elle s'était fait une queue de cheval, ses jambes et ses bras étaient bronzés et elle semblait reposée. Son visage s'illumina quand elle vit Matthew, et celui-ci ne put s'empêcher de lui sourire.

Matthew arborait son uniforme d'employé des pompes funèbres et Tracy faisait très sérieux dans sa robe en lin grise, mais Barry Frame portait un pantalon léger et une chemise sport.

Abbie, sans un regard pour Barry ni pour Tracy, prit le bras de Matthew.

— Installons-nous dehors, proposa-t-elle, en entraînant l'avocat vers le patio.

Un grand pichet de thé glacé et une corbeille de fruits étaient posés sur la table basse à côté des copies des rapports de police. Matthew attendit qu'Abbie et Tracy soient assises, puis s'installa à son tour, son épais dossier sur ses genoux. Barry prit un carnet et un stylo. Tracy écoutait.

— Vous avez tout lu ? demanda Matthew.

Abbie hocha la tête.

— Qu'en pensez-vous ?

— On nage dans l'absurdité. Il n'y a pas un mot de vrai dans ce que Deems a raconté.

— Bien. Commençons par les déclarations de Deems. Qu'est-ce qui n'est pas vrai ?

— Tout. Il dit que je lui ai demandé de venir à la maison près de l'océan le jour où il m'a attaquée, et que je lui ai proposé de le payer pour tuer Robert. C'est une pure invention. Je n'ai pas revu Deems depuis son procès, et je ne lui ai jamais adressé la parole, sinon devant le tribunal.

— Et la dynamite ?

Abbie parut soucieuse.

— Robert avait effectivement acheté de la dynamite pour détruire des souches sur la propriété.

— Comment Deems pouvait-il le savoir, si vous ne le lui avez pas dit ? demanda Barry.

— Robert entreposait la dynamite dans un abri de jardin.

Peut-être Deems avait-il inspecté la maison pour préparer son coup, et aperçu la dynamite dans cet abri ?

— S'y trouvait-elle le jour où vous avez été attaquée ? demanda Matthew. Est-il possible que le juge Griffen l'ait entièrement utilisée pour se débarrasser de ces souches ?

— Je ne sais pas. Robert m'a dit qu'il s'était débarrassé de ces souches, mais je n'ai pas vu s'il restait de la dynamite.

— Vous ne vous souvenez pas d'avoir regardé dans cet abri de jardin le jour de l'agression ? Poursuivit Matthew.

— Non. L'abri est situé derrière la maison. Je n'avais guère l'occasion d'y aller. J'étais le plus souvent sur la plage, sur la véranda ou à l'intérieur de la maison.

— Êtes-vous retournée là-bas, depuis l'agression ?

— Non. Et je ne pense pas, non plus, que Robert y soit allé. La cour siégeait, à Salem, cette semaine-là.

— Notez-le, Barry, il faut aller faire un tour là-bas. Nous irons voir l'abri, dit Matthew. (Puis, revenant à Abbie :) Il nous faut prouver que Charlie Deems ment. Vous voyez un moyen ?

— Non. C'est sa parole contre la mienne. Mais sa parole ne devrait pas peser bien lourd. Seigneur, ce type est une véritable ordure. Je ne peux pas imaginer que quelqu'un comme Geddes croie un mot de ce qu'il dit.

— C'est pourtant le cas, observa Matthew. Et Jack Stamm a jugé la chose assez sérieuse pour prévenir le bureau de l'attorney general. Pourquoi, Abbie ? Quels sont les éléments dont ils disposent pour corroborer les affirmations de Deems ?

Abbie secoua la tête.

— J'ai lu tous les rapports. Je ne comprends pas.

Tracy, qui n'osait trop les interrompre, eut soudain une idée.

— Excusez-moi, Mr. Reynolds, mais je crois savoir où nous trouverons des preuves que Deems est un menteur. Il a été condamné à mort après que Mrs. Griffen eut requis contre lui. Pour obtenir cette condamnation, elle a dû démontrer au jury qu'il restait un homme dangereux...

— Mais bien sûr ! s'exclama Abbie. Quelle idiote je suis, de ne pas y avoir pensé !

Matthew semblait ravi.

— Bien vu, Tracy.

Abbie regarda Tracy comme si elle découvrait sa présence.

— Qui était l'avocat de Deems quand il a fait appel ? demanda Reynolds à Abbie.

— Bob Packard.

— Tracy, appelez Packard. Il doit avoir les minutes du procès. Elles devraient être pour nous une mine d'informations sur les antécédents de notre homme.

L'ambiance venait de changer dans le patio. Pendant que Tracy notait de prendre contact avec Bob Packard, Matthew but une gorgée de thé glacé. En refermant son calepin, Tracy leva les yeux et vit qu'il se passait quelque chose entre son patron et sa cliente. Depuis son arrivée, Matthew n'avait pas quitté Abbie des yeux et Abbie, de son côté, n'avait d'attention que pour lui. Même quand Tracy ou Barry posaient une question, Abbie répondait en regardant Matthew.

— Comment avez-vous connu le juge Griffen ? demanda Matthew.

— Je m'occupais d'une affaire de violences sexuelles sur une mineure. L'accusé était un fils de famille très riche, et ses parents avaient proposé un arrangement à l'amiable aux parents de la victime pour qu'ils renoncent à poursuivre en échange d'un très fort dédommagement. Robert représentait la victime. Nous nous sommes rencontrés pour discuter de l'affaire. Il m'a invitée à dîner. C'était à peu près au moment où le gouverneur a nommé Robert à la Cour Suprême.

— C'est-à-dire il y a cinq ans ?

— C'est cela.

— Les choses, entre vous, se sont mal passées dès le début de votre mariage ?

— Non, répondit-elle à voix basse, en changeant de position sur son siège avec un bref coup d'œil en direction de Tracy.

Celle-ci se demanda si sa présence, en tant que femme, mettait leur cliente mal à l'aise.

— Au début, tout allait bien, reprit Abbie. Du moins, je le pensais. Aujourd'hui, avec le recul, je n'en suis pas si sûre.

— Qu'est-ce qui n'a pas marché ?

— Disons, si vous voulez, que notre relation ressemblait beaucoup à celles qu'avait Robert avec ses clients, dit Abbie avec amertume. Il m'a séduite. Robert avait toujours le mot qu'il fallait, il savait choisir un vin, discuter de Monet ou de Mozart. C'était aussi un merveilleux amant. (Matthew rougit.) J'ai mis un certain temps à m'apercevoir que tout cela n'était que de la frime. Je suis persuadée qu'il parlait de moi aux autres femmes exactement comme il me parlait de ses clients.

— Le juge Griffen vous trompait ? demanda Barry.

Abbie eut un rire sec.

— C'est le moins qu'on puisse dire. Je ne connais pas les noms, mais je suis certaine qu'il n'y en a pas eu qu'une.

— Comment avez-vous su qu'il vous trompait ?

— Il s'est trahi lui-même. J'ai surpris, un jour, la fin d'une conversation et je lui ai demandé de s'expliquer. Il a tout nié, bien entendu, mais je savais qu'il mentait. Une autre fois, une amie m'a dit avoir aperçu Robert avec une fille dans un hôtel de Portland, alors qu'il était soi-disant à Salem ce jour-là. Cette fois, il a admis qu'il était avec quelqu'un, mais a refusé de me dire avec qui. Et il m'a promis de ne plus recommencer. Je lui ai juré de mon côté que s'il ne tenait pas sa promesse, je le quitterais.

— C'est ce qui s'est passé ?

— Eh, oui ! Le 3 mai. Une femme m'a appelée à mon bureau pour m'informer que Robert était au Motel Overlook, accompagné. C'est un endroit assez mal fréquenté, à une trentaine de kilomètres d'ici entre Salem et Portland. L'inconnue qui m'appelait n'a pas voulu se faire connaître et ne s'est plus jamais manifestée. Je me suis aussitôt rendue là-bas pour tenter de le surprendre, mais la fille avait déjà filé quand j'y suis arrivée. Robert était en train de se rhabiller. Nous avons eu une scène assez pénible. Le lendemain, je déménageais.

— Overlook Motel, dit Matthew à Barry. Consulte leur registre et vois si tu peux identifier la fille.

Frame nota sur son calepin.

— Abbie, reprit Matthew, qui, d'après vous, a tué le juge Griffen ?

— Charlie Deems. Forcément. Par vengeance, parce que je l'avais fait condamner. Je suis plus convaincue que jamais que c'est lui, aussi, qui a cherché à me tuer à la maison. Et que c'est probablement lui, encore, qui a tenté de forcer la porte de ma maison.

— Racontez-nous ce qui s'est passé cette fois-là, demanda Barry.

Abbie leur raconta la tentative d'intrusion à laquelle elle avait dû faire face le soir où Tony Rose l'avait raccompagnée.

— Avez-vous prévenu la police ?

— Non. Je me suis dit que ce serait une perte de temps. Il n'avait rien pris, et je n'étais pas capable de l'identifier.

— Barry, dit Reynolds. Il faut trouver Deems.

— Son adresse ne figure nulle part dans le dossier qui nous a été transmis, Matt.

Reynolds fronça les sourcils.

— Concernant la communication du dossier d'accusation à la défense, le règlement fait obligation à la puissance publique d'indiquer les adresses de tous les témoins auxquels il sera fait appel.

— Je le sais.

Reynolds réfléchit un instant. Puis il dit :

— Ne demande rien à Geddes. Passe plutôt par Neil Christenson.

— Pigé, répondit Barry en notant sur son calepin.

Matthew se retourna vers Abbie.

— Et si Deems *n'a pas* tué le juge Griffen, qui l'a fait ? En avez-vous la moindre idée ?

— Non. À moins que ce ne soit une femme. Une fille qu'il aurait séduite avant de la plaquer. Mais ce n'est qu'une supposition. En dehors de Deems, je ne vois pas qui a pu faire ça.

Matthew parcourut rapidement ses notes.

— Je n'ai pas d'autre question à propos du dossier qu'on nous a remis. Et vous ? Barry ? Tracy ?

Ils firent non de la tête.

— Barry, ramène Tracy au bureau, dit Matthew. Fixez un rendez-vous pour l'examen des pièces à conviction, et procurez-vous l'adresse de Deems. J'ai encore deux ou trois choses à voir avec Mrs. Griffen.

— D'accord, répondit Barry. Ne vous dérangez pas, nous trouverons la sortie.

— Merci pour le thé, dit Tracy.

Abbie répondit par un sourire poli.

— Que vouliez-vous me demander ? s'inquiéta Abbie dès que Barry et Tracy furent assez éloignés pour ne pas entendre.

— Rien qui concerne notre affaire. Les gardes sont là ?

— Je crois. Un journaliste s'est approché en passant à travers bois, mais ils l'ont intercepté avant qu'il arrive jusqu'à moi.

— Bien. Vous tenez le coup ?

— À peu près. Mais c'est fragile. Quand le cafard me

prend, je repense à ma cellule et je me dis que je suis tout de même mieux ici.

— Vos amis viennent vous voir ?

— Je ne suis pas le genre de femme qui se fait facilement des amis, Matt. J'ai toujours vécu en solitaire. Ceux avec qui j'ai noué des relations qui se rapprochaient le plus d'une amitié étaient des collègues, des procureurs comme moi — Jack, par exemple, ou Dennis Haggard. Mais ils ne sont pas autorisés à venir me voir, puisque je suis sous le coup d'une inculpation.

— Vous devez pourtant avoir des relations en dehors de votre métier ?

— J'ai connu des quantités de gens pendant mes années de mariage, mais c'étaient toujours des amis de Robert.

Abbie esquissa un sourire, haussa les épaules.

— Mon travail a été toute ma vie jusqu'à la rencontre avec Robert. Et maintenant, je me retrouve à peu près seule.

— Abbie, je sais ce qu'être seul veut dire. Tous mes clients savent qu'ils peuvent m'appeler à n'importe quel moment. Je suis toujours là pour eux, comme je suis là pour vous.

— Je le sais, Matt, dit Abbie avec douceur. Et j'en suis heureuse.

— Je vous en prie, Abbie, ne désespérez pas. Promettez-moi de m'appeler dès que vous vous sentirez flancher. Quand vous aurez besoin de quelqu'un à qui parler.

— Je vous le promets.

3.

Barry, au volant de sa Jeep Cherokee, prit Macadam Boulevard en direction du centre de Portland. La voie longeait la berge et on apercevait de temps à autre des bateaux de plaisance remontant la Willamette. Barry lançait à ces matelots du dimanche des regards pleins d'envie et de regret, mais Tracy restait indifférente aux sollicitations du paysage.

— Qu'est-ce qui t'inquiète ? demanda Barry.

— Quoi ?

— Pourquoi cette mine soucieuse ? Tu n'as pas ouvert la bouche depuis qu'on est partis.

Tracy secoua la tête.

— Allons ! On fait équipe, ou non ? Quel est le problème ?

— C'est notre cliente, dit Tracy.
— Oui, et alors ?
— Elle ne m'inspire pas confiance.
— Ce n'est pas le cas de Matt.
— Tu as remarqué, toi aussi... ?
— Pas besoin d'être un fin limier pour voir ça.
— C'était un vrai numéro d'admiration mutuelle, dit Tracy. Si elle nous a regardés chacun une fois pendant tout le temps que nous avons passé chez elle, c'est un maximum.
— Et alors ?
— Barry, Matthew Reynolds est un avocat de grand talent et quelqu'un de formidable sur le plan humain, mais c'est exactement le genre de type dont des femmes comme Abigaïl Griffen ne font qu'une bouchée.
— Eh, attention, ne mésestime pas le patron !
— Je ne le mésestime pas. Je ne voudrais pas qu'elle se serve de lui, c'est tout.
— Comment s'y prendrait-elle ?
— En usant de son incontestable pouvoir de séduction pour convaincre de son innocence un homme sensible et vulnérable.
— Tu crois que c'est elle qui a tué Griffen ?
— Je le crois possible.
— À partir des déclarations... d'une ordure comme Deems.
— À partir de ce que je sais du juge Griffen. Ces histoires de coucheries... je n'en crois pas un mot. Je parierais plutôt que s'il avait une petite amie, c'est elle qui la lui aurait jetée dans les bras.
— Pourquoi Mrs. Griffen aurait-elle le rôle du méchant ?
— Laura avait de l'estime pour le juge.
— Laura ?
— Excuse-moi. Laura Rizzatti. Elle travaillait comme clerc auprès de lui. On l'a assassinée peu de temps avant mon départ de la cour.
— En effet. C'est même toi qui as découvert le corps, n'est-ce pas ? Désolé, mais je n'avais pas fait le rapprochement en entendant son nom.
— Ce n'est pas grave. Mais je n'aime pas beaucoup en parler.
— La police sait qui l'a tuée ?
— Non. J'appelle de temps en temps l'inspecteur chargé de l'enquête, et elle me dit qu'ils n'ont pas la moindre piste.
— Revenons à notre cliente. Dis-moi tout ce que tu pen-

ses d'elle. Si tu as une idée, un indice, il faut absolument nous en parler. Tu disais à l'instant que Laura avait de l'estime pour le juge Griffen.

— Oui. Je ne pense pas qu'elle l'aurait estimé autant s'il avait été un simple coureur de jupons.

— Peut-être n'en savait-elle rien. Elle ne le voyait que dans le cadre de son travail. À son bureau et avec sa collaboratrice, il ne devait pas être le même homme.

Tracy resta un moment silencieuse à regarder défiler le paysage. Au sortir d'une courbe, les silhouettes des gratte-ciel de Portland apparurent, hautes tours de verre et d'acier dominées par les montagnes verdoyantes qui se dressaient derrière elles.

— Tu as raison, c'est sans doute que je ne connaissais pas vraiment le juge Griffen. Moi-même, je ne le rencontrais qu'à son travail. Mais tout de même... tu sais, Barry, il était réellement inquiet pour Laura. Quand je pense à lui, je ne retrouve pas l'homme dont Mrs. Griffen nous a fait le portrait.

— J'en conclus que tu ne connaissais pas le véritable juge Griffen et que tu n'aimes pas beaucoup Abigaïl Griffen. Du coup, tu ne veux pas croire ce que dit notre cliente. Ça ne peut pas marcher comme ça, Tracy. Tu ne m'as rien révélé qui puisse infirmer ce que Mrs. Griffen nous a dit. Nous représentons Abigaïl Griffen, avec comme mission de lui sauver la peau. C'est pourquoi, jusqu'à preuve du contraire, nous devons considérer que la victime était le pire des salopards et que notre cliente est blanche comme neige. Si quelque élément nouveau venait à nous convaincre du contraire, nous aviserions. Mais pour le moment, partons de l'hypothèse que le juge Griffen était un coureur et un moins-que-rien, et voyons où ça nous mène.

CHAPITRE 17

1.

— Il y a de bonnes nouvelles, et d'autres qui le sont moins ! lança Barry Frame dès qu'il aperçut son patron. Je commence par où ?

— Les bonnes, répondit Reynolds en se dirigeant vers son bureau, Barry sur ses talons.

— Christenson nous a fixé un rendez-vous pour l'examen des pièces à conviction. Vendredi, à dix heures, dans une salle de réunion du bureau du DA.

— Bien. Et les mauvaises nouvelles ?

— Geddes a extorqué au juge Baldwin une décision de protection spéciale pour Deems. Ils ne sont plus tenus de nous communiquer son adresse.

Reynolds parut furieux.

— C'est absurde !

— Oui. Mais Geddes a su s'y prendre avec le juge. Le texte de sa requête est sous scellés, si bien que nous ne pourrons pas savoir quel genre de bobards il aura raconté à Baldwin pour l'amener à une telle décision. Et, bien entendu, il va falloir que je me débrouille pour me procurer l'adresse de Deems par d'autres moyens.

— Vas-y, en tout cas. Quoi qu'il en coûte. Il faut absolument que nous parlions à Deems. C'est lui, la clé de cette affaire. Je suis certain qu'il y a un coup monté contre Abbie et qu'il en est l'auteur.

— Pourquoi ferait-il ça ?

— Pour se venger, bien sûr. Elle l'a envoyé en prison.

— Je sais que c'est la théorie de Mrs. Griffen, mais elle ne tient pas debout. Alors qu'il vient d'échapper à la mort, pourquoi risquerait-il la prison, et peut-être plus, en assassinant le juge Griffen ?

Matthew resta songeur quelques secondes.

— Penses-tu que quelqu'un aurait pu payer Deems pour qu'il tue Griffen et piège Abbie ? demanda-t-il, enfin, à Barry Frame.

— C'est possible, bien sûr, mais pourquoi ?

Reynolds se replongea dans ses pensées. Barry attendit patiemment.

— Barry, il faut savoir si Deems a un compte en banque. Si quelqu'un l'a payé pour tuer Griffen, le compte devrait être bien garni.

Barry se mit à rire.

— Tu plaisantes ! Un type comme Deems ne fréquente pas les banques, sauf pour les dévaliser !

Reynolds gratifia Barry d'un sourire patient.

— Chacun son humour.

— Je ne te le fais pas dire. Ah ! avant que j'oublie : j'ai un peu bavardé avec Neil Christenson. Il m'a laissé entendre que Geddes était sérieusement remonté contre toi.

— Ah ?

— Tu l'as bel et bien insulté quand il est venu arrêter Mrs. Griffen. Et il t'en veut à mort d'avoir mis l'attorney general dans le coup pour la faire sortir de prison. Il ne nous fera pas le moindre cadeau. Il est décidé à obtenir la peine de mort, et il se battra jusqu'au bout pour ça.

— Ah, bon ? (Un imperceptible sourire erra un court instant sur les lèvres de Reynolds, comme s'il s'était réjoui de quelque plaisanterie.) Eh bien, au travail, dit-il.

Et, tournant brusquement les talons, il s'éloigna. Frame s'apprêtait à rentrer dans son bureau quand une idée lui vint à l'esprit. Après son arrestation pour le double meurtre de Hollins et de sa fille, Deems avait essayé d'engager Reynolds comme défenseur. Barry était certain que Matthew avait eu deux ou trois entretiens avec Deems avant de décliner son offre. Il devait donc y avoir quelque part un dossier avec les adresses et les numéros de téléphone de Deems et des autres personnes concernées. Barry se rendit donc à l'arrière de la maison, où les anciens dossiers étaient archivés dans un sous-sol humide.

Le bureau de Tracy était à côté de la porte conduisant au sous-sol. Elle s'y trouvait, face à son ordinateur.

— Salut !

Tracy ne broncha pas. Elle était complètement absorbée par ce qu'elle lisait.

— L'affaire Griffen ? demanda Barry en se penchant à son tour sur l'écran.

— Non. C'est l'affaire du Texas. Matt m'a demandé une note sur la jurisprudence.

— Tu vas travailler pendant le week-end ?

— Je serai ici samedi. Mais pour dimanche, je n'ai rien prévu.

— Je dois faire quelques photos à la maison des Griffen, dimanche. Tu pourrais venir avec moi ?

— Je ne sais pas. Je ferais peut-être mieux de rester chez moi, au cas où Matthew m'appellerait.

— Si Matt reste un jour sans te voir, il n'en mourra pas. Viens ! Il y a, à quelques kilomètres de la maison, un endroit magnifique que j'aimerais te montrer.

Barry plaça ses mains devant ses yeux comme un metteur en scène de cinéma cadrant une séquence.

— Imagine. Nous parcourons le dernier kilomètre à pied à travers des bois profonds et un champ couvert de fleurs sauvages dont les couleurs composent une palette digne des plus grands peintres. Puis, fatigués mais sereins, nous débouchons sur une falaise déchiquetée surplombant un océan en fureur...

Tracy se mit à rire.

— Et ensuite ?

— Ensuite, nous nous régalons de notre pique-nique. Je débouche le fabuleux merlot que je réservais pour une occasion digne de lui. Que dis-tu de ça ?

Tracy considéra les dossiers empilés sur son bureau. Puis elle fit un rapide calcul mental.

— D'accord, mais je préviendrai le patron.

— Dis-lui que tu m'accompagnes pour m'aider dans mon enquête, suggéra Barry.

Tracy le regarda s'éloigner en souriant. Il avait vraiment de très jolies fesses. Ils étaient déjà allés plusieurs fois courir ensemble, et elle s'était bien amusée. Jusque-là, Barry s'était conduit en parfait gentleman, et c'était très bien. Mais Tracy se disait qu'il lui plaisait suffisamment pour qu'elle pousse elle-même les choses un peu plus loin, s'il ne s'y décidait pas. Un pique-nique romantique dans un magnifique paysage lui fournirait l'occasion idéale.

Et Tracy savait qu'elle prendrait un grand plaisir à passer une journée au bord de l'océan, quoi qu'il advienne entre Barry et elle. Elle fit un effort pour se rappeler les sensations que lui procuraient l'air pur et le grand soleil. Elle n'en avait guère profité depuis qu'elle travaillait pour Matthew Reynolds. Elle ne s'en plaignait pas, d'ailleurs. Le travail avec Matthew était exactement ce à quoi elle s'attendait. Mais cette escapade sur la côte lui ferait du bien. Un vrai changement de paysage, après une semaine entière passée à éplucher des recueils de droit et des textes de loi.

2.

Barry Frame trouva deux adresses dans le dossier ouvert par Reynolds au nom de Charlie Deems. La première était celle de l'appartement où habitait Deems au moment de son arrestation pour le meurtre des Hollins. Il n'y avait jamais reparu. Il était resté à la prison du comté puis à la prison centrale, au quartier des condamnés à mort, jusqu'à sa libération. L'appartement avait été reloué depuis, et le propriétaire ne savait pas où il était possible de joindre Deems.

La deuxième adresse conduisit Barry dans un quartier misérable, au nord de Portland. Depuis sa voiture, il tenta de déchiffrer le numéro d'une villa construite un peu en retrait de la chaussée. Le jour déclinait. Une clôture, fermée par un portail, entourait la villa. La peinture grise de la façade s'écaillait. Le bout de pelouse n'avait pas été tondu depuis des semaines. L'un des chiffres métalliques collés sur la porte d'entrée manquait, mais les trois autres étaient bons.

Barry poussa le portail et s'avança sur le petit chemin dallé. Des flots de musique s'échappaient de la villa. Barry reconnut des guitares, des percussions, et un son plus proche du hurlement que du chant proprement dit. Il pressa deux fois la sonnette, puis se décida à donner quelques coups de poing sur la porte. Quelqu'un baissa le son, et Barry recommença à frapper.

— Arrêtez ce boucan ! J'arrive ! lança une voix de femme.

Les rideaux du living-room s'agitèrent. Barry recula d'un pas et prit son air le plus inoffensif. Un instant plus tard, la porte d'entrée s'ouvrait sur une grande blonde, pieds nus, vêtue d'un short effrangé au-dessus des genoux et d'un haut de maillot de bain. La lumière diffuse du couchant éclairait mal ses traits profondément marqués, et Barry crut d'abord voir une adolescente.

— Qu'est-ce que vous voulez ? demanda la femme d'un ton rogue.

Barry tendit sa carte professionnelle.

— Barry Frame. Enquêteur pour Matthew Reynolds. C'est un avocat.

— Et alors ?

— Vous êtes bien Angela Quinn ?

— Mais c'est pourquoi ? demanda-t-elle, en s'appuyant au montant de la porte avec un lent mouvement des hanches.

La pose était destinée à détourner l'attention de Barry, et y réussit pleinement. Barry ne put s'empêcher de remarquer les longues jambes et l'empreinte des tétons pointant sous l'étoffe du soutien-gorge.

— Nous voudrions entrer en contact avec Charlie Deems. Mr. Deems est venu consulter Mr. Reynolds il y a quelque temps, et il lui a laissé son adresse et un numéro de téléphone pour les messages. C'est vous, Angela ?

Barry vit de la peur dans les yeux bleus d'Angela Quinn.

— Je sais pas où il est, Charlie, dit-elle en tendant le bras pour refermer la porte.

— Attendez. Vous étiez sa petite amie, n'est-ce pas ?

— Écoutez, m'sieur, on va dire ça simplement. Je danse au Jiggle. Charlie venait souvent y traîner, et on a été copains pendant quelque temps. Puis il a tué cette gosse.

Angela secoua la tête, comme si elle avait peine à le croire.

— Il m'a écrit de là-bas, après sa condamnation à mort. Et moi, bonne poire, je lui ai répondu. Une ou deux fois, vu qu'il avait personne, le mec, et que je pensais pas le revoir. C'est là que je me trompais ! Où vous croyez qu'il a filé, tout droit en sortant du trou ? Chez moi ! Je l'ai gardé. Mais il s'est tiré depuis, et je sais plus où il est.

— Si vous l'aimiez si peu, Charlie Deems, pourquoi l'avez-vous gardé ?

Angela éclata de rire, mais ce rire n'avait rien de joyeux.

— Vous devez pas très bien le connaître, Charlie, m'sieur. On dit pas non à Charlie. (Elle haussa les épaules.) Plus d'un mois, qu'il est resté, ce salaud. Un mois de trop ! Tout ce que j'espère, c'est que je le reverrai plus !

— Quand est-il parti ?

— Ça fait bien deux semaines.

— Avez-vous entendu parler de ce juge de la Cour Suprême qui a sauté sur une bombe ?

À nouveau, très fugitive, la peur dans le regard d'Angela.

— Qu'est-ce que vous cherchez à savoir ? demanda-t-elle d'un air méfiant.

— Mr. Reynolds, mon patron, défend la femme qui a été accusée du meurtre du juge. Charlie va témoigner dans cette affaire, et nous voudrions le voir pour parler de ce témoignage.

— Je vous ai dit que je savais pas où il était.
— Vous a-t-il parlé de ce meurtre ?
Angela semblait partagée entre l'envie et la crainte de parler à Barry.
— Ça restera entre nous, insista-t-il, avec son sourire le plus rassurant.
— Qu'est-ce qui me le dit ?
Barry cessa de sourire.
— Écoutez, Angela. Je sais quel type dangereux est Charlie. Je ne veux pas vous attirer des ennuis. J'ai simplement besoin de quelques informations. Charlie a-t-il parlé avec vous du meurtre du juge Griffen ?
— Non, il m'a rien dit, mais je l'ai vu qui regardait la télé un soir où ils ont parlé de ça, pendant que je me préparais pour le boulot, et il avait l'air sacrément intéressé. Même qu'il m'a demandé si j'avais acheté le journal, parce qu'il voulait voir ce qu'il y avait sur cette histoire. D'ailleurs, maintenant que j'y pense, c'est juste après ça qu'il est parti.
— Et il n'a pas repris contact depuis ? Il ne vous a pas appelée ? Il n'a pas eu besoin de se faire renvoyer ses vêtements ? Ou d'autres choses qu'il aurait laissées derrière lui ?
— Rien, je vous dis. Je sais pas où il est.
— Eh bien, merci. Merci de votre aide. Voici ma carte. Si jamais il vous contactait, ce serait gentil à vous de me prévenir et de me dire où je peux le trouver.
— Mais oui. Sûr, répondit Angela.
La porte se referma et Barry se demanda combien de temps mettrait sa carte à se frayer un chemin dans cette fange jusqu'à son destinataire.

3.

Charlie Deems, assis sur la véranda arrière d'une ferme du comté de Clackamas, fumait en regardant les hautes herbes onduler au vent. C'était à peu près tout ce qu'il y avait à regarder dans cette ferme, mais Charlie n'en avait cure. Deux années dans une cellule guère plus grande qu'un placard à balais, enfermé vingt-trois heures sur vingt-quatre, lui avaient appris à supporter le temps passé à ne rien faire.

Au-delà du champ se dressait un bouquet de peupliers. Et au-delà des peupliers, la chaîne de collines derrière laquelle le soleil commençait à descendre. Charlie était content. Ses projets avançaient lentement, mais sûrement. Il ne payait pas de loyer et, hormis le régime exclusivement composé de pizzas et de Big Macs auquel il était soumis, il n'avait pas de motif de se plaindre.

Dès sa sortie du pénitencier, mais avant de reprendre contact avec Raoul, il avait renoué des relations avec des gens qui travaillaient pour Otero. Raoul avait en partie changé de méthodes, mais le gros des livraisons de cocaïne lui arrivait par les mêmes canaux qu'au temps où Deems travaillait sur les quais. Il y avait, par exemple, cette aire de repos sur l'autoroute inter-États où s'arrêtaient les camions venant de Mexico et en route pour Seattle. Pendant que les chauffeurs se soulageaient, des ombres venaient chercher cette partie de leur chargement qui ne figurait jamais sur le bordereau, puis s'évanouissaient dans la nuit. Ce soir, l'un de ses anges gardiens avait informé Deems que plusieurs personnes venaient d'être arrêtées et une grosse quantité de cocaïne saisie sur l'aire de repos en question. Le bon dîner que s'était offert Charlie autour d'un énorme steak témoignait aussi de la satisfaction du district attorney.

Charlie tira une longue bouffée sur sa cigarette. Et il sourit pour lui-même en pensant à l'affolement de Raoul voyant tous les rouages de sa belle organisation sauter les uns après les autres. Bientôt, les flics prendraient dans leurs filets le gros poisson, celui qui redoutait encore plus la prison que Raoul. Quelqu'un poserait une écoute, et les paroles de Raoul tisseraient la corde qui finirait par le prendre. Puis le grand jury se réunirait. Cela prendrait un peu de temps, mais Charlie pouvait attendre.

Il attendait, par contre, avec beaucoup plus d'impatience, le jour où il serait appelé à témoigner contre Abigaïl Griffen. Il se promettait de la regarder au fond des yeux tout en la démolissant par son témoignage. Pendant deux ans, cette garce avait nourri ses fantasmes. Si on lui avait donné un dollar chaque fois qu'il la violait ou qu'il la torturait en rêve, il aurait eu de quoi s'acheter une villa en France, sur la côte d'Azur, et y couler des jours heureux. Et s'il rêvait de la rencontrer seul à seule, il se réjouissait encore plus à l'idée d'Abbie allant et venant dans une cellule aux murs de ciment brut. La même que celle où il avait écouté s'écouler des heures si interminables qu'il lui semblait, par moments, sentir la succession des secondes.

Peut-être écrirait-il à Abbie. Il lui enverrait des cartes postales de quelque contrée lointaine pour qu'elle sache qu'il pensait toujours à elle. Il voyait la beauté d'Abbie s'étioler, sa peau bronzée se flétrir loin de la lumière du soleil, son corps se ratatiner... Mais il savourait encore plus l'idée de détruire l'esprit même d'Abbie. Elle, si fière, pleurerait des jours et des nuits, quand elle ne serait pas prostrée, fixant d'un œil morne le mur de sa cellule. Charlie, une nouvelle fois, sourit à ses pensées.

Puis, après avoir jeté un coup d'œil à sa montre, il se leva. Il était presque sept heures du soir, et il ne voulait pas manquer « Jeopardy ! » — son jeu télévisé favori. Il écrasa son mégot sur la rampe de la véranda avant de le jeter dans l'herbe. De la pizza à l'œil, du silence, de la tranquillité, et autant de jeux télévisés qu'il pouvait en regarder. La belle vie, quoi !

CHAPITRE 18

1.

Il était un peu plus de dix heures, le dimanche matin, quand Tracy arrêta la voiture devant le chalet des Griffen. Elle en descendit pendant que Barry récupérait son matériel photographique sur la banquette arrière. Il faisait déjà frais, en ce début de septembre, et Tracy se félicita d'avoir pris un sweatshirt.

— Je vais jeter un coup d'œil tout autour, annonça Barry. J'ai déjà vu la série de clichés pris par les gendarmes du comté de Seneca le jour même de l'agression, et j'ai lu le rapport de police. Je pensais refaire tout le chemin parcouru par Mrs. Griffen. Il y a peu de chances de retrouver quelque chose aussi longtemps après les faits, mais on ne sait jamais.

— Vas-y. Moi, je descends à la plage.

Elle aperçut tout de suite l'abri de jardin. Il était carré, assez haut, fait d'un assemblage de troncs décolorés par les intempéries. La porte était restée entrouverte. De l'endroit où elle se trouvait, Tracy voyait un râteau et un ballon de volley posé dans son filet, mais pas le moindre bâton de dynamite. Elle s'approcha et ouvrit la porte en grand. On avait rangé dans un coin des outils de jardinage et un barbecue sur pied. Il y avait bien un espace vide, au sol, assez grand pour qu'on y range un coffret de dynamite, mais le coffret, à supposer qu'il y ait jamais été, avait disparu. Tracy ressortit sans refermer la porte. Elle enfonça ses mains dans ses poches et s'engagea sur le sentier, les épaules voûtées pour lutter contre la brise encore fraîche qui venait de l'océan.

Des marches de bois descendaient de la falaise. Tracy s'assit sur la première marche et laissa le vent jouer dans ses longs cheveux blonds. De hautes vagues se précipitaient vers la plage pour s'écraser dans un fracas assourdissant. Tracy balaya lentement la plage du regard en s'attardant sur les dunes et sur les mouettes qui tournoyaient au-dessus de l'eau aux reflets bleus et verts, et se mit à penser à Barry Frame.

Il y avait assez longtemps qu'elle n'avait pas noué une véritable relation, mais elle n'en souffrait pas. Tracy avait compris depuis longtemps qu'elle préférait rester seule plutôt que de vivre avec quelqu'un qu'elle n'aimerait pas vraiment. L'amour physique lui manquait parfois, mais elle n'avait jamais couché pour coucher. Tracy voulait être amoureuse, ou, au moins, partager une affection. Elle souffrait, en réalité, d'un manque d'intimité. Faire l'amour, elle ne demanderait pas mieux, bien sûr, si le garçon correspondait à tout cela.

Tracy aimait l'ouverture d'esprit de Barry, son indépendance désinvolte et son humour. Et il semblait apprécier sa compagnie autant qu'elle appréciait la sienne. Elle le trouvait, en outre, sacrément joli garçon. Elle s'était plu, maintes fois, à l'imaginer nu. Et elle se demandait aussi comment il était au lit, en se disant qu'elle aimerait s'en rendre compte par elle-même.

— Regarde ce que j'ai trouvé !

Tracy se retourna. Barry, souriant, jouait avec le ballon de volley qu'elle venait de voir dans l'abri.

— Tu as fini ? demanda-t-elle.

— Oui. J'ai fait tout ce que j'avais à faire.

— Tu as trouvé quelque chose ?

— Rien, à part une fiole de poison exotique, un sabre chinois et une série de hiéroglyphes tracés avec du sang humain. Descendons à la plage.

Tracy se redressa et ils dégringolèrent les marches. Quand ils furent en bas, Tracy s'élança en courant droit devant elle et Barry lui lança le ballon. Elle l'attrapa sans difficulté et le lui retourna en exécutant un impeccable service de volleyball.

— Oh ! s'exclama Barry. Impressionnant ! Je suis tombé sur une championne !

— C'est un sport de plage, expliqua Tracy. Quand on a grandi en Californie...

— J'adore cet endroit, dit Barry en lui renvoyant le ballon. Quand je prendrai ma retraite, j'achèterai une maison sur la côte.

— Moi aussi, je me verrais bien dans une maison exactement comme celle-ci, avec vue sur l'océan. J'aurais une grande baie vitrée.

Barry voulut à son tour tenter un service mais le ballon

passa par-dessus la tête de Tracy et rebondit vers l'eau. Ils se lancèrent tous deux à sa poursuite.

— Tu sais ce qu'il y a de mieux, ici ? demanda Barry comme ils arrivaient en même temps sur le ballon, à la lisière de l'eau.

Tracy secoua la tête.

— Les tempêtes. (Barry se pencha pour attraper le ballon.) Tu as déjà vu une vraie tempête, avec des vagues monstrueuses et des trombes d'eau qui dégringolent ? C'est fabuleux. On attend la nuit, puis on fait un feu, on débouche une bonne bouteille et on regarde les moutons danser sur la crête des vagues.

— Je ne te savais pas si romantique.

Barry redevint sérieux.

— Je peux l'être, quand les circonstances s'y prêtent, dit-il à mi-voix.

Tracy le regarda en clignant des yeux car le soleil était juste au-dessus de son épaule. Il lâcha le ballon. Tracy fut surprise, mais contente, quand Barry la prit dans ses bras pour l'embrasser. Ses lèvres avaient un goût de sel, et elle se sentait bien tout contre lui. Elle posa sa tête sur son épaule tandis qu'il lui caressait les cheveux.

— Pas mal, pour un baiser d'avocate, murmura-t-il. Mais c'était peut-être le coup de chance de la débutante.

— Qui t'a dit que j'étais une débutante ? rétorqua Tracy avec un sourire.

Saisissant Barry par les cheveux, elle lui renversa la tête en arrière, plaqua un baiser sonore sur son front et, d'une poussée, le fit choir sur le sable.

— Ça, c'est bien d'une avocate ! s'écria Barry en riant.

— N'oublie pas le ballon !

Barry se remit sur ses pieds, saisit le ballon d'une seule main et mit son bras sur les épaules de Tracy.

— Veux-tu que je te montre l'un des plus beaux paysages de la planète ? demanda-t-il.

— Chiche !

— Allons-y, alors. Avec le pique-nique. Ensuite, on rentrera sur Portland avec un arrêt à l'Overlook Motel.

Ils reprirent l'escalier de bois. Tracy aimait sentir la pression de sa hanche contre la sienne, et le poids de son bras sur ses épaules. Barry lança le ballon à l'intérieur de l'abri de jardin. Tracy le vit rouler sur le sol et s'immobiliser dans l'espace vide qu'elle avait remarqué auparavant tandis qu'ils se dirigeaient vers la voiture.

2.

L'endroit était aussi beau que Barry l'avait annoncé, et ils s'y prélassèrent longuement en dégustant la bouteille de merlot et le plaisir d'être ensemble. Le soleil tombant sur l'horizon vint leur rappeler qu'ils avaient encore du travail à faire. Tracy, qui conduisait vite, suivit la route sinueuse qui franchissait le massif côtier et il était presque six heures quand ils commencèrent à chercher l'Overlook Motel.

— C'est là, dit Barry en montrant une sortie d'autoroute.

Tracy s'y engagea et suivit une petite route sur quelques centaines de mètres jusqu'au parking du motel. La lumière du couchant, en habillant de couleurs chaudes le misérable édifice, lui permettait de sauver la face. Mais le reste de la journée, ce n'était qu'un baraquement en forme de fer à cheval flanqué d'une piscine vide et d'une cour intérieure dallée de ciment, fermée par des murs dont la peinture s'écaillait au soleil.

Tracy s'arrêta devant la réception. Après un regard aux trois motards qui garaient leurs Harleys devant l'une des chambres, elle sortit de la voiture et ferma les portières à clé. Assise derrière le comptoir de la réception une grosse femme revêtue d'un boubou en tissu fleuri mangeait des chips en suivant à la télévision une série à l'eau de rose. Elle posa son paquet de chips et se leva avec effort à leur entrée.

— Bonjour, dit Tracy. (Elle tendit sa carte professionnelle par-dessus le comptoir.) Tracy Cavanaugh, avocate. Barry Frame, mon enquêteur.

La femme examina la carte avec beaucoup d'attention, puis elle regarda fixement Tracy à travers les verres épais de ses lunettes. De toute évidence, elle avait du mal à voir dans cette jeune femme une avocate. Tracy ne s'en offusqua pas. Elle avait toujours ses lunettes de soleil sur le nez, ses cheveux étaient tirés en queue de cheval sur le sommet de son crâne et elle portait son sweatshirt bleu par-dessus le short qu'elle avait elle-même coupé dans un vieux jean.

— Nous travaillons sur une affaire criminelle, et nous aurions besoin de votre aide.

— Quelle affaire criminelle ? demanda la femme, méfiante.

— Vous en avez peut-être entendu parler à la télé, Mrs...

— Hardesty. Annie Hardesty.

— ... Mrs. Hardesty. Il s'agit du meurtre d'un juge dont la voiture a été piégée. Nous représentons Abigaïl Griffen, sa veuve.

La femme ouvrit de grands yeux.

— C'est pas vrai !

— Mais si, madame.

— Bien sûr que j'ai vu ça à la télé ! Et pour moi, c'est pas elle qui a fait le coup. Une bombe, c'est pas une arme de femme.

— Je voudrais bien vous avoir comme juré, observa Tracy en souriant.

— On m'a convoquée pour ça, une fois. Mais les avocats ont pas voulu de moi.

Barry hocha la tête, compatissant.

— Ce sont des choses qui arrivent... Mrs. Hardesty, pouvez-vous nous accorder un petit instant ?

— Bien sûr.

— Vous n'êtes pas occupée ? demanda Tracy.

— Non. Le dimanche, c'est calme. Qu'est-ce que je peux faire pour vous, mon petit ?

— Nous voudrions consulter votre registre du mois de mai dernier.

— Je sais pas si ça plaira beaucoup à Mr. Boyle.

— Nous pourrions demander une assignation à comparaître, mais c'est Mr. Boyle, alors, qui serait le témoin.

— Vous croyez qu'on va m'appeler pour témoigner au tribunal ? demanda Mrs. Hardesty, très excitée.

— Oui. Si c'est vous qui nous montrez ce registre.

Mrs. Hardesty réfléchit encore quelques secondes avant de se pencher pour prendre son registre sous le comptoir. Tracy chercha le mois de mai, puis la date du 3. C'était ce jour-là que, selon ses dires, Abigaïl Griffen était venue surprendre son mari au motel. Sept personnes s'étaient inscrites pour le 3 mai. Tracy prit son stylo pour recopier les noms. Craig McGowan, Roberto Sanchez, Arthur Knowland, Henrietta Rainey, Louis Glass, Chester Walton et Mary Jane Simmons.

— Si le juge Griffen est venu ici, il ne s'est pas inscrit sous son vrai nom, dit-elle.

— On pouvait s'y attendre, commenta Barry en ouvrant sur le comptoir une brochure de présentation de la Cour Suprême. Les photographies de tous les juges y figuraient.

— Reconnaissez-vous quelqu'un, Mrs. Hardesty ?

La femme examina attentivement chaque photo. Puis elle mit son doigt sur celle du juge Griffen.

— Celui-là, je l'ai vu plusieurs fois, mais je pourrais pas dire quand. C'est lui, le juge qu'on a assassiné ?

— Oui, madame, répondit Barry en s'apprêtant à refermer la brochure, mais Mrs. Hardesty l'en empêcha en mettant à nouveau son doigt sur une photo : celle de Mary Kelly.

— C'est sa femme ?

— Non. Pourquoi ?

— Elle est venue ici avec lui, une fois.

3.

— Tracy ! s'exclama Mary Kelly, surprise, en ouvrant la porte de son appartement.

Même démaquillée et le nez chaussé de ses lunettes, le juge était une fort belle femme. Tracy se dit qu'il n'y avait rien d'étonnant à ce que Robert Griffen se soit intéressé à elle.

— Pardonnez-moi de vous déranger si tard, juge Kelly. Je vous présente Barry Frame, l'enquêteur de Matthew Reynolds.

Le juge regarda Barry, puis invita le couple à entrer. L'appartement, très haut de plafond, donnait sur la Willamette. Mary Kelly aimait le moderne, à en juger par les meubles et la décoration de son living-room. Une cigarette se consumait dans un cendrier posé en équilibre sur l'accoudoir d'un grand fauteuil. Une biographie de Louis Brandeis était ouverte sur le siège que le juge venait d'abandonner pour aller ouvrir la porte.

— Alors, ce nouveau travail ? demanda Mary Kelly.

Tracy eut l'impression qu'elle posait la question pour gagner du temps.

— C'est très prenant, mais passionnant la plupart du temps. Enfin... il y a aussi des moments où on préférerait faire autre chose...

Tracy se tut. Pendant l'année qu'elle avait passée à la cour, elle avait appris à respecter le juge Kelly. Elle était affreusement gênée à l'idée de l'interroger, surtout sur sa vie privée.

— J'ai suivi l'affaire Abigaïl Griffen dans la presse, dit Mary Kelly. Où en est-on ?

— Nous revenons de l'Overlook Motel, commença Tracy, un léger tremblement dans la voix.

— Je vois, dit Mary Kelly, soudain pensive.

— L'employée de la réception a reconnu votre photo et celle du juge Griffen.

Le juge Kelly resta un moment silencieuse. Puis elle dit :

— Vous avez l'air bien trop sains, tous les deux, pour fumer. Puis-je vous offrir un verre ?

— Non, merci.

— Asseyez-vous.

Elle posa le livre par terre, s'assit dans le fauteuil et tira sur sa cigarette.

— J'espérais ne pas avoir à parler de Robert et moi... Mais je vois que je n'y couperai pas. Que voulez-vous savoir, Tracy ?

— Aviez-vous une aventure avec le juge Griffen ?

Mary Kelly laissa échapper un petit rire.

— Une aventure ! C'est un bien grand mot pour ce que nous faisions.

Puis elle se rembrunit. Elle semblait très lasse.

— Pauvre Robert. (Elle secoua la tête.) Mourir ainsi... Je n'arrive pas à y croire.

Elle tira longuement sur sa cigarette, le regard tourné vers la fenêtre. Tracy attendait respectueusement qu'elle continue. Au bout d'un moment, Mary Kelly écrasa sa cigarette.

— Voyons, commença-t-elle en se tournant vers Tracy. Essayons d'être simples. Je ne vis plus avec mon mari. Nous nous nous sommes séparés à l'amiable. J'entamerai une procédure de divorce dès que je serai certaine de ne pas avoir d'adversaire aux élections de l'année prochaine. Si les journaux parlent de mon histoire avec Robert, ce ne sera pas une bonne publicité et quelqu'un aura peut-être le courage de se présenter contre moi. Si c'est possible, donc, je vous serais reconnaissante de ne rien ébruiter. Je ne pense pas, d'ailleurs, qu'il y ait le moindre rapport avec l'assassinat de Robert.

— Nous n'avons aucun intérêt à vous attirer des ennuis, répondit Tracy. Mais je vais devoir en parler à Mr. Reynolds. C'est lui qui décidera.

— Eh bien, il faudra faire avec.

— Comment cette liaison a-t-elle commencé ? demanda Barry.

— Mon problème ne devait pas être très difficile à deviner pour un observateur perspicace de la nature humaine. Il avait ses propres soucis avec la princesse des glaces. Tout cela nous rapprochait et, naturellement, nous en avons parlé. Les choses se sont enchaînées à partir de là. Nous étions l'un et l'autre des adultes consentants. Et ni lui ni moi ne prenions la chose très au sérieux.

— Combien de temps cela a-t-il duré ?

— Deux ans. Mais de façon plutôt irrégulière.

— Pourquoi l'Overlook ? demanda Barry.

Mary Kelly sourit.

— Bonne question. (Elle alluma une cigarette.) Certainement pas pour l'ambiance !

À nouveau, le petit rire nerveux. Puis une longue bouffée de cigarette.

— Nous étions, Robert et moi, des personnages publics. Il nous fallait un endroit discret où personne de notre connaissance ne risque de nous voir. Nos amis n'étaient pas du genre à fréquenter l'Overlook.

— Y êtes-vous allée le 3 mai avec le juge Griffen ?

— Oui.

— Mrs. Griffen a reçu ce jour-là un appel anonyme l'informant de la présence de son mari au motel.

— Robert me l'avait dit. J'imagine la tête de la reine des vertus apprenant ça. Elle m'a ratée de justesse. Robert, en parfait gentleman, m'a juré qu'il n'avait pas dit à cette pauvre chérie avec qui il était ce jour-là.

— Vous ne semblez guère aimer Mrs. Griffen, observa Barry.

Mary Kelly tira sur sa cigarette. Elle parut réfléchir.

— Je suis probablement injuste, car je n'ai fait qu'apercevoir Abbie à une ou deux occasions. Je ne la connais, en réalité, qu'à travers ce qu'en disait Robert. Il faut tout de même reconnaître que les rares fois où je l'ai rencontrée, elle s'est montrée à la hauteur de sa réputation.

— Comment cela ?

— Avez-vous déjà essayé de lui parler ? Elle n'est pas vraiment du genre chaleureux, c'est le moins qu'on puisse dire. (Mary Kelly rit à nouveau.) J'ai sans doute tort de lui jeter la pierre. Il paraît que j'avais moi-même une sale réputation, quand je travaillais en cabinet. Mais Abigaïl Griffen... C'est tout juste si on oserait lui demander l'heure !

— Peut-être se doutait-elle de votre liaison avec son mari ? suggéra Tracy, aussitôt gênée de constater que ce qui n'était qu'une question pouvait s'entendre comme un reproche.

Mary Kelly la regarda fixement pendant quelques secondes.

— Ceci pourrait expliquer cela, dit-elle sèchement.

— Comment le juge Griffen parlait-il de ses rapports avec Mrs. Griffen ? demanda Barry.

— Il me disait que sa femme n'avait que son métier en tête et faisait l'amour par devoir plus que par plaisir. Ce qui devait être dur à vivre, pour quelqu'un comme Robert.

— Qui, d'après vous, a pu prévenir Mrs. Griffen de votre rendez-vous à l'Overlook avec son mari le 3 mai dernier ? demanda Barry.

— L'une de ses anciennes petites amies, par pure jalousie, je suppose.

— Vous lui en connaissiez ?

— Pas directement, mais je m'en suis toujours doutée. Robert était un chaud lapin.

Tracy fut choquée par ces mots, mais n'en laissa rien paraître. Elle avait du mal à faire coïncider l'image qu'elle avait elle-même gardée du juge Griffen et celle du coureur de jupons qu'Abigaïl Griffen et Mary Kelly lui dépeignaient.

— Qui pouvait être cette autre femme ? En avez-vous une idée ? poursuivit Barry.

— Non.

— Et qui l'a tué, selon vous ? demanda Tracy.

Mary Kelly écrasa lentement son mégot dans le cendrier. Tracy eut l'impression qu'elle hésitait à donner son avis. Puis Mary Kelly haussa les épaules et dit :

— Abbie, bien sûr. J'ai tout de suite pensé à elle quand j'ai appris que Robert avait été assassiné.

CHAPITRE 19

1.

Bob Packard n'était pas au mieux de sa forme. On le sentait fébrile. Il avait le teint brouillé et les joues pendantes de quelqu'un qui a maigri trop vite. Tracy se demanda si l'avocat de Charlie Deems ne relevait pas de quelque maladie.

— Merci de me recevoir, dit-elle, en s'asseyant dans son bureau.

— Pas de problème. Que puis-je faire pour vous ?

— Je travaille avec Matthew Reynolds. Mr. Reynolds défend Abigaïl Griffen, qui est accusée du meurtre de Robert Griffen, juge à la Cour Suprême.

— Bien sûr. J'ai vu ça dans les journaux. Affreux, dites donc. J'ai gagné un procès devant la Cour Suprême, il y a quelques mois, et c'est lui qui avait rédigé les attendus du jugement.

— C'est à ce sujet que je voulais vous voir. Mr. Reynolds aimerait consulter les minutes du procès.

Packard parut gêné. Il s'agita sur son fauteuil.

— Si je peux me permettre... pourquoi voulez-vous ces minutes ?

— Charlie Deems est le principal témoin de l'accusation contre Abigaïl Griffen.

Les traits de Packard s'affaissèrent d'un cran supplémentaire et il regarda Tracy comme s'il s'était attendu à recevoir quelque coup mortel. Puis, comme rien ne venait, il dit :

— C'est une plaisanterie, bien sûr ?

— Mr. Deems prétend que Mrs. Griffen voulait l'engager pour tuer son mari.

Packard se rappela qu'il s'était déjà inquiété d'une possible vengeance de Deems sur Abigaïl Griffen. Il avait pensé à des violences. Mais réussir à la faire accuser de meurtre semblait carrément diabolique.

— Le procureur croit à cette histoire ? demanda Packard, incrédule.

— Apparemment, oui.

— Eh bien, moi, à sa place, je m'intéresserais de près à Charlie avant d'accuser Abbie Griffen.

— Avez-vous une raison précise de soupçonner Deems ?

— Vous voulez rire ! Faire sauter les gens, c'est son truc, à Charlie. Et il a toutes les raisons de monter un coup contre Griffen. Elle s'était juré de l'envoyer à la mort.

— Mr. Reynolds pense lui aussi que Deems a monté une machination contre Mrs. Griffen. Nous le recherchons actuellement, et Mr. Reynolds a pensé que nous trouverions peut-être des informations utiles dans ces minutes.

— Moi, à votre place, j'y regarderais à deux fois avant de m'en prendre à Charlie.

— Mais pourquoi ?

Packard se revit en train de jouer au « Juste Prix » et sentit aussitôt son estomac se contracter. Il était privé de cocaïne, en manque total depuis la visite de Deems, et à cet instant précis il aurait payé cher pour une petite ligne.

Packard resta si longtemps silencieux que Tracy finit par se demander s'il avait bien entendu sa question.

— Si je vous confie quelque chose, dit-il enfin, pouvez-vous me promettre de ne pas dire de qui vous le tenez ?

— C'est à voir. Nous nous devons d'abord à notre cliente.

— Enfin, bon... Il faut que j'y réfléchisse, moi aussi. Je ne voudrais pas que ce que je vais dire arrive aux oreilles de Charlie. Je me suis débarrassé de lui, il est sorti de ma vie, et je ne veux pas le voir revenir.

Packard se tortillait sur son fauteuil, et Tracy remarqua la sueur qui perlait sur sa lèvre supérieure. Elle était stupéfaite de le voir aussi nerveux.

— Ce n'est pas quelque chose de concret, reprit l'avocat. Ça n'a rien à voir avec des aveux. Mais c'est quelque chose que vous avez intérêt à savoir à propos de Deems. Moi, je ne voudrais pas qu'il arrive malheur à quiconque.

— Bien. Allez-y, dit Tracy, curieuse de savoir ce que Deems avait fait pour effrayer Packard à ce point.

— Charlie Deems est cinglé. Cinglé pour de bon, je veux dire. Il pense qu'il peut faire n'importe quoi, et qu'il ne lui arrivera jamais rien. Et le plus drôle, c'est que ça marche. Voyez ce qui s'est passé avec l'affaire dont je me suis occupé. Il torture ce malheureux Shoe, il tue Hollins et sa petite fille, le jury le condamne à mort, et il se retrouve libre !

— La plupart des criminels pensent qu'ils ne se feront jamais prendre.

— Vous ne me comprenez pas. Comment vous expliquer ça ?

Tracy attendit patiemment pendant que Bob Packard cherchait les mots pour lui expliquer pourquoi Charlie Deems lui faisait si peur.

— Non seulement Charlie pense qu'il peut violer la loi en toute impunité, mais il se croit aussi protégé contre tout ce qui pourrait l'atteindre.

— Je ne vous suis pas très bien.

— Il ne pense pas qu'on pourrait le tuer. Il se croit immortel.

Tracy ouvrit la bouche pour parler. Puis elle éclata de rire.

— Vous trouvez ça drôle ? Moi pas, dit Packard, la mine sévère.

— Excusez-moi, mais je ne suis pas certaine de vous comprendre. Vous voulez dire que Deems pense qu'il ne risquerait rien si, par exemple, je lui tirais dessus ?

— Exactement !

— Oh, non !

— Je suis allé le voir au pénitencier pendant qu'il attendait son jugement en appel. On a parlé de ce qu'il faudrait faire si la Cour Suprême rejetait l'appel. Et comme je voyais qu'il écoutait à peine, j'ai essayé de le secouer un peu en lui parlant de son exécution. Il a souri, c'est tout. Il m'a dit qu'il s'en fichait complètement parce qu'il avait un ange qui le protégeait.

— Un ange ? répéta Tracy, persuadée d'avoir mal compris.

— Mais oui ! Un ange. D'abord, j'ai cru à une blague. Je lui ai dit que ce qu'il avait fait n'avait rien à voir avec les anges. Mais il ne blaguait pas du tout. Il m'a répondu que son ange à lui était un ange noir. Et il m'a raconté l'histoire suivante.

« Quand Deems était encore un gamin — il n'avait pas vingt ans —, il couchait avec une femme plus vieille que lui. Trente-cinq ans, peut-être. C'était l'épouse de Ray Weiss, condamné à la prison pour meurtre. Ray Weiss a fini par sortir, libéré sur parole. En arrivant chez lui, il a commencé par mettre une raclée à sa femme car il avait appris qu'elle le trompait. Elle lui a donné le nom de Charlie.

« La femme, pendant toutes ces années, avait conservé le revolver de Weiss et des munitions. Weiss a chargé le revolver et il a foncé chez Charlie. Il l'a trouvé assis devant la porte de sa maison. Weiss a sorti son arme et a accusé Charlie d'avoir couché avec sa femme. Charlie a tout nié. Weiss l'a traité de menteur. Puis il a tiré. Charlie m'a dit qu'à ce moment, il s'était vu mort. La balle l'a atteint en pleine poitrine. Mais elle a ricoché.

— Pardon ?

— La balle a ricoché sur la poitrine de Charlie, comme dans *Superman*...

— Mais comment... ?

— J'ai raconté cette histoire à un expert en balistique. D'après lui, c'est possible. Les balles attendaient depuis longtemps — dix ans. La poudre avait peut-être pris de l'humidité, ou elle s'était imprégnée d'huile. Allez savoir. Weiss a tiré une deuxième balle, et elle a ricoché comme la première. Charlie m'a dit que Weiss, à ce moment-là, avait les yeux qui lui sortaient de la tête. Il a jeté le revolver sur Charlie et il est parti en courant.

« Attendez. C'est là que ça devient affolant. Charlie m'a dit qu'au moment où la première balle l'avait touché, il avait vu un ange noir. En fait, c'était une femme dans une robe noire qui la couvrait de la tête aux pieds. Elle portait des sandales. Charlie l'a remarqué. Et elle avait des ailes. De grandes et belles ailes, comme celles d'une colombe, sauf qu'elles étaient noires. L'ange est descendu sur Charlie avec ses ailes déployées. Quand la balle l'a touché, il a vu une grande lueur et l'ange a dit : "Je te protégerai toujours, Charlie."

« Depuis ce moment, Charlie Deems croit dur comme fer qu'il est libre de faire ce qu'il veut et qu'on ne peut rien contre lui. Ce qui veut dire qu'il n'a peur de rien et que rien ne l'arrête une fois qu'il a décidé quelque chose.

L'histoire était si étrange que Tracy ne savait plus que dire. Comment s'y prendre avec quelqu'un qui se croit immortel ?

— Dites à Reynolds d'y aller doucement avec Charlie Deems, reprit Packard.

— Oui. Je le lui dirai.

— Bien. Je vais vous passer ces minutes.

— Merci.

— Ne me remerciez pas. Je suis trop content de me défaire de tout ce qui me rappelle encore Charlie Deems.

2.

Matthew Reynolds regarda le voyant rouge qui s'était mis à clignoter sur sa ligne privée. Très peu de gens possédaient ce numéro, mais il l'avait donné à Abbie.

Il décrocha, espérant que c'était elle. Il ne l'avait pas vue depuis deux jours, mais n'avait cessé de penser à elle.

— Matt ?

— Oui.

Le cœur de Matthew bondit dans sa poitrine.

— Je viens de me rappeler quelque chose. Je ne sais pas si c'est important.

— Expliquez-moi ça.

— J'ai fait des photos le jour où j'ai été agressée au bord de l'océan. Puis je n'y ai plus pensé — j'avais d'autres choses en tête. Quand Jack m'a ramenée à Portland, il a mis mes bagages dans la voiture. Je suppose que l'appareil était dans le coffre. Et il m'a apporté le tout quand j'ai loué la petite maison de Meadowbrook. C'est sans doute votre enquêteur qui a récupéré l'appareil pour me le rapporter quand je suis revenue habiter chez moi. Je viens de tomber dessus par hasard. La pellicule est toujours à l'intérieur. Je crois me souvenir que j'avais pris quelques clichés derrière la maison. On y voit peut-être l'abri de jardin dans lequel on avait entreposé de la dynamite.

— Barry est allé là-bas dimanche. Il n'a pas trouvé de dynamite dans cet abri. Si nous avions une photo prise antérieurement... (Matthew réfléchit quelques secondes.) Quelle est la marque de l'appareil ?

— C'est un Pentax 105-R.

— Ça peut être intéressant. Le Pentax imprime la date sur les négatifs. C'est une preuve. S'il y a quelque chose d'utile sur ces clichés, Geddes ne pourra pas arguer qu'ils ont été pris après coup.

— Que dois-je faire ?

— Rien. Laissez la pellicule dans l'appareil. J'envoie Tracy Cavanaugh la chercher. Je veux également l'appareil.

— Vous ne pouvez pas venir vous-même ?

— Impossible, ce soir.

— Ah !...

Matthew perçut la déception dans la voix d'Abbie et ne put s'empêcher de sourire.

— Désolé. Mais je plaide une affaire en appel au Texas.

Le type a été condamné à mort. J'ai deux jours pour m'y préparer.

— Vous n'avez rien à expliquer, Matt. Je sais que d'autres personnes dépendent de vous. C'est simplement que...

— Que quoi ?

— Oh... je ne suis pas très flambante, c'est tout. Et vous me remontez le moral quand vous êtes là.

— À la bonne heure. C'est ce que je préfère dans mon métier.

Abbie se mit à rire.

— Je vous verrai bientôt ? Je commence à trouver le temps long, enfermée ici.

— Promis. Dès que j'en aurai terminé avec ce travail.

Tracy revint au bureau avec les minutes du procès Deems remises par Bob Packard et un plat de poulet aux pousses de bambou acheté en chemin. Le procès Deems ayant duré plusieurs semaines, il n'y avait pas moins de trente-huit volumes de minutes. Elle en était au troisième quand Matthew Reynolds fit irruption dans son bureau en disant :

— Je suis content que vous soyez encore là.

Tracy leva le nez et vit en même temps Reynolds et la pendule. Huit heures et quart. Comment était-ce possible ? Elle était certaine d'avoir commencé sa lecture vers cinq heures et demie. Trois heures étaient donc passées ?

— Mrs. Griffen vient de m'appeler. Nous allons peut-être avoir un coup de chance. Elle s'est souvenue qu'elle avait fait des photos le jour où elle a été agressée dans sa maison sur la côte. Vous allez filer chez elle et récupérer la pellicule et l'appareil. Demain matin à la première heure, vous donnerez cette pellicule à développer. Je veux un récépissé de commande, avec la date. Ensuite, vous m'apporterez l'appareil.

— J'y vais tout de suite.

Reynolds s'apprêta à quitter le bureau.

— Mr. Reynolds ?

Il s'arrêta sur le seuil.

— Ce sont les minutes du procès Deems.

— Ah, bien. Je veux un résumé de tout ce qui vous semble utilisable. N'oubliez pas d'indiquer chaque fois la page et le numéro du volume, pour que je puisse m'y retrouver.

— J'y travaille, dit Tracy, en montrant ses notes. Ah, Mr. Packard, par ailleurs, m'a chargée de vous dire quelque chose qui lui tenait à cœur.

Et Tracy raconta à Reynolds l'histoire de l'ange noir de Charlie Deems. Tout en parlant, elle vit les traits de l'avocat exprimer tour à tour de l'étonnement, de l'incrédulité et, pour finir, une sorte de satisfaction amusée. Elle s'attendait à ce qu'il lui pose des questions sur Packard ou sur Deems, mais il se contenta d'un :

— Voilà qui est tout à fait intéressant, Tracy. Excellent travail.

Reynolds parti, Tracy secoua lentement la tête. Elle ne savait jamais ce que pensait son patron, et lui-même le disait rarement. Il était comme un Bouddha plein de sagesse et de connaissance qui apprécie en silence l'intérêt de ce qu'il entend mais ne laisse rien paraître de ce qu'il en pense à moins d'une absolue nécessité.

Ainsi, lors du procès du jeune Livingstone à Atlanta, et alors que Reynolds avait déjà en tête la possibilité d'un arrangement à l'amiable, elle l'avait vu conduire son contre-interrogatoire sans comprendre où il voulait en venir jusqu'au moment où il avait, *in extremis*, fait fonctionner son piège. Tracy avait été très impressionnée par la technique de l'avocat mais un peu vexée, aussi, de constater qu'il ne lui avait rien révélé de ses véritables intentions.

Quand Tracy était clerc auprès du juge Sherzer, il n'y avait pas de secrets entre elles et elle avait le sentiment de faire partie d'une équipe. Reynolds, lui, travaillait seul, et lui donnait parfois l'impression de n'être qu'un outil à son service. Elle se disait, toutefois, que le fait de travailler pour un génie comme Matthew Reynolds valait bien quelques vexations passagères.

Seule au volant de sa voiture, sur l'autoroute mal éclairée qui l'emmenait vers la maison des Griffen, Tracy s'aperçut que ses sentiments à l'égard de Robert et d'Abigaïl Griffen avaient changé depuis la conversation avec Marie Kelly. Le juge avait trompé sa femme et c'était, pour Tracy, indéfendable. Et elle s'en voulait d'avoir conclu aussi vite qu'Abigaïl mentait à propos de son mari en raison de la sympathie qu'elle éprouvait, elle-même, pour le juge assassiné.

D'un autre côté, Tracy avait suffisamment côtoyé Mrs. Griffen pour comprendre le portrait qu'en dressait Mary Kelly. Elle était tentée, elle aussi, de voir en elle une femme froide et calculatrice, qu'on imaginait facilement assez frigide pour avoir poussé son mari vers d'autres aventures. Et le fait que le juge l'ait trompée donnait à Abigaïl Griffen un puissant mobile pour le tuer.

L'allée conduisant à la maison des Griffen avait été en partie refaite après que les équipes de la police eurent procédé aux différents relevés. Mais les projecteurs disposés autour de la maison éclairaient encore, çà et là, des traces noirâtres et des trous dans le bitume. Au moment où elle se garait, Tracy aperçut Abigaïl Griffen debout sur le seuil. Abbie souriait, d'un sourire forcé. Tracy se demanda depuis combien de temps elle attendait ainsi devant sa porte.

— C'est vous, Tracy ?

— Mr. Reynolds m'a chargée de récupérer l'appareil photo et la pellicule.

Tracy s'attendait à ce qu'Abbie les lui remette aussitôt, mais celle-ci avait les mains vides.

— Entrez, dit Abbie. Je les ai laissés là-haut. Voulez-vous un café ?

— Non, merci. Il est un peu trop tard.

Le sourire disparut sur les lèvres d'Abbie.

— Entrez donc. J'allais me verser une tasse quand je vous ai vue arriver.

Tracy s'apprêtait à refuser, mais quelque chose, dans la voix de Mrs. Griffen, l'arrêta.

— D'accord.

Deux tasses attendaient sur la table de la cuisine. Tracy comprit qu'Abbie avait prévu de la retenir. Elle s'assit, mal à l'aise. Abbie apporta la cafetière.

— Voulez-vous du sucre, du lait ?

— Non, merci. Je le prends noir et sans sucre.

Abbie emplit la tasse de Tracy.

— Depuis combien de temps travaillez-vous pour Matt ? demanda-t-elle avec une certaine fébrilité, comme une adolescente intimidée à son premier rendez-vous et qui s'efforce d'alimenter la conversation.

Tracy se dit que les échanges à bâtons rompus n'étaient pas le fort d'Abigaïl Griffen.

— Depuis peu, répondit-elle, tendue, et peu désireuse de nouer des rapports autres que professionnels alors qu'elle nourrissait encore des doutes au sujet de sa cliente.

— Vous étiez clerc auprès d'Alice Sherzer, avant, n'est-ce pas ?

— Oui. Comment le savez-vous ?

Abbie sourit.

— Votre tête me disait quelque chose. J'allais voir Robert

à la cour, quelquefois. J'ai dû vous y croiser. Vous vous êtes plu à ce poste ?

— Oui. Le juge Sherzer est une femme remarquable.

Abbie but une gorgée de café. Tracy en fit autant. Le silence s'épaississait. Tracy changea de position sur sa chaise.

— Vous travaillez aussi sur mon affaire ?

— Oui. J'examine actuellement le dossier d'accusation et les pièces à conviction pour étudier les possibilités de recours.

— Qu'en concluez-vous ?

Tracy hésita. Reynolds l'aurait-il autorisée à répondre à cette question ? Mais Abigaïl Griffen n'était pas une cliente comme les autres. Elle était aussi une juriste avertie. Et Tracy fut soulagée d'échapper aux banalités.

— Je n'ai pas terminé, mais je ne crois pas que nous gagnerons, dans cette affaire, sur le terrain de la technique juridique. Vous-même, qu'en pensez-vous ?

Abigaïl secoua la tête.

— J'y ai bien réfléchi, et je ne vois rien non plus. Comment ça se passe avec Matt ?

— Très bien, répondit prudemment Tracy, qui ne souhaitait surtout pas parler de son patron avec Abigaïl Griffen.

— Il a l'air tellement bizarre, poursuivit Abbie comme pour elle-même. (Puis, ignorant le silence de Tracy, elle enchaîna :) Est-ce qu'il s'occupe de toutes ses affaires avec la même passion ?

— Il est très dévoué à ses clients, dit Tracy d'un ton neutre.

Le regard d'Abbie se voila un bref instant. Tracy, embarrassée, attendait que la conversation reprenne.

— Il est souvent venu me voir plaider. Le saviez-vous ?

Le dialogue semblait de plus en plus décousu, et cette dernière déclaration tomba entre elles comme un objet pesant. Tracy se rappelait avoir vu Matt Reynolds au procès de Marie Harwood. Mais, faute de savoir où Mrs. Griffen voulait en venir, elle s'abstint de répondre. Abbie continua comme si elle ne s'était pas attendue à une réponse.

— Je l'ai aperçu plus d'une fois, au fond de la salle d'audience, en train de m'observer. Il s'asseyait un moment, puis repartait. Je ne sais pas s'il savait que je l'avais vu.

Abbie avait dit cela en regardant Tracy. Celle-ci se sentit obligée de répondre quelque chose.

— Qu'est-ce qu'il faisait là, d'après vous ?

Abbie mit ses mains sur sa tasse pour les réchauffer. Et, à la question de Tracy, répondit par une autre question :

— Vous croyez qu'il a de la sympathie pour moi ?

Tracy sentit redoubler son embarras.

— Il n'a pas dit quelque chose... ? (Abbie se tut un instant, son regard cherchant celui de Tracy.) Vous savez ce qu'il pense de moi ?

Abigaïl Griffen, tout à coup, parut terriblement vulnérable à la jeune avocate.

— Je suis certaine qu'il vous croit, répondit-elle avec, cette fois, une certaine chaleur.

— Oui. Il me croit, dit Abbie, plus pour elle-même que pour son interlocutrice.

Tracy s'aperçut avec étonnement qu'elle avait de la peine pour Abbie. Jusque-là, quand elle pensait à elle, c'était en tant qu'avocate chargée de sa défense. Elle la voyait soudain comme un être humain. Et elle se demanda ce qu'on éprouvait quand on se retrouvait enfermé comme l'était Abbie, fût-ce dans une prison aussi luxueuse que la maison des Griffen. La princesse des glaces de Mary Kelly, froide et dure, semblait bien loin à cette heure.

Soudain, Tracy ressentit toute la tristesse de la situation : Mrs. Griffen avait attendu sa visite. Si elle avait d'abord pensé qu'Abigaïl Griffen avait joué de sa séduction pour mieux tromper Reynolds et se faire passer pour innocente, elle en était beaucoup moins certaine à présent. Abbie était complètement seule, et Matthew représentait son unique lien avec le monde extérieur. Tracy avait lu des études sur des gens pris en otage dans les pays du Moyen-Orient, ou des victimes de kidnappings comme Patty Hearst, qui devenaient dépendants de leurs ravisseurs et développaient des liens avec eux. On avait donné un nom à ce phénomène : le syndrome de Stockholm. Peut-être l'isolement dans lequel était placée Abbie la rendait-il dépendante de Reynolds, et peut-être était-ce pour cette raison que Tracy avait cru apercevoir chez elle un désir de séduction ?

— Vous arrivez à tenir le coup ? demanda Tracy.

— Je me sens seule. Et je m'ennuie à mourir. J'ai essayé de me persuader qu'il fallait prendre tout cela comme des vacances, mais c'est tout sauf des vacances. Je lis beaucoup, mais on ne peut pas passer sa vie à lire. J'ai même essayé la télé ! (Abbie se mit à rire.) Je saurai que j'ai atteint le fond du désespoir le jour où je regarderai les feuilletons !

— Le procès s'ouvrira bientôt. Mr. Reynolds le gagnera, et vous retrouverez une existence normale.

— Je voudrais le croire, mais je doute que mon existence redevienne jamais tout à fait normale, même si Matt gagne. (Abbie se leva.) Je vais chercher cet appareil.

Pendant qu'elle montait au premier étage, Tracy attendit dans l'entrée. Abbie revint avec l'appareil photo dans son étui. Elle le lui tendit.

— Merci d'avoir pris un café avec moi. Alors que vous n'en aviez pas envie.

— Mais...

— Ce n'est pas grave. J'avais vraiment besoin de compagnie. C'est gentil de m'avoir supportée.

Tracy prit l'appareil. Après avoir démarré, elle jeta un coup d'œil au rétroviseur. Mrs. Griffen, sur le seuil de sa maison, la regardait s'éloigner.

3.

Le 2313 Lee Terrace était une maison de style campagnard à un seul étage, entourée d'un jardin bien entretenu, dans un assez joli quartier. Une Chevrolet bleue comme on en voit beaucoup et une Ford marron tout aussi banale étaient garées dans l'allée. En s'approchant de la maison, les policiers qui s'apprêtaient à donner l'assaut entendirent un bruit de musique.

À l'intérieur, dans le living-room, trois jeunes femmes s'activaient autour d'une table basse tout en bavardant et en riant beaucoup. Celle qui était assise sur un canapé proche de la porte d'entrée prit un sachet en plastique transparent au sommet d'une pile et l'emplit de cocaïne. Sa voisine replia le haut du sachet avant de le sceller à la flamme d'un briquet jetable. La troisième plaça le sachet hermétiquement clos dans une marmite déjà débordante de rêves sous plastique.

Affalés dans des fauteuils, deux hommes au torse moulé dans des débardeurs fumaient en regardant défiler des clips sur MTV. L'un d'eux caressait d'une main distraite un Uzi posé sur ses genoux. Une mitraillette MAC-10 reposait sur le sol, à portée de main de son compagnon. Deux autres hommes armés de revolvers automatiques jouaient aux cartes dans la cuisine tout en surveillant l'arrière de la maison.

Bobby Cruz regardait travailler les femmes. Il était là pour ça : veiller sur la marchandise de Raoul. De sa place, il pouvait voir si l'une d'elles essayait de glisser un sachet sous sa jupe ou dans son soutien-gorge. Cruz savait que les femmes avaient trop peur de lui pour voler. Mais il espérait qu'elles s'y risqueraient car Raoul l'autorisait, dans ce cas, à punir lui-même la coupable.

— Julio, dit Cruz. (L'un des deux hommes affalés devant la télé tourna la tête.) Je vais pisser.

Julio ramassa la MAC-10 et vint s'adosser à la cloison, à la place de Cruz. Cruz savait que Julio ne se laisserait pas prendre au piège d'un sein ou d'une cuisse fugitivement dévoilés pour attirer son regard. Cruz avait, un jour, obligé Julio à l'aider pendant qu'il interrogeait un petit dealer que Raoul soupçonnait de renseigner la police. Depuis ce jour, Julio avait aussi peur de Cruz que les femmes.

Comme Cruz traversait le vestibule pour entrer dans les toilettes, la porte d'entrée et la porte arrière explosèrent en même temps.

— Police ! Mains en l'air !

Le cri résonna à travers la maison. Cruz entendit les femmes hurler. L'une d'elles surgit dans le vestibule à l'instant où il se planquait dans la chambre. Il y eut d'autres cris dans les pièces du devant et des coups de feu dans la cuisine. Quelqu'un hurla quelque chose en espagnol. Un flic se mit à gueuler qu'il était touché. Cruz s'interrogea calmement sur ce qu'il pouvait faire.

— Faites-les coucher par terre ! lança une voix dans le living-room.

Cruz ouvrit un placard et se glissa derrière les vêtements pendus à des cintres. C'étaient surtout des robes, car deux des femmes chargées d'empaqueter la cocaïne habitaient là. Cruz se cala dans un angle au fond du placard, et attendit. On risquait de fouiller le placard. Si son destin voulait qu'il soit arrêté, il se laisserait emmener sans résistance, et attendrait ensuite que Raoul règle le problème. Mais on peut toujours essayer de ruser avec le destin.

Il y eut des pas lourds dans la chambre. Il entendit deux voix d'hommes. La porte du placard s'ouvrit. Cruz aperçut entre deux vêtements un homme en veste bleue, coiffé d'une casquette de base-ball. Il connaissait ces vestes. Les policiers les portaient lors des opérations à risques, et le mot POLICE était imprimé sur leur dos en grands caractères jaunes.

— Sanchez, viens par ici ! appela quelqu'un dans l'entrée. Ce crétin dit qu'il *no habla inglés*.

L'homme qui venait d'ouvrir la porte du placard tourna

la tête pour regarder Sanchez au moment où ce dernier quittait la pièce. Quand il se retourna vers Cruz, celui-ci s'avança en écartant les vêtements pour lui planter calmement son couteau dans la gorge. Les yeux du policier s'écarquillèrent sous le choc. Il porta la main à son cou, voulut crier, mais en fut empêché par le sang qui gargouillait dans sa bouche. Cruz tira le policier à l'intérieur du placard et l'allongea sur le sol. Il se tordait encore lorsqu'il lui enleva sa veste et mourut pendant que Cruz se coiffait de la casquette de base-ball et se glissait hors de la chambre.

Dans l'entrée, un policier qui se ruait vers la cuisine le frôla sans le regarder. Cruz le suivit. Deux hommes étaient à terre, les mains dans le dos, menottes aux poignets, encadrés par des policiers. Un homme en veste bleue gémissait près de l'évier et on se pressait autour de lui. Un médecin entra par la porte arrière et se précipita à son tour dans la cuisine. Cruz s'effaça pour le laisser passer, continua vers la porte, traversa rapidement la cour et s'enfonça dans l'obscurité en longeant les maisons par l'arrière.

Deux maisons plus loin, Cruz jeta sa veste et sa casquette et rejoignit la rue pour se diriger vers un bar dans lequel il pourrait téléphoner. Raoul utilisait cette maison depuis trois ans, et il n'y avait jamais eu le moindre problème. Tous ces gens étaient des membres de la même famille, ou des employés de confiance, et tous étaient grassement payés. Il leur arrivait peut-être de chiper un peu de poudre, mais jamais ils n'auraient prévenu la police. Quelqu'un l'avait fait, pourtant. Et celui-là, quel qu'il fût, en savait long sur les opérations de Raoul s'il connaissait la maison du 2313 Lee Terrace.

CINQUIÈME PARTIE

QUE LE SPECTACLE COMMENCE

CHAPITRE 20

1.

Matthew avait prévu une séance de travail ce vendredi-là à cinq heures de l'après-midi. Il voulait établir avec Tracy la liste des questions qu'il entendait poser lors de la sélection des jurés. Elle ne songea pas à s'en plaindre. Le procès était maintenant si proche que chaque heure comptait.

Reynolds était en train d'expliquer la façon dont il s'y prenait habituellement pour interroger les jurés sur leur attitude vis-à-vis de la peine de mort quand sa secrétaire l'appela sur l'interphone pour le prévenir que Dennis Haggard était à la réception.

— Voulez-vous que je vous laisse ? demanda Tracy.

— Non. Restez, au contraire, j'y tiens. Ça risque d'être intéressant.

Dennis Haggard était gros, chauve, et pas du tout intimidant. Il était aussi l'assistant de Jack Stamm en matière criminelle, et excellent juriste. Reynolds se leva pour l'accueillir dès que la secrétaire l'eut introduit.

— Vous ne vous reposez jamais ? demanda Haggard en regardant les fiches, les schémas et les rapports de police qui s'étalaient partout dans le bureau de Matthew.

Matthew sourit et fit un geste vers son associée.

— Vous connaissez Tracy Cavanaugh ?

— Je ne pense pas que nous nous soyons déjà rencontrés.

— Tracy travaille depuis peu avec moi. Auparavant, elle était clerc auprès du juge Sherzer.

— N'oubliez pas que le ministère du Travail reçoit les plaintes, dit Haggard en serrant la main de Tracy. Si cet individu vous fait trimer plus de soixante-dix heures, nous ouvrirons un dossier.

Tracy se mit à rire.

— Je crains que nous ne soyons déjà bien au-delà des soixante-dix heures, Mr. Haggard.

Reynolds s'assit à son bureau. Tracy retira une pile de

dossiers posés sur un fauteuil pour faire de la place au visiteur.

— Qu'est-ce qui vous amène, Dennis ? demanda Reynolds.

— Je suis ici parce que Chuck Geddes a refusé de venir.

— Ah ?

— Il ne décolère pas depuis que vous avez obtenu la liberté sous caution pour Abbie Griffen. Mais avec ça en plus, il y avait vraiment de quoi le faire grimper aux rideaux.

— Et c'est quoi, « ça » ?

— Une proposition d'arrangement à l'amiable. Comme vous vous en doutez, il y a du Jack Stamm là-dessous.

— Je vois. En quoi consiste-t-elle ?

— Nous renonçons à l'accusation de meurtre avec préméditation. Vous évitez ainsi la peine de mort et la peine de prison incompressible de trente ans. Abbie plaide coupable d'homicide simple et encourt une peine minimale de dix ans. C'est le mieux que nous puissions faire, Matt. Personne n'a envie de voir Abbie condamnée à mort, ou en prison pour le reste de son existence. Bon Dieu, qui m'aurait dit que nous aurions un jour une telle discussion ! Mais nous voulons lui laisser une chance. Si elle est coupable, c'est une offre très intéressante.

Reynolds se rejeta en arrière, les mains croisées sous le menton.

— En effet. Si Mrs. Griffen est coupable. Mais elle n'est pas coupable, Dennis.

— Dois-je comprendre que vous rejetez cette offre ?

— Vous savez bien que je ne peux pas le faire sans en parler d'abord avec l'intéressée.

Haggard tendit sa carte à Reynolds.

— Mon numéro personnel est au verso. Appelez-moi dès que vous aurez vu Abbie. L'offre n'est valable que pendant quarante-huit heures. Faute d'une réponse d'ici dimanche, Geddes portera l'affaire devant le tribunal.

Haggard sortit. Reynolds se replongea dans ses notes en vue de la sélection des jurés. Comme il levait la tête, son regard rencontra celui de Tracy.

— Qu'y a-t-il, Tracy ?

Elle secoua la tête.

— Si quelque chose vous inquiète, je veux le savoir.

— Vous allez conseiller à Mrs. Griffen de refuser l'offre, n'est-ce pas ?

— Bien entendu.

Tracy fronça les sourcils.

— Allons, dites-moi tout, Tracy.

— Je... c'est une offre intéressante.

Reynolds pencha la tête de côté pour étudier son associée, tel un professeur faisant passer un oral.

— Vous trouvez que je devrais pousser Mrs. Griffen à accepter ?

— C'est peut-être une occasion à saisir. Je ne peux m'empêcher de penser à ce que vous m'avez dit à Atlanta.

— C'est-à-dire... ?

— Quand je vous ai demandé pourquoi vous acceptiez l'offre d'arrangement amiable pour Joel Livingstone, vous m'avez dit que l'objectif, dans toute affaire où le prévenu risque la peine de mort, était de sauver la vie du client, et non pas d'obtenir un verdict d'innocence.

Reynolds sourit.

— Je suis heureux que vous ayez retenu cette leçon.

— Pourquoi, alors, ne dites-vous pas à Mrs. Griffen d'accepter l'offre qui lui est faite ?

— Pour une raison très simple. Joel Livingstone avait tué Mary Harding. Il n'y avait aucun doute sur sa culpabilité. Abigaïl Griffen est innocente du meurtre de Robert Griffen. Je n'ai jamais conseillé à un innocent de plaider coupable.

— Comment pouvez-vous savoir qu'elle est innocente ?

— Elle me l'a dit, et aussi longtemps qu'elle ne m'aura pas dit le contraire, je croirai à son innocence.

Tracy prit une profonde inspiration. Elle avait peur de poser la question suivante, et mourait d'envie de le faire :

— Je vous en prie, Mr. Reynolds, ne prenez pas en mal ce que je vais vous dire. Je respecte votre opinion, et je vous respecte vous-même énormément, mais je crains que nous ne fassions une bêtise en refusant cette opportunité.

Tracy se tut. Reynolds la regardait avec une indifférence glacée.

— Continuez, Tracy, dit-il, et elle remarqua qu'il n'y avait plus dans sa voix ni chaleur ni bienveillance.

— Je ne sais comment le dire, mais... Ne croyez-vous pas qu'il se pourrait que, dans ce cas particulier, vous soyez influencé par vos sentiments personnels à l'égard de Mrs. Griffen ?

Reynolds rougit, visiblement furieux. Tracy se demanda si elle n'avait pas passé les bornes. Puis Reynolds reprit contenance et se replongea dans ses notes.

— Non, Tracy, dit-il enfin, son calme retrouvé. Je ne suis

pas influencé par mes sentiments personnels. Je comprends vos inquiétudes et je vous sais gré de m'en faire part, mais je crois que nous avons déjà perdu trop de temps sur cette question. Remettons-nous au travail.

2.

Des journées et des nuits interminables. Des minutes comme des heures. Abbie ne s'attendait pas à cela. Elle se faisait fort de pouvoir vivre seule. Après la perte de ses parents, elle s'était fabriqué une coquille suffisamment épaisse pour la protéger de l'horreur de la solitude. Elle avait ensuite survécu à la mort de Larry Ross, l'homme qu'elle aimait. Lorsque sa tante était morte à son tour, elle s'était une fois de plus renfermée dans sa coquille et avait pu en sortir pour aller vers Robert Griffen sans un regard en arrière, parce qu'elle n'avait besoin de personne. Mais là, prisonnière de sa maison comme un animal pris au piège, réduite à l'impuissance et privée de tout contact humain, elle sentait la coquille se craqueler.

Même le temps était contre elle. L'automne succédait à l'été, les belles journées ensoleillées n'étaient plus qu'un souvenir et il faisait si frais, souvent, qu'on ne pouvait plus se tenir dehors. Elle aurait donné n'importe quoi pour une promenade à pied, mais le bracelet attaché à son poignet lui rappelait que ces plaisirs simples lui étaient désormais interdits.

Le vendredi soir, pourtant, le temps fit mine de se radoucir. Ce fut comme un répit, une dernière tentative de la nature pour retarder les pluies cruelles et déprimantes qui finiraient de toute façon par arriver. Abbie alla s'asseoir dans le patio, non loin de l'invisible mur électronique dressé entre elle et le monde, pour contempler le coucher du soleil. Un grand verre de scotch était posé sur la table à côté d'elle. Elle buvait plus qu'elle ne l'aurait voulu, mais l'alcool l'aidait à trouver un sommeil sans rêves.

Un vol d'oiseaux jaillit des arbres qui bornaient sa propriété pour s'élancer dans le jour déclinant en un sombre et turbulent nuage. Abbie se prit à envier ces oiseaux. Ses pensées, alourdies par la gravité de la situation, formaient sur sa poitrine un poids qui l'étouffait. Même l'inébranlable optimisme de Matthew semblait impuissant à leur donner des ailes.

Un bruit de pneus sur le gravier fit bondir le cœur d'Abbie, comme chaque fois qu'un événement imprévu venait rompre la monotonie de ses journées. Laissant le verre de scotch sur la table, elle courut vers la porte. Et sourit en reconnaissant Matthew. Il s'était montré avec elle d'une incroyable gentillesse, venant la voir presque chaque jour au prétexte qu'il travaillait sur son affaire alors que, elle le savait parfaitement, ils auraient pu tout aussi bien discuter par téléphone.

— Comment ça va ? demanda Matthew, comme chaque fois.

— Je m'étais installée dans le patio pour profiter de ce beau temps.

— Vous voulez bien de moi ?

— Quelle question ! Je vous sers un verre ?

— Non, merci.

Ils traversèrent le living-room et restèrent debout un long moment, sans rien dire, à l'entrée du patio.

— Êtes-vous prête pour le procès ? demanda Matthew.

— C'est à vous qu'il faut le demander.

Matthew sourit. Abbie le voyait avec plaisir se départir de la raideur avec laquelle il s'était comporté au début de leur relation.

— En vérité, dit-elle, je n'en peux plus d'attendre. Je serais prête à accepter n'importe quoi pour sortir d'ici.

— J'imagine ce que vous avez dû endurer.

Abbie se tourna vers Matthew. Elle savait qu'à lui, elle pouvait tout dire.

— C'est vrai, Matthew. J'en ai bavé. Terriblement. Et savez-vous ce qui a été le plus dur pour moi ? Ne plus entendre sonner le téléphone. À part vous et les appels du système de surveillance électronique, rien. Avant mon inculpation, j'avais le travail pour m'occuper. Et c'est sans doute ce qui m'empêchait de sentir à quel point j'étais seule. Je crois que vous êtes la dernière personne qui se soucie encore de moi.

— Les gens qui vous ont laissée tomber ne méritent pas votre amitié, dit Matthew. Ne perdez pas votre temps à vous inquiéter d'eux.

Abbie lui prit la main.

— Vous avez été pour moi bien plus qu'un avocat, Matt. Un ami. Je ne l'oublierai jamais.

Matthew dut faire appel à tout l'art de la dissimulation qu'il avait depuis longtemps cultivé dans les salles d'audience pour ne pas montrer à quel point ces simples mots le comblaient.

— Je suis heureux de l'entendre, dit-il, le plus calmement possible.

Abbie lui pressa la main avant de la lâcher :

— Pourquoi êtes-vous venu ?

— Pour parler affaires. Dennis Haggard est passé à mon cabinet. Il m'a transmis une offre...

— Non, dit Abbie d'un ton ferme.

— Je suis tenu, d'un point de vue déontologique, de vous faire part de cette offre. Ils proposent de laisser tomber la préméditation. Dix ans d'emprisonnement minimum. Aucune possibilité de peine de mort.

— Je suis innocente. Je ne plaiderai pas coupable pour un crime que je n'ai pas commis.

Matthew sourit.

— Bien. C'est ce que j'espérais entendre.

— Êtes-vous certain de gagner ?

— Absolument.

— J'ai peur, Matt. Je ne cesse de penser à ce qui arriverait si nous perdions. Je me croyais capable de faire face à n'importe quoi, mais je me trompais. Si je devais retourner en prison...

Abbie semblait aussi apeurée et vulnérable qu'une enfant. Matthew hésita une seconde, puis l'entoura de ses bras. Abbie se laissa aller contre lui, complètement abandonnée. Matthew aurait voulu arrêter le temps pour la garder toujours ainsi.

CHAPITRE 21

1.

Matthew Reynolds avait dit vrai, songeait Tracy. Le travail sur l'affaire Abigaïl Griffen ne lui laissait pas le temps de courir, de faire de l'escalade ou de se nourrir convenablement, et pour couronner le tout elle dormait fort mal. Mais peu lui importait. Préparer la défense d'une femme accusée de meurtre et passible de la peine de mort était, de très loin, l'entreprise la plus passionnante à laquelle elle se fut jamais attelée.

Tracy avait toujours été une lutteuse. C'est pourquoi elle avait, pour travailler auprès de Matthew Reynolds, écarté des offres d'emploi dans plusieurs cabinets où on lui proposait des gains beaucoup plus importants. Il n'y avait pas de plus grand défi que ceux auxquels vous confrontaient les affaires criminelles. Pas d'enjeu plus élevé que la vie ou la mort d'un être humain. Elle s'y risquait, à l'occasion, lorsqu'elle pratiquait l'escalade, mais c'était sa propre vie qu'elle mettait en jeu. Elle était surprise de découvrir combien les choses étaient plus difficiles lorsqu'il s'agissait de la vie d'un autre, et que cet autre était désarmé, totalement dépendant de ses qualités de juriste et d'avocate.

Le jour de son premier entretien avec Reynolds, quand celui-ci lui avait parlé des avocats qui rendent visite à leurs clients à la nuit tombée, elle avait senti passer en elle quelque chose d'aussi violent qu'une décharge électrique. Reynolds n'avait jamais connu cet échec suprême, n'avait jamais assisté à la mort de l'un de ses clients, et elle priait le ciel qu'il en soit de même pour elle.

Matthew l'avait chargée d'étudier les aspects juridiques de l'affaire afin de se concentrer lui-même sur les faits. Il y avait là de quoi être flattée, car Reynolds était connu dans tout le pays comme un virtuose du droit, imbattable dans le maniement de l'outil juridique. Mais cela signifiait aussi, pour Tracy, travailler du matin au soir à la bibliothèque, apprendre tout ce qui était à savoir dans le domaine spécifique de la juridiction sur la peine de mort et décortiquer tous les aspects légaux de l'affaire. Tracy avait la tête si farcie d'informations qu'elle se réveillait au milieu de la nuit avec des idées qu'il lui fallait absolument noter. Quand la sonnerie du réveil la jetait hors de son lit chaque matin, elle était hagarde, mais une poussée d'adrénaline la propulsait tout au long de ces journées qui passaient comme des éclairs.

Une fois le procès commencé, Tracy prit l'habitude de faire sonner son réveil encore plus tôt afin de retrouver Reynolds au cabinet à six heures et demie pour préparer la journée. À huit heures et demie, Barry Frame arrivait avec Abigaïl Griffen et ils partaient en voiture pour le tribunal du comté de Multnomah. Là, ils devaient se frayer un passage à travers la foule des spectateurs et des journalistes qui se rassemblait chaque jour devant la porte de la salle d'audience, dans le couloir du cinquième étage.

Leur juge, l'honorable Jack Baldwin, était un petit homme aux cheveux gris et à la silhouette décharnée. Sa lèvre supérieure s'ornait d'une moustache aussi fine qu'un trait de crayon et sa pâleur avait quelque chose de surnaturel. Quand on les présenta, Tracy remarqua les taches de son sur le dos de sa main et sentit un léger tremblement lorsqu'il serra la sienne. Son visage creusé de rides profondes accusait bien les soixante-quatorze ans de Baldwin. La Constitution de l'Oregon faisait obligation aux juges de se retirer à soixante-quinze ans.

En dépit de sa taille, qui lui donnait l'air d'un nain à côté de Geddes et de Reynolds, le juge Baldwin manifestait une autorité naturelle qui commandait le respect. Baldwin avait une réputation d'équité et personne ne contestait sa grande intelligence. Il prévint d'entrée de jeu les deux parties que ce qui devait être le dernier de ses grands procès serait également exemplaire dans le domaine de la législation sur la peine de mort.

La cour consacra d'abord une semaine et demie à la sélection des jurés et à l'écoute des déclarations préliminaires. Le jeudi de la deuxième semaine, Geddes fit venir son premier témoin à la barre. C'était l'avocat que Robert Griffen avait chargé de le représenter pour son divorce. À la fin de son témoignage, les jurés étaient pleinement informés du fait qu'Abigaïl Griffen, en cas de divorce, était assurée de perdre une très grosse somme d'argent. Ce témoignage inquiéta beaucoup Tracy. Mais après le contre-interrogatoire mené par Matthew, toutes les personnes présentes dans la salle furent convaincues que deux millions de dollars n'étaient qu'une broutille pour la richissime Abigaïl Griffen.

Geddes fit ensuite venir Jack Stamm, qui, à contrecœur, relata au jury la réaction d'Abbie apprenant que le juge Griffen avait annulé la condamnation de Deems. Le témoignage de Stamm n'avait rien pour surprendre la défense. Stamm croyait en l'innocence d'Abbie et en avait discuté librement avec Matthew et Barry Frame avant l'ouverture du procès.

— Mr. Stamm, demanda Matthew en commençant son contre-interrogatoire, les procureurs placés sous votre autorité ont-ils pour habitude de se réjouir lorsqu'un criminel dont ils ont obtenu la condamnation se voit relaxé en appel ?

— Non, monsieur.

— Avez-vous déjà entendu un procureur autre que Mrs. Griffen maudire tel ou tel juge après que celui-ci eut annulé une condamnation ?

— Oui.

— La réaction de Mrs. Griffen, donc, n'avait rien d'inhabituel ?

— Non, Mr. Reynolds. Elle a réagi comme réagissent le plus souvent mes procureurs dans de telles circonstances.

Reynolds sourit à Jack Stamm.

— Ne vous est-il jamais arrivé, à vous-même, de protester contre certains juges d'appel ?

— Me permettra-t-on d'invoquer, là-dessus, le Cinquième Amendement[1] ? répondit Stamm en souriant à son tour.

Tout le monde éclata de rire, excepté Chuck Geddes.

— J'autorise Mr. Stamm à ne pas répondre, conformément à ses droits, Mr. Reynolds, dit le juge Baldwin en s'efforçant de garder son sérieux.

— Très bien, Votre Honneur. Je retire ma question. Mais j'en ai une autre pour vous, Mr. Stamm. Comment Mrs. Griffen conduit-elle ses affaires ?

Stamm se tourna vers le jury.

— Mrs. Griffen est l'un des meilleurs procureurs que j'aie jamais connus. Ses réquisitoires sont toujours brillants, mais portent la marque d'une scrupuleuse honnêteté.

— Merci, monsieur. Je n'ai pas d'autre question à vous poser.

1. Le Cinquième Amendement de la Constitution des États-Unis stipule qu'un accusé, et donc par extension un témoin, ne peut témoigner contre lui-même *(N.d.T.)*.

— Mr. Geddes ? interrogea le juge Baldwin.

Chuck Geddes était tenté de s'en prendre à Stamm, mais il savait que celui-ci ferait son possible pour aider Abbie si l'occasion lui en était donnée.

— Pas d'autre question, Votre Honneur. L'État appelle Anthony Rose.

L'arrivée de Tony Rose en uniforme de policier fit une certaine impression. Il ne regarda pas Abbie. Il courbait les épaules, s'agitait sur son siège, semblait assez mal à l'aise au banc des témoins. Geddes le présenta : un policier qui avait témoigné dans plusieurs affaires instruites par Abigaïl Griffen. Puis il se leva et alla se poster près du banc des jurés, assez loin du témoin.

— Agent Rose, quand avez-vous appris que la Cour Suprême avait annulé la condamnation de Charlie Deems ?

— Le jour même. On ne parlait que de ça au commissariat.

— Avez-vous eu, ensuite, l'occasion d'en parler avec l'accusée ?

— Oui.

— Veuillez raconter cette conversation au jury.

— C'était dans un restaurant italien de Salem, le Caruso. J'y vais de temps en temps. Un soir, au moment où j'allais repartir, je tombe sur Mrs. Griffen. Comme elle est toute seule, je vais la saluer. Et je lui dis aussi que je suis au courant, pour Deems.

— Quelle a été sa réaction ?

— Elle était furieuse.

— A-t-elle dit quelque chose à propos de son mari, le juge Griffen ?

— Oui. Euh... c'était pas très flatteur.

— Qu'a-t-elle dit exactement ?

— Elle l'a traité de trou-du-cul et elle a dit qu'il avait fait ça uniquement pour l'embêter. Je crois qu'elle était en plein divorce, et qu'elle s'imaginait qu'il avait annulé le jugement pour la rendre ridicule.

Geddes observa un long silence, pour ménager ses effets auprès des jurés, avant de demander :

— Agent Rose, Mrs. Griffen a-t-elle dit ce qu'elle souhaitait que Charlie Deems fasse au juge Griffen ?

— Oui, monsieur.

— Veuillez le répéter au jury.

— Elle a dit que ça serait bien si Deems faisait sauter le juge pour l'envoyer dans l'autre monde.

Geddes hocha la tête.
— Qu'il le fasse sauter pour l'envoyer dans l'autre monde ? Elle a prononcé exactement ces mots-là ?
— Oui, monsieur. Exactement.
Geddes se retourna vers Matthew Reynolds.
— Vous pouvez interroger le témoin.
Rose évitait toujours de regarder Abigaïl Griffen. Matthew Reynolds se leva et se dirigea lentement vers lui.
— Vous n'aimez pas beaucoup Mrs. Griffen, n'est-ce pas ? demanda-t-il après s'être placé de manière à laisser les jurés voir Rose.
Rose haussa brusquement les épaules.
— Je n'ai rien contre elle.
— Diriez-vous que vous la respectez, agent Rose ?
— Qu'est-ce que vous voulez dire ?
— Mrs. Griffen est-elle une femme que vous traitez avec respect ?
— Ben... Oui. Bien sûr. Je la respecte.
— L'avez-vous traitée avec respect ce soir-là ?
Rose recommença à s'agiter sur son siège.
— Votre Honneur, veuillez ordonner à l'agent Rose de répondre.
— Vous devez répondre à cette question, dit le juge Baldwin.
— Écoutez, c'était un malentendu.
— Nous ne sommes pas en train de parler de malentendu, agent Rose. Nous parlons du respect que tout gentleman doit à une femme. Avez-vous traité Mrs. Griffen avec respect, ce soir-là ?
— Je croyais qu'elle était d'accord. Je me trompais.
— Vous voulez dire, d'accord pour qu'on la viole ?
— Objection ! lança Geddes.
— Je maintiens la question, Votre Honneur.
— Objection rejetée, dit le juge Baldwin. Répondez à la question, agent Rose.
— Je n'ai pas tenté de violer l'accusée.
— Pourquoi, alors, a-t-il fallu qu'elle vous gifle pour vous faire sortir de chez elle ?
— Elle... je vous ai dit que c'était un malentendu.
— Un malentendu assez grave pour l'amener à user de la force afin de vous repousser ?
— Si elle me l'avait demandé, je serais parti sans ça.
— Au moment où Mrs. Griffen vous a giflé, vous la mainteniez contre le mur, n'est-ce pas ?

— Je... je ne sais plus.

— Et vous aviez glissé une main sous sa jupe, n'est-ce pas ?

— Écoutez, tout ça s'est passé très vite. J'ai dit que c'était une erreur.

— Ce n'était pas la première fois que Mrs. Griffen repoussait vos avances, n'est-ce pas ?

— Qu'est-ce que vous voulez dire ?

— Ne lui aviez-vous pas fait des avances, déjà, et à deux reprises, lorsque vous prépariez des témoignages avec elle ?

— Pas comme ça.

— Comment, alors, agent Rose ?

— Mrs. Griffen est une très belle femme.

— C'est pourquoi vous lui avez proposé de coucher avec vous ?

— Je ne suis pas de bois.

— Alors qu'elle était mariée. Vous ne l'ignoriez pas, quand vous lui avez fait cette proposition ?

Rose se tourna vers Geddes comme pour demander son aide, mais Geddes ne broncha pas.

— Agent Rose, saviez-vous, oui ou non, que Mrs. Griffen était mariée, la première fois que vous lui avez fait des avances ?

— Oui.

— Et la deuxième fois ? Vous le saviez toujours ?

— Oui.

— C'est tout. Je vous remercie, agent Rose.

2.

— Vous avez été formidable, Matthew, dit Abbie en refermant la porte. Vous l'avez mis en charpie, ce Tony Rose !

— Oui, mais le jury l'a tout de même entendu dire que vous vouliez que Deems fasse sauter le juge Griffen.

— Peu importe. Rose a perdu toute crédibilité à leurs yeux. Si vous aviez vu comment ils le regardaient ! Ils étaient écœurés. Si c'est tout ce qu'on a contre moi...

— Nous savons bien que ce n'est pas tout. Il y a forcément autre chose.

— Je ne veux plus y penser pour le moment. J'ai besoin de me détendre. Je vous sers un verre ?

— J'ai encore à travailler, ce soir. Demain, Geddes doit produire plusieurs témoignages importants.

— Ah...

Abbie semblait déçue.

— Ce n'est pas l'envie de rester qui me manque.

— Non, Matt, vous avez raison. Simplement... je ne sais plus. Je suis si contente. Les choses se sont bien passées, pour une fois. J'avais envie de fêter ça.

— Nous fêterons votre acquittement.

— Vous y croyez, n'est-ce pas ?

— Je sais que vous ne retournerez plus jamais en prison.

Abbie se tenait à quelques centimètres de Matthew. Elle lui prit la main. Ce contact le figea sur place. Elle s'approcha encore pour nicher sa tête contre sa poitrine. Elle entendit le cœur de Matthew qui battait à tout rompre. Elle leva les yeux et l'embrassa. Matthew avait imaginé mille fois cet instant, mais ne croyait pas qu'il arriverait un jour. Il sentait les seins d'Abbie pressés contre sa poitrine. Son corps plaqué contre le sien. Elle baissa la tête.

— Quand tout sera fini, nous partirons d'ici, dit-elle. Nous irons dans un endroit tranquille, où personne ne nous connaîtra.

— Abbie...

Elle posa ses doigts sur les lèvres de Matthew.

— Non. Restons-en là. Je sais maintenant que vous tenez à moi.

— Je tiens à vous, dit Matthew, très calmement. Vous le savez bien.

— Oui. Et je sais aussi que vous allez gagner. Je sais que vous allez me rendre ma liberté.

CHAPITRE 22

1.

— L'État appelle Seth Dillard, annonça Chuck Geddes.

Tracy pointa le nom de Dillard sur sa liste de témoins. Il venait après Mrs. Wallace, qui avait raconté au jury comment elle avait vu arriver chez elle une Abbie affolée et tremblante le soir de l'agression au bord de l'océan.

— Quelle est votre profession ? demanda Geddes.

— Shérif du comté de Seneca, Oregon.

— Shérif, si je voulais acheter de la dynamite pour éliminer des souches sur un terrain de votre comté, que devrais-je faire ?

— Il vous faudrait venir à mon bureau, remplir une demande et acquitter la taxe de quinze dollars. Nous prendrions une photographie de vous et vérifierions que vous n'êtes pas un repris de justice. Après quoi, vous vous rendriez à la police pour y retirer une autorisation d'achat.

— Le juge Griffen avait-il effectué cette démarche auprès de vous afin de dynamiter des souches sur sa propriété ?

— Oui.

— Quand ?

— Le 3 juillet dernier.

— Bien. Par ailleurs, shérif, avez-vous enregistré, une semaine environ avant le meurtre du juge Griffen, une plainte de l'accusée prétendant qu'elle avait été agressée dans sa maison par un inconnu ?

— Oui.

— Pouvez-vous répéter à l'intention du jury ce que l'accusée vous a dit ce jour-là ?

— Le 13 août, en tout début de matinée, j'ai interrogé l'accusée. Elle m'a dit qu'un homme s'était introduit par effraction dans sa maison au cours de la nuit précédente et qu'elle s'était échappée en sautant du deuxième étage. Toujours selon les dires de Mrs. Griffen, l'homme s'était lancé à sa poursuite et elle s'était cachée dans le bois jusqu'à son départ. Vers trois heures du matin, elle avait réveillé Mrs. Wallace, sa voisine, en frappant à sa porte.

— L'accusée a-t-elle vu le visage de son prétendu agresseur ?

— Mrs. Griffen m'a dit que l'homme avait mis quelque chose sur sa tête pour qu'on ne puisse pas le reconnaître.

— Je vois. L'accusée vous a-t-elle parlé d'une autre agression qui, d'après elle, aurait eu lieu deux semaines auparavant ?

— Oui, monsieur. Elle pensait que l'homme qui avait tenté de s'introduire chez elle, à Portland, était le même que celui qui l'avait poursuivie cette nuit-là.

— Avait-elle signalé cette première agression à la police ?

— Elle m'a dit qu'elle n'en avait rien fait.

— Avait-elle vu le visage de l'auteur de cette première agression ?

— Elle m'a dit qu'il portait aussi un masque, et qu'elle n'avait pas pu voir son visage.

— Tout en reconnaissant qu'elle n'avait pas pu voir le visage de cet homme, l'accusée vous a-t-elle suggéré d'orienter votre enquête vers une personne en particulier ?

— Oui. Elle pensait que l'agresseur pouvait être quelqu'un qu'elle avait fait condamner à mort deux ans plus tôt, et qui venait tout juste de sortir de prison.

— Charlie Deems ?

— Oui. Mais il ne s'agissait en aucun cas d'une reconnaissance formelle. Plutôt d'une déduction.

— C'est bien elle qui a avancé le nom de Charlie Deems ?

— Oui.

— Shérif Dillard, avez-vous, sur les lieux de l'agression, retrouvé quoi que ce soit vous permettant de faire un rapprochement avec Charlie Deems ?

— Non.

— Qu'avez-vous conclu, au terme de votre enquête ?

Dillard pesa soigneusement chaque mot de sa réponse. Puis, se tournant vers les jurés :

— En vérité, nous n'avons pas trouvé grand-chose.

— Je ne vous suis pas.

— Nous ne pourrions pas prouver qu'il y avait quelqu'un cette nuit-là en dehors de Mrs. Griffen. Nous n'avons pas relevé les empreintes de Mr. Deems dans la maison. Il n'y avait aucune trace d'effraction, et rien n'a été volé.

Mrs. Griffen dit qu'elle a sauté du balcon, ainsi que son agresseur. Il est certain que quelqu'un a sauté du balcon, mais le sol était tellement piétiné que nous ne pouvons pas dire s'il y a eu une ou deux personnes. J'ai refait, de jour, le chemin parcouru par Mrs. Griffen sur le sentier qui longe la falaise et s'enfonce dans le bois. Je n'ai rien trouvé pour corroborer le récit de Mrs. Griffen. Mes hommes non plus.

— Merci, shérif. Je n'ai pas d'autre question.

Matthew Reynolds parcourut ses notes. Les jurés s'agitaient sur leur siège. Reynolds regarda le shérif.

— Comment Mrs. Griffen vous a-t-elle paru lorsque vous l'avez interrogée ? demanda-t-il.

— Elle semblait en état de choc.

— Diriez-vous que sa conduite était analogue à celle d'autres victimes d'agressions que vous avez déjà eu l'occasion d'interroger ?

— Oh, oui ! On voyait bien qu'elle venait de passer un très sale moment. Évidemment, je n'ai pas pensé une seconde qu'elle pouvait simuler. Mrs. Griffen est procureur. J'ai pensé qu'elle disait la vérité et rien, dans sa conduite, ne m'a paru suspect.

— Vous déclarez n'avoir trouvé aucun indice permettant de corroborer le récit de Mrs. Griffen. Si l'agresseur portait des gants, vous ne pouviez pas trouver d'empreintes, n'est-ce pas ?

— C'est vrai. Je voudrais être sûr de m'être bien fait comprendre sur ce point. Je ne dis pas que Mrs. Griffen n'a pas été agressée. Je dis seulement que nous n'avons retrouvé aucune trace de l'agresseur. Elle avait bien l'air, pourtant, de quelqu'un qui vient de se faire agresser. Mais je ne peux pas le prouver, c'est tout.

— Autre chose, shérif. Avez-vous bien reçu un appel de Neil Christenson, l'enquêteur de Mr. Geddes, environ une semaine après le meurtre du juge Griffen ?

— Oui, monsieur.

— Et il vous a bien demandé de vous rendre à la maison des Griffen pour vérifier si l'abri de jardin qui se trouve à l'arrière du bâtiment ne contenait pas une boîte de dynamite ?

— Oui, monsieur.

— Avez-vous trouvé de la dynamite ?

— Il y avait un espace dégagé, au sol, assez grand pour qu'on y ait placé un coffret comme ceux dans lesquels on conserve généralement les bâtons de dynamite, mais c'est tout.

— J'en ai terminé avec le témoin.

— Je souhaiterais poser encore une question, Votre Honneur.

— Allez-y, Mr. Geddes, dit le juge Baldwin.

— Aviez-vous, vous-même ou vos hommes, inspecté cet abri de jardin le jour où Mrs. Griffen vous a fait part de l'agression dont elle dit avoir été victime ?

— Non, monsieur. Nous n'avions pas de raison de le faire.

— Avez-vous ensuite fait garder la maison ?

— Nous n'avions pas de raison, non plus, pour cela.

— On peut donc supposer qu'entre le jour de cette prétendue agression et le jour où vous avez fait inspecter la maison, il s'est écoulé assez de temps pour qu'on en retire la dynamite, si dynamite il y avait.

— En effet, monsieur.

Barry Frame attendait dans la salle d'audience quand Reynolds y revint après déjeuner. Il l'accueillit avec un grand sourire.

— Bingo, dit-il, en tendant à Reynolds une épaisse enveloppe de papier craft.

— Qu'est-ce que c'est ?

— Les relevés bancaires de Charlie Deems.

— Tu as trouvé un compte ? demanda Reynolds, tout de suite intéressé.

— Washington Mutual. Agence de Pionnier Square.

— Tu as étudié les relevés ?

— Et comment !

— Et alors ?

— Regarde toi-même.

Le témoin suivant cité par Geddes était un voisin des Griffen, celui qui avait appelé la police pour signaler l'explosion. Puis on entendit les premiers policiers arrivés sur les lieux. Puis Geddes appela Paul Torino.

— Agent Torino, depuis combien de temps faites-vous partie de la police de Portland ?

— Depuis vingt ans.

— Avez-vous une spécialité ?

— Oui, monsieur. Je travaille au sein de la brigade anti-explosifs.

— Pouvez-vous expliquer au jury ce qu'ont été votre formation, puis votre entraînement, dans ce domaine spécifique ?

— Certainement, commença Torino en se tournant vers les jurés. Je me suis engagé dans l'armée de terre après mes études secondaires et j'ai été aussitôt affecté à une unité spécialisée dans la manipulation des explosifs. J'ai suivi un entraînement au centre spécialisé d'Indian Head, dans le Maryland. Après quoi, poursuivit Torino avec un sourire en coin, j'ai servi quatre ans au Viêt-nam, quatre années pendant lesquelles j'ai pu voir et expérimenter un plus grand nombre d'engins explosifs que je ne l'aurais souhaité.

Tracy remarqua, dans le jury, deux hommes qui riaient discrètement. C'étaient deux anciens combattants.

— Qu'avez-vous fait ensuite ?

— J'ai suivi des études pré-universitaires au Portland Community College, où j'ai obtenu mon diplôme avec mention « très bien ». Puis je suis entré dans la police. Après les trois années réglementaires sur le terrain, j'ai suivi le stage de connaissance des engins explosifs organisé par le FBI à l'Arsenal Redstone de Huntsville, dans l'Alabama.

— Et vous avez obtenu un diplôme à la suite de cette formation ?

— Oui, monsieur.

— Avez-vous suivi d'autres formations ?

— J'ai effectué un stage de préparation aux méthodes d'investigation post-explosion sous l'égide du bureau des alcools, tabacs et armes à feu. J'estime avoir reçu au total, aussi bien sous l'égide de l'armée qu'au sein de l'administration, plus de quatre cents heures de formation théorique et pratique en matière d'engins explosifs.

— Depuis combien de temps êtes-vous chargé des investigations après explosions au sein de la police de Portland ?

— Depuis douze ans environ.

— Vous êtes-vous rendu sur les lieux, après l'explosion à la maison du juge Griffen, en tant que chef de la brigade anti-explosifs ?

— Oui.

— Étiez-vous la première équipe d'enquêteurs présente sur les lieux ?

— Non, monsieur. Une brigade de pompiers et des policiers en uniforme sont arrivés les premiers. Aussitôt après avoir constaté qu'ils avaient affaire aux effets d'un engin explosif, ils ont établi un périmètre de sécurité, nous ont prévenus ainsi que le médecin légiste et la brigade criminelle, et se sont retirés pendant que nous inspections les lieux pour nous assurer qu'il n'y avait pas d'autres engins du même type.

« Cette vérification effectuée, il devenait possible d'enquêter en toute sécurité. Mes hommes ont pris des clichés des lieux avant que le corps de la victime ne soit extrait de la voiture.

— Qu'avez-vous fait ensuite ?

— Quand une bombe explose, elle se désintègre et les fragments sont projetés en différents endroits. Mes hommes procèdent toujours dans le même ordre. Nous avons placé des cordes autour de la voiture pour délimiter des zones de recherche. Deux de mes hommes ont travaillé à l'endroit précis où l'engin avait explosé. Ils ont recherché autour de la voiture les fragments de la bombe et de la voiture elle-même projetés par l'explosion. D'autres hommes travaillaient sur les autres zones. L'un d'entre eux était chargé d'enregistrer chaque fragment en notant l'endroit précis où il avait été retrouvé.

— Agent Torino, que pouvez-vous dire au jury quant à la façon dont cet engin a été fabriqué ?

— Toute bombe comporte quatre pièces essentielles : un explosif, un détonateur, une source d'énergie et un commutateur. Quand on enquête sur une bombe, on cherche d'abord à retrouver ces quatre composants. La bombe placée sous la voiture du juge Griffen était constituée d'une section de tuyau de six centimètres de diamètre et de trente centimètres de long bourrée de poudre explosive. Une pile de neuf volts fournissait l'énergie. Deux capsules retenaient la poudre aux deux extrémités du tuyau. Ces capsules ont été projetées comme les balles d'une arme à feu lors de l'explosion. On en a retrouvé une dans le coffre de la voiture, incrustée dans le châssis. L'autre a traversé la porte du garage pour se ficher dans la tôle d'un réfrigérateur, où nous l'avons récupérée.

« Le tube de métal qui formait le corps de la bombe a éclaté en trois morceaux. Le plus gros a traversé la banquette arrière de la voiture. Les deux autres ont été projetés à travers le toit de la voiture et sont retombés sur la pelouse.

— Quel était le dispositif de mise à feu ?

— Une ampoule était placée à l'intérieur du tube, en

contact avec la poudre. On avait brisé le verre de l'ampoule et relié les fils, à travers l'une des capsules fixées aux extrémités, à une pile de neuf volts. Les fils étaient dénudés et les extrémités, en cuivre enroulées sur une pince à linge. Un morceau de plastique découpé dans une bouteille d'eau minérale empêchait la pince à linge de se refermer. On avait, enfin, fixé un plomb au morceau de plastique. Quand le juge Griffen a démarré, le plomb a entraîné ce morceau de plastique vers le bas, la pince à linge s'est refermée et les fils de cuivre sont entrés en contact, produisant une étincelle qui a fait exploser la poudre.

— Comment pouvez-vous décrire cette bombe avec autant de précision ?

— Nous avons récupéré deux petits fragments de fil de cuivre et les restes de l'ampoule incrustés dans la porte du réfrigérateur qui se trouvait dans le garage. Une épingle à linge en bois a été retrouvée par terre, non loin de la voiture. Le morceau de plastique, le segment de fil de pêche et le plomb qui y était attaché étaient également par terre, près de la roue droite du véhicule. Nous avons aussi retrouvé une pile de neuf volts à peu près intacte.

— Savez-vous, agent Torino, comment la bombe était fixée sous la voiture ?

— Nous avons trouvé des morceaux de métal aimanté ainsi que des boulons déformés par l'explosion. Ils ne faisaient pas partie de la voiture, et je savais, pour en avoir déjà vu de semblables, qu'ils provenaient de la bombe.

— Nous allons revenir là-dessus. Pouvez-vous expliquer aux jurés à quoi servaient les aimants ?

— Certainement. On a utilisé, pour confectionner l'engin, une plaque métallique de vingt-cinq centimètres de long et six centimètres de large. On y a percé des trous pour y fixer quatre aimants à l'aide de vis et de boulons. Puis on a attaché cette pièce métallique à la bombe proprement dite à l'aide de ruban adhésif noir. Il ne restait plus qu'à placer la bombe sous la voiture en appliquant les aimants contre la tôle du châssis.

— Agent Torino, vous venez de nous dire que ce type de bombe ne vous était pas inconnu. Pouvez-vous expliquer pourquoi au jury ?

— Une bombe pratiquement identique a été utilisée dans une affaire de meurtre jugée il y a environ deux ans.

— Qui était l'accusé dans cette affaire ?

— Charles Deems.

Geddes observa un long silence avant de se tourner vers les jurés.

— Et qui était le procureur ?

— Abigaïl Griffen.

— Pensez-vous que cette personne, aujourd'hui accusée dans l'affaire qui nous intéresse, savait comment fabriquer l'engin qui a tué son mari ?

— Oui.

— Pourquoi ?

— Je lui ai montré, à l'époque, comment s'y prendre. Nous avons étudié en détail l'assemblage de cet engin explosif pour préparer le procès. Et j'ai réitéré mes explications, à l'audience, à l'intention du jury. Tout cela figure dans les minutes.

Geddes, revenant vers sa table, y prit plusieurs sachets en plastique. Il en tendit un à Torino.

— Voici la pièce à conviction nº 35. Pouvez-vous dire aux jurés ce que c'est ?

Torino ouvrit le sachet pour en extraire une plaque métallique d'environ vingt centimètres de long, cinq centimètres de large et un centimètre d'épaisseur.

— J'ai moi-même déposé cette pièce à conviction au tribunal de police de Portland. Elle faisait partie de l'engin explosif dans l'affaire instruite par Mrs. Griffen à l'encontre de Mr. Deems.

— Cette pièce présente-t-elle un caractère particulier ?

Torino montra l'une des extrémités de la pièce métallique aux jurés.

— Comme on peut le voir, cette extrémité présente une arête régulière et semble avoir été découpée à la machine. (Torino fit tourner la pièce pour montrer l'autre extrémité.) Celle-ci, par contre, a une arête irrégulière et porte une encoche en son milieu. C'est parce que la pièce a été découpée dans une bande de métal plus grande pour s'adapter aux dimensions de la bombe.

— Trouve-t-on souvent une encoche comme celle-ci dans la pièce destinée à recevoir les aimants ?

— Non, monsieur, je n'en ai jamais vu d'autre, à une exception près.

— L'accusée le savait-elle ?

— Oh, oui ! Je le lui ai bien fait remarquer. Elle savait que c'était comme une signature, ou une empreinte digitale.

— Donc, dit Geddes en regardant les jurés, l'accusée savait aussi qu'en présence d'une telle pièce trouvée sur les lieux de l'explosion, les experts en explosifs de la police de Portland feraient immédiatement le rapprochement avec Mr. Deems ?

— Oui, monsieur.

— Merci. Voici maintenant une autre pièce à conviction, la nº 36. Pouvez-vous nous dire de quoi il s'agit ?

— C'est une pièce métallique sur laquelle étaient fixés des aimants provenant de l'engin qui a tué le juge Griffen. Lors de l'explosion, cette pièce a été projetée à travers le plancher de la voiture et s'est logée dans le corps du juge. Elle a été retrouvée à l'autopsie.

— Est-elle similaire à la pièce correspondante de la bombe utilisée dans la première affaire, celle qui fut instruite par l'accusée à l'encontre de Mr. Deems ?

— Oui. L'une des extrémités est régulière, et l'autre présente une encoche pratiquement identique.

— Comment cette encoche a-t-elle été faite ?

— Elle vient de la façon dont on a découpé cette pièce dans une bande de métal plus grande. On a utilisé pour cela un étau et une scie à métaux en partant de deux directions opposées. L'encoche marque le point de rencontre.

— Et vous n'avez vu qu'une seule fois une pièce comme celle-ci portant une encoche similaire ?

— Oui, monsieur. À l'occasion de l'affaire instruite par Mrs. Griffen à l'encontre de Mr. Deems.

— En tant qu'expert en matière d'engins explosifs, quelle conclusion tirez-vous d'une telle similarité ?

— Ou bien c'est la même personne qui a découpé ces deux pièces de métal, ou bien celle qui a découpé la seconde s'est appliquée à la faire semblable à la première.

— Pourquoi ferait-on cela ?

— Pour piéger Mr. Deems, peut-être.

— Objection ! lança Reynolds en se levant. Ceci est une pure spéculation.

— Objection retenue, dit le juge Baldwin en se tournant vers le jury. Je demande aux jurés de ne pas tenir compte de cette dernière remarque.

— Agent Torino, reprit Geddes, le jour de la mort du juge Griffen, avez-vous été amené, dans la soirée, à vous rendre dans une autre maison pour y rechercher d'éventuels explosifs ?

— Oui.

— Où était-ce ?

— Je me suis rendu à la maison dont l'accusée était locataire. Le district attorney Stamm craignait que la personne qui avait tué le juge ne s'en prenne également à Mrs. Griffen.

— Avez-vous, à cette occasion, inspecté le garage de Mrs. Griffen ?

— Oui, monsieur.

— Veuillez le décrire.

— C'est un garage classique pour deux voitures, avec un coin-atelier. On trouve dans ce coin un établi et une table avec un étau. Les outils sont accrochés au mur.

Geddes tendit une photographie à Torino.

— Pouvez-vous décrire ceci au jury ? C'est la pièce à conviction 52.

— Il s'agit d'une photo du garage. (Torino présenta le cliché aux jurés.) Ce que vous voyez, là, c'est l'établi.

Geddes reprit la photographie et tendit à Torino le dernier sachet en plastique. La bande de métal qui s'y trouvait n'était ni rayée ni tordue. L'une des extrémités avait visiblement été découpée à la machine. L'autre était pointue. La pointe, tordue, semblait avoir été coupée à la main.

— Voici la pièce à conviction nº 37. Pouvez-vous l'identifier ?

Torino prit l'objet d'une main, la plaque métallique qu'il avait déjà examinée de l'autre, et plaça la pointe tordue dans l'encoche de la plaque.

— Apparemment, la plaque que nous venons d'examiner a été découpée dans cette bande de métal. Elles ne coïncident pas exactement parce que la plaque a été déformée par l'explosion.

Geddes observa un nouveau silence, puis se tourna vers Abigaïl Griffen.

— C'est vous qui avez trouvé cette bande de métal, agent Torino ?

— Oui, monsieur.

— Où l'avez-vous trouvée ?

— Sous l'établi, dans le garage de Mrs. Griffen. On peut la voir dans l'angle de la photo nº 52. Nous avons pris un autre cliché en gros plan.

Tracy, soudain, éprouva une sensation de nausée. Le témoignage de Torino était catastrophique. Elle jeta un bref coup d'œil aux jurés. Ils étaient tous penchés en avant et quelques-uns prenaient fiévreusement des notes. Puis elle regarda Matthew. S'il était contrarié, il n'en laissait rien paraître.

— Agent Torino, il y a dans le sachet contenant la pièce à conviction nº 37 un certain nombre de copeaux métalliques. D'où viennent-ils ?

— Ils ont été recueillis par terre, sous l'étau.

Geddes revint vers la table pour prendre une bouteille en plastique d'eau minérale Clorox.

— Pouvez-vous indiquer au jury à quel endroit la pièce à conviction 42 a été trouvée ?

— Dans le garage de Mrs. Griffen également.

Tracy regarda Reynolds. Il semblait toujours aussi détaché.

— Votre Honneur, je veux maintenant présenter aux jurés les pièces 35, 36, 37, 42 et 52, annonça Geddes.

— Pas d'objection, Mr. Reynolds ?

— Puis-je, s'il vous plaît, voir la pièce 42 ? demanda Reynolds d'un ton calme en se levant pour s'approcher de la table.

Tracy se demanda comment il faisait pour rester aussi impassible après le choc qu'il venait d'encaisser. Geddes lui tendit la bouteille de Clorox.

— Puis-je poser une question au témoin, Votre Honneur ?

— Allez-y.

— Agent Torino, cette bouteille est intacte, n'est-ce pas ?

— Oui.

— Ce ne saurait donc être la bouteille dans laquelle on a découpé le morceau de plastique utilisé pour la confection du détonateur ?

— En effet.

Matthew se tourna vers le juge.

— Je demande donc le retrait de la pièce 42.

— Mr. Geddes ? demanda le juge.

— Bien sûr, cette bouteille n'est pas celle qui a servi pour le détonateur. Mais elle prouve que l'accusée achetait cette marque d'eau minérale.

— L'argument me paraît recevable, bien que cette bouteille ne soit pas une preuve en soi. Je l'accepte donc.

— Je n'ai pas d'autres questions à poser au témoin, Votre Honneur. Je cède la place à Mr. Reynolds.

— Mr. Reynolds ? demanda le juge Baldwin.

— Puis-je disposer d'une minute, Votre Honneur ?

Baldwin hocha la tête. Matthew se tourna vers Abbie. Son visage restait de marbre, mais Tracy vit tout de suite qu'il était sous le coup d'une violente contrariété.

— Que faisait cette plaque métallique dans votre garage ?

demanda-t-il, assez bas pour ne pas être entendu de Geddes ni des jurés.

— Je vous jure que je n'en sais rien, répondit Abbie dans un murmure. Mon Dieu, Matthew, croyez-vous que si j'avais fabriqué moi-même cette bombe j'aurais été assez idiote pour ne pas éliminer toutes les traces ?

— Bien sûr. Mais les faits sont les suivants : on a trouvé cette plaque dans votre garage, et aussi les copeaux de métal qui en sont tombés lorsqu'on l'a découpée. Quand avez-vous utilisé cet établi pour la dernière fois ?

— Je laissais ma voiture dans le garage tous les soirs. Le matériel et les outils qui y sont entreposés appartiennent à mes propriétaires. Je ne m'en suis jamais servie. Vous ne voyez pas qu'il s'agit d'un coup monté, et que Deems lui-même est venu mettre la plaque et les copeaux ? C'est un coup monté !

— C'est très ennuyeux, dit Matthew. Je comprends, maintenant, pourquoi Stamm s'est récusé.

Reynolds se tourna vers Tracy.

— Vous souvenez-vous d'avoir vu ces trois plaques de métal quand vous avez examiné les pièces à conviction ?

— Bien sûr, mais je n'y ai rien remarqué de particulier. Elles n'étaient pas ensemble, j'en suis certaine. Je crois bien qu'elles étaient éparpillées parmi les autres fragments métalliques provenant de l'engin — et il y avait sur la table tout un bric-à-brac.

— Geddes l'a fait exprès, murmura Matthew. Il nous a piégés.

— Qu'allons-nous faire ?

Reynolds réfléchit un instant, puis, s'adressant au juge :

— Avant d'entreprendre mon contre-interrogatoire, je souhaite m'entretenir avec la cour.

Le juge Baldwin leva la tête pour regarder l'heure. Puis, se tournant vers les jurés :

— Mesdames et messieurs, nous pouvons faire une pause. Retrouvons-nous à dix-heures quarante-cinq.

Tandis que les jurés se levaient pour sortir, Barry vint se placer à côté de Tracy.

— Dès que l'audience sera terminée, leur dit Reynolds, vous irez examiner une nouvelle fois toutes les pièces à conviction et vous assurer que nous ne risquons pas de nouvelles surprises.

La porte des jurés se referma et le juge Baldwin dit :

— Mr. Reynolds ?

— Votre Honneur, je souhaiterais reporter à plus tard mon contre-interrogatoire de l'agent Torino. Son témoignage et ce qu'il a montré sont une surprise totale pour la défense.

— Expliquez-moi cela. Mr. Geddes ne vous avait pas prévenu de ce témoignage ?

— Il n'a pas été fait état par écrit des plaques métalliques utilisées pour la fabrication de la bombe et du fragment retrouvé dans le garage de Mrs. Griffen...

Chuck Geddes se leva d'un bond. Il s'efforçait vainement de cacher son sourire de satisfaction.

— Les pièces 35, 36 et 37 figuraient dans la liste communiquée à la défense, Votre Honneur. Et nous avons mis l'ensemble de ces pièces à la disposition de la défense pour lui permettre de les examiner.

— Est-ce exact, Mr. Reynolds ?

Matthew lança un regard meurtrier à Geddes, dont le sourire avantageux se figea.

— Mr. Geddes a peut-être dressé une liste, Votre Honneur, mais il n'y a pas eu la moindre note écrite indiquant à la défense la signification des différents objets. Si je m'en souviens bien, les trois plaques en question figuraient dans cette liste comme de simples morceaux de métal, et elles étaient éparpillées parmi les fragments de l'engin qui a tué le juge Griffen, ce qui donnait l'impression qu'il n'y avait aucun rapport entre elles, et que toutes avaient été retrouvées sur les lieux de l'explosion.

— Que répondez-vous à cela, Mr. Geddes ?

— Je dois, pour satisfaire au règlement concernant la communication du dossier d'accusation, dresser la liste des témoins que j'entends citer à la barre, et des pièces que j'entends y produire. Je n'ai pas à expliquer la manière dont j'ai l'intention d'exploiter ces pièces, ou ce que mes témoins ont à en dire. J'ai agi conformément à la loi. Si Mr. Reynolds n'a pas été capable de comprendre la signification de ce qui lui était montré, c'est son problème.

— Votre Honneur, aucun individu normalement constitué n'aurait pu comprendre ce que signifiaient ces éléments ! s'écria Matthew, furieux. Parce que Mr. Geddes avait délibérément éparpillé ces trois plaques parmi les autres pièces à conviction. Demandez-lui pourquoi il a fait cela, et demandez-lui aussi pourquoi il n'a pas demandé à l'agent Torino de rédiger une note explicative.

— Si vous insinuez que je n'ai pas agi conformément à l'éthique..., commença Geddes.

— Messieurs, Messieurs ! l'interrompit le juge Baldwin, essayons de rester courtois. Mr. Reynolds, si Mr. Geddes vous a prévenu du fait que l'agent Torino témoignerait et s'il a établi une liste des pièces présentées, il a respecté la loi. Je souhaite toutefois, et compte tenu de l'importance de ces éléments, que vous puissiez faire là-dessus toutes les vérifications que vous jugerez utiles. Que proposez-vous ?

— Votre Honneur, je souhaite qu'on me confie ces plaques. Je pourrai ainsi les faire examiner par un expert de la défense. Je sais déjà lequel.

— Combien de temps vous faudra-t-il pour cela, Mr. Reynolds ?

— Je dois d'abord en discuter avec mon expert. Il pourra peut-être faire cela pendant le week-end.

— Je ne suis pas d'accord, Votre Honneur, protesta Geddes. Nous sommes au milieu du procès. Mr. Reynolds a eu tout loisir d'examiner les éléments rassemblés par l'accusation.

— Je suis certain qu'il l'aurait fait, si vous l'aviez mieux informé, répondit sèchement le juge Baldwin. En vérité, Mr. Geddes, vous avez bien respecté la lettre de la loi, mais pour ce qui est de l'esprit...

— Votre Honneur..., commença Geddes.

Mais le juge l'arrêta d'un geste.

— Mr. Geddes, tout cela aurait pu être évité si vous aviez, avant que ne commence le procès, fait part à Mr. Reynolds du témoignage de l'agent Torino. Je vais donc confier ces trois plaques à Mr. Reynolds, sous réserve qu'il trouve un expert pour les examiner.

2.

Le reste de l'après-midi fut occupé par les témoignages de plusieurs membres de la brigade anti-explosifs, qui identifièrent les fragments de bombe et indiquèrent où ils avaient été retrouvés. Dehors, une pluie fine s'était mise à tomber, mais la chaleur qui régnait dans la salle d'audience et la succession monotone des témoignages rendaient Tracy somnolente. Elle fut soulagée d'entendre le juge Baldwin annoncer l'interruption des débats pour le week-end.

Matthew se fit remettre les trois plaques métalliques et

partit en compagnie d'Abigaïl Griffen. Tracy et Barry Frame examinèrent une nouvelle fois, et avec beaucoup de soin, les pièces à conviction exposées dans la salle. Puis Neil Christenson les conduisit dans une autre salle, où étaient conservées toutes les pièces qui n'avaient pas encore été présentées à l'audience. Une partie d'entre elles étaient éparpillées sur une grande table de conférence. Le reste se trouvait par terre, dans des cartons. Christenson se cala dans un fauteuil à l'autre extrémité de la salle.

— La confiance règne ! lança Barry.

— Oh, vous savez, je serais mieux chez moi devant une bière bien fraîche, répondit Christenson. C'est Chuck qui m'a dit de ne pas vous lâcher.

— Comme vous voudrez.

Tracy commença par examiner les objets qui se trouvaient sur la table, discutant à voix basse avec Barry et prenant des notes sur un calepin. Puis Barry alla chercher un carton dont il vida le contenu sur la table. Il renfermait des objets saisis dans la maison louée par Abbie au moment du meurtre.

L'estomac de Tracy commençait à crier famine quand, l'examen de ce premier carton achevé, Barry alla en chercher un autre contenant des objets en provenance du bureau du juge Griffen. Papiers personnels, factures, récépissés de règlements, etc. Puis Tracy sortit d'un troisième carton les papiers trouvés dans les tiroirs du bureau. Au premier abord, il s'agissait du même genre de documents. Mais Tracy remarqua quelque chose qui ne paraissait pas à sa place : sous une pile, un volume contenant les minutes d'un procès. Une feuille de papier jaune, arrachée à un bloc-notes, était glissée entre deux pages et dépassait assez pour attirer son regard. Tracy se dit que Barry avait dû inspecter le contenu de cette boîte lors de leur premier examen, car elle ne se souvenait pas elle-même d'avoir vu ce volume de minutes.

Elle eut quelque peine à cacher son étonnement en découvrant ce qui figurait sur la couverture : *État de l'Oregon contre Charles Darren Deems — Volume XI*. C'était ce que Laura Rizzatti lisait, à la bibliothèque, le jour où Matthew Reynolds et Abbie Griffen s'étaient affrontés devant la Cour Suprême. Tracy se revit jetant un coup d'œil par-dessus l'épaule de son amie, et se rappela la nervosité manifestée par Laura et la façon dont elle s'était empressée de retourner le volume pour empêcher Tracy de voir quoi il s'agissait.

Tracy regarda Christenson du coin de l'œil. Il avait le nez dans les pages sportives de l'*Oregonian*, mais semblait s'ennuyer ferme. Tracy se déplaça sur le côté, de manière à lui tourner le dos, et ouvrit le volume de minutes pour voir ce qui était écrit sur la feuille jaune. La feuille était glissée entre les pages 1289 et 1290. On y lisait, de la main de Laura, les noms de trois affaires criminelles. Tracy se hâta de les recopier, sans oublier de noter les références renvoyant à des numéros du *Journal officiel* de l'Oregon.

Quel lien y avait-il entre les minutes du procès Deems et ces trois affaires, et que faisaient ces notes prises par Laura dans les tiroirs du juge Griffen ? Les minutes auraient dû se trouver, avec le reste du dossier, dans les archives de la Cour Suprême.

Une demi-heure plus tard, Barry Frame annonça en s'étirant de tous ses membres :

— C'est terminé !

Christenson les raccompagna jusqu'au palier avant de revenir dans la salle de réunion. Barry appela l'ascenseur.

— Alors, demanda-t-il pendant qu'ils attendaient, des trouvailles ?

Tracy fut tentée de lui parler du volume de minutes, mais qu'en dire ? Elle n'avait pas la moindre idée de ce qui se trouvait dans ce volume XI. Et elle n'imaginait pas qu'il pût y avoir un rapport avec l'affaire d'Abigaïl Griffen.

— Je n'ai rien repéré de nouveau par rapport à ce que j'avais déjà vu. S'il y a des surprises, Geddes les aura bien cachées.

— C'est exactement ce que je pense. On va dîner ?

— Je crois que je m'en passerai. Je vais filer au bureau, et j'emporterai de quoi grignoter. Il y a deux ou trois choses que je voudrais vérifier tout de suite.

— Eh, c'est le week-end ! *Casablanca* passe à la télé, ce soir. Je m'étais dit qu'on pourrait peut-être se préparer un grand saladier de pop-corns, déboucher une bouteille et regarder ce bon vieux Bogie ? Ou bien es-tu prête à te passer de ça, aussi ?

Barry semblait très déçu. Les portes de l'ascenseur s'ouvrirent. Ils montèrent dans la voiture. Tracy posa la main sur son bras.

— Attends. Moi aussi, j'adore Bogie. Le film passe à quelle heure ?

— À neuf heures.

— Garde-moi une place. Je vais essayer de finir à temps.

Barry lui décocha un sourire malicieux.

— J'attendrai. Tu préfères le rouge ou le blanc, avec les pop-corns ?

— La bière.

— Ah ! Voilà une femme selon mon cœur ! Si c'est comme ça, j'irai même en chercher de la bonne — d'importation !

Après avoir salué Barry Frame et Tracy Cavanaugh, Neil Christenson revint dans la salle de réunion et s'empressa de vider sur la grande table le contenu du carton en provenance du bureau du juge Griffen. Tout en faisant mine de lire son journal, il n'avait cessé d'épier Barry et Tracy. Et il avait repéré le manège de cette dernière quand elle s'était déplacée pour l'empêcher de voir ce qu'elle venait de trouver et qui semblait si fort l'intéresser. Christenson était bien décidé à tirer cela au clair.

Le volume de minutes et la feuille de papier jaune attirèrent aussitôt son attention, car, de toute évidence, ils n'étaient pas à leur place. Christenson fronça les sourcils en constatant qu'il s'agissait des minutes du procès Deems. Puis il se rappela que le juge Griffen avait rédigé les attendus du jugement annulant la condamnation de Deems. Ainsi, songea-t-il, l'homme que le juge avait fait libérer s'apprêtait aujourd'hui à faire condamner l'assassin du juge. Quelle ironie du sort !

Christenson parcourut le document sans rien y voir qui lui parût important. Il le posa sur la table et poursuivit son examen. Une chemise contenait la correspondance entre le juge Griffen et son agent en Bourse, une autre divers papiers concernant sa propriété au bord de l'océan, et une grosse enveloppe contenait uniquement des récépissés de paiements par carte bancaire. La plupart avaient été émis dans des stations-service, d'autres provenaient d'un restaurant de Salem proche de la Cour Suprême, quelques-uns de boutiques de Salem et de Portland, et trois, enfin, portaient l'adresse d'un motel appelé l'Overlook. Rien de tout cela ne semblait en relation avec l'affaire.

Christenson refit une dernière fois l'inventaire du carton. Puis il renonça à chercher. Il était tard, et il se sentait fatigué. Si Tracy Cavanaugh avait mis la main sur quelque chose d'important, ça lui avait échappé. Christenson bâilla, referma la porte de la salle et rentra chez lui.

3.

Tracy, une fois dans son bureau, repéra sans peine le volume XI. Elle le lut et, à sa grande déception, le trouva sans intérêt. Il contenait le témoignage des policiers qui avaient fouillé l'appartement de Charlie Deems lors de son arrestation, et leur description de ce qu'ils y avaient trouvé. Tracy ne comprenait pas ce qui avait retenu l'attention de Laura Rizzatti.

La feuille jaune arrachée au calepin de Laura avait été glissée entre les pages 1289 et 1290. Tracy se demanda si ces pages contenaient quelque chose d'important, où si la feuille jaune s'était trouvée là par hasard. Et quand elle atteignit les pages en question, elle n'y vit rien qui fût susceptible de l'aider à éclaircir ce mystère.

Le témoignage de l'inspecteur Mark Simon, de la police de Portland, commençait à la page 1267 et se poursuivait sur les deux pages suivantes. La fouille de l'appartement de Deems s'était faite sous sa responsabilité. Il commençait par un bref résumé des dépositions des policiers placés sous ses ordres. Puis il parlait d'un certain nombre d'objets trouvés dans l'appartement et de leur signification pour l'enquête criminelle. Deems avait été arrêté dans un night-club. Plusieurs personnes l'avaient appelé en son absence. L'interrogatoire conduit par Abigaïl Griffen et reproduit aux pages 1289 et 1290 portait sur les messages relevés sur le répondeur de Deems.

« MRS. GRIFFEN : Il s'agit donc de messages laissés à l'intention de l'accusé, et auxquels il n'a pas pu répondre en raison de son arrestation ?

LE TÉMOIN : Oui, madame.

MRS. GRIFFEN : Le jury a entendu la bande enregistrée. Je voudrais écouter une nouvelle fois ces messages avec vous, et je vous demanderai de les commenter dans toute la mesure du possible.

LE TÉMOIN : D'accord.

MRS. GRIFFEN : Le premier message est de “Jack”. Il laisse un numéro de téléphone. Qu'en pensez-vous ?

LE TÉMOIN : Je n'ai pas assez d'informations pour expliquer cet appel. Le numéro était celui d'une cabine téléphonique. Nous y avons envoyé plusieurs de nos hommes, mais il n'y avait personne à leur arrivée.

MRS. GRIFFEN : Bien. Le deuxième message émane d'un certain Raoul. Il laisse le numéro d'une messagerie et demande à l'accusé de le rappeler dès son retour. Que signifie cet appel ?

LE TÉMOIN : Là, je peux vous en dire plus. La suite de l'enquête a révélé que l'abonnement à cette messagerie avait été souscrit par Ramon Pérez, connu comme un associé de Raoul Otero, au nom de la société Continental Communications. Mr. Otero serait l'un des responsables importants d'un réseau de distribution de la cocaïne dans l'Oregon, l'État de Washington, le Texas et la Louisiane. Pour moi, cet appel révèle les liens entre l'accusé et le réseau en question.

MRS. GRIFFEN : Merci. L'appel suivant était d'Arthur Knowland. Il n'a pas laissé de numéro. Il indiquait seulement qu'il voulait "des chemises" et demandait à l'accusé de le rappeler le plus vite possible.

LE TÉMOIN : Je pense qu'il s'agissait d'une personne désireuse d'acheter de la drogue à l'accusé. Nous rencontrons souvent cette façon de parler chez les individus placés sur écoute pour trafic de drogue. Ils utilisent rarement, entre eux, les noms des produits. Pour parler de cocaïne ou d'héroïne, ils diront "pneus" ou "chemises". Ils croient ainsi se protéger pour le cas où leur client serait en réalité un policier, ou de crainte que leur conversation ne soit enregistrée.

MRS. GRIFFEN : Le dernier message est d'une certaine "Alice". Elle laisse son numéro.

LE TÉMOIN : Nous avons pris contact avec la personne abonnée à ce numéro. Elle a reconnu qu'elle cherchait à acheter de la cocaïne. »

L'interrogatoire se poursuivait à la page suivante, et donnait lieu à une discussion à propos d'un carnet de notes retrouvé dans la chambre de Deems. Tracy relut les deux pages, sans trouver ce qu'elles pouvaient contenir d'intéressant. Puis elle consulta sa montre. Huit heures et demie. Elle remit le volume XI en place et éteignit les lumières.

L'idée de regarder *Casablanca* en compagnie de Barry Frame offrait une perspective infiniment plus réjouissante que la lecture de ces minutes assommantes. Elle ne voyait guère, en vérité, ce qu'elle aurait pu préférer à une soirée avec Barry Frame.

Le procès était pour Tracy une telle source de fatigue qu'il n'y avait plus, dans ses pensées, la moindre place pour des fantasmes. Du moins jusqu'à ce soir. Barry et elle n'avaient pas encore fait l'amour mais, vu ce qu'ils ressentaient l'un pour l'autre, ce n'était plus qu'une question de temps — et de circonstances.

CHAPITRE 23

1.

— Vous connaissez le refrain : gardez la tête haute, avancez sans vous arrêter et laissez-moi parler, dit Matthew à Abbie au moment où Barry Frame se garait devant le tribunal du comté de Multnomah, le lundi matin.

Des torrents de pluie se déversaient sur la voiture quand Matthew ouvrit la portière arrière gauche. L'eau ricochait sur le pare-brise et sur la tôle du toit. Matthew ouvrit un grand parapluie pour protéger Abbie de l'averse. Tracy saisit le gros porte-documents en cuir, lança un bref et timide sourire à Barry et, sitôt sortie de la voiture, se précipita vers Matthew pour l'aider à isoler Abbie de la foule qui se bousculait devant l'entrée. Elle parvint aux ascenseurs trempée de la tête aux pieds après s'être frayé à grand-peine un chemin entre les journalistes.

Les gardes, reconnaissant le groupe formé par Abbie, Matthew et ses deux collaborateurs, les firent passer devant le détecteur de métaux placé entre la porte de la salle d'audience et les rangées de spectateurs. Puis, Matthew toujours en tête, ils franchirent la barrière séparant le public de la cour. Matthew posa son attaché-case sur la table et secoua l'eau du parapluie. Quand il se retourna, Abbie regardait Charlie Deems, assis derrière Chuck Geddes dans une pause nonchalante. Deems, contre toute attente, était superbe avec le complet bleu à fines rayures, la chemise blanche impeccablement repassée et la cravate lie-de-vin achetés par Geddes pour l'occasion. Ses chaussures reluisaient, et il s'était fait couper les cheveux.

— Salut, madame le procureur ! lança Deems en souriant de toutes ses dents. Vous commencez à savoir ce que ça fait, d'être sur le gril ?

Sans laisser à Abbie le temps de répondre, Matthew vint se placer devant elle. Il regarda fixement Deems. Deems cessa de sourire. Reynolds soutint son regard quelques longues secondes. Puis il parla, d'une voix assez basse pour n'être entendu que de Charlie Deems :

— Vous êtes creux, Mr. Deems. Il n'y a pas de bonté en vous. Si vous mentez à cette cour à propos de Mrs. Griffen, rien ne pourra vous protéger. Pas même un ange noir.

Charlie Deems blêmit. Reynolds, déjà, lui avait tourné le dos. Deems se leva d'un bond.

— Eh ! lança-t-il. Regarde-moi, espèce de tordu !

Reynolds s'assit et ouvrit sa serviette. Deems fit un pas dans sa direction, le visage déformé par la fureur.

— Qu'avez-vous dit ? demanda Geddes à Reynolds, en luttant pour retenir Deems avec l'aide de Christenson.

Matthew, ignorant la question, entreprit de classer ses notes avec un calme olympien tandis que le procureur s'efforçait de ramener son témoin à la raison.

— Mr. Deems, commença Chuck Geddes, existe-t-il des liens entre vous et l'accusée ?

— D'une certaine façon, oui.

— Veuillez nous dire comment vous avez fait connaissance.

— J'ai été accusé de meurtre, et c'est elle qui a conduit l'accusation.

— Aviez-vous déjà, auparavant, rencontré l'accusée ?

— Non, monsieur.

— Comment s'est terminé votre procès ?

— J'ai été reconnu coupable, et condamné à mort.

— Où avez-vous passé les deux années suivantes ?

— Au pénitencier d'État de l'Oregon. Dans le quartier des condamnés à mort.

— Pourquoi en êtes-vous sorti ?

— Parce que la Cour Suprême de l'Oregon a annulé toute la procédure.

— Et donc, la condamnation ?

— Oui.

— Et les services du district attorney du comté de Multnomah ont renoncé à un nouveau procès ?

— Oui.

— Peu après votre sortie de prison, avez-vous été contacté par l'accusée ?

— Oui, monsieur.

— Cela vous a-t-il surpris ?

Deems éclata de rire en secouant lentement la tête.

— J'aurais été moins surpris si j'avais entendu le Président des États-Unis à l'autre bout du fil !

Les jurés rirent à leur tour.

— Pourquoi cela vous a-t-il surpris ? insista Geddes.

— Quand une femme passe une année de sa vie à travailler pour vous faire exécuter, vous finissez par vous dire qu'elle ne vous porte pas dans son cœur.

Deems sourit à l'adresse des jurés, et quelques-uns lui rendirent son sourire.

— Veuillez répéter au jury ce qui s'est dit ce jour-là entre l'accusée et vous.

— D'accord. Je crois bien qu'elle a commencé par me demander quel effet ça me faisait de ne plus être condamné à mort. J'ai répondu que je me sentais beaucoup mieux. Alors, elle m'a demandé comment je m'en sortais du point de vue financier. Je lui ai demandé pourquoi elle voulait savoir ça. C'est à ce moment qu'elle m'a dit qu'elle avait un boulot pour moi.

— Vous vous doutiez, à ce moment, de ce dont il pouvait s'agir ?

— Je me doutais bien qu'elle allait pas me demander de lui tondre sa pelouse.

Nouveaux rires chez les jurés et les spectateurs. Tracy sentait croître leur sympathie pour le témoin. Elle lança un coup d'œil en direction de Reynolds, lequel lui parut totalement indifférent au témoignage de Deems. Tracy, une fois de plus, s'étonna de son sang-froid.

— Avez-vous demandé à l'accusée de préciser ce qu'elle attendait de vous ? reprit Geddes.

— Oui, mais elle m'a répondu qu'elle voulait pas en parler au téléphone.

— Vous avez alors accepté de la rencontrer ?

— Oui, monsieur.

— Pourquoi ?

— Par curiosité. Et pour l'argent aussi, bien sûr. J'étais complètement fauché à ma sortie de prison, et elle m'avait fait comprendre qu'il y avait un gros paquet à ramasser.

— Où vous êtes-vous rencontrés ?

— Elle m'a demandé de la retrouver à sa maison, au bord de l'océan. Elle m'a expliqué comment y aller.

— Vous vous souvenez de la date ?

— Je crois bien que c'était le vendredi 12 août.

Abbie se pencha vers Reynolds. Elle était très émue et Tracy l'entendit chuchoter :

— Ce sont des mensonges ! Je ne l'ai jamais appelé, et il n'y a jamais eu de rendez-vous à la maison !

— Ne vous inquiétez pas, répondit Reynolds du même ton. Il va se piéger lui-même.

— Que s'est-il passé quand vous êtes arrivé à la maison ? demanda Geddes.

— Mrs. Griffen m'y attendait. Il y avait des fauteuils sur la véranda, mais elle m'a dit qu'elle préférait discuter à l'intérieur, pour qu'on ne nous voie pas.

« Elle a commencé par parler de choses et d'autres. Comment j'allais, est-ce que j'avais des boulots en vue ? Je la sentais très nerveuse, j'ai pas voulu la bousculer et on a continué comme ça un bon moment, comme deux idiots.

— Que voulez-vous dire ?

— Je savais bien, et elle aussi, qu'elle se fichait complètement de mes petits problèmes ! Tout de même ! C'était bien cette femme-là qui avait fait tout ce qu'elle avait pu pour qu'on m'injecte du poison en intraveineuse ! Alors j'ai attendu qu'elle en vienne aux choses sérieuses.

— Ce qu'elle a fait ?

— Oui, monsieur. Au bout d'un moment, Mrs. Griffen m'a dit qu'elle était malheureuse avec son mari et qu'elle voulait divorcer. Mais il y avait un problème. Elle est très riche, Mrs. Griffen. L'avocat de son mari demandait beaucoup d'argent, et elle avait peur que le tribunal lui donne raison. Je lui ai demandé ce que j'avais à voir avec tout ça. Alors, elle m'a dit de la suivre dehors, et elle m'a montré la dynamite.

— Où se trouvait cette dynamite ?

— Dans une espèce d'abri de jardin, derrière la maison.

— Décrivez-nous cet abri, et ce qu'il contenait.

— Il y a un moment de ça, et je l'ai pas beaucoup regardé. Mais je crois qu'il était construit avec des troncs d'arbres décolorés, plutôt gris. La dynamite était par terre, dans un coffret en bois. Il y avait aussi des outils de jardinage dans l'abri, mais je pourrais pas dire lesquels.

— Que vous a dit Mrs. Griffen, en vous montrant la dynamite ?

— Elle a dit qu'elle savait que j'en connaissais un bout, question explosifs, et qu'elle se demandait si je pourrais pas me servir de cette dynamite pour la débarrasser de son mari. Elle m'a dit aussi qu'elle avait un atelier dans son garage, et que ça serait commode pour fabriquer la bombe. Et aussi que personne pourrait nous soupçonner d'avoir monté ce coup ensemble, vu qu'elle m'avait déjà fait condamner.

— Que lui avez-vous répondu ?

— Qu'elle s'était bien trompée. Que je connaissais rien à la façon de fabriquer les bombes, et que j'avais pas tué les gens qu'elle m'accusait d'avoir tués. Et que même si je l'avais fait, j'irais pas, maintenant, tuer le type qui m'avait sauvé de l'exécution. Surtout quand ce type était un juge de la Cour Suprême de l'Oregon. Faudrait être complètement idiot pour faire une chose pareille ! Celui qui tue quelqu'un d'aussi important, il est sûr d'avoir tous les flics de l'État à ses trousses, jusqu'au dernier, et il sait qu'ils lâcheront pas prise tant qu'ils l'auront pas attrapé !

— Qu'a dit l'accusée ?

— Elle m'a proposé cinquante mille dollars. Elle m'a dit que, malin comme j'étais, je trouverais bien un moyen de faire ça sans me laisser prendre.

— Qu'avez-vous répondu à cela ?

— J'ai répondu, pas question.

— Comment l'accusée a-t-elle réagi ?

— Elle a plus rien dit pendant un moment. Je l'avais déjà vue comme ça au tribunal. Ça m'a mis un peu mal à l'aise. Puis elle a dit qu'elle était désolée de m'avoir embêté. Et moi, comme je tenais pas à traîner dans le coin, je me suis dépêché de filer.

— Avez-vous prévenu la police ?

— Vous plaisantez ? Elle m'avait averti que si je faisais ça, y'aurait personne pour me croire, vu que les flics pensaient toujours que j'avais tué cette gamine et son père. Et elle a dit aussi qu'elle me ferait arrêter et qu'on mettrait de la dope dans mes poches et qu'on n'entendrait plus jamais parler de moi si elle apprenait que je m'étais seulement approché d'un commissariat ou du bureau du district attorney.

— Vous n'avez pas revu Mrs. Griffen après cette première rencontre ?

— Non, monsieur.

— Et malgré cet avertissement, vous êtes venu trouver le district attorney pour l'informer de ce qui s'était passé ?

— Oui, monsieur.

— Pourquoi avez-vous fait cela ?

— Pour me protéger. Quand j'ai appris la mort du juge, j'ai tout de suite compris qu'elle voulait me faire porter le chapeau. Elle m'avait déjà fait le coup une fois avec ces soi-disant aveux, et les journaux disaient que la bombe était la même que celle qui avait tué Hollins et la gamine. Puis j'ai appris que les flics me recherchaient. Je me suis dit que ma seule chance était d'aller trouver le DA, en espérant qu'il me croie.

Geddes parcourut ses notes et dit :

— Pas d'autre question.

Deems avait souvent regardé Reynolds pendant son témoignage. Que Matthew ne lui accorde pas plus d'attention le frustrait énormément. Mais cette indifférence était délibérée de la part de l'avocat. Il voulait un Deems furieux et agressif.

— Connaissiez-vous un certain Harold Shoe, Mr. Deems ? demanda Matthew.

— Oui, je connaissais Shoe.

— Était-il un trafiquant de drogue ?

— C'est ce qu'on a dit.

— Est-ce que « on » n'a pas dit également qu'il était pour vous un rival dans ce trafic ?

— J'en sais rien. Les gens racontent beaucoup de choses.

— Saviez-vous que Mr. Shoe avait été torturé à mort ?

— J'en ai entendu parler.

— Avez-vous entendu dire, aussi, que Larry Hollins se préparait à vous identifier comme l'homme qu'il avait vu jeter le corps de Mr. Shoe dans une décharge ?

— C'est mon avocat qui me l'a appris, après qu'on a tué Hollins. C'était la première fois que j'entendais parler de lui.

— Pendant que vous attendiez de passer en jugement pour les meurtres de Larry et Jessica Hollins, aviez-vous pour compagnon de cellule un nommé Benjamin Rice ?

— Oui. Envoyé par les flics.

— Avez-vous dit, oui ou non, à Benjamin Rice, que ce Shoe était « une pauvre merde même pas capable de mourir comme un homme » ?

— J'ai jamais dit ça. C'est Rice qui l'a inventé.

— Avez-vous dit aussi à Mr. Rice que « c'était dommage pour la gamine qui était morte, mais que ça faisait partie des risques du métier quand on avait un mouchard pour père » ?

— J'ai jamais dit ça non plus.

Tracy regarda les jurés. Charlie Deems ne semblait plus les amuser.

— À quelle heure avez-vous rencontré Mrs. Griffen ?

— En milieu d'après-midi.

— Pourriez-vous être plus précis ?
— Elle m'avait dit de venir vers quatre heures.
— Il y avait encore du soleil ?
— Oui.
— Et ce rendez-vous avait été fixé lors de l'appel téléphonique que vous aviez reçu de Mrs. Griffen ?
— Oui.
— Où avez-vous reçu cet appel ?
— Chez une amie.
— Quelle amie ?
— Elle s'appelle Angela Quinn.
— Vous vous êtes rendu directement chez Ms. Quinn à votre sortie de prison ?
— Oui.
— Et vous veniez de passer deux ans en prison, n'est-ce pas ?
— Deux ans, deux mois, et huit jours.
— Et avant cela, vous étiez déjà en prison, dans l'attente de votre procès, n'est-ce pas ?
— Oui.
— Et avant encore, vous habitiez dans un appartement ?
— Oui.
— Mais pas avec Ms. Quinn ?
— Non.
— Comment, alors, Mrs. Griffen a-t-elle su où vous appeler ?
— Quoi ?
— Vous avez déclaré que vous habitiez un appartement quand vous avez été arrêté. Vous avez également déclaré que la première conversation que vous ayez jamais eue avec Mrs. Griffen était cet appel téléphonique chez Angela Quinn. Comment, dès lors, Mrs. Griffen a-t-elle su où vous contacter ? Comment pouvait-elle connaître le numéro d'Angela Quinn ?

Deems semblait embarrassé et lançait vers Geddes des regards qui étaient autant d'appels au secours.

— En attendant que vous ayez trouvé une réponse à cette question, pouvez-vous dire au jury comment était habillée Mrs. Griffen le jour où vous l'avez rencontrée ?
— Euh. Attendez. Avec un jean, je crois. Et un T-shirt.
— De quelle couleur, le T-shirt ?
— Euh. Bleu, je crois.
— Combien de temps avez-vous passé avec Mrs. Griffen ?

— Trois quarts d'heure. Une heure, peut-être.
— Face à face ?
— Oui.
— Et vous ne vous rappelez pas ce qu'elle portait ?
— J'y ai pas fait attention, répondit Deems, en colère. La mode, c'est pas mon truc.
Il semblait soudain très énervé. Geddes se pencha pour conférer avec Neil Christenson.
— Vous avez discuté à l'intérieur de la maison, n'est-ce pas ?
— Oui.
— Peut-être réussirez-vous mieux si je vous demande de décrire au jury la façon dont est meublée cette maison ?
— Qu'est-ce que vous voulez dire ?
— Dites au jury à quoi ressemble l'intérieur de cette maison. Cela ne devrait pas vous être difficile, si vous y êtes resté trois quarts d'heure ou une heure.
Plusieurs jurés s'étaient penchés en avant.
— Euh. Il y a une cuisine, et un living-room.
— Pendant cette discussion avec Mrs. Griffen, où étiez-vous assis ?
— Euh... sur le divan.
— De quelle couleur est ce divan ?
Deems se tut un moment. Puis il secoua la tête.
— Je m'en souviens pas vraiment. Écoutez, je vous ai dit que cette femme voulait que je tue son mari. Vous croyez que j'allais regarder les meubles ?
— Et le tapis du living-room, Mr. Deems, comment était-il ? poursuivit Reynolds, indifférent aux protestations du témoin.
— Je m'en souviens pas. Marron. Je crois qu'il était marron.
— Pouvez-vous indiquer au jury une seule couleur, la couleur d'une seule chose que vous auriez vue dans cette maison ?
Deems s'agita sur son siège sans répondre.
— Voulez-vous que je vous dise pourquoi vous ne vous rappelez pas les couleurs, Mr. Deems ? (Deems, maintenant, regardait fixement Reynolds.) C'est parce que vous êtes bien allé dans la maison des Griffen, mais pas au moment où vous le prétendez. Vous y êtes entré après le coucher du soleil, en pleine nuit, quand vous avez tenté de tuer Mrs. Griffen. En l'absence de toute lumière, l'œil humain ne peut distinguer les couleurs.

Deems devint cramoisi. Il secoua vivement la tête, fusilla Reynolds du regard.

— Pas du tout. J'ai pas fait attention aux couleurs, c'est tout. J'étais plutôt inquiet, figurez-vous. Cette femme m'avait déjà fait condamner pour un meurtre que j'avais pas commis. Et la voilà, tout d'un coup, qui me propose de tuer son mari ! Si vous croyez que j'ai pensé à regarder la couleur des murs !

Reynolds prit une liasse de photographies et traversa la salle pour s'approcher de Deems. Puis il lui sourit, mais il n'y avait pas la moindre chaleur dans ce sourire.

— À propos, dit Matthew en tendant l'une des photographies. Il n'y a pas de tapis dans le living-room. Seulement du plancher.

— Quelles sont ces photographies ? demanda Geddes en se levant d'un bond.

— Ce sont des clichés de la maison pris le 12 août, c'est-à-dire le jour où Mr. Deems prétend y avoir rencontré Mrs. Griffen. Ces clichés sont mentionnés dans la liste de documents et de pièces à conviction qui vous a été communiquée.

— Objection ! dit Geddes, à tout hasard. Ces clichés n'ont aucune raison de figurer au dossier.

— Ils ont tous été pris par Mrs. Griffen. L'appareil qu'elle a utilisé date automatiquement chaque photographie en imprimant le jour, le mois et l'année sur le négatif, expliqua posément Reynolds.

— S'ils sont déjà mentionnés au dossier, je vous autorise à en faire usage, intervint le juge Baldwin.

Deems jeta un bref coup d'œil à la photographie. Puis, pendant que les avocats discutaient, il regarda Abigaïl Griffen. Elle aussi le regardait, avec un sourire glacial. Il sentit monter en lui une bouffée de rage. Il voulait que cette femme souffre, et elle arborait maintenant un air triomphant.

— Eh bien ? demanda Matthew. Y a-t-il ou non un tapis ?

— Non, répondit Deems, embarrassé. Pas sur ces photos, en tout cas.

— Auriez-vous vu d'autres photographies montrant un tapis dans la maison des Griffen, Mr. Deems ? insista Reynolds en détachant ses mots avec une froide ironie.

Tracy, soudain, eut l'impression que Deems venait de supprimer toutes ses émotions, aussi rapidement qu'on éteint la lumière en pressant un bouton. La colère avait disparu, remplacée par un calme impressionnant. Le témoin, visiblement détendu, se laissa aller contre le dossier de son siège. Puis lança un sourire à Reynolds.

— Non, monsieur. Je n'ai pas vu d'autres photos.

Tracy, à cet instant, eut peur pour Matthew et se dit qu'elle ne voudrait pas se trouver seule avec Charlie Deems.

— Merci, Mr. Deems. Donc, comme vous venez de nous l'expliquer, Mrs. Griffen voulait que vous utilisiez la dynamite entreposée dans l'abri qui se trouve derrière la maison ?

— En effet, répondit Deems.

Il semblait avoir retrouvé son calme.

— Vous vous souvenez de cette dynamite parce qu'elle vous l'a montrée ?

— Absolument.

Matthew Reynolds tendit un autre cliché à Deems.

— Je vous rappelle que le négatif de cette photographie est daté. Où se trouve la dynamite ?

Sur l'image, la porte de l'abri était suffisamment ouverte pour laisser voir l'intérieur. Deems aperçut des outils de jardinage, un filet de volley-ball et un espace vide au centre duquel se trouvait le ballon. Mais il ne vit pas la moindre boîte de dynamite.

— J'en sais rien, moi ! répondit-il, avec l'air de répondre à une question totalement dénuée d'intérêt. Elle l'a peut-être déplacée ?

Reynolds, abandonnant les photographies, revint vers la table de la défense. Il y prit une enveloppe de papier kraft avant de revenir vers Deems.

— Je vous ai entendu dire, n'est-ce pas, que vous étiez tenté par les cinquante mille dollars offerts par Mrs Griffen parce que cet argent vous aurait bien rendu service ?

— Oui.

— Je suppose que vous étiez sans le sou, à votre sortie de prison ?

— Vous supposez bien.

— Avez-vous trouvé du travail ?

— Non.

— Vous aviez des économies ?

— Non.

— Quelqu'un vous a-t-il engagé pour tuer le juge Griffen et faire passer sa femme pour l'auteur de ce meurtre ?

Deems se mit à rire.

— Quelle idiotie !

— Dans ce cas, comment expliquez-vous ceci ? demanda

Reynolds en tirant une liasse de papiers de l'enveloppe pour les tendre à Charlie Deems.

Celui-ci perdit instantanément sa nonchalance. Il regarda les papiers, puis Reynolds, et resta bouche bée.

— C'est quoi, ça, bon Dieu ?

— Les relevés d'un compte bancaire ouvert à votre nom, à la Washington Mutual, avec cent mille dollars.

— Je suis absolument pas au courant de ça ! lança Deems.

— Je vois. Je n'ai pas d'autre question à poser.

— Et vous, Mr. Geddes ? demanda le juge Baldwin.

— Puis-je vous demander un instant, Votre Honneur ?

Baldwin hocha la tête et Geddes poursuivit le fiévreux conciliabule qu'il avait entamé avec Neil Christenson en entendant Reynolds révéler le contenu de l'enveloppe. Puis il se redressa. Ayant appris de sa longue expérience des débats à garder une contenance dans les situations les plus délicates, il semblait accueillir avec une totale indifférence la déroute de son témoin principal.

— J'en ai terminé avec Mr. Deems, Votre Honneur.

— Je suppose que vous avez des observations, Mr. Reynolds ? enchaîna le juge Baldwin.

— Oui, monsieur.

— Combien de témoins avez-vous cité ?

— Vingt-sept.

— Souhaitez-vous commencer leur audition dès cet après-midi ?

— Je préférerais demain.

— Nous allons donc faire une pause. Les jurés pourront rentrer chez eux. Nous écouterons ensuite vos observations, et nous entendrons les témoins demain matin.

Les jurés quittèrent la salle. Dès que le juge se fut levé, Deems quitta la barre des témoins. Chuck Geddes et Neil Christenson l'entraînèrent en toute hâte vers la sortie pour rejoindre le bureau de Geddes, au sixième étage.

— D'où venait cet argent ? demanda Geddes, en refermant la porte du bureau.

— J'en sais rien. C'est pas mon compte en banque.

— Mais il est à votre nom !

— Peut-être. Mais j'étais pas au courant. Ce fumier de Reynolds m'a piégé.

— Et c'est lui, aussi, qui a pris ces photos de l'abri de jardin ?

— Je comprends rien à ces photos. Y'avait de la dynamite là-dedans quand j'y suis allé.

Geddes fit pivoter son siège pour se tourner vers la fenêtre. Les clichés de l'abri et les relevés bancaires constituaient une véritable catastrophe. Il fallait trouver une explication. Et si Deems l'avait mené en bateau ? Il espérait ne pas en arriver à cette conclusion.

— Allez nous attendre dehors, dit-il à Deems.

Celui-ci s'exécuta sans se faire prier.

— Merde ! Que se passe-t-il, Neil ? demanda le procureur dès qu'ils furent seuls.

— Ou bien Deems était payé pour tuer le juge Griffen, ou bien il est victime d'un coup monté.

— Bon Dieu ! Reynolds est en train de me ridiculiser !

— Qu'est-ce qu'on fait, avec Deems ?

— Qu'il reste à la campagne en attendant qu'on y voie plus clair. Si ce salaud m'a menti, je lui coupe les couilles !

2.

Dans son luxueux appartement du centre de Portland, Raoul Otero contemplait le ciel bas chargé de lourds nuages gris et la pluie diluvienne qui masquait l'horizon quand Bobby Cruz vint s'asseoir en face de lui. L'humeur de Raoul était aussi sombre que le temps, et la bouteille de scotch qu'il avait en bonne partie vidée depuis le début de l'après-midi n'avait pas, au contraire, fait retomber sa rage.

— Tu veux boire un coup ? proposa Otero, en tendant la bouteille.

— *No, gracias*, répondit poliment Cruz.

Otero n'en fut pas surpris. Hormis son goût pour la violence, Cruz n'avait pas de vices.

— Alors ?

— Ça sent mauvais, Raoul. Deems est allé voir le DA pour témoigner.

Otero regarda vers le fleuve. On ne voyait plus un seul bateau sur ses eaux turbulentes. Et la lumière avait tellement baissé que les voitures qui franchissaient la Willamette sur le Hawthorne Bridge avaient allumé leurs phares alors qu'il était à peine quatre heures.

— Mais pourquoi il fait ça, Charlie ? Il a gagné son procès. Les flics peuvent plus rien contre lui !

— Je crois qu'il en veut toujours à cette Griffen, celle

qui l'avait fait condamner à mort. Il a décidé de lui rendre la monnaie de sa pièce.

Raoul opina gravement du chef.

— Faut toujours qu'il se venge, l'ordure. Tu te rappelles comme il était content, le jour où je lui ai dit de s'occuper de Shoe ?

— *Si*, Raoul. J'ai bien vu qu'il se sentait plus de joie, ce jour-là. Le problème, pour nous, c'est qu'il en veut pas qu'à cette Griffen, Charlie.

— Il serait quand même pas assez idiot pour me donner aux flics ? s'interrogea Raoul, incrédule.

— Il est pas idiot, Charlie, mais il est mauvais. Et il est fou, en plus. Il fait tout ce qui lui passe par la tête et il se connaît pas de limites. Je te l'avais bien dit qu'il fallait pas essayer de s'entendre avec lui. Tu te rappelles ? Je t'avais dit que ce type-là, personne pouvait le tenir.

— Et t'avais raison. José a appelé de Tijuana pendant que t'étais au tribunal. Les fédéraux ont chopé trois gardes-frontières qui travaillaient pour nous. Charlie était au courant, comme pour la maison de Lee Terrace, comme pour l'aire de repos sur l'autoroute 1-5.

— Y'a qu'une chose à faire, dit Cruz, très calme.

Otero vida ce qui restait de scotch au fond de la bouteille. Il n'aimait guère ce genre de situation, mais Charlie, cette ordure, l'y acculait. Tuer quelqu'un, c'était toujours mauvais pour les affaires, car les flics étaient obligés de se donner du mal quand il y avait mort d'homme. Le risque, bien sûr, était moindre s'agissant de Charlie : on pouvait se dire que les flics ne s'acharneraient pas à élucider le meurtre d'un dealer qui avait tué un enfant. Encore que... Charlie frayait avec les anges. Si on tuait le témoin clé dans le meurtre d'un juge de la Cour Suprême, la police serait bien obligée de faire du zèle. Mais ce salaud, ce cinglé ne lui laissait pas le choix !

— Tu sais où les flics l'ont planqué ?

— Dans une maison à la campagne. Je les ai suivis depuis le tribunal.

— Tu peux le faire ?

— Ça sera pas facile. Ils ont mis deux hommes pour le garder.

— T'auras besoin d'aide ?

Cruz sourit.

— *No, gracias*. Je préfère régler ça tout seul.

Raoul hocha la tête. Il avait les yeux injectés de sang et

le regard trouble. Et une folle envie d'écraser quelque chose. Charlie Deems, par exemple. Si la situation n'avait pas été désespérée, s'ils n'avaient pas, déjà, perdu des livraisons, il aurait pris son temps pour le découper de ses propres mains comme une volaille sur un plat. Mais les livraisons ne reprendraient qu'une fois Deems mort. Il lui fallait donc laisser à Cruz cet honneur.

3.

Il était dix heures, ce lundi, quand Neil Christenson rentra chez lui après une soirée passée à écouter Chuck Geddes s'emporter et vociférer contre Charlie Deems. Après avoir enfilé un jean et un T-shirt, Christenson s'installa dans son fauteuil préféré, face à la télévision, pour essayer de prendre en marche le feuilleton à l'eau de rose que Robin, sa femme, regardait.

Profitant d'une interruption publicitaire, Christenson fila dans la cuisine pour se préparer un casse-croûte et Robin mit de l'eau à chauffer pour le thé. Les enfants étaient couchés, et le calme régnait dans la maison.

— Comment ça va ? demanda Robin.

— Je suis crevé, et bien content d'avoir quelques heures devant moi pour penser à autre chose qu'à ce procès Griffen.

Robin lui adressa un sourire compatissant.

— Ça se passe si mal que ça ?

— Pis encore. Geddes ne m'a pas lâché depuis que Reynolds a démoli Deems, à l'audience de ce matin. J'ai cru qu'il allait me rendre fou.

Robin entoura son mari de ses bras pour l'embrasser.

— Ce procès sera bientôt terminé, dit-elle. On pourrait peut-être s'offrir une petite escapade ?

Christenson serra sa femme contre lui et posa un baiser sur ses cheveux.

— Tu n'aurais pas, déjà, une idée derrière la tête ?

— Ma foi, répondit-elle, faussement timide, je ne sais pas, moi... on pourrait aller sur la côte, se prélasser dans un motel pour le week-end. Maman s'occuperait des enfants.

Christenson se figea.

— J'y suis ! dit-il à mi-voix.

Robin s'écarta et leva les yeux pour regarder son mari. Il semblait fixer quelque chose dans le vide. Puis il la souleva de terre pour la serrer violemment dans ses bras et planta un baiser sonore sur sa joue.

— Je sors, dit-il.

— Où vas-tu ? Tu viens tout juste d'arriver !

— Les reçus, Robin ! Tu nous sauves la vie !

— Qu'est-ce que j'ai fait ?

— Tu as peut-être gagné le procès Griffen !

Déjà, il courait dans le living-room à la recherche de ses chaussures.

— Tu as vraiment l'intention de sortir ?

— Ne m'en veuille pas, Robin. Mais il faut absolument que je vérifie quelque chose pour savoir si mon idée est bonne. Je ne pourrai pas fermer l'œil tant que je n'en aurai pas le cœur net.

Robin se contenta de soupirer. Après douze ans de mariage avec Neil, elle était habituée à ses horaires fantaisistes.

Tout en lançant ses chaussures, Christenson pensait à l'après-midi où il avait observé Tracy Cavanaugh et Barry Frame pendant qu'ils examinaient les pièces à conviction rassemblées par l'accusation. Il n'avait pas trouvé laquelle de ces pièces intéressait assez Tracy pour qu'elle juge nécessaire de la lui cacher. Mais il pensait, maintenant, le savoir. Certains des récépissés de règlements par carte bancaire retrouvés dans les tiroirs du juge Griffen avait été émis par un motel — l'Overlook Motel. Christenson connaissait cet établissement. Trois ans auparavant, l'Overlook avait été le cadre d'un meurtre, et Christenson s'y était rendu pour enquêter. L'endroit était mal famé. Qu'allait y faire un juge de la Cour Suprême — à trois reprises ? Robin venait de lui donner la réponse à cette question. Il s'y « prélassait ». Mais avec qui ? Geddes aurait dit, avec Laura Rizzatti. Christenson allait savoir si Geddes avait vu juste.

4.

Charlie Deems faisait les cent pas dans sa petite chambre au deuxième étage de la ferme. Prisonnier de la pluie, il ne tenait plus en place. Même les jeux télévisés étaient désormais impuissants à lui rendre ce cagibi supportable. Et pour tout arranger, ce crétin de Geddes et Christenson, son larbin, avaient passé la soirée à le cuisiner.

Pourquoi ne voyait-on pas de dynamite sur la photo de

l'abri ? D'où venait l'argent du compte en banque ? Pourquoi avait-il tué le juge Griffen et monté une machination contre Abigaïl Griffen ? Et ainsi de suite, jusqu'à épuisement.

Deems était certain de savoir ce qui s'était réellement passé, mais il n'en dirait rien à Geddes. Il était temps de penser à lui-même. Cette garce de Griffen l'avait bien eu. Comment, sinon, Reynolds aurait-il pu le ridiculiser comme il l'avait fait ? À en croire Geddes, c'était fichu pour lui, et cette garce qui le regardait en rigolant sortirait libre du tribunal ! Eh bien, si elle échappait à ça, elle n'échapperait pas à Charlie Deems ! Et quand il en aurait fini avec elle, Abigaïl Griffen regretterait de ne pas avoir été condamnée à mort. Car la mort d'une condamnée, comparée à ce qu'il lui réservait, était une partie de plaisir.

CHAPITRE 24

1.

— La défense appelle Tracy Cavanaugh comme premier témoin, annonça Matthew à la reprise de l'audience, le mardi matin.

Tracy ne se souvenait pas d'avoir eu un tel trac depuis la finale des championnats universitaires de cross-country. Témoigner sous serment la rendait terriblement fébrile.

— Miss Cavanaugh, quelle est votre profession ?

— Je suis avocate, Mr. Reynolds.

— Où travaillez-vous actuellement ?

— À votre cabinet.

— M'avez-vous assisté dans la défense de Mrs. Griffen depuis qu'elle a choisi de se faire représenter par mon cabinet ?

— Oui, monsieur.

— Le 13 septembre dernier, vous ai-je demandé quelque chose ?

— Oui, monsieur.

— Veuillez expliquer au jury de quoi il s'agissait.

— Vous m'avez demandé de me rendre chez Mrs. Griffen pour me faire remettre par elle un appareil photo de marque Pentax et une pellicule.

— Où se trouvait alors la pellicule ?

— Dans l'appareil.

— Qu'en avez-vous fait ?

— Comme il était déjà tard dans la soirée, j'ai attendu le lendemain matin pour déposer l'appareil chez FotoFast, une boutique spécialisée dans le développement et le tirage. L'employé a sorti la pellicule et m'a délivré un reçu. Après quoi, je vous ai remis l'appareil.

Matthew tendit un papier.

— Ceci est bien le reçu qui vous a été délivré par cet employé ?

— Oui, monsieur.

— Vous êtes allée ensuite chercher la pellicule développée chez FotoFast ?

— Oui. Et j'ai fait signer un deuxième reçu à l'employé.

Reynolds prit l'enveloppe contenant les clichés et se dirigea vers Tracy.

— J'ai donc en main la pièce à conviction nº 222 produite par la défense. Ceci est bien l'appareil qui vous a été remis par Mrs. Griffen ?

— Oui, répondit Tracy après avoir examiné le petit Pentax noir.

— Je vous remets maintenant la pièce à conviction nº 223. S'agit-il de l'enveloppe que vous êtes allée chercher chez FotoFast ?

— Oui.

— M'avez-vous donné cette enveloppe ?

— Oui.

— Avez-vous regardé les photographies qu'elle contenait ?

— Non, monsieur.

— Merci.

Tracy rendit l'enveloppe à Reynolds. Et, ce faisant, remarqua que les clichés que Reynolds avait montrés à Deems se trouvaient toujours sur le rebord de la barre des témoins, dans la boîte où ceux-ci posaient les objets qu'ils avaient à examiner. Elle les prit donc, et les passa à Reynolds pour qu'il les range avec les autres.

À l'instant où Reynolds lui reprenait la photo de l'abri, Tracy fronça les sourcils. Il y avait quelque chose de bizarre dans ce cliché, mais elle l'avait vu si vite qu'elle ne pouvait pas dire quoi.

— Ce sera tout, dit Reynolds en replaçant les clichés dans l'enveloppe avant d'aller se rasseoir.

— Mr. Geddes ?

Tracy regarda le procureur. Il était seul ce matin-là, et Tracy se demanda pourquoi Neil Christenson n'était pas venu.

— Pas de question, répondit Geddes.

Tracy, soulagée, retourna s'asseoir à la table de la défense.

— La défense appelle Mr. Alexander Shirov, dit Matthew.

Tracy aurait bien voulu regarder la photographie de l'abri, mais Reynolds avait glissé l'enveloppe contenant les clichés sous une pile de documents.

Comme le Pr Shirov pénétrait dans la salle d'audience, Tracy se retourna pour le regarder. Elle avait maintes fois demandé à Reynolds qui était son expert et ce qu'avaient donné les tests sur les plaques de métal, car elle mourait d'envie de savoir ce qu'il pouvait faire contre ces preuves, qui lui paraissaient irréfutables. Mais Reynolds se contentait toujours de sourire, refusant avec obstination de révéler l'identité de son témoin aussi bien que les résultats.

Le Pr Shirov s'avança en boitant légèrement et en tenant ses documents à deux mains. C'était un grand et solide quinquagénaire, un peu bedonnant, avec une barbe et des cheveux poivre et sel. Il prêta serment d'un air décontracté et adressa un grand sourire aux jurés en s'asseyant à la barre des témoins.

— Quelle est votre profession ? demanda Matthew Reynolds.

— J'enseigne la chimie au Reed College de Portland.

— Y exercez-vous d'autres fonctions que celles de professeur ?

— Oui. Je suis directeur des installations nucléaires ?

— En quoi consiste votre travail dans ce domaine ?

— Je suis responsable de la maintenance, du fonctionnement et de l'exploitation commerciale du réacteur de recherche.

— Quelle est votre formation ?

— J'ai obtenu à Berkeley en 1965 un diplôme de chimie de l'université de Californie. Et en 1970 mon doctorat ès sciences à l'Institut de technologie du Massachusetts, avec une spécialisation en chimie nucléaire.

— Avez-vous des compétences en matière d'analyse par activation neutronique ?

— Oui, dit le Pr Shirov en se tournant vers le banc des jurés.

Son sourire était lumineux, et les verres épais de ses lunettes faisaient ressortir la malice de son regard. Quelques jurés lui sourirent en retour.

— Si nous plaçons dans une source de neutrons — qui sont des particules d'atomes — un échantillon quelconque, la matière qui constitue cet échantillon absorbe des neutrons et devient radioactive. Il existe quatre-vingt-douze éléments de base et quatorze éléments créés par l'homme. Plus de cinquante pour cent des éléments de base émettent des rayons gamma lorsqu'ils deviennent radioactifs. Nous disposons d'instruments capables de mesurer combien de rayons gamma sont émis par la matière, et leur énergie spécifique.

« Un réacteur nucléaire est une source de neutrons. Pour analyser tel ou tel fragment de matière, je le place dans le réacteur. Une fois qu'il est devenu radioactif, je le retire du réacteur et je le soumets à un analyseur de rayons gamma. L'information fournie par l'analyseur est enregistrée sur une disquette magnétique et stockée, pour nous permettre de l'analyser et de déterminer quels éléments sont présents, et en quelles quantités, dans ce fragment de matière.

— Professeur Shirov, intervint Matthew. Si on vous demandait de comparer deux objets qui semblent de la même origine, que pourriez-vous dire de leurs analogies et de leurs différences en faisant appel à l'analyse par activation neutronique ?

— Je pourrais vous dire une foule de choses. Car voyez-vous, chaque matériau contient naturellement des traces d'autres matériaux. On y trouve parfois de grandes quantités de tel ou tel autre matériau, parfois des quantités infimes. L'analyse par activation neutronique est une technique extrêmement fine qui permet de déterminer les quantités infinitésimales des différentes matières contenues dans un objet donné.

« Si, par exemple, on remplit un dé à coudre d'arsenic et qu'on le mélange à une quantité d'eau équivalente à quatre fois celle que peut transporter un gros camion, cette méthode permettra de déterminer avec exactitude la proportion d'arsenic contenue dans un litre d'eau.

« Ainsi, pour en revenir à la comparaison entre deux échantillons de la même matière, si les traces des éléments contenus dans chacun de ces échantillons sont très différentes, on pourra en conclure avec une forte certitude que ces deux échantillons sont d'origines diverses.

« Si, en revanche, on ne constate pas de différences entre les deux échantillons, on dira qu'il n'est pas possible de prouver scientifiquement qu'ils ne sont pas de même origine.

— Professeur Shirov, reconnaissez-vous ces deux objets, qui constituent les pièces à conviction 36 et 37 présentées par l'accusation ?

Le Pr Shirov prit la pièce à conviction 36 — la plaque de métal tordue et déchirée, marquée d'une encoche, provenant de la bombe qui avait tué le juge Griffen — et la pièce à conviction 37 — la bande de métal propre et lisse présentant une pointe retrouvée dans le garage d'Abbie.

— Ce sont les deux objets que vous m'avez apportés à la fin de la semaine dernière.

— Que vous ai-je demandé ?

— Vous souhaitiez savoir si ces deux morceaux de métal, à l'origine, n'en formaient qu'un seul.

— Qu'avez-vous trouvé, après examen ?

— Comme il n'était pas nécessaire de les irradier complètement, j'ai prélevé deux échantillons. Ce qui m'a posé, d'ailleurs, un petit problème. À savoir, comment prélever un échantillon sans le contaminer. La plupart des méthodes habituelles présentent ce risque de contamination. Par exemple, l'acier d'une scie à métaux peut transférer aux échantillons des particules qui émettront des rayons gamma quand on les aura irradiés. J'ai donc opté pour une scie en carbure de silicone, car ces particules n'émettent pas de rayons gamma.

« Comme vous m'aviez expliqué l'importance des deux plaques d'acier, j'ai prélevé mes échantillons au milieu de l'un des côtés de manière à ne pas laisser de traces d'outils aux extrémités. J'ai placé chaque pièce dans un étau et j'ai pratiqué une entaille en V qui m'a permis d'obtenir deux échantillons d'une centaine de milligrammes.

— Quelle taille cela représente-t-il, professeur Shirov ?

— Oh, disons la taille d'une graine de tournesol.

— Suffisante pour un test fiable ?

— Bien sûr.

— Qu'avez-vous fait, ensuite, de ces deux échantillons ?

— Je les ai placés chacun dans un flacon préalablement nettoyé et je les ai lavés avec de l'eau distillée pour les débarrasser des particules qui pouvaient y adhérer. Après quoi je les ai mis à sécher jusqu'au lendemain matin.

« Le lendemain, j'ai placé les échantillons dans des flacons de polyéthylène que j'ai scellés à la chaleur. Les flacons scellés ont été mis dans un conteneur spécial appelé un “lapin” pour être irradiés à l'intérieur du tube pneumatique — c'est un dispositif analogue à celui qu'on utilise dans les banques, mais le nôtre aboutit au cœur du réacteur.

Reynolds s'approcha de la table pour y prendre deux conteneurs en plomb d'environ six centimètres de diamètre et douze centimètres de long. Il les tendit au Pr Shirov.

— Professeur Shirov, je vous passe les pièces à conviction 201 et 202 présentées par la défense. Pouvez-vous expliquer de quoi il s'agit ?

— Certainement. Nous appelons ces objets des « cochons » et nous y mettons les échantillons radioactifs.

— Ces échantillons sont-ils dangereux ?

— Non. Plus maintenant.

— Qu'y a-t-il dans ces deux « cochons » ?

— Les échantillons que j'ai prélevés sur les pièces à conviction 36 et 37.

— Si l'accusation le souhaite, ses propres experts scientifiques pourront-ils refaire vos tests sur ces échantillons ?

— Oui. Mais ils préféreront sans doute utiliser de nouveaux échantillons prélevés sur les mêmes plaques de métal.

— Merci. Poursuivez vos explications, professeur.

— J'ai soumis chacun des échantillons à une irradiation de cinq minutes. Puis je les ai récupérés. J'ai alors, à l'aide d'une seringue hypodermique, ponctionné dans les flacons le gaz radioactif qui se dégage naturellement dans l'air quand l'argon est irradié à l'intérieur d'un réacteur. Les flacons ont ensuite été placés dans des sachets en plastique transparent et devant un analyseur de rayons gamma à haute fréquence.

— Et ensuite ?

— Quand une substance quelconque est exposée à des neutrons, certains des atomes peuvent absorber un neutron et devenir radioactifs. Ces atomes se désintègrent différemment en fonction de leur structure originelle. Il n'y a pas deux noyaux radioactifs qui se désintègrent avec la même demi-vie et en dégageant la même quantité d'énergie. C'est pourquoi, en mesurant l'énergie dégagée par les rayons gamma émis après qu'on a retiré ces fragments de métal du réacteur, j'ai pu identifier un grand nombre d'éléments présents dans les échantillons. J'ai mesuré les rayons gamma émis une, cinq, dix et trente minutes après l'irradiation. Tous ces chiffres étaient stockés dans une disquette. À l'aide d'un ordinateur, j'ai pu identifier les énergies des rayons gamma.

— Professeur Shirov, quelle conclusion avez-vous tirée de ce test ?

— Mr. Reynolds, j'en ai conclu, d'après les informations fournies par l'analyse, que rien ne prouvait que la pièce à conviction 36 et la pièce à conviction 37 aient la même origine. Je peux même dire que ces deux fragments de métal ne *peuvent* avoir la même origine.

Tracy était stupéfaite, et elle voyait bien, à la tête que faisait Geddes, qu'elle n'était pas la seule. Les deux pièces métalliques s'emboîtaient si bien qu'elle les avait crues issues d'une même bande plus large. Elle se trompait, apparemment, et l'accusation était en pleine déconfiture.

— Voulez-vous dire que la pièce à conviction 36 et la pièce à conviction 37 n'ont jamais formé un seul morceau de métal ? demanda Reynolds.

— Exactement.

— Sur quoi fondez-vous cette conclusion ?

— L'échantillon prélevé sur la pièce à conviction 37, la plaque métallique lisse et bien coupée, contenait des particules d'arsenic, d'antimoine, de manganèse et de vanadium. La pièce à conviction 36, celle qui est tordue et déchiquetée, contient du manganèse, du vanadium et de l'aluminium, mais pas d'arsenic ni d'antimoine. Il est impossible que l'un des fragments contienne de l'arsenic et de l'antimoine et qu'un autre fragment n'en contienne pas s'ils sont tous deux issus de la même plaque d'acier.

— La pièce à conviction 36 a subi une explosion. Ceci peut-il expliquer l'absence des éléments que vous avez cités ?

— En aucun cas, Mr. Reynolds. Une explosion ne saurait modifier la composition de l'acier en éliminant deux éléments. Une explosion tend plutôt à ajouter des éléments.

— Professeur Shirov, avez-vous effectué d'autres tests sur ces échantillons ?

— Non. Mes observations m'ayant permis de répondre à la question qui m'était posée, je n'avais aucune raison de pousser plus loin les analyses.

— Merci, professeur. Je n'ai pas d'autre question.

Chuck Geddes se leva. Il luttait visiblement pour ne pas trahir son émotion face au jury.

— Puis-je formuler une requête, Votre Honneur ?

Le juge Baldwin, d'un geste, l'invita à s'approcher ainsi que Matthew Reynolds.

— Mr. Reynolds m'a communiqué ce matin le résultat des tests du Pr Shirov..., chuchota Geddes d'un ton furieux.

— Inutile d'aller plus loin, Mr. Geddes, répondit le juge. Je comprends que vous souhaitez une interruption de séance. Avez-vous une objection, Mr. Reynolds ?

— Non, Votre Honneur, répondit aimablement Reynolds.

— Dans ce cas, nous pouvons en rester là pour ce matin.

Dès que les jurés furent sortis, Tracy prit Reynolds par le bras.

— Comment saviez-vous que ces deux morceaux d'acier

étaient différents ? demanda-t-elle, incapable de cacher la stupéfaction qui perçait dans sa voix.

Reynolds sourit.

— Je ne m'en doutais pas le moins du monde, Tracy. Mais je me suis donné une règle très simple en ce qui concerne les pièces à conviction présentées par l'accusation. Je ne les prends jamais pour ce qu'elles prétendent être. En demandant ce travail au Pr Shirov, ce week-end, j'étais à peu près certain de perdre mon temps et le sien. Mais je ne voyais rien d'autre à faire. Par chance, celui qui a monté cette machination contre Abbie ignorait qu'il existait un moyen irréfutable de dire si deux morceaux de métal n'en formaient qu'un à l'origine.

Reynolds reporta son attention sur le Pr Shirov, qui s'était rapproché de la table de la défense après le départ du juge Baldwin. Tracy secoua la tête. Reynolds la sidérait. Elle comprenait mieux maintenant pourquoi tant de gens, surtout parmi les autres avocats, parlaient de lui avec vénération. Et pourquoi ses clients étaient si nombreux à, tout simplement, lui devoir la vie.

Puis Tracy vit Chuck Geddes se précipiter hors de la salle d'audience comme pour fuir au plus vite les humiliations subies au cours de cette matinée. Mais à l'instant où il franchissait le seuil, Neil Christenson apparut, arborant un large sourire. Et les quelques mots qu'il prononça arrêtèrent Chuck Geddes dans son élan. Les deux hommes échangèrent quelques mots. Comme Geddes tournait le dos à Tracy, elle ne voyait pas son visage, mais elle voyait Christenson parler avec excitation tandis que Geddes hochait vigoureusement la tête. Puis Christenson se tut, et Geddes se retourna pour regarder Reynolds et Abbie Griffen. Ses lèvres dessinaient un sourire cruel. L'expression qui se lisait sur ses traits était étonnante après les coups terribles que venait d'encaisser l'accusation.

2.

Barry Frame habitait Pearl District, au nord-ouest de Portland. Ce quartier d'entrepôts délabrés était en train de renaître avec l'installation de nombreuses galeries d'art et l'arrivée d'une population de jeunes et d'artistes dans des ateliers rénovés et transformés en appartements. Des photographies de paysages prises par Matthew Reynolds décoraient, çà et là, les murs de briques du loft de Barry. Une affiche du festival de Mount Hood montrant un piano en lévitation au-dessus d'un lac aux eaux cristallines, avec la montagne en arrière-plan, était accrochée au-dessus d'un canapé blanc. Face au canapé, des étagères métalliques chargées de livres voisinaient avec un récepteur de télévision à grand écran et une chaîne stéréo dernier cri. Barry écoutait un CD de Stan Getz quand les coups frappés par Tracy résonnèrent à la porte, rompant la plainte mélodieuse du saxo. Elle l'avait appelé du tribunal tout de suite après l'audience. Barry, qui venait de passer deux jours sur le terrain à interroger des témoins, avait hâte de savoir comment s'étaient déroulés les débats.

À la seconde où la porte s'ouvrit, Tracy mit ses bras autour du cou de Barry et l'embrassa. Puis, s'écartant, elle le saisit aux épaules.

— Matthew Reynolds est in-croy-able ! On m'avait dit que c'était un génie, mais je n'y croyais pas vraiment jusqu'à cet après-midi.

— Du calme ! dit Barry en riant.

— Impossible ! Je plane complètement. J'aurais voulu que tu voies la tête de Geddes ! Quelle enflure, celui-là, et quel crétin ! Et si tu avais vu le regard qu'il nous a jeté tout de suite après le départ des jurés... On le sentait prêt à nous tuer sur place. Un vrai délice !

— Que s'est-il passé ?

Tracy le regarda avec un sourire canaille.

— Jusqu'où es-tu prêt à aller pour le savoir ?

Tracy débordait d'énergie, et elle était prête à la dépenser de la même façon que le vendredi précédent, lorsqu'ils avaient manqué la deuxième partie de *Casablanca* à la télévision.

— Seigneur ! je suis tombé sur une obsédée sexuelle. C'est vraiment la seule façon d'obtenir des informations ?

— Eh, oui !

— J'ai l'impression d'être un objet.

— Eh, oui !

— Moi qui me croyais aimé pour mon intelligence.

— Eh, non ! dit Tracy en retirant sa robe.

— Et maintenant, tu vas me dire ce qui s'est passé à cette fichue audience pendant que j'ai encore la force d'écouter.

Ils étaient étendus côte à côte, nus, sur le grand lit de Barry. Tracy roula sur le flanc.

— Je crois que tu l'as mérité, dit-elle.

Et elle lui résuma le témoignage du Pr Shirov.

— Dis donc, j'aurais bien voulu être là ! s'exclama Barry quand elle eut achevé son récit.

— Tu savais qu'on avait demandé cette expertise à Shirov ?

— Non. C'est du Matt tout craché. Il m'a déjà fait des coups de ce genre. Il a ses chasses gardées, et il en rapporte des idées comme celle-ci. S'il y a un meilleur avocat que lui dans ce pays, je n'en ai jamais entendu parler.

— Ou une meilleure avocate, observa Tracy, en se nichant contre la poitrine de Barry.

— Pardon si je ne suis pas politiquement correct, répondit Barry en posant un baiser sur son front.

— Tout le reste n'est que détails, dit Tracy. Matt a démoli Deems et le Pr Shirov a réduit à néant les prétendues preuves avancées par Geddes. Les jurés ne peuvent pas faire moins que de douter.

— Je me méfie toujours de l'excès de confiance, dit Barry. Mais il faut bien reconnaître que Matt, cette fois, semble tenir le bon bout.

SIXIÈME PARTIE

L'ENVERS DU DÉCOR

CHAPITRE 25

1.

Le mercredi matin, en pénétrant dans la salle d'audience, Tracy vit tout de suite qu'il n'y avait personne à la table de l'accusation. Un huissier se précipita vers Reynolds dès qu'il l'aperçut.

— Le juge veut vous voir ainsi que votre cliente. Mr. Geddes et Mr. Christenson sont déjà avec lui.

— Que se passe-t-il, George ? demanda Reynolds. Vous avez une idée ?

L'huissier secoua la tête.

— Pas la moindre.

Brock Folmer, le juge auquel Baldwin avait emprunté son bureau, était un passionné de la guerre de Sécession. Une bibliothèque entièrement consacrée à cette période de l'histoire des États-Unis se dressait à côté de la porte donnant sur la salle d'audience, et sur une table, près de la fenêtre, des armées de soldats de plomb en uniformes bleus et gris offraient une reconstitution de la bataille de Bull Run. Le juge Baldwin semblait un peu perdu derrière le vaste bureau en chêne occupant le centre de la pièce.

Trois sièges à haut dossier étaient disposés face au bureau. Reynolds s'assit. Chuck Geddes et Neil Christenson étaient déjà installés. Christenson semblait inquiet, mais Geddes avait la tête d'un homme qui vient de toucher le gros lot.

— Bonjour, Matt, dit le juge Baldwin. Miss Cavanaugh et Mrs. Griffen, asseyez-vous donc sur ce canapé, le long du mur, et nous pourrons commencer.

— Que se passe-t-il ? demanda Reynolds.

— Mr. Geddes va nous le dire. C'est lui qui a demandé cette réunion.

Geddes était affalé sur son siège, un sourire dédaigneux aux lèvres.

— Je souhaite rouvrir le dossier d'accusation, dit-il.

Le juge Baldwin parut un peu décontenancé.

— C'est une demande tout à fait inhabituelle, Mr. Geddes. Le procès est déjà bien avancé.

— Je n'ignore pas le caractère inhabituel de cette requête, Votre Honneur, mais Mr. Christenson vient de découvrir des éléments entièrement nouveaux qui changent la nature de l'affaire.

— Quels sont ces éléments ? demanda le juge.

— Des faits, Votre Honneur. Des faits tendant à prouver qu'Abigaïl Griffen a également assassiné la maîtresse de son mari, Laura Rizzatti.

Abbie se leva d'un bond.

— Espèce de salaud ! commença-t-elle.

Mais Reynolds, se levant à son tour, se plaça entre elle et le juge, et lui prit la main.

— Je vous en prie, Mrs. Griffen, dit-il, d'un ton énergique.

Abbie se reprit et alla se rasseoir. Elle était visiblement abasourdie par l'accusation. Tracy, à sa grande surprise, vit que Reynolds semblait l'être tout autant.

— Essayons d'examiner cela calmement, dit le juge Baldwin.

Geddes n'avait pas bronché devant la réaction d'Abbie. Reynolds, après s'être assuré qu'elle avait recouvré son sang-froid, se retourna vers le juge.

— Je m'oppose à la requête de Mr. Geddes, dit-il avec fermeté. L'accusation a disposé de tout le temps nécessaire pour constituer son dossier. Mr. Geddes avait des mois pour découvrir de tels éléments, à supposer qu'ils existent. L'introduction dans le dossier d'une nouvelle accusation de meurtre serait inopportune. Elle entraînerait, à mon avis, un ajournement du procès ou une prolongation pour permettre à la défense d'étudier les nouveaux éléments avancés. Dans un cas comme dans l'autre, la défense subirait un grave préjudice alors qu'elle se trouve actuellement, ainsi que la cour a pu le constater, en situation de gagner ce procès.

Reynolds se tut et regarda froidement Geddes avant de continuer :

— À vrai dire, Votre Honneur, j'émets les plus expresses réserves sur l'opportunité de la requête présentée par mon adversaire à un moment où son témoin principal se trouve discrédité et les preuves qu'il avançait, anéanties.

— Les arguments de Mr. Reynolds me paraissent fondés, Mr. Geddes, dit le juge Baldwin. Mais il me faut, bien sûr, avant de prendre une décision, savoir quels sont ces éléments nouveaux qui motivent votre requête. Si vous nous les exposiez ?

— Certainement, Votre Honneur. Mr. Christenson est ici pour cela. Neil, s'il vous plaît, expliquez au juge ce dont il s'agit.

Christenson, mal à l'aise, se tourna vers le juge.

— Laura Rizzatti était clerc auprès du juge Griffen à la Cour Suprême, Votre Honneur. Elle a été assassinée un peu moins d'un mois avant la mort de celui-ci. Mr. Geddes trouvait suspect que ces deux meurtres aient été commis à aussi peu de temps d'intervalle, mais rien, jusqu'ici, ne permettait d'établir un lien entre eux. Nous avons donc conclu à une simple coïncidence.

« Puis, lundi soir, je me suis rappelé que j'avais vu plusieurs récépissés de règlements par carte de crédit délivrés par l'Overlook Motel parmi les documents retrouvés chez le juge Griffen.

Tracy sentit son estomac se nouer en entendant le nom de l'Overlook. Elle comprit aussitôt où Christenson voulait en venir. Jusque-là, les défenseurs étaient persuadés que le procureur ignorait tout des aventures extraconjugales du juge Griffen. Mais il était clair désormais que, non contents de découvrir les rendez-vous galants de Griffen à l'Overlook, Geddes et Christenson en avaient tiré une conclusion qui prenait la défense à contre-pied.

— Au premier abord, ces récépissés n'avaient pas attiré mon attention, poursuivit Christenson. Puis je me suis rappelé que l'Overlook était un établissement de bas étage, que ne fréquente pas normalement un magistrat de la Cour Suprême. J'ai eu l'idée de m'y rendre avec une photographie de Laura Rizzatti que j'ai montrée à l'employée de la réception, Mrs. Hardesty. Mrs. Hardesty m'a confirmé que le juge Griffen avait loué des chambres à plusieurs reprises en compagnie de personnes du sexe féminin. Elle a formellement reconnu Laura Rizzatti et m'a dit l'avoir vue plusieurs fois avec le juge Griffen.

Christenson fit une pause, pour laisser à son interlocuteur le temps de réfléchir à ce qu'il venait de dire.

— Elle m'a fait part également de deux autres faits qui me paraissent importants à rapporter. Elle m'a dit d'abord que Miss Cavanaugh et Mr. Barry Frame, l'enquêteur de Mr. Reynolds, étaient venus au motel bien avant l'ouverture du procès, et qu'ils savaient que le juge Griffen l'utilisait pour des rendez-vous discrets.

— Dès lors, Votre Honneur, il me semble que Mr. Reynolds est mal fondé à se déclarer surpris, intervint Geddes.

— Laissez donc Mr. Christenson achever ce qu'il a à nous dire, rétorqua sèchement le juge. Mr. Christenson, vous avez parlé d'un deuxième fait rapporté par cette Mrs. Hardesty ?

— Oui, monsieur. Elle m'a dit qu'elle s'était mise à l'écoute des nouvelles concernant l'affaire après la visite de Miss Cavanaugh et de Mr. Frame, car elle pensait qu'elle risquait d'être citée comme témoin, et qu'elle avait reconnu Mrs. Griffen à la télévision. Elle se souvenait très bien de l'avoir vue à l'Overlook car Mrs. Griffen, ce jour-là, s'était disputée si violemment avec son mari que des occupants des chambres voisines s'étaient plaints auprès d'elle.

« Mrs. Hardesty m'a raconté qu'elle s'était approchée de leur chambre pour leur demander de faire moins de tapage et que, au moment où elle arrivait devant la porte, Mrs. Griffen en était sortie très en colère. Avant que la porte s'ouvre, toutefois, Mrs. Hardesty a entendu les mots échangés au cours de la dispute entre Mrs. Griffen et son mari, et elle est prête à témoigner que Mrs. Griffen, à ce moment, a menacé le juge de le tuer si elle le surprenait une nouvelle fois à la tromper.

— Depuis quand détenez-vous ces informations, Mr. Christenson ?

— Depuis hier et avant-hier, Votre Honneur.

Geddes se pencha en avant.

— Il y a là, me semble-t-il de quoi justifier notre théorie. Mrs. Griffen ayant découvert que le juge Griffen et Laura Rizzatti étaient amants, elle les a tués l'un et l'autre quand elle s'est aperçue que son mari n'avait pas tenu compte de ses avertissements et continuait à voir Miss Rizzatti.

— Qu'avez-vous à dire, Mr. Reynolds ?

Matthew Reynolds, avant de venir, s'était muni d'un code de procédure. Comme il le feuilletait à la recherche du chapitre concernant les règles de réouverture du dossier d'accusation en vigueur dans l'État de l'Oregon, le livre lui échappa des mains et tomba à ses pieds. Reynolds se pencha pour le ramasser, et Tracy vit sa main trembler. Quand il parla, sa voix était moins assurée que de coutume :

— La loi, paragraphe 404, alinéa 3, stipule que les preuves établissant des délits antérieurs ne peuvent être invoquées pour prouver qu'un accusé est coupable du délit pour lequel il est jugé...

— En effet, Mr. Reynolds, l'interrompit le juge. Mais la loi stipule également que ladite preuve concernant des délits antérieurs est éventuellement recevable à d'autres fins, par exemple pour établir un mobile ou pour mettre en évidence une préméditation incluant l'un et l'autre crime. Si nous avons la preuve que Mrs. Griffen avait l'intention de tuer les deux victimes, ou qu'elle a tué son mari parce que celui-ci et Miss Rizzatti étaient amants, ne pensez-vous pas que les faits concernant le meurtre de Miss Rizzatti deviennent recevables ?

— C'est possible, Votre Honneur, mais vous oubliez la jurisprudence établie par la Cour Suprême dans l'affaire Johns, jurisprudence qui a fixé les règles selon lesquelles un juge peut décider de la recevabilité des éléments concernant un délit antérieur. Vous devez d'abord juger de la valeur de ces éléments en tant que preuves dans l'affaire en cours. *Ensuite*, il vous revient d'apprécier le préjudice inévitablement subi par l'accusé dans le cas où l'hypothèse d'un délit antérieur commis par lui serait introduite dans les débats.

« Pour apprécier l'ampleur d'un tel préjudice, un juge doit prendre en compte quatre facteurs, le premier de ces facteurs étant la certitude que l'accusé a bien commis le délit antérieur qui lui est reproché. C'est à l'accusation qu'il revient de convaincre la cour sur ce premier point, et je n'ai pas entendu, dans la bouche de Mr. Geddes, le commencement d'une preuve établissant un lien entre Mrs. Griffen et le meurtre de Laura Rizzatti.

— Mr. Geddes doit-il me convaincre, au-delà d'un doute bien fondé, que Mrs. Griffen a tué Miss Rizzatti pour que j'accepte la prise en compte de ce meurtre par l'accusation ?

— Non, Votre Honneur. Le texte, si je m'en souviens bien, stipule que vous devez être « certain » que Mrs. Griffen a tué Ms. Rizzatti, ce qui est déjà énorme. J'aimerais, à cet égard, vous rappeler l'affaire Tucker, jugée dans le Nevada en 1963. Horace Tucker était passé une première fois devant la justice en 1957. On avait retrouvé chez lui le cadavre d'un homme et Tucker, qui semblait être au moment des faits sous l'emprise de la boisson, prétendait n'être au courant de rien. Il fut acquitté faute de preuves. Six ans plus tard, les mêmes faits se reproduisaient. Un homme abattu dans le living-room de Tucker et celui-ci déclarant qu'il l'avait découvert à son réveil et n'était pour rien dans sa mort. Lors du procès, pour soutenir son accusation, le procureur fit état de la première affaire. Tucker, cette fois, fut reconnu coupable de meurtre. Mais la Cour Suprême du Nevada cassa le jugement, en arguant que rien ne prouvait la culpabilité de l'accusé dans la première affaire.

— C'est complètement idiot ! lança Geddes. Je me fiche bien de ce qu'on fait dans le Nevada ! Ce n'est pas le Nevada qui va fonder notre jurisprudence !

— Calmez-vous, Mr. Geddes. Je ne suis pas très convaincu, moi-même, par cette affaire dans le Nevada. Mais il est évident que la question est beaucoup trop complexe pour me permettre d'y répondre dès aujourd'hui. Je vais donc renvoyer les jurés en attendant d'y voir plus clair. Vous voudrez bien me remettre chacun, d'ici vendredi, une note exposant vos positions.

Le juge Baldwin semblait inquiet.

— Il y a dans tout cela quelque chose qui me préoccupe, messieurs. Si j'accepte votre requête, Mr. Geddes, il me faudra aussi accepter une requête en ajournement présentée par la défense, car je crains fort que Mr. Reynolds, dans cette hypothèse, ne dispose pas du temps suffisant pour enquêter sur les nouveaux éléments à charge contre Mrs. Griffen. Il faut donc examiner très sérieusement cette éventualité, en fonction du préjudice qu'elle implique pour la défense. Nous avons à juger un délit passible de la peine de mort, et je veux avoir la certitude que chacune des parties bénéficie d'un procès équitable.

2.

— Pourquoi ne m'avez-vous pas dit qu'on vous avait entendue menacer le juge Griffen de mort à l'Overlook ? demanda Matthew à Abbie qui faisait les cent pas dans son living-room.

— Je ne me souvenais pas de cette femme. J'étais hors de moi, ce jour-là, quand je suis sortie de la chambre. Je ne me rappelle même pas ce que j'ai dit à Robert.

Matthew s'approcha de la porte-fenêtre pour regarder la pelouse, au-dehors.

— Je ne sais pas si nous pourrons éviter une requête en annulation, au cas où le juge accède à la demande de Geddes, dit-il, soucieux.

— Oh non, il faut en finir ! (Il y avait du désespoir dans

son regard.) Je ne supporterais pas un nouveau procès. Me retrouver enfermée dans cette maison...

— Vous ne pouvez pas écarter cette éventualité. Si les jurés commencent à se dire que vous avez peut-être tué Laura Rizzatti, ils oublieront tout ce qu'ils ont entendu jusqu'ici. Et le juge a raison. Comment pourrions-nous enquêter sur le meurtre de Laura Rizzatti alors que nous sommes en plein procès ?

— Mais nous sommes en train de gagner ! Si les jurés se prononçaient aujourd'hui, ils m'acquitteraient.

— Geddes le sait. C'est pour cette raison, entre autres, qu'il veut obtenir la réouverture du dossier d'accusation. Ainsi, nous serions forcés de demander l'annulation, ce qui lui éviterait de perdre ce procès.

— Quel salaud. Je le déteste !

Abbie s'était campée devant Matthew. Ses épaules s'affaissèrent et elle éclata en sanglots. Le poids qui pesait sur elle depuis son arrestation était, soudain, trop lourd à porter. Matthew la prit dans ses bras, bouleversé par ce visage inondé de larmes. Elle semblait si désespérée qu'il aurait donné n'importe quoi pour l'amener à sourire. Sans dire un mot, il se mit à lui caresser les cheveux en la serrant contre lui.

Abbie, peu à peu, cessa de pleurer. Elle avait posé sa tête au creux de l'épaule de Matthew et ne bougeait plus. Il la sentait incroyablement légère, comme si les larmes avaient emporté toutes ses angoisses. Puis elle releva lentement la tête, et l'embrassa. Ensuite, comme elle était à nouveau immobile, sa joue pressée contre celle de Matthew, il sembla à celui-ci l'entendre dire :

— Je t'aime.

C'était la voix de quelqu'un qui a renoncé à tout sauf à une vérité première.

Matthew fut pris de vertige. Il recula, et sentit qu'une main s'emparait de la sienne. Abbie, sans le lâcher, se retourna pour l'entraîner doucement vers l'escalier. Il la suivit et, comme dans un rêve, franchit le seuil de la chambre. Son cœur battait si fort qu'il respirait avec difficulté. Abbie se retourna pour lui faire face. Elle déboutonna son chemisier et fit un pas de côté en laissant tomber sa jupe à ses pieds. Elle portait un soutien-gorge blanc en dentelle et un minuscule slip de soie. Matthew regardait, éperdu, la chair tendre et cuivrée, les muscles sous la peau, les courbes et les zones obscures. L'éclatant mystère d'un corps de femme. Comparé à Abbie, il était pathétique.

Elle se glissa entre ses bras. Il sentit la chaleur et la douceur satinée de sa peau. Déjà, elle déboutonnait sa chemise, s'agenouillait pour dégrafer son pantalon. Matthew l'embrassa sur le sommet du crâne en humant le parfum de sa chevelure. C'était un parfum de fleur.

Abbie se redressa et retira son soutien-gorge. Ses seins jaillirent ronds et pleins, les pointes dressées.

— Prends-moi, murmura-t-elle.

Son désir paralysait Matthew. Comment une femme comme Abbie pouvait-elle le désirer ? Comme si elle avait lu dans ses pensées, elle lui toucha les lèvres du bout des doigts. Matthew se mit à trembler. Il n'avait jamais ressenti un tel désir, et c'était à peine s'il osait y songer. Les doigts qui l'instant d'avant, couraient sur ses lèvres, effleurèrent son sexe et il retint sa respiration. Il suffit à Abbie d'une légère poussée pour le faire basculer sur le lit et dans ses rêves les plus fous.

Matthew étendit le bras, cherchant la main d'Abbie. Dès que leurs doigts entrèrent en contact, ils s'entrelacèrent. Ils restèrent un moment ainsi, étendus côte à côte et silencieux. Matthew n'avait jamais connu une paix aussi profonde. Si c'était là tout ce que la vie devait jamais lui apporter, il s'en contenterait, songeait-il. Mais il pensait aussi qu'il pouvait, désormais, espérer beaucoup plus que cette unique nuit d'amour avec Abbie.

— Si nous gagnons ce procès, est-ce que tu retourneras à ton bureau dans les services du district attorney ? demanda Matthew.

Pendant qu'Abbie réfléchissait à sa question, il regarda l'ombre gigantesque d'un orme que le clair de lune projetait au plafond de la chambre. Elle se balançait avec lenteur, et ce mouvement semblait s'accorder aux battements de son cœur.

— Ce serait difficile, Matt. Jack et Dennis m'ont soutenue, mais je me demande si je serais capable de travailler comme avant, après avoir vécu dans la peau d'une accusée.

— Tu n'as jamais pensé que tu pourrais être avocate, et défendre des accusés ?

Abbie tourna la tête et chercha le regard de Matthew.

— Pourquoi cette question ?

Matthew continuait à fixer le plafond. Quand il se décida à parler, sa voix trembla légèrement :

— Je t'aime, Abbie, et je te respecte au-delà de ce que tu peux imaginer. Tu es une excellente juriste. Ensemble, nous serions les meilleurs.

Abbie comprit soudain ce qu'il lui demandait. Matthew Reynolds n'avait jamais eu d'associé à part entière, et son métier était toute sa vie. Elle pressa sa main dans la sienne.

— Tu es déjà le meilleur, Matthew.

— Tu y réfléchiras ?

Abbie roula sur le flanc et lui caressa la joue.

— Oui, dit-elle dans un murmure.

Et elle l'embrassa, doucement d'abord, puis de plus en plus fort.

3.

Tracy se rendit directement du tribunal à la bibliothèque du comté de Multnomah pour y étudier la jurisprudence de la Cour Suprême en matière de délits antérieurs. Les caractères commençaient à se brouiller devant ses yeux quand elle parvint au jugement prononcé dans l'affaire Zamora. Ce nom lui semblait vaguement familier, mais elle ne savait pas pourquoi. L'affaire avait été jugée deux ans avant qu'elle ne commence à travailler comme clerc à la Cour Suprême, si bien qu'elle n'avait pas eu à s'en occuper, et ne se souvenait pas d'avoir déjà lu quelque chose à ce sujet. Puis les noms inscrits sur le bloc-notes de Laura lui revinrent à l'esprit. Zamora y figurait.

Tracy parcourut le compte rendu. L'accusé avait tué un employé et un client dans une épicerie de Portland. Les juges de la Cour Suprême, à une majorité de 5 voix contre 2, avaient prononcé l'annulation du jugement parce que le juge du procès avait accepté de prendre en compte la preuve d'un précédent délit de vol, contrevenant ainsi au principe d'irrecevabilité des délits antérieurs. Le juge Lefcourt avait soutenu cette thèse, soutenu par les juges Pope, Griffen et Kelly, rejoints au moment du vote par le juge Arriaga.

Intriguée, Tracy prit les volumes concernant les autres affaires figurant sur la feuille en provenance du bloc-notes de Laura, celle qu'elle avait trouvée dans le volume XI des minutes du procès Deems. L'affaire Cardona portait sur des faits survenus à Medford, une petite bourgade du sud de l'Oregon à cinq heures de route de Portland. Tracy ne connaissait pas le procureur ayant requis dans cette affaire. Les juges Kelly, Griffen et Pope s'étaient ralliés à la position du juge Arriaga pour casser le jugement condamnant Cardona pour trafic de cocaïne. Les juges Lefcourt, Sherzer et Forbes avaient voté contre.

Dans cette affaire, la majorité des juges avaient considéré que la fouille et les saisies opérées par la police au domicile de l'accusé contrevenaient aux dispositions édictées en cette matière par la Constitution de l'Oregon, bien qu'elles ne fussent en rien contraires aux dispositions de la Constitution des États-Unis. La chose n'avait pas de quoi surprendre. La Cour Suprême des États-Unis se montrait de plus en plus conservatrice. Les Cours Suprêmes d'un certain nombre d'États, choquées par les motivations idéologiques de ses décisions, s'étaient mises à établir des jurisprudences qui se révélaient, dans bien des cas, en contradiction avec les lois fédérales.

Dans l'affaire Galarraga, des policiers de Roseburg avaient arrêté l'accusé pour excès de vitesse. Après avoir dressé contravention, ils avaient demandé à fouiller la voiture. Et c'était, d'après la police, avec l'autorisation de l'accusé qu'ils avaient procédé à cette fouille et découvert des armes automatiques, de l'argent et de la cocaïne. Le juge Kelly avait cassé le jugement au prétexte que cette fouille s'était faite en violation des lois de l'Oregon. Les juges Arriaga, Pope et Griffen avaient voté avec elle. Galarraga avait Bob Packard pour défenseur.

Tracy parcourut une nouvelle fois les comptes rendus. Elle ne voyait rien de commun entre les trois affaires, sinon le fait que, chaque fois, un premier jugement avait été cassé. L'une portait sur un meurtre, les deux autres sur des trafics de drogue. Les faits s'étaient produits en trois endroits différents de l'État. Les deux affaires de drogue avaient soulevé des questions de droit constitutionnel, mais l'affaire Zamora avait vu son jugement cassé en appel pour violation du code de procédure de l'Oregon. Les défenseurs des accusés étaient trois avocats différents.

La bibliothécaire prévint Tracy qu'elle allait fermer. Tracy remit les ouvrages en place et reprit sa voiture pour se rendre au cabinet et dicter la note sur les délits antérieurs demandée par Reynolds. Puis elle posa la cassette sur le bureau de la secrétaire, avec un mot lui demandant de taper le texte dès son arrivée. Barry l'attendait chez lui pour dîner.

Elle lui téléphona pour lui dire qu'elle arrivait, et éteignit les lumières.

Barry avait préparé des spaghettis à la viande parfumés à l'ail et une salade, mais Tracy put à peine y toucher. Barry, voyant son état de fatigue, insista pour qu'elle dorme chez lui. Tracy ne discuta pas. Elle se déshabilla en titubant, s'écroula sur le lit, posa sa tête sur l'oreiller et s'endormit instantanément. Un instant plus tard, elle était perdue dans une forêt profonde. Les arbres étaient si hauts et le feuillage si épais qu'ils ne laissaient percer que quelques faibles rayons de lumière. Tracy entendait un bruit étouffé et continu, semblable à la rumeur d'une conversation, qui semblait venir de très loin. Cette forêt si sombre avait quelque chose de terrifiant. Tracy se sentait prise au piège, et respirait à grand-peine. Avec beaucoup d'efforts elle parvint à une clairière, puis se retrouva sur la berge d'un fleuve dont les eaux tumultueuses couraient vers une destination inconnue.

Comme cela se produit souvent dans les rêves, le paysage changea brusquement. Il n'y avait plus d'arbres, mais une étendue plate et dénudée de chaque côté du fleuve. Quelqu'un l'appelait de la rive opposée. Un homme. Mais le grondement des eaux l'empêchait de comprendre ce qu'il criait. Elle essayait de distinguer son visage, mais les reflets du soleil brouillaient ses traits. Il aurait fallu, pour l'atteindre, traverser le fleuve à la nage, et elle se voyait soudain dans l'eau, luttant contre le courant qui l'entraînait.

La panique s'emparait d'elle. Elle coulait, remontait à la surface. Elle se noyait, elle allait mourir quand elle atteignit une zone où l'eau était plus calme. Elle luttait pour retrouver son souffle et ne parvenait toujours pas à nager jusqu'à la berge, mais le danger semblait écarté. Le courant la poussait maintenant vers le bord, et l'homme réapparaissait miraculeusement. Il l'appelait, mais l'eau qui grondait toujours à ses oreilles l'empêchait de l'entendre. Puis elle vit qu'il tenait quelque chose entre ses mains. Elle le regarda qui levait les bras. L'objet s'envola vers elle. Tracy se dressa pour l'attraper et vit un ballon qui roulait lentement sur lui-même. À la seconde où le ballon touchait ses mains, Tracy se réveilla et se dressa sur son séant, chassée de son sommeil par une vérité plus effrayante que tous les cauchemars.

Le cabinet était plongé dans l'obscurité, excepté la réception, qu'on laissait toujours éclairée pendant la nuit. Tracy ouvrit avec sa clé et Barry composa le code qui débranchait l'alarme.

— C'est là, dit Tracy en précédant Barry dans la petite salle attenante au bureau de Matthew où on entreposait les pièces à conviction de la défense.

— J'espère que tu t'es trompée.

— Moi aussi.

Les pièces à conviction étaient rangées sur une table. Tracy trouva rapidement les photographies et les négatifs dans l'enveloppe de FotoFast. Écartant les négatifs, elle se mit à chercher parmi les photos. Il y avait des clichés d'Abigaïl Griffen, des vues de plage au bord de l'océan, des vues de l'intérieur et de l'extérieur de la maison et la photo de l'abri de jardin grâce à laquelle Matthew avait confondu Charlie Deems lors de son contre-interrogatoire. Tracy examina les dates imprimées sur les négatifs. Quelques clichés avaient été pris en juin, mais la plupart dataient du 12 août, le jour où Deems prétendait avoir rencontré Abbie à la maison, et où Abbie affirmait avoir été agressée.

Tracy se pencha sur les photos de l'abri de jardin. Barry regardait par-dessus son épaule. Le cliché montrait l'intérieur de l'abri. On voyait le filet de volley-ball, les outils et l'espace vide dans lequel aurait pu tenir un coffret de dynamite. Au centre de cet espace se trouvait le ballon.

— J'avais raison, dit-elle, d'un ton découragé.

— Tu en es certaine ?

— Oui. Pendant que tu faisais le tour de la maison, je suis allée jusqu'au bord de la falaise et je me suis assise sur les marches. En passant, j'ai regardé l'abri. Le ballon était posé dans le filet. Tu l'as pris avant de me rejoindre, et on a joué avec sur la plage. En revenant, tu l'as lancé dans l'abri. Je revois très clairement ce ballon au moment où il est allé se loger dans l'espace vide.

« Nous sommes allés là-bas en septembre, Barry. Le ballon était dans le filet quand j'ai ouvert la porte de l'abri. Si le ballon se trouvait dans l'espace vide le 12 août, comment est-il arrivé dans le filet ? Et comment pouvait-il se trouver à l'endroit exact où nous l'avons laissé en septembre sur une photo prise le 12 août ? Je ne vois qu'une seule explication. Cette photo a été prise après notre visite à la maison, et truquée pour faire croire qu'elle avait été prise en août. Mais comme je ne connais rien à la technique, je ne sais pas comment on a pu s'y prendre.

— Les appareils photo, je connais. Ça fait partie de mon

métier. Laisse-moi voir les pellicules, et je vais essayer de comprendre.

Les négatifs étaient contenus dans des petites pochettes en Cellophane. La pellicule avait été découpée en bandes de quatre clichés chacune. Barry examina, à la lumière, celle où figurait l'abri de jardin. Les quatre négatifs étaient datés du 12 août.

Puis Barry s'assit devant la table et prit le petit Pentax, qu'il étudia sous tous ses angles. Ensuite il reprit les négatifs. Tracy le vit froncer les sourcils. Il regarda attentivement toutes les autres bandes de négatifs. Posant devant lui la bande sur laquelle figurait l'abri de jardin, il mit par-dessus une autre bande. Après avoir examiné les deux bandes, il retira celle qui ne contenait pas la photo de l'abri et en posa une autre à sa place. Il répéta l'opération avec toutes les bandes de négatifs. Quand ce fut terminé, les épaules de Barry retombèrent et il ferma les yeux.

— Alors ? demanda Tracy.

— Alors, tu avais raison. La photo de l'abri n'a pas été prise au même moment que les autres.

— Mais comment est-ce possible, puisque le négatif est daté du 12 août ?

— Oh, ça, c'est ce qu'il y a de plus facile à expliquer. (Barry mit le doigt sur une commande digitale au dos de l'appareil.) Le Pentax 105 R est doté d'un dispositif qui permet de régler la date, exactement comme sur un magnétoscope ou sur une montre digitale. Il a suffi de la régler sur le 12 août et, une fois la photo prise, de remettre la date réelle.

— Mais il y a des photos prises par Mrs. Griffen sur cette pellicule. Elles datent forcément d'avant son arrestation, puisque ensuite elle a été consignée chez elle ?

— En effet. Quand la pellicule a été développée chez FotoFast, elle tenait en un seul rouleau. C'est chez FotoFast qu'on a découpé le rouleau en bandes de quatre photos chacune. Celle sur laquelle figure l'abri de jardin est la seule dont les photos n'ont pas été prises à la date indiquée sur le négatif.

— Comment le sais-tu ?

— Quand on met la pellicule dans l'appareil, elle est vierge. Rien n'indique les endroits où les photos vont se placer. Ces cadres se forment quand on photographie. Par contre, sur chaque pellicule se trouvent des numéros qu'on ne verra pas sur les photos mais qui apparaissent au développement, sur les négatifs, sous le cadre de ces photos. Ces numéros vont croissant : 1, 1A, 2, 2A, et ainsi de suite. Regarde.

« Ces numéros sont placés au bas de la pellicule à des intervalles réguliers. Voici donc ce qu'a fait la personne qui est allée à la maison après notre passage. Cette personne avait avec elle les négatifs de la pellicule que Mrs. Griffen t'avait remise. Elle a retiré l'une des bandes de quatre photos sur laquelle, logiquement, on devait voir l'abri. C'était, en l'occurrence, la bande marquée de 15 à 16A. Puis elle a pris des photos en utilisant la même marque de pellicule. Quand elle est arrivée au numéro 15, elle a refait la même photo que celle prise par Mrs. Griffen. La 15A est la photo truquée. Elle montre l'abri de jardin sans la dynamite. Cette personne a ensuite copié de la même façon les photos 16 et 16A, et a fait développer cette bande de 4 photos chez FotoFast. Il ne lui restait plus qu'à remplacer le segment de pellicule original par celui qu'elle venait d'obtenir.

« Regarde, continua Barry en prenant au hasard deux bandes de pellicule. Tous les rouleaux produits par le même fabricant sont les mêmes. Si on en prend deux et qu'on les superpose, les numéros permettant de repérer les photos coïncident. Si on mesure la distance qui sépare l'extrémité du rouleau du premier de ces numéros, elle sera identique. Mais sur chaque rouleau neuf, on laisse dépasser une languette de pellicule de quelques centimètres pour permettre à l'utilisateur de placer le film dans l'appareil, puis de l'enrouler de manière à s'assurer qu'il est correctement accroché avant de prendre la première photo. Chacun fait cela différemment. Ce qui signifie que les numéros inscrits sur la pellicule se retrouvent à des endroits différents par rapport aux photos qui seront prises.

Barry posa l'une des bandes de pellicule qu'il tenait et prit celle qui contenait la photo de l'abri. Puis il les mit l'une sur l'autre.

— Sur tous les négatifs, sauf celui où figure la photo de l'abri, les numéros apparaissent à l'angle de chaque cadre. Sur le négatif portant les photos 15 à 16A, ces numéros sont légèrement décalés vers le milieu du cadre. Tu vois ?

Tracy hocha la tête.

— Ce serait impossible, poursuivit Barry, si cette portion de pellicule faisait partie du rouleau contenant le reste des photos. Ce que je ne comprends pas, c'est comment Abigaïl Griffen a pu sortir de chez elle, aller jusque là-bas pour prendre cette photo et opérer la substitution sans déclencher l'alarme sur le dispositif de surveillance électronique.

— Tu ne le comprends pas parce que tu ne *veux pas* le comprendre, Barry, répondit tristement Tracy.

Il leva les yeux vers elle.

— Tu ne penses tout de même pas...

— Je ne vois pas d'autre explication.

— C'est de la connerie ! cria Barry, furieux.

— Je n'arrive pas à y croire, moi non plus. Mais une chose est certaine, c'est qu'Abbie n'a pas pu quitter la maison. À supposer, même, qu'elle ait trouvé un moyen de tromper le système de surveillance, elle ne pouvait pas savoir où insérer la photo truquée dans la succession des négatifs. C'est nous qui avions les négatifs, ainsi que l'appareil.

— Oh, non ! dit Barry, avec une telle souffrance dans la voix que Tracy se sentit malheureuse pour lui.

— C'est donc Matt, reprit-elle à mi-voix. Ce ne peut-être que lui. Il avait accès aux négatifs et à l'appareil, et il est photographe lui-même, un photographe de talent. Il a fallu plus qu'un amateur pour imaginer et réussir un trucage comme celui-ci.

— Mais pourquoi, Tracy ?

— Là aussi, tu connais la réponse. Tu as vu comment elle se joue de lui. Il est tellement amoureux qu'il lui aura suffi de suggérer l'idée pour qu'il s'exécute.

— Pas lui, pas Matt ! dit Barry d'un ton plaintif.

— C'est un avocat de génie, Barry, mais ce n'est pas un dieu. C'est un homme, tout simplement.

Barry se leva et se mit à aller et venir à travers la pièce. Tracy attendit qu'il se calme. Quand il se retourna enfin vers elle, il semblait avoir pris une décision.

— Que vas-tu faire ? demanda-t-il d'un ton neutre, presque froid.

— Tu sais bien que je n'ai pas le choix. Il faut que j'en parle au juge Baldwin. Il s'agit d'un délit. Si je me tais, je deviens complice.

— Tu ne peux pas faire ça, Tracy, supplia Barry. Si tu en parles à Baldwin, Matt est un homme fini. Il sera radié du barreau. Geddes se déchaînera contre lui. Il fera tout pour l'envoyer en prison.

Tracy mit sa main sur l'épaule de Barry.

— Crois-tu que je n'y ai pas pensé ? Mais que puis-je faire d'autre ? Il a violé la loi. Et tu oublies quelque chose.

Abbie n'aurait pas eu besoin d'une photo truquée s'il n'y avait pas eu de dynamite dans cet abri. Deems savait qu'il y en avait, parce que Abbie la lui avait montrée, ce qui prouve qu'elle lui a bien demandé de tuer son mari. Si elle a obtenu de Matt qu'il se livre à ce trucage, c'est bien qu'elle est coupable. Si je me tais, Abigaïl Griffen sera acquittée. C'est une criminelle, Barry. Elle a tué Robert Griffen.

Tracy se tut un instant, et ses traits se contractèrent. Quand elle parla à nouveau, sa voix avait la dureté du granite :

— Et il se peut fort qu'elle ait commis un autre crime, Barry. Il se peut qu'elle ait tué Laura Rizzatti. Mon amie. Je ne la laisserai pas s'en tirer à si bon compte.

Barry ne l'entendit pas. Il était trop bouleversé par ce qu'il venait d'apprendre, et qu'il lui fallait maintenant accepter. On le sentait au bord des larmes.

— Je ne peux pas le croire, Tracy. Matthew est l'homme le plus digne d'estime que j'aie jamais rencontré. Il ne forgerait pas des preuves devant un tribunal.

— Je comprends ce que tu ressens. Mais je ne peux pas garder ça pour moi.

Barry leva vers elle un visage aux traits décomposés. Elle n'avait jamais vu un être humain aussi anéanti.

— Si tu fais ça, Tracy, tu le feras sans moi. Je ne peux pas accabler Matt. Et si tu l'oses...

Barry ne put continuer. Il se contenta de secouer la tête.

— Barry, je t'en prie. Ne nous fais pas cela, à nous.

— Ne fais pas ça à Matt.

— Et Abigaïl Griffen ? Tu veux qu'elle soit acquittée ?

— Je me fiche d'Abigaïl Griffen. Elle n'est rien, elle n'existe pas à côté d'un homme comme Matthew Reynolds. Pense à tout le bien qu'il a fait. À tous les sacrifices qu'il a consentis. Laisse tomber Abigaïl Griffen, pour l'amour de Dieu. Ne détruis pas Matt.

— Il a violé la loi. Je suis officier de justice. Tu me demandes de trahir ma charge, de renier tout ce que je crois et de laisser impunie une femme qui a tué de sang-froid.

Tracy secoua la tête. Elle ne comprenait pas que Barry puisse lui parler ainsi.

— Je ne peux pas accepter ce que tu me demandes, Barry. Mais je vais parler à Matt avant d'aller trouver le juge Baldwin, et lui laisser une chance de me prouver que je me suis trompée.

Barry regarda Tracy dans les yeux. Les siens n'exprimaient rien.

— Fais ce que tu as à faire, Tracy. Mais si tu démolis Matthew Reynolds, je ne pourrai plus jamais te voir.

CHAPITRE 26

1.

Pour sauver les apparences, Matthew ne dormit pas chez Abbie. À quatre heures du matin, il rentra chez lui par la porte de service et prit un escalier qui aboutissait directement à son appartement. Le tour nouveau pris par le procès était, pour le moment, oublié. Cette nuit, tous ses rêves étaient devenus réalité. Non seulement Abbie et lui avaient fait l'amour, mais il avait appris qu'elle l'aimait vraiment.

Avant de se coucher, Matthew alla chercher la grande enveloppe de papier kraft contenant les photographies. Mais contrairement à ce qui se passait d'habitude, il n'éprouva à les regarder ni regret ni désespoir. Il comprit, pour la première fois, que ces images n'étaient pas Abbie. Abbie était un être humain chaleureux et vibrant. Ces clichés en deux dimensions avaient aussi peu de substance que des fantômes. Il ne pouvait se résoudre à les détruire, mais il éprouvait un malaise à les regarder, l'impression nouvelle de trahir la femme qu'il aimait.

Pour la première fois depuis bien longtemps, Matthew s'éveilla alors qu'il faisait déjà grand jour. Il prit une douche et prépara son petit déjeuner habituel de toasts et de café noir. L'une de ses parties d'échecs par correspondance venait de changer de configuration. Alors qu'il croyait détenir un léger avantage, son correspondant, un architecte du Nebraska, avait opéré un déplacement astucieux et tout à fait inattendu avec l'un de ses cavaliers. Matthew emporta sa tasse dans le bureau et se concentra sur l'échiquier en buvant à petites gorgées le café qui refroidissait, jusqu'au moment où il fut certain d'avoir compris la stratégie de l'architecte. Il prit alors une carte postale, y inscrivit l'adresse de son concurrent et le mouvement qu'il venait de décider, et descendit à l'étage où se trouvait son cabinet. La secrétaire de Matthew dressa l'oreille, surprise, en l'entendant fredonner.

Une note sur la loi et la jurisprudence des délits antérieurs l'attendait sur son bureau. Reynolds lut la note, puis pressa le bouton de l'interphone pour appeler Tracy. N'obtenant pas de réponse, il sonna la réceptionniste.

— Vous savez où est Tracy ?

— Je ne l'ai pas encore vue ce matin.

Il était neuf heures et demie. Tracy arrivait normalement à huit heures, au plus tard.

— Dites-lui, s'il vous plaît, de me rejoindre dès qu'elle sera arrivée.

Puis Reynolds prit la note sur les délits antérieurs et se rendit à la bibliothèque du cabinet pour consulter les comptes rendus des affaires citées par Tracy.

2.

Tracy proposa à Barry de le raccompagner en voiture jusqu'à son appartement, mais il préféra rentrer à pied malgré l'heure tardive. Barry tenait à Tracy, peut-être même qu'il l'aimait, mais il ne supportait pas de rester avec elle et avait désespérément besoin de temps pour réfléchir. Tracy, de son côté, fut soulagée de se retrouver seule. La souffrance qu'ils s'infligeaient mutuellement était trop intense. Cette séparation lui était aussi nécessaire qu'à lui.

Tracy arriva à son appartement sur les quais à deux heures et demie. Elle tenta de dormir, mais y renonça après s'être tournée et retournée pendant une heure dans son lit. Quand elle fermait les yeux, elle voyait le visage de Laura Rizzatti ou celui de Matthew Reynolds.

Vers trois heures, Tracy bondit hors de son lit et se retrouva dans la cuisine. Elle se versa un verre de lait et s'approcha de la porte vitrée coulissante qui ouvrait sur la terrasse. De là, on avait vue sur la Willamette. Le front pressé contre la vitre, elle regarda les phares des voitures qui franchissaient les ponts de Hawthorne Street et Morrison Street et faisaient penser, de loin, à des processions de feux follets lancés à toute vitesse dans la nuit. Puis elle se sentit trop fatiguée pour rester debout et se pelotonna sur son canapé. Ses yeux se fermaient malgré elle, mais elle ne pouvait pas dormir. L'immense tristesse de la situation, soudain, la submergea. Laura et le juge morts, la carrière de Matthew Reynolds sur le point de sombrer, et sa relation avec Barry saccagée. Elle se mit à trembler et à sangloter, sans faire le moindre effort pour retenir ses pleurs. Quand l'aube se leva, les larmes avaient séché.

— Ah, vous voilà ! lança Matthew avec un sourire amical en voyant Tracy entrer dans son bureau à onze heures et demie.

Tracy ne put s'empêcher de remarquer à quel point il semblait détendu. Elle se sentait, elle, à bout de forces. Elle avait dû rassembler tout son courage pour venir au cabinet et affronter Matthew.

Elle referma la porte et se laissa choir dans un fauteuil.

— Nous avons à parler, dit-elle.

— Ça ne peut pas attendre ? répondit aimablement Matthew. Il nous faut maintenant, et très vite, mettre cette note en forme, et je veux vous faire part de quelques idées.

— Je crois que cette note n'a plus guère d'importance, Mr. Reynolds, répondit tristement Tracy.

Reynolds fronça les sourcils.

— Que voulez-vous dire ?

— Je sais maintenant que Mrs. Griffen est coupable.

Reynolds ne réagit pas immédiatement. Puis il regarda Tracy comme s'il n'était pas certain d'avoir bien entendu.

— Qu'est-ce que vous racontez ?

Tracy sortit de son sac l'enveloppe de FotoFast et posa la photographie de l'abri de jardin sur le sous-main de Reynolds.

— J'ai passé la soirée à examiner les négatifs avec Barry. Il m'a expliqué comment on s'y était pris pour faire ça.

Reynolds semblait déconcerté. Il regarda la photographie, puis Tracy.

— Cette photo de l'abri est truquée. Elle a été prise en septembre. Nous serons obligés d'en informer le juge Baldwin. Et de renoncer à plaider cette affaire.

Reynolds étudiait la photographie, mais ne fit pas un geste pour la toucher. Quand il leva enfin les yeux, il n'y avait pas la moindre trace de culpabilité ou de crainte dans son regard. Si Tracy n'avait pas eu l'occasion de voir à quel point il contrôlait ses émotions dans une salle d'audience, elle en aurait conclu qu'il était innocent.

— Qu'est-ce qui vous fait penser que cette photo est truquée ? demanda calmement Reynolds.

Tracy raconta sa visite au chalet en compagnie de Barry et décrivit la position du ballon de volley.

— C'est certainement une coïncidence, dit Matthew. Le

ballon se trouvait dans cette position le 12 août. C'est le shérif Dillard ou l'un de ses hommes qui l'auront déplacé quand ils ont inspecté l'abri pour s'assurer qu'il ne contenait pas de dynamite.

— J'espérais, en effet, que ce serait l'explication. Mais il n'en est rien.

— Dans ce cas, pourquoi le négatif est-il daté du 12 août ?

Tracy expliqua la technique du trucage, en espérant que Matthew renoncerait à feindre et avouerait ce qu'il avait fait. Celui-ci l'écouta en manifestant une agitation croissante.

— Mais comment Mrs. Griffen aurait-elle pu opérer cette substitution ? demanda Matthew, comme Tracy achevait son explication. C'est ridicule ! Elle est enfermée chez elle depuis la dernière semaine d'août.

— Ce n'est pas elle qui l'a fait. Mrs. Griffen avait un complice. Quelqu'un qui avait accès à l'appareil et aux négatifs. Quelqu'un disposant d'une assez bonne connaissance technique pour exécuter ce trucage.

« Comment avez-*vous* pu faire une chose pareille, Matthew ? C'est une criminelle. Elle a tué un homme bon et estimable pour de l'argent, et elle a tué une jeune femme qui était mon amie.

Reynolds s'efforça vainement de garder une contenance. Un instant plus tôt, il était l'homme le plus heureux du monde. Et voici que le monde s'écroulait sous lui. Ses épaules s'affaissèrent, il se tassa dans son fauteuil et prit une profonde inspiration. Sa voix n'était plus qu'un murmure :

— Je suis désolé, Tracy. Je sais que les apparences sont contre moi, mais ce n'est pas ce que vous croyez.

Sa poitrine se souleva. Peu à peu, il reprit son calme.

— Abbie n'est pour rien dans ce trucage, et elle n'a tué personne. Ni son mari, ni Laura Rizzatti.

— Je n'en crois pas un mot.

Matthew se tut à nouveau. Tracy vit qu'il s'était mis à trembler. Il ferma les yeux et renversa la tête en arrière. Quand il rouvrit les yeux, ils étaient pleins de larmes.

— Le jour de notre premier entretien, je vous ai parlé de ces avocats, parfois parmi les meilleurs, qui se rendent à la prison à la nuit tombée et en repartent après la mort de leur client. Et je vous ai dit que ni moi ni aucun des avocats travaillant pour moi n'étions jamais allés dans une prison à la nuit tombée. Ce n'était pas vrai.

« J'y suis allé, une fois, quand j'avais huit ans. Et quand

je suis reparti, peu avant l'aube, l'homme que j'étais venu voir était mort. C'était mon père. Je l'aimais beaucoup. Il a été condamné et exécuté pour le meurtre d'une jeune femme avec laquelle il travaillait. Le procureur a convaincu les jurés que mon père avait eu une liaison avec cette femme et qu'il l'avait tuée parce qu'elle le menaçait de tout dire à ma mère. Mon père jurait qu'il adorait ma mère et que cette jeune femme n'était qu'une amie pour lui. Les jurés refusèrent de le croire et on le fit passer sur la chaise électrique.

« Deux ans après sa mort, le vrai meurtrier avoua son crime. Il travaillait lui aussi avec cette femme, et ils avaient une liaison. On avait exécuté mon père pour un crime qu'il n'avait pas commis. Si la peine de mort n'avait pas existé, il aurait encore été en prison et on me l'aurait rendu.

Matthew se laissa aller contre le dossier de son fauteuil, les yeux fermés.

— Je sais que je vous fais horreur, Tracy. Je plaide au nom de l'honneur et de la morale, et voici que je déshonore ma profession. Mais il le fallait... j'étais obligé de le faire... je n'avais pas d'autre moyen.

Il laissa passer un nouveau silence avant de lever vers Tracy un regard suppliant.

— Elle est innocente, Tracy, j'en ai la certitude absolue. Et je ne supporterais pas qu'elle meure. Elle n'était pas au courant, pour cette photo...

— Mais comment avez-vous pu en venir à forger une preuve ? demanda Tracy, d'une voix étranglée.

— Je n'en peux plus, dit Matthew. Je suis las de me battre pied à pied, d'être en procès à chaque minute de mon existence. De devoir être parfait, chaque fois, parce que mon client mourra si je ne le suis pas. C'est quelque chose qui me mine, qui m'épuise. Je n'ai plus confiance en moi. Je sais qu'un jour, je perdrai. Qu'un client mourra.

Il fit une nouvelle pause. Tracy vit qu'il cherchait ses mots et faisait un effort terrible pour continuer à parler.

— Vous ne pouvez pas savoir ce qu'a été ma vie jusqu'ici. Au début, ma solitude était ma fierté, mon honneur. J'avais une croisade à mener, une croisade contre la mort, et cela me suffisait. Puis la croisade est devenue calvaire. On attendait trop de moi. J'aurais voulu avoir quelqu'un à mes côtés pour partager ma peine, et il n'y avait personne. Puis j'ai rencontré Abbie.

Le visage de Reynolds, curieusement, n'exprimait guère d'émotion, mais des larmes ruisselaient sur ses joues.

— Je l'aime, Tracy. Je ne pourrais plus supporter de vivre, je ne pourrais plus me supporter moi-même si je ne parvenais pas à la sauver. Je ne peux pas la laisser mourir. Je ne le peux pas, c'est tout.

— On se fait facilement des illusions sur la personne qu'on aime, dit Tracy, le plus gentiment possible. Et si Abbie était bien la meurtrière du juge Griffen et de Laura ?

— C'est impossible. Je... je connais trop bien Abbie. Elle est victime d'une machination. Les pièces à conviction, d'ailleurs, les fragments de bombe le prouvent. Et l'argent ? D'où viennent les cent mille dollars découverts sur le compte de Charlie Deems ?

— Il se pourrait qu'elle ait payé Deems pour tuer le juge Griffen. Elle est très riche.

— Mais pourquoi, alors, Deems serait-il allé trouver le district attorney pour accuser Abbie ? Non. C'est quelqu'un d'autre qui a tué le juge Griffen, et qui a monté cette machination pour faire accuser Abbie.

Tracy ne doutait pas de la culpabilité d'Abbie en pénétrant dans le bureau de Matthew. Et voici qu'elle sentait vaciller sa certitude.

— Qu'allez-vous faire ? demanda Reynolds.

Tracy se souvint que Barry lui avait posé la même question.

— Pensez-vous que j'aie le choix ? J'irai voir le juge Baldwin dès cet après-midi. Vous êtes l'un des êtres humains les plus extraordinaires que j'aie jamais rencontrés. Si je parle au juge Baldwin, vous serez radié et vous irez en prison. Mais si je me tais, je serai complice de ce que vous avez fait, passible de la même sanction, et je trahirai mon serment d'officier de justice.

— Ce n'est pas à moi que je pense, Tracy. Si vous dites au juge ce que vous savez, il sera obligé d'en informer Chuck Geddes. Geddes s'en servira contre Abbie, et il est certain qu'elle sera condamnée.

— Mais elle n'était pas au courant. C'est vous-même qui venez de me le dire !

— Geddes ne le croira pas. Il dira qu'Abbie savait qu'il s'agissait d'une photo truquée, et il n'y aura que moi pour le démentir. Il en fera un argument pour réhabiliter Charlie Deems. Les jurés croiront qu'il a effectivement vu de la dynamite dans l'abri de jardin. Ils estimeront qu'une femme, un procureur, qui tue quelqu'un puis falsifie une preuve pour échapper à la justice, mérite la mort.

« Si vous parlez au juge Baldwin, vous enverrez une innocente à la mort.

3.

L'ascension de la paroi rocheuse haute d'une centaine de mètres s'avéra relativement facile jusqu'au moment où Tracy atteignit une vire courant horizontalement sur environ vingt mètres. La vire ne saillait au maximum que de trois ou quatre centimètres, et disparaissait par endroits.

Tracy n'avait pas vu le surplomb rocheux situé trois mètres plus haut et une douzaine de mètres avant le sommet car celui-ci, d'en bas, se confondait avec le sommet. Prenant délicatement appui de la pointe des pieds sur la vire, le corps plaqué contre la roche, elle examina le surplomb. Il formait au-dessus d'elle une sorte d'auvent et la roche, de part et d'autre, était beaucoup trop lisse pour qu'elle s'y risque afin de le contourner. Mais ce serait trop rageant, se dit-elle, de devoir renoncer après s'être approchée aussi près du sommet.

Tracy étudiait centimètre par centimètre et depuis plusieurs minutes la surface située sous le surplomb quand son pied délogea un petit fragment de roche. Elle ne le regarda même pas pendant qu'il tombait dans le vide car elle concentrait toute son attention sur une fissure visible au centre du surplomb. La fissure semblait assez large pour lui permettre d'y insérer sa main, à condition que celle-ci soit ouverte et bien rigide. Elle se demandait, maintenant, comment exploiter cette fissure. Il lui fallait calculer ses gestes à la fraction de seconde près, et espérer que la fissure allait en s'élargissant vers l'intérieur de la roche. Mais l'alternative était simple : ou bien elle tentait ce coup, ou bien elle admettait sa défaite et redescendait.

Tracy était vêtue d'un T-shirt blanc à manches longues et d'un caleçon noir très collant fermé aux chevilles par une fermeture Éclair au-dessus de ses chaussures d'escalade. Le temps, ce jour-là, était sec et froid. En cas de pluie, elle n'aurait pas tenté cette ascension. C'était déjà suffisamment dangereux, en solo, par beau temps.

La manœuvre qu'elle projetait n'était pas sans risques, mais Tracy ne pouvait se permettre de penser au danger. La tension nerveuse est le pire ennemi de celui qui pratique l'escalade, car elle lui donne les mains moites et il ne peut plus assurer la sécurité de ses prises. Tout en réfléchissant à ce qu'elle allait faire, Tracy plongea les mains dans le sac accroché à sa ceinture. La craie lui permettait de garder les mains bien sèches.

Les yeux rivés à la fissure, elle s'efforça de calmer sa respiration. La forêt, au-dessous d'elle, formait à perte de vue un immense tapis vert sombre, mais elle ne voyait que la surface grise et irrégulière de la roche. Une fois reposée, elle se hissa jusqu'à la base du surplomb. De là, elle prit tout son temps pour repérer les endroits où elle pourrait prendre ses appuis.

Puis elle se retourna et tendit lentement le bras droit pour glisser sa main dans la fissure. Oui, oui, oui, murmurait-elle pour elle-même en glissant ses doigts centimètre par centimètre. Elle soupira quand elle sentit que la fente étroite s'élargissait, formant une cavité à l'intérieur de la roche.

À cette hauteur, le ciel était bleu comme dans les contes de fées, parsemé de nuages blancs comme neige. Pour réussir, Tracy devait se lâcher dans le vide. Elle regarda les nuages jusqu'à se sentir aussi légère qu'eux. Elle se fit aile de papillon, fil de la vierge, pétale soulevé par le vent.

Elle ferma sa main droite et banda les muscles pour l'élargir à l'intérieur de la fissure. Puis, après s'être empli les poumons, elle se détacha de la falaise d'une poussée violente. Son poing droit était comme une boule d'acier. Pendant un bref instant, il fut son unique point de contact avec le monde. Puis, pivotant sur cette main, elle donna une nouvelle poussée pour accentuer son balancement et se hisser par-dessus le surplomb rocheux, le bras gauche tendu. Sa main libre devait, très vite, s'accrocher sur la surface invisible.

Tracy se tordit sur elle-même et ses doigts trouvèrent une prise tout juste suffisante pour supporter le poids de son corps à la seconde où, sous la force du balancement, sa main droite sortait de la fissure. Elle resta une seconde suspendue au-dessus du vide, à mi-chemin entre l'oubli et la sécurité. Puis ses doigts se raidirent et elle hissa son corps d'une traction du seul bras gauche. La main droite, à son tour, vint s'accrocher à la roche. Et un instant plus tard, elle était à plat ventre au-dessus du surplomb, des flots d'adrénaline courant dans ses veines, tremblante d'exultation.

Le sommet, désormais, était tout proche, et l'atteindre ne demandait guère de concentration. En y arrivant, Tracy se retourna lentement pour regarder, au-delà de la forêt de sapins, les montagnes couronnées de neige et hérissées de pics déchiquetés qui se dressaient dans un ciel si clair qu'il en était presque blanc. Cette vision du monde était celle d'un aigle. Tracy respirait à pleins poumons l'air pur et léger à la fois. Elle s'assit au bord du vide, dévissa le bouchon de sa gourde et but avec avidité.

L'ascension l'avait obligée à ne plus penser à rien sinon au rocher. Mais elle retrouvait, maintenant, le conflit qui dominait ses pensées depuis son réveil. L'existence de Matthew Reynolds était un exemple et un modèle pour tout avocat confronté au risque de peine de mort pour son client. Si Tracy faisait ce que la loi et la déontologie exigeaient d'elle, elle le précipiterait à bas de son piédestal. Tout ce que Matthew avait accompli de bien serait oublié à cause d'une simple faute commise par amour.

Tracy avait décidé de ne jamais révéler la vérité sur cette photographie truquée si elle avait la certitude qu'Abbie était innocente, car elle savait que le jury, s'il l'apprenait, la condamnerait à mort. Mais Abbie était-elle innocente ?

Matthew semblait persuadé que quelqu'un avait monté une machination contre Abbie. Et de nombreux éléments plaidaient pour cette thèse. Abigaïl Griffen était intelligente. Elle n'aurait jamais utilisé la même bombe que celle qui avait tué Hollins, sachant que cela ne manquerait pas d'attirer les soupçons sur elle. Et si elle avait utilisé une bombe, elle n'en aurait pas laissé des traces dans son garage. Le morceau de métal retrouvé par Torino sous l'établi ne provenait même pas de la même bombe, et on pouvait donc penser que quelqu'un l'y avait mis pour enfoncer Abbie. Et il y avait Charlie Deems. Si ces cent mille dollars constituaient le salaire versé pour un faux témoignage, Abbie était innocente.

Ce qui amenait Tracy à la question suivante. Si Abbie était innocente, qui était le coupable ? Le nom de Deems venait tout de suite à l'esprit. Mais pourquoi lui avait-on versé ces cent mille dollars ? Ou bien c'était pour tuer le juge Griffen ou bien c'était pour piéger Abbie, ou pour les deux. Mais, dans un cas comme dans l'autre, *quelqu'un* les lui avait donnés. Qui ? Et quel était le mobile de ce mystérieux commanditaire ?

Une pensée, soudain, lui traversa l'esprit. Jusque-là, elle s'était dit que soit Abbie avait tué le juge et Laura parce qu'ils étaient amants, soit ces deux meurtres n'avaient aucun lien entre eux. Se pouvait-il que le meurtre de Laura et celui du juge fussent liés, mais que quelqu'un d'autre les ait commis ? L'affaire, dans ce cas, prenait un tour entièrement nouveau.

Le juge Kelly était un suspect plausible. Avait-elle menti en disant que sa liaison avec le juge Griffen n'était qu'une aventure sans importance ? Et si c'était elle qui, dans un accès de jalousie maladive, avait tué Laura et le juge en apprenant qu'ils étaient amants ?

Puis Tracy pensa à la liste d'affaires laissée par Laura sur son calepin. Quelque chose avait tourmenté Laura au cours des semaines précédant sa mort. Il était naturel qu'elle en parle au juge Griffen, pour lequel elle travaillait, et surtout si elle était, en outre, sa maîtresse. Ces affaires et leurs minutes cachaient-elles quelque chose d'illégal ? Quelque chose que l'assassin de Laura avait cherché en fouillant son bureau et sa maison ?

Les minutes étaient un document public auquel n'importe qui pouvait accéder, mais Tracy les avait lues sans rien y trouver qui lui permît d'en saisir l'importance. Il ne servait à rien d'avoir les minutes et la liste d'affaires si on ne savait pas ce qu'on y cherchait. Si le meurtrier avait appris que le juge Griffen possédait ces documents et cette liste et qu'il en connaissait la signification, cela lui avait donné un mobile pour tuer le juge. Mais comment savoir si les minutes et la liste étaient réellement importants, et en quoi ?

Tracy aurait bien voulu ne plus penser à l'affaire et rester à jamais sur son sommet. Elle avait l'impression d'être dépassée mais qu'il lui était impossible de renoncer. Or elle n'avait pas le choix. Si elle ne parvenait pas à trouver les assassins, elle serait obligée d'aller voir le juge Baldwin et de tout lui raconter. Elle soupira, tira une poignée du mélange de fruits secs contenu dans le sachet en plastique qu'elle gardait dans sa poche et se mit à mastiquer en buvant de l'eau. Puis, après avoir minutieusement inspecté son matériel, elle entreprit de redescendre.

CHAPITRE 27

1.

Sitôt réveillée, le vendredi matin, Tracy enfila un jean et un épais sweater avant de s'installer sur sa terrasse avec un petit pain et une tasse de café noir. Tout en mangeant, elle regarda le pont basculant se relever pour laisser passer un vieux cargo au nom espagnol battant pavillon libérien. Elle regrettait que Barry ne soit pas là, à côté d'elle. Il lui manquait. C'était un amant tendre et attentionné. Plus important encore, c'était un homme tendre et attentionné. Elle comprenait qu'il ne soit pas à son côté. Elle l'admirait pour sa fidélité. Mais elle aurait voulu qu'il l'aide, et elle savait qu'elle risquait de le perdre pour de bon, si ce n'était déjà fait, si elle ne parvenait pas à prouver qu'Abigaïl Griffen était innocente.

Son petit déjeuner terminé, Tracy appela le cabinet pour dire qu'elle était malade et ne viendrait pas. Ce n'était qu'un demi-mensonge. Elle avait la mort dans l'âme, et ne se voyait pas travaillant dans un bureau où elle pouvait à tout instant se trouver face à face avec Matthew ou avec Barry. La réceptionniste lui dit que le juge Baldwin avait accepté la requête de l'accusation visant à joindre à son dossier le meurtre de Laura, et avait donné congé au jury pour le week-end. Tracy raccrocha et appela aussitôt le cabinet de Bob Packard.

— Je voulais vous remercier d'avoir mis ces minutes à notre disposition. Elles nous ont été très utiles.

— Vous m'en voyez ravi.

— J'aimerais vous demander encore un service.

— Que puis-je faire pour vous ?

— Pourriez-vous me parler d'une affaire que vous avez plaidée en appel devant la Cour Suprême — l'affaire Galarraga ?

— Ernesto va témoigner au procès Griffen ?

— Non. Pourquoi cette question ?

— Il en sait long sur Charlie Deems.

— Ah, bon ?
— Vous ne le saviez pas ?
— Non.
— Vous connaissez Raoul Otero ?
— Il est plus ou moins dans le trafic de drogue, non ?
Packard se mit à rire.
— Beaucoup plus que moins, je peux vous le dire ! Otero est un trafiquant de haute volée, et son réseau couvre une bonne partie des États de l'Ouest. Charlie Deems assurait la distribution sur Portland pour l'organisation d'Otero. Et Ernesto Galarraga travaillait pour Charlie.
Tracy réfléchit quelques secondes avant de demander :
— Les noms de Jorge Zamora ou de Pedro Cardona vous disent-ils quelque chose ?
Elle écouta avec beaucoup d'attention la réponse de Packard. Puis elle appela Medford pour parler au procureur qui avait requis contre Pedro Cardona. Quand elle raccrocha, Tracy était certaine de savoir ce que signifiait la liste de trois affaires figurant sur le bloc-notes de Laura. Et elle avait la nausée. Après la révélation de la tricherie commise par Matthew, c'était plus qu'elle n'en pouvait supporter. Si elle ne s'était pas trompée, et si elle était capable de le prouver, elle pourrait donner à la justice le nom de l'assassin du juge Griffen et sauver Matthew Reynolds du déshonneur. Elle consulta sa montre. Il était à peine neuf heures. Cela lui laissait tout le temps de se rendre à la bibliothèque de droit pour être à une heure à la Cour Suprême.

2.

Alice Sherzer embrassa Tracy et la fit entrer dans son bureau.
— Matthew Reynolds ne vous a pas encore tuée à la tâche ?
— Pas tout à fait.
— C'est aussi passionnant que vous l'espériez ?
— Matthew est un homme d'une intelligence exceptionnelle, et un avocat de grand talent, dit Tracy pour éviter de mentir.
— Vous êtes contente de travailler sur une affaire criminelle de cette importance ?
— C'est justement de cela que je voulais vous parler. De l'affaire Griffen.

Le juge Sherzer parut surprise.

— Je crains de ne pas pouvoir, Tracy. Si elle est condamnée, la Cour Suprême aura certainement à se prononcer sur son appel.

— Je sais cela. Mais je viens de découvrir quelque chose qui concerne la cour. Quelque chose que vous devez savoir. Il ne s'agit pas seulement du meurtre du juge Griffen, mais aussi de celui de Laura Rizzatti.

— Je ne comprends pas.

Tracy se tut, prise d'un léger vertige. Elle n'avait pas mesuré, jusqu'à ce moment, l'énormité de ce qu'elle s'apprêtait à dire.

— Madame, je pense que le juge Griffen et Laura Rizzatti ont été assassinés parce qu'ils avaient découvert qu'un membre de cette cour pesait sur les jugements touchant le réseau de distribution de drogue de Raoul Otero.

Alice Sherzer regarda longuement Tracy. Puis elle secoua la tête.

— Je n'en crois rien, dit-elle, sèchement.

— Écoutez-moi. Je comprends votre réaction. Moi-même, j'en suis malade. Mais je ne vois pas d'autre explication à ce que j'ai découvert.

Le juge Sherzer resta un instant silencieuse, les sourcils froncés. Puis elle pressa le bouton de l'interphone et prévint sa secrétaire qu'elle ne voulait pas être dérangée.

Tracy lui parla d'abord de la nervosité de Laura le jour où elle l'avait surprise en train de lire les minutes du procès Deems, et de la façon dont elle avait tenté de lui cacher la liste d'affaires qu'elle venait de consigner sur son bloc-notes. Puis elle lui dit comment, à son grand étonnement, elle avait retrouvé cette feuille arrachée au bloc-notes de Laura parmi les papiers saisis chez le juge Griffen.

— Je suis certaine que Laura avait découvert un lien entre ces différentes affaires et qu'elle en avait parlé au juge Griffen. Et je crois qu'on les a tués l'un et l'autre pour les empêcher de parler.

— Et qui aurait fait cela ?

— Je ne sais toujours pas ce qu'il y avait d'important, de ce point de vue, dans les minutes du procès Deems. Mais j'ai compris ce qui reliait entre elles les trois autres affaires.

Tracy en fit un rapide résumé. Puis elle dit :

— Ernesto Galarraga travaillait avec Charlie Deems, et ils travaillaient tous les deux pour Raoul Otero. Jorge Zamora était l'un des hommes de main d'Otero. Il a tué l'un de leurs concurrents dans une épicerie, et il a tué également un employé pour faire croire à un crime crapuleux. Pedro Cardona était l'un des lieutenants d'Otero dans le sud de l'Oregon. Il essayait de mettre sur pied un réseau de distribution à Medford quand il a été abattu.

« Deems, Cardona, Zamora et Galarraga travaillaient tous pour Otero. Ils ont tous été condamnés, et ont tous vu leurs jugements cassés en appel par la Cour Suprême. La cour, chaque fois, s'est divisée au moment du vote. Le juge Lefcourt s'est rangé aux côtés de la majorité dans le cas de Zamora, mais a voté contre dans les trois autres cas. Les juges Griffen, Kelly, Arriaga et Pope se sont prononcés pour l'annulation dans les quatre affaires.

« Dans toutes les affaires sauf celle de Zamora, dont le jugement a été cassé en raison d'une contestation des preuves, la cour a formulé une argumentation juridique nouvelle. Pour l'affaire Deems, elle a adopté à la majorité une règle sur les aveux qui n'est en vigueur que dans trois autres États. Pour les affaires Cardona et Galarraga, elle a opté pour une interprétation de la Constitution de l'Oregon qui va à l'encontre du Quatrième Amendement de la Constitution des États-Unis. J'ai discuté avec le procureur qui avait requis contre Cardona. Il s'est déclaré choqué par cette décision. Un cas exactement semblable avait déjà été tranché par la Cour Suprême des États-Unis. Le juge d'audience, m'a-t-il dit, a confirmé le verdict sans sourciller et la cour d'appel l'a suivi.

« J'ai passé deux heures, ce matin, à étudier les affaires criminelles jugées par la cour depuis cinq ans pour savoir si d'autres présentaient des similitudes. C'est également, je pense, ce qu'avait fait Laura. On ne retrouve dans aucune affaire la même répartition des votes entre les juges.

— Comment Laura était-elle au courant ?

— Je n'en ai pas la moindre idée. Ces jugements s'étalent sur une période de cinq ans, si bien que leurs similitudes pouvaient passer inaperçues. Mais quelque chose, dans les minutes du procès Deems, a sans doute attiré l'attention de Laura. Je soupçonne fortement l'un des juges — Kelly, Pope ou Arriaga — d'avoir pesé sur le vote de ses collègues pour casser les jugements prononcés contre des membres importants de l'organisation de Raoul Otero. Ce juge aura appris, d'une manière ou d'une autre, que Laura avait découvert la chose et en avait parlé au juge Griffen. C'est pour cette raison, selon moi, qu'on les a tués tous les deux.

— Comment une seule personne pourrait-elle en influencer trois autres ?

— Ce n'était pas joué d'avance. Mais certains juges, comme Frank Arriaga ou Robert Griffen, étaient très soucieux des droits de la défense, et vous savez comment, en cas d'hésitation au moment du vote, un bon avocat peut faire pencher la décision.

— Faites attention à ce que vous dites, Tracy. Honnêtement, pouvez-vous imaginer qu'un membre de cette cour ait tué Laura et Robert ?

— Non. Mais je peux imaginer que l'un d'entre eux ait payé Charlie Deems pour le faire. Et je crois que les cent mille dollars découverts par Matthew sur le compte de Charlie Deems étaient le salaire de ce double meurtre.

— C'est absurde, Tracy. Je les connais tous.

— Vous souvenez-vous d'avoir vu les juges Pope, Arriaga, ou Kelly plaider pour l'annulation des jugements dans ces affaires ?

— Vous savez bien que je suis tenue par le secret des délibérations.

— Bien sûr. Mais là, il s'agit d'un double meurtre, et une innocente risque d'être condamnée à la place des coupables.

Le juge Sherzer soupira :

— Vous avez raison. Mais je ne me souviens pas de ces délibérations. Certaines remontent à plus de quatre ans.

— Et le jugement en appel de l'affaire Deems ? C'est assez récent. Qui a poussé à l'annulation ?

— Il me semble que Frank Arriaga avait beaucoup insisté sur l'utilisation illégale d'un indicateur. Stuart et lui ont argumenté avec véhémence pour que l'appel ne soit pas rejeté.

— Mais c'est le juge Griffen qui a rédigé les attendus. Pourquoi ?

— Frank devait s'en charger, mais il était très occupé par une autre affaire, un litige en matière d'expropriation, et il a demandé à Robert de le faire à sa place. Comme ils étaient d'accord sur le fond et que Robert n'était pas sollicité par ailleurs, il a accepté.

— Avez-vous une idée de ce qui aurait pu pousser le juge Arriaga à travailler pour Raoul Otero ?

— Certainement pas ! Et je ne vois pas, non plus, Frank assassiner qui que ce soit. C'est une idée grotesque.

— Pour de l'argent, peut-être ? N'est-il pas endetté ? N'a-t-il pas un problème de drogue ?

— Frank Arriaga est un homme exquis, heureux en ménage et père de deux enfants qui l'adorent. Je me demande même s'il boit de l'alcool, le malheureux ! Vous délirez complètement, si vous croyez que c'est lui votre assassin.

— Et Mary Kelly ?

Le juge Sherzer fronça les sourcils.

— Elle n'aurait pas l'argent pour mobile. Elle a fait une brillante carrière d'avocate avant d'entrer à la cour, et elle a réalisé depuis d'excellentes opérations en Bourse.

— Saviez-vous qu'elle avait une liaison avec le juge Griffen ?

— Non, mais je n'en suis pas surprise. Mary ne s'entend pas avec son mari.

— Le juge Griffen a pu lui dire ce que Laura avait découvert, sans se rendre compte qu'il l'avertissait du danger.

— Je crains de ne pouvoir vous aider, Tracy. J'ai beau chercher, je ne vois rien qui me permette de mettre en doute l'honnêteté de Mary.

— Il nous reste donc le suspect le plus probable. Arnold Pope est un ancien procureur ultra-conservateur. Vous ne trouvez pas bizarre qu'il se soit battu pour casser les jugements condamnant deux meurtriers et deux trafiquants de drogue ?

— Arnold est spécial. C'est le plus têtu et le plus exaspérant des juges avec lesquels j'aie jamais travaillé, mais il cherche souvent à se composer un personnage. Il n'est pas sûr de lui et veut absolument se faire valoir à nos yeux. Il sait qu'on le tient pour un bouffon, qu'on lui en veut pour la manière dont il a mené campagne pour se faire élire à la place d'un juge de grand talent qui était aimé et respecté de tous. Alors, pour montrer qu'il est un juriste lui aussi, Arnold prend parfois des positions tout à fait contraires à ce qu'on attendrait de lui.

— Saviez-vous que Pope faisait des avances à Laura ?

— Non.

Tracy raconta l'incident de la bibliothèque.

— J'en ai parlé au juge Griffen, le jour de mon départ. Il m'a dit qu'il allait en informer tous ses collègues.

— Il a été bouleversé par le meurtre de Laura. Il aura sans doute oublié. Qu'avez-vous l'intention de faire, Tracy ?

— Je n'en sais rien. Je comptais un peu sur vous pour m'aider à y voir plus clair.

— Je regrette de vous décevoir. Mais je continue à douter

fortement que l'un de mes collègues ait pu travailler pour un trafiquant de drogue. C'est trop énorme.

— Ne trouvez-vous pas énorme l'assassinat du juge Griffen et de Laura Rizzatti, sa collaboratrice, à moins d'un mois d'intervalle ? Ce pourrait être une coïncidence, mais je ne le pense pas. Je me souviens très bien du soir où Laura a été tuée. J'étais dans la bibliothèque, à l'étage au-dessus, pour préparer une note à votre intention sur l'affaire Scott. Quand je suis descendue, il y avait de la lumière dans le bureau de Laura, mais la partie du bâtiment où se trouvent les bureaux des autres clercs était plongée dans l'obscurité. Je suis entrée chez Laura. J'ai vu que quelqu'un avait fouillé, et j'ai aussitôt voulu téléphoner à Laura. C'est à ce moment que j'ai entendu la porte du palier se refermer.

« Si j'avais réfléchi, je ne l'aurais jamais fait, mais je me suis précipitée dans le couloir. Il n'y avait personne. J'ai couru jusqu'à la porte de derrière, et je n'ai vu personne, non plus, sur le parking. Comme j'avais peur et que je ne voulais pas rester dans le bâtiment, je me suis calmée et je suis retournée dans mon bureau pour récupérer mes papiers. J'avais l'intention de revenir le lendemain matin pour achever la rédaction de cette note. Et j'ai découvert le corps de Laura. Vous voyez où je veux en venir ?

— Non.

— Où l'assassin était-il passé ? Je suis arrivée dans le couloir quelques secondes après que la porte s'est refermée. Si l'assassin était sorti par l'avant du bâtiment, j'aurais entendu la porte. Même chose pour la porte de derrière. Et il n'y avait personne sur le parking. Quelqu'un qui ne connaissait pas l'immeuble serait sorti immédiatement pour s'enfuir, mais un habitué, quelqu'un qui y travaillait, pouvait s'éclipser en filant à l'étage supérieur.

« La personne qui a tué Laura était familière des lieux, ce qui lui a permis de disparaître aussi rapidement sans que je l'entende. Je pense que cet assassin a filé à l'étage au-dessus et qu'il a attendu que je revienne dans mon bureau pour redescendre et quitter l'immeuble.

Le juge Sherzer réfléchit un instant. Puis elle dit, comme quelqu'un qui vient d'arrêter une décision :

— Je ne crois toujours pas à votre théorie, mais je vais en parler à Stuart.

— Merci. Et, s'il vous plaît, essayez de vous souvenir des délibérations. Si je ne me suis pas trompée, le juge qui est derrière tout cela a dû se donner beaucoup de mal pour influencer les votes de ses collègues. Si vous trouvez le commun dénominateur entre ces quatre affaires, vous aurez le nom de l'assassin.

3.

En quittant le juge Sherzer, Tracy reprit l'autoroute pour Portland. Elle était certaine de savoir pourquoi on avait assassiné Laura et le juge Griffen. Mais elle ne savait toujours pas quel indice avait conduit Laura à identifier le juge qui travaillait pour Raoul Otero. Personne ne croirait, en l'absence d'une preuve, qu'un juge corrompu siégeait à la Cour Suprême. Elle pouvait seulement espérer que cette preuve se trouve dans les minutes du procès.

Laura, estimait-elle, n'avait jamais entendu parler de Charlie Deems, ou de son affaire, avant que la Cour Suprême n'ait à statuer sur son appel. S'il en était ainsi, l'information contenue dans les minutes devait forcément concerner le juge corrompu. Mais Tracy avait lu ces minutes, et aucun juge n'était mentionné dans le volume XI.

Tracy arriva chez elle à quatre heures et demie et repartit aussitôt pour courir le long du fleuve, seulement vêtue d'un short et d'un T-shirt malgré la fraîcheur ambiante. Elle ressentait encore les courbatures provoquées par son escalade, mais ses muscles ne tardèrent pas à se réchauffer. Tout en courant sans forcer l'allure, elle passa en revue tout ce qu'elle savait à propos des meurtres de Laura et du juge Griffen. Et quand le sujet fut épuisé, elle n'avait pas avancé d'un pouce.

Tracy fit demi-tour pour rentrer chez elle. Une pluie fine s'était mise à tomber, refroidissant son enthousiasme pour la course. Il lui manquait la compagnie de Barry. Elle se sentait si bien quand ils étaient ensemble. Était-il vraiment décidé à rompre si elle révélait ce que Matthew avait fait ? L'idée de perdre Barry lui faisait peur. Mais si elle acceptait, pour lui, de renier ses principes, leur relation y survivrait-elle ? Un tel sacrifice ne risquait-il pas de tuer tout sentiment entre eux ?

Tracy sentit un pincement dans sa poitrine qui n'avait rien à voir avec l'exercice. Tout allait si bien entre Barry et elle, c'était si doux à vivre. Pourquoi tout cela devrait-il finir ? Elle n'oublierait jamais cette matinée sur la plage, le jour où ils étaient allés à la maison des Griffen, et le merveilleux pique-nique qui avait suivi.

Tracy s'arrêta à mi-chemin. L'Overlook. Elle se courba en deux pour souffler, les mains appuyées sur ses genoux. Ils étaient allés à l'Overlook, après le pique-nique, et elle avait consulté le registre. Que n'y avait-elle pensé plus tôt ? Elle se redressa, soudain insensible au froid et à la pluie. Et elle suivit le fil de ses pensées jusqu'à la conclusion logique, inévitable. C'était bien ça !

Elle courut jusqu'à son appartement, prit une douche et se changea. Elle était impatiente de relire les notes qu'elle avait prises à la suite de sa visite à l'Overlook, mais il lui fallait attendre que tout le monde soit parti, y compris, elle l'espérait, Barry.

La pluie cessa vers six heures et demie. Tracy constata avec soulagement que l'étage privé de Matthew Reynolds était plongé dans l'obscurité. Elle pénétra dans l'immeuble par l'arrière et trouva tout de suite ses notes dans le tiroir de son bureau. Il ne lui restait plus qu'à relire les pages 1289 et 1290 du volume XI pour confirmer ses soupçons. Puis elle ressortit, monta dans sa voiture et prit la direction de Salem.

4.

À sept heures précises, le vendredi soir, au moment où Tracy quittait l'autoroute par la deuxième sortie vers Salem, Bobby Cruz arrêtait sa voiture sur une contre-allée et se dirigeait, à travers champs, vers la ferme dans laquelle Chuck Geddes cachait Charlie Deems. L'herbe était encore humide de la pluie de l'après-midi et une odeur d'ozone flottait dans l'air. Quand il atteignit la maison, Cruz en fit prudemment le tour en s'approchant de chaque fenêtre pour localiser ses cibles.

Les deux flics chargés de veiller sur Deems se trouvaient dans le living-room, en train de suivre un jeu télévisé. Deems, malheureusement, n'était pas avec eux. Dommage, car s'il avait eu les trois hommes en même temps au bout de son canon, Cruz aurait pu abattre Deems et s'enfuir sans avoir à descendre les flics. Mais, vu les circonstances, il lui fallait d'abord se débarrasser de ces deux-là. Non que Cruz eût une répugnance particulière à tuer des flics. Mais Otero faisait une véritable paranoïa pour tout ce qui risquait de compromettre les affaires. Cruz allait se faire sonner les cloches par Raoul, il le savait.

Cruz poussa une porte latérale qui n'était pas fermée à clé et se glissa à l'intérieur, dans une petite entrée ouvrant sur la cuisine. Un escalier, sur sa droite, conduisait au premier étage. Deems, se dit-il, devait se prélasser là-haut, dans l'une des chambres.

Une même stupéfaction se peignit sur le visage des deux flics à l'entrée de Cruz dans le living-room. L'un d'eux était en train de boire un verre de soda, son assiette posée en équilibre sur ses genoux. Il bondit sur ses pieds. Des morceaux de pain, une tranche de tomate et quelques filets de dinde s'envolèrent avec l'assiette. Cruz lui logea une balle dans le front à l'instant où sa main atteignait la crosse de son revolver. Il était déjà mort quand l'assiette se brisa sur le carrelage.

L'autre flic avait des réflexes rapides. Il se jeta au sol en roulant sur lui-même pendant que Cruz tirait sur son partenaire. Il était presque prêt à faire feu quand Cruz le tua à bout portant d'une balle dans l'oreille. Cruz prit une seconde pour s'assurer que les deux hommes étaient bien morts.

Son revolver étant muni d'un silencieux, il avait agi en faisant un minimum de bruit. Il sortit du living-room pour examiner l'entrée en tendant l'oreille, au cas où Deems bougerait. Et comme il n'entendait rien, il s'approcha de la cuisine pour s'assurer que personne ne s'y trouvait avant de monter au premier étage finir le travail.

Cruz s'affaissa sur lui-même contre la porte de la cuisine, en proie à une douleur inimaginable. Une douleur aveuglante qui lui mordait la face avec une telle intensité qu'il n'entendit pas le cri de fureur animale jailli de la gorge de Deems à l'instant où celui-ci retournait la lourde poêle en fonte pour le frapper, cette fois, avec le rebord. Cruz s'écroula au sol, l'os de la pommette droite éclatée.

Au moment où il lançait la poêle, Deems semblait affolé. Mais un sourire transforma ses traits en un masque démoniaque quand il se pencha pour regarder Cruz qui se tordait à ses pieds. Le visage de ce dernier, fracassé par la poêle, n'était plus qu'une bouillie sanglante.

Deems retint son souffle. Projeté en arrière par le premier coup, Cruz avait laissé tomber son revolver avant de s'écrouler. Charlie le ramassa et le posa sur une table. Puis il écrasa du pied, méthodiquement, les mains de Cruz. Une fois certain de l'avoir réduit à l'impuissance, il alla inspecter le living-room. Les deux flics étaient bien morts. Deems ne prit même pas la peine d'y regarder de près.

Cruz laissa échapper un gémissement.

— Il est temps de se mettre au boulot, dit Deems avec un soupir.

Il repartit vers la cuisine, où il trouva plusieurs couteaux bien affûtés et un pichet qu'il emplit d'eau glacée. Cruz suivait tous ses gestes d'un œil vitreux.

— Eh, Bobby, comment tu te sens ? demanda Deems avec son radieux sourire.

Cruz aspirait l'air à grand-peine entre ses lèvres ensanglantées.

— Désolé, pour tes dents, gloussa Deems. T'auras un peu de mal à draguer pendant quelque temps, *amigo*.

Cruz essaya de dire : « Je l'encule », mais sa bouche se tordit vilainement. Deems se pencha et tendit la main pour lui ébouriffer les cheveux.

— Je regrette, Bobby, mais vraiment, t'es pas mon type. Je préfère Abigaïl Griffen. Merci quand même pour la proposition.

Cruz bredouilla quelque chose d'incompréhensible, et Deems sourit.

— Ah, Bobby, je sens que t'es encore en train de m'insulter ! Pas vrai ? Mais tu devrais pas. C'est pas la peine de la jouer macho, quand on est un garçon intelligent comme toi. Dans ce genre de situations, tu vois, faut faire travailler sa matière grise. T'aurais dû y penser, avant d'entrer par cette porte de côté. Tu t'es pas demandé pourquoi c'était la seule qu'on n'avait pas fermée à clé ?

Deems se tut pour observer la réaction de Cruz, mais Cruz lui refusa ce plaisir. Pas grave. Deems aimait qu'on lui résiste un peu. Il s'accroupit à côté de Cruz et poursuivit son bavardage comme s'il s'était trouvé avec un ami dans un bistrot, devant une bonne bière brune.

— Je savais bien que Raoul t'enverrait tôt ou tard, alors j'ai guetté. Quand je t'ai vu crapahuter dans l'herbe comme un pauvre *chicano* qu'essaye de passer la frontière, je suis descendu pour t'ouvrir la porte.

« Je devrais t'en vouloir, vu que t'as essayé de me tuer, mais pas du tout. Parce que ce que t'avais pas prévu, c'est que grâce à toi j'allais pouvoir faire quelques vilaines petites choses sans le moindre risque. Je vais m'offrir une petite promenade, figure-toi. Et quand je reviendrai, j'appellerai Geddes. Je lui raconterai comment t'as tué les flics, et comment t'as essayé de m'avoir moi aussi. Tu vas me servir d'alibi, Bobby ! C'est pas un joli plan, ça ?

Cruz le fixait toujours d'un air de défi. Deems se mit à rire.

— Sois pas comme ça, Bobby. Je comprends pas pourquoi tu m'en veux. D'ailleurs, si tu m'expliques où t'as planqué ta bagnole, je promets de te tuer rapidement. Qu'est-ce que tu dis de ça ?

— Va te faire foutre, parvint à articuler Cruz.

— Décidément, Bobby, tes propositions sont bien tentantes, mais je préfère jouer à « Jeopardy ». Les gardes nous laissaient le regarder, là-bas, quand j'étais en taule. De tous les jeux de la télé, c'est celui-là que je préfère, et je peux te dire que je marque des points. Tu sais jouer à « Jeopardy », Bobby ?

Cruz restait muet. Deems lui planta la lame d'un petit couteau dans la cuisse. Un cri perçant lui répondit et la jambe de Cruz se détendit comme un ressort, provoquant une nouvelle onde de douleur dans son visage fracturé.

— Ça marche, expliqua Deems. Fallait que je sache si tu pouvais parler, vu que pour jouer à « Jeopardy », faut répondre aux questions.

Deems retira le couteau de la plaie et Bobby poussa une plainte. Deems lui jeta de l'eau glacée au visage et le gifla à toute volée. Cruz ouvrit les yeux. Deems le gifla une nouvelle fois, encore plus violemment.

— Fais bien attention. Je vais t'expliquer comment on joue. Je te dis la réponse, et tu dois me donner la question. Par exemple, si je dis : « Il a été le premier Président des États-Unis », tu dois répondre : « Qui était George Washington ? » Tu piges ?

« Si tu trouves toutes les réponses, tu gagnes le super-prix. Un séjour à Hawaï tous frais payés pour toi, ta femme et des gosses, et une Buick décapotable. Pas mal, hein ? Mais si tu te trompes, aïe ! Un gage ! Je te dirai pas quel gage, je te laisse deviner.

Charlie cligna de l'œil et constata avec satisfaction que toute lueur de défi avait disparu du regard de Cruz. On y lisait maintenant de la peur. Cruz était un dur, mais Charlie était dément, et sa folie était plus évidente que jamais. Cruz ne pouvait rien espérer, rien tenter avec lui. Il était confronté à la folie dans tout ce qu'elle a d'imprévisible.

— Nous allons jouer, pour commencer, dans la catégorie « Histoire de l'Amérique ». Voici la réponse : « Il fut secrétaire d'État du président Millard Filmore. » Quelle était la question ?

— Quoi ?

— Mauvaise réponse, Bobby. Watt était l'ingénieur écossais qui perfectionna la machine à vapeur.

Saisissant la main de Cruz, il brandit son couteau et la cloua au sol. Cruz s'évanouit. Deems lui lança de l'eau glacée au visage et attendit patiemment qu'il revienne à lui. Puis il se pencha pour lui souffler à l'oreille.

— Jeopardy ! C'est plutôt violent, comme jeu. Si on trouve pas la bonne réponse, ça peut vous coûter cher.

— Ça va, ça va, je vais te dire..., gémit Cruz, les yeux agrandis par la terreur.

— C'est pas comme ça que ça marche, Bobby. Il faut attendre la question. Cette fois, tu vas tenter le « Double Jeopardy » ! Si t'as le premier prix, tu gagnes un voyage à Disneyland, et tu seras présenté à Miss America. Si tu gagnes le deuxième prix, t'as le droit de la baiser.

Deems sourit en prenant un autre couteau.

— Évidemment, il y a aussi un double gage en cas de mauvaise réponse. Dans les yeux, cette fois. Prêt ? Voici la réponse : « Il a été lauréat du prix Pulitzer en 1974. » Quelle était la question, Bobby ?

— S'il te plaît, Charlie, s'il te plaît, sanglota Cruz.

— Le gong ! hurla Deems dans l'oreille de Cruz. Perdu !

Saisissant la joue de Cruz, il lui planta la lame du couteau sous l'œil gauche. Cruz fut pris d'un violent tremblement. Il tenta de secouer la tête, mais Deems le maintenait d'une poigne solide. Des larmes giclèrent de ses yeux, se mêlant au sang.

— La voiture est à côté du champ, cria Cruz. Sur la contre-allée !

Deems sourit froidement, secoua la tête d'un air dégoûté.

— Tu me déçois, Bobby. J'aurais cru que tu tiendrais plus longtemps. T'es pas un vrai dur, au fond.

Il prit son revolver et tira entre les deux yeux. Puis il fouilla les poches de Cruz, trouva les clés de la voiture, et monta au premier étage où il changea de vêtements. Quand Charlie quitta la maison, il se sentait bien. Bobby Cruz lui avait offert une excellente entrée en matière. Il était prêt pour la suite.

5.

Une petite femme d'aspect revêche, au visage parcheminé, vint ouvrir la porte du juge Pope.

— Mrs. Pope, je suis Tracy Cavanaugh. J'ai travaillé comme clerc auprès du juge Sherzer. Nous nous sommes vues au pique-nique de fin d'année.

— Ah, en effet.

— Le juge Pope est-il là ? J'aimerais m'entretenir quelques minutes avec lui. C'est très important.

— Il est presque huit heures, Miss Cavanaugh. Ça ne peut pas attendre demain ? Arnold est rentré très fatigué.

— Je suis désolée, mais c'est vraiment urgent. Je vous promets de ne pas être longue.

— Très bien, dit Mrs. Pope sans cacher sa désapprobation. Entrez, je vais voir s'il peut vous recevoir.

Les Pope habitaient une maison moderne, de style ranch, dans les collines situées au sud de Salem. Tracy attendit dans une entrée au sol dallé et aux murs blanchis à la chaux. Un bouquet de jonquilles jaillissait d'un haut vase en grès posé sur une petite table en marbre au-dessous d'un miroir. Les jonquilles étaient jaunes, le vase bleu, le cadre du miroir, doré.

— Tracy ! Quel plaisir de vous voir ! s'exclama aimablement le juge Pope en lui souriant comme à une vieille amie.

— Je suis désolée de vous importuner si tard.

— Pas de problème. Myra me dit que vous avez quelque chose d'important à discuter. Allons dans mon bureau.

Tracy suivit le juge dans les profondeurs de la maison. Deux volées de marches les conduisirent au sous-sol. Dans la partie gauche de la vaste pièce aux murs lambrissés, deux chaises longues étaient disposées face à un récepteur de télévision à grand écran. À droite, dans un angle, se trouvait un petit bureau. On voyait sur les rayonnages des livres condensés édités par le Reader's Digest, quelques best-sellers et divers recueils de lois.

Le sourire de Pope disparut dès qu'ils furent seuls.

— Vous ne manquez pas de culot, pour venir chez moi à l'improviste après les mensonges que vous avez racontés aux policiers à mon sujet.

— La mort de Laura m'avait bouleversée. C'était mon amie. Je voulais aider la police, et je croyais sincèrement vous avoir surpris en train d'importuner Laura.

— Eh bien, il n'en était rien. Et je n'aime pas qu'on raconte des histoires dans mon dos.

— Si je me suis trompée, je vous prie de m'en excuser. Le juge Griffen m'avait dit que vous étiez un habitué de la chose...

— Comment ! Je n'ai jamais... Écoutez, Miss Cavanaugh, je sais que toutes ces dames faisaient les yeux doux à Robert Griffen, le grand protecteur des droits constitutionnels, mais Griffen n'était pas un ange. C'est lui, et pas moi, qui faisait des avances aux clercs ! Je suis surpris qu'il n'ait pas essayé avec vous. Qu'y a-t-il de si important pour que vous me dérangiez en pleine soirée ?

— Je suis tombée sur des informations qui semblent prouver que le meurtre de Laura Rizzatti et celui du juge Griffen sont liés. Pouvez-vous me dire ce qui semblait tellement perturber Laura le jour où je vous ai vus tous deux dans la bibliothèque ?

— Je ne devrais même plus vous saluer, après ce que vous avez dit sur moi, et je ne vois pas en quoi ma conversation avec Laura dans la bibliothèque aurait quelque chose à voir avec son assassinat.

— Je vous en prie. Vous pouvez me croire quand je vous dis que c'est de la plus haute importance.

Pope fronça les sourcils et resta silencieux un moment avant de se décider à répondre.

— Bon. Je vais vous dire ce qui s'est passé ce jour-là. Et ensuite, vous me laisserez tranquille.

— Merci.

— C'est Laura qui avait voulu me voir. Elle m'a tout de suite demandé pourquoi je m'étais prononcé pour l'annulation de la condamnation de Charlie Deems. Je lui ai répondu que ça ne la regardait pas. Je devais avoir l'air furieux, car j'ai eu l'impression qu'elle paniquait. Je lui ai mis la main sur l'épaule en lui disant de se calmer. C'est à ce moment que vous êtes arrivée. En vous voyant, Laura s'est écartée de moi. Elle semblait avoir peur. J'ai eu l'impression qu'elle était affolée à l'idée que vous nous ayez peut-être entendus. Je suis reparti, et les choses en sont restées là.

— Pourquoi avez-vous voté pour l'annulation ? demanda Tracy.

— C'est confidentiel.

— Écoutez. J'ai de fortes raisons de croire que l'un des juges de la Cour Suprême a été payé pour peser sur les décisions dans les affaires impliquant des membres du réseau de

Raoul Otero. Sur une période de cinq ans, quatre d'entre eux ont vu les jugements qui les avaient condamnés cassés en appel. Vous-même, le juge Griffen, le juge Kelly et le juge Arriaga avez voté, chaque fois, pour l'annulation. Je pense que Laura Rizzatti avait découvert lequel d'entre vous s'était laissé acheter par Otero. Si l'un des trois juges que je viens de citer a fait pression sur vous lors de ces délibérations, il se pourrait que ce soit lui, l'assassin de Laura Rizzatti.

Pope regarda Tracy comme si elle était devenue folle.

— Ce que vous dites est complètement délirant. Avez-vous perdu la tête ?

— Non, monsieur. Mes soupçons reposent sur des faits.

— Je n'en crois rien. Et je peux vous affirmer qu'aucun de ces trois juges n'a jamais...

Il se tut soudain, comme s'il venait de se rappeler quelque chose. Il parut gêné. Et quand il se remit à parler, son ton était nettement moins assuré.

— Entre juges, il arrive qu'on joue donnant, donnant. J'avais une affaire en cours, à laquelle je tenais beaucoup, concernant les permis de pêche. L'un de mes collègues m'a promis qu'il me soutiendrait si je votais avec lui dans cette affaire Deems. Or pour Deems, justement, j'étais très partagé. Je trouvais inacceptable le fait que la police ait introduit un mouchard dans sa cellule pour le faire parler. Deems méritait la peine capitale, sans aucun doute. Mais on avait violé la loi pour en arriver là. Moi-même, je ne me serais jamais livré à ce genre de manœuvre quand j'étais procureur.

— Vous avez donc modifié votre vote.

— Oui. Et l'autre juge m'a soutenu dans l'affaire des permis de pêche.

— Vous avez fait de même pour casser les jugements prononcés dans les affaires Galarraga, Zamora et Cardona. Essayez de vous en souvenir. Est-ce le même juge qui a argumenté, chaque fois, pour vous amener à modifier votre vote ?

— Seigneur, dit Pope, en blêmissant.

— Qui était ce juge ? demanda Tracy, certaine de connaître la réponse.

6.

Abbie avait préparé du poulet aux abricots et aux avocats arrosé d'une sauce à la crème légère. Pour l'accompagner, elle avait choisi une bouteille de vouvray. Elle avait déjà concocté de nombreux dîners pour Matthew, et celui-ci commençait à apprécier cette cuisine nettement plus originale que ses sempiternels steaks-salade.

Pendant qu'Abbie mettait la dernière touche à sa préparation, Matthew alluma un grand feu dans la cheminée du living-room. Ils avaient pris l'habitude de s'installer, après le dîner, sur le canapé qui faisait face à la cheminée pour déguster leur café. Matthew semblait préoccupé, le matin, pendant l'audience consacrée à la requête de Chuck Geddes, et il avait à peine desserré les lèvres pendant ce début de soirée. Abbie ne s'en étonnait pas. Ils craignaient l'un et l'autre que le juge Baldwin ne se prononce pour la réouverture du dossier d'accusation. Mais Abbie espérait voir Matthew se détendre quand ils se retrouveraient en tête à tête.

— Qu'y a-t-il ? demanda-t-elle en posant sa main sur celle de Matthew.

— Rien, murmura Matthew.

Il aurait bien voulu profiter de cette soirée. Mais comment se sentir heureux, en sachant que la liberté d'Abbie et sa propre carrière dépendaient de la décision que prendrait Tracy Cavanaugh, et pouvaient être définitivement compromises si elle parlait au juge Baldwin de cette photo truquée ?

— Tu as l'air tellement soucieux.

— Je pense à notre affaire. Je crains de ne pas pouvoir empêcher le juge Baldwin de joindre le meurtre de Laura Rizzatti au dossier.

Abbie versa le café dans les tasses, puis se retourna vers Matthew, pressa doucement sa main contre sa joue et dit :

— Oublions tout ça pour ce soir.

Matthew posa sa tasse. Abbie se pelotonna contre sa poitrine.

— Touchant spectacle, dit Charlie Deems, depuis le seuil de la pièce.

Abbie s'écarta vivement et Matthew bondit sur ses pieds. Deems leur décrocha son plus beau sourire de détraqué tout en se curant négligemment l'oreille de la pointe de son petit doigt. Ses cheveux noirs et luisants étaient plaqués sur son crâne. Il avait l'air d'un garçon de ferme endimanché, mis à part le revolver muni d'un silencieux qui se balançait au bout de sa main droite.

— On s'embête pas, à ce que je vois.

— Que faites-vous ici ? demanda Abbie en se plaçant à côté de Matthew.

— Je voulais vous dire un petit bonjour, répondit Deems en traversant la pièce d'un pas tranquille. (Il s'arrêta à deux mètres d'eux.) Je suis la dernière personne que vous vous attendiez à voir. Pas vrai ?

— Je vous prie de sortir.

— Ben voyons ! Et comme ça, vous pourrez faire vos cochonneries avec le gros malin que voilà ! Évidemment que si j'étais à votre place, j'aurais pas envie d'avoir un Charlie Deems chez moi. Je peux pas vous reprocher ça. Pensez donc : un assassin, un repris de justice ! Comment vous disiez, au procès, en parlant de moi ? un animal privé de sentiments — c'est bien ça ?

— Que voulez-vous, Mr. Deems ? demanda Matthew.

— Eh bien, il se pourrait que j'aie envie de me venger de la personne qui m'a envoyé attendre la mort dans cette petite cellule — l'antichambre de la mort, comme on dit. Je me rappelle chaque minute passée là-bas, madame le procureur. (Deems regardait Abbie, vaguement rêveur, comme quelqu'un qui se souvient d'un radieux matin d'été.) Figurez-vous que les toilettes de l'étage au-dessus fuyaient. Figurez-vous qu'à un moment, on était deux fois trop nombreux, là-dedans. Pour manger, j'étais obligé de m'asseoir sur la cuvette des chiottes. C'est moche, non ? Quand on met des gens dans des situations pareilles, faut pas s'étonner, ensuite, qu'ils vous en veuillent, qu'ils aient la rage au ventre et l'envie de vous faire mal pour de bon.

Deems se tut une seconde. Puis il sourit à nouveau. Abbie avait la bouche sèche et tous ses sens étaient en éveil.

— Un viol. Je parie que c'est à ça que tu penses, et que t'es déjà en train d'imaginer la scène, hein ? Tu te vois, attachée sur le lit, à poil, en train de gueuler, sans personne pour te porter secours ? À ma merci ? C'est pas joli-joli, hein ?

Il laissa planer un silence. Puis il fit un pas en direction d'Abbie. Elle se rapprocha de Matthew.

Deems sourit à nouveau.

— J'espérais passer un grand week-end en tête à tête avec vous, madame le procureur. Malheureusement, je suis un peu pressé. Je vais être obligé de vous expédier plus vite que prévu.

Matthew vint se placer devant Abbie.

— Ne la touchez pas.

Deems éclata de rire.

— Qu'est-ce que tu vas faire, toi ? Un contre-interrogatoire ? (Le sourire disparut.) J'ai pas aimé la façon dont tu m'as traité à l'audience. T'as essayé de me faire passer pour un crétin. À vrai dire, je vous aime pas beaucoup, ni l'un, ni l'autre. Donc, je vais m'occuper d'abord de la petite dame, pendant que toi, tu regarderas. T'apprendras peut-être une ou deux choses. Puis je vous tuerai tous les deux. Le plus lentement possible. Et ça sera à mon tour de regarder.

Matthew chargea, la tête en avant. L'attaque prit Deems au dépourvu. Reynolds le repoussa jusqu'au mur, mais c'était la première fois qu'il se battait depuis ses années de lycée, et il ne sut que faire ensuite. Deems lança son genou entre les jambes de Matthew. Celui-ci se plia en deux, le souffle coupé. Il lâcha prise. Deems vit Abbie se précipiter hors de la pièce et donna un violent coup de tête à Matthew. Matthew partit à reculons, en titubant. Deems entendit Abbie dans l'escalier menant au premier étage et tira sur Reynolds, l'atteignant à la hanche. Matthew, l'air hébété, s'écroula à ses pieds.

— C'est maintenant que les réjouissances vont commencer. Toi, tu ne bouges plus et tu m'attends ici. Pas d'objection ?

Matthew haletait de douleur. Deems lui décrocha un violent coup de pied dans les côtes. Matthew perdit connaissance.

— Objection rejetée.

Deems repartit vers l'escalier. Il s'immobilisa un court instant au bas des marches pour écouter, puis monta. Arrivé en haut, il se mit à crier :

— Sors de là, toi ! Sors de ton trou !

Pas de réponse.

— Plus longtemps je mettrai à te trouver, plus longtemps vous mettrez à mourir, ton petit copain et toi !

Deems se tut, écouta. Toujours le silence. Il regarda le corridor qui partait devant lui. Il y avait deux portes d'un côté, trois de l'autre. Il poussa la première, qui s'ouvrit sur une salle de bains vide.

La porte suivante était celle de la chambre d'Abbie. Deems trouva la chambre très bien. Il vit tout de suite que le lit était fait de telle sorte qu'il pourrait y attacher Abbie par les pieds et par les mains. Un sourire d'anticipation apparut sur son visage. Puis il se baissa pour regarder sous le lit. Abbie ne s'y trouvait pas. Elle était peut-être dans la penderie, se dit-il. Il ouvrit la porte à la volée, écarta d'un geste rageur les robes qui formaient un rideau cachant le fond. Abbie n'était pas là non plus. Il ressortit dans le couloir.

— Tu commences à m'énerver, salope ! hurla-t-il. Sors de là avant que je me mette à découper les doigts de ton petit copain en rondelles !

Il attendit, espérant que ces menaces amèneraient Abbie à quitter sa cachette, comme le lion qu'on débusque en faisant du tapage dans les fourrés, mais rien ne se passa.

Deems ouvrit d'un coup de poing la porte de la chambre d'amis. Il entendit un sanglot en provenance du placard et sourit en retenant son souffle. Quelques secondes passèrent puis un autre bruit de sanglot lui parvint, étouffé, à peine audible. Il se détendit, posa son revolver sur le lit. Il ne voulait pas prendre le risque d'abattre Abbie et de gâcher le plaisir qu'il se promettait. Il s'approcha du placard sur la pointe des pieds, compta silencieusement jusqu'à trois et ouvrit brutalement la porte en criant :

— Surprise !

Mais la surprise fut pour lui. Abbie était assise par terre, adossée à la cloison. Le revolver qu'elle avait toujours dans son sac était braqué sur Deems. Ses traits étaient calmes et il n'y avait pas de larmes sur ses joues. Charlie comprit en un éclair qu'elle l'avait délibérément attirée jusqu'au placard avec de faux sanglots. Une onde de peur le traversa, puis il se souvint de l'ange noir.

Charlie se redressa lentement et écarta les bras comme un ange écarte ses ailes pour prendre son envol. Il savait maintenant que l'ange était dans la pièce, présence lumineuse à ses côtés, pour le protéger de tout. Il n'avait pas peur de l'arme braquée sur lui, car rien ne pouvait l'atteindre dès lors que l'ange veillait sur lui.

— Qu'est-ce que tu veux faire ? Me tirer dessus ? demanda Deems avec un sourire satisfait.

Abbie ne répondit pas. Elle pressa la détente. Deems ouvrit de grands yeux incrédules en recevant la première balle et mourut avec, sur le visage, un air de totale stupéfaction.

CHAPITRE 28

1.

Le lendemain, le juge Baldwin, à la demande de Jack Stamm, mit fin à la surveillance électronique de la maison d'Abbie. Le vendredi, dès que les médecins autorisèrent les visites, elle se rendit au chevet de Matthew à l'hôpital St. Vincent.

Tracy attendit la fin des visites et réussit à faire sortir Abbie et les autres personnes présentes sous prétexte qu'elle devait discuter d'un dossier confidentiel avec son patron.

— Comment vous sentez-vous ? demanda-t-elle dès qu'ils furent seuls.

— Ça va, répondit Matthew.

— Je vous ai apporté ceci, dit-elle en lui montrant un bouquet de roses dans un vase. Où voulez-vous que je les mette ?

Matthew souleva lentement son bras droit pour lui désigner le rebord de la fenêtre où se trouvaient déjà d'autres vases. L'infirmière avait réglé son sommier en position assise. Une seringue à perfusion était plantée dans la veine de son bras et un tube, fixé à sa narine, lui fournissait un supplément d'oxygène. Il semblait fatigué, mais lucide. Tracy approcha une chaise de son lit.

— Vous n'avez plus de raison de vous inquiéter. Je n'ai pas l'intention de parler à quiconque de cette histoire de photo truquée. Vous ne pouvez pas savoir à quel point j'en suis soulagée, Mr. Reynolds. Vous ne pouvez pas savoir à quel point je vous admire.

Leurs regards se croisèrent et Reynolds hocha imperceptiblement la tête en signe de remerciement. Tracy était encore bouleversée à la pensée qu'elle avait été si près de détruire cet homme pour lequel elle éprouvait un si profond respect.

— Pourquoi ? parvint à articuler Matthew.

— Parce que je sais que Mrs. Griffen n'a pas tué son mari.

— Qui, alors ? demanda péniblement Matthew. (Sa voix était rauque.)

— Reposez-vous. Je vais tout vous expliquer.

Tracy fit un résumé de son enquête et lui dit comment, en cherchant un point commun entre les affaires dont la liste figurait sur le bloc-notes de Laura, elle avait découvert que l'un des juges de la Cour Suprême travaillait pour Raoul Otero.

— Mais je ne comprenais toujours pas comment Laura avait découvert ces faits. Les quatre affaires ont été jugées sur une période de plusieurs années, à des moments où, sauf pour la plus récente, elle ne travaillait pas encore à la cour, et je ne m'expliquais pas ce qui avait attiré son attention. Plus j'y réfléchissais, plus j'étais certaine que la réponse à cette question se trouvait dans les minutes des procès, mais j'avais beau les relire, je n'y trouvais rien.

« Après l'arrestation de Charlie Deems pour le meurtre des Hollins, les policiers avaient fouillé son appartement. Aux pages 1289 et 1290 des minutes, un inspecteur explique la signification de différents messages relevés sur le répondeur téléphonique de Deems. L'un de ces messages est d'un certain Arthur Knowland. Knowland avait, disait-il, besoin de chemises, et demandait à Deems de le rappeler le plus vite possible. L'inspecteur Simon, dans son témoignage, explique que les gens qui vendent ou achètent de la drogue appellent rarement les produits par leurs noms. Ils préfèrent parler de chemises ou de pneus. Arthur Knowland appelait donc Charlie Deems pour lui acheter de la cocaïne.

« Vous vous rappelez que vous m'avez envoyé au Motel Overlook, avec Barry, pour essayer de découvrir l'identité de la femme que le juge Griffen y retrouvait ?

Reynolds hocha la tête.

— Eh bien, à cette occasion, j'ai relevé sur le registre du motel les noms de tous les clients présents le jour où Mrs. Griffen y était venue, après un coup de fil anonyme, pour essayer de surprendre son mari. Le juge Griffen ne s'était pas inscrit sous son vrai nom. Un certain Arthur Knowland se trouvait à l'Overlook le jour où le juge Griffen y avait un rendez-vous galant avec Mary Kelly.

Reynolds ouvrit de grands yeux, saisissant tout de suite la portée de cette information.

— Les investigations menées par Neil Christenson nous ont appris que le juge retrouvait également Laura Rizzatti à l'Overlook. À la manière dont elle me parlait de lui, je sais qu'elle était amoureuse de Robert Griffen. C'est, je pense, après avoir appris qu'il avait une autre maîtresse qu'elle s'est décidée à donner ce coup de téléphone anonyme à Mrs. Griffen. Elle était sans doute malade de jalousie, et furieuse contre lui, mais elle l'aimait toujours.

« Laura est tombée sur le nom d'Arthur Knowland dans les minutes, et elle s'est rappelée que le juge avait utilisé ce nom pour s'inscrire sur le registre de l'Overlook. Quand elle a découvert qu'il achetait de la drogue à Deems, elle a eu tout de suite des soupçons quant aux raisons qui l'avaient amené à voter l'annulation du jugement condamnant ce même Deems. Et c'est alors, sans doute, qu'elle s'est mise à chercher dans les minutes pour savoir s'il n'y avait pas eu, depuis l'arrivée du juge Griffen à la Cour Suprême, d'autres décisions suspectes. Elle a trouvé ce qu'elle cherchait, et elle a compris que Griffen était acheté.

« Griffen avait de gros besoins d'argent. Il prenait de la cocaïne, et nous savons aussi qu'il vivait au-dessus de ses moyens. Je ne pense pas qu'il ait pu résister à une tentative de corruption de la part d'Otero, connaissant les sommes que ce dernier était capable d'offrir. Et qui sait, Otero avait peut-être la preuve que Griffen se droguait, et peut-être le faisait-il chanter ?

— Mon Dieu, dit Reynolds.

Il avait la gorge nouée et la voix blanche. Tracy prit la bouteille d'eau placée sur sa table de chevet et lui en versa un gobelet qu'elle l'aida à boire. Puis elle arrangea ses oreillers.

— Laura m'a appelée, le soir de son assassinat, et a laissé un message sur mon répondeur. Elle y disait qu'elle avait des ennuis et réclamait mon aide. Pendant qu'elle parlait, quelqu'un a sonné à sa porte. C'était certainement le juge Griffen. Laura, je pense, était assez amoureuse de lui pour se persuader elle-même qu'elle avait eu tort de le soupçonner, et lui dire tout ce qu'elle avait découvert. C'est ce qu'elle a fait, et il l'a tuée.

Reynolds semblait abasourdi. Il ferma les yeux et resta un moment sans bouger ni parler. Puis il dit, avec effort :

— Qui a tué Griffen ?

— Charlie Deems. Souvenez-vous de l'agression à la maison, au bord de l'océan. Abbie a tout de suite pensé à Deems. Je ne fais que supposer, bien sûr, mais je crois qu'elle ne s'est pas trompée, et que Deems lui avait été envoyé par le juge Griffen, lequel avait payé pour ce contrat les cent mille dollars que Barry a découvert sur un compte ouvert au nom de Deems à la Washington Mutual. En cas de succès, le juge faisait une bonne affaire puisque, n'étant pas encore divorcé, il héritait de la fortune de Mrs. Griffen. Deems ayant échoué, le juge lui a sans doute réclamé son argent. Il a peut-être commis l'erreur de le menacer.

« Deems était fou. Et il était aussi très intelligent. Il n'y avait qu'un esprit malade pour imaginer un tel plan : tuer le juge et s'arranger pour qu'on accuse du meurtre la femme qui l'avait fait condamner à mort.

— Je crois que vous avez raison. Il faut en parler à Jack Stamm.

— C'est ce que je vais faire. Mais je voulais d'abord votre accord. C'est toujours vous le patron.

Matthew s'efforça de sourire. Puis il se mit à tousser. Tracy l'aida à boire quelques gorgées d'eau.

— Et maintenant, je vous laisse, dit-elle. Il faut vous reposer.

Matthew battit des paupières. Il était épuisé, bourré de médicaments et luttait pour rester éveillé. Comme elle atteignait le seuil de la chambre, elle l'entendit murmurer derrière elle :

— Merci.

Barry Frame attendait Tracy à la porte de l'hôpital.

— Comment a-t-il pris la chose ?

Tracy prit la main de Barry.

— J'ai eu l'impression qu'il était vraiment soulagé.

— Le pauvre. Après ce qu'il vient de subir. Il devait se ronger à l'idée que tu allais le dénoncer. Et pour tout arranger, voilà qu'il se fait tirer dessus...

— Tu comprends bien que je n'avais pas le choix, avant de m'apercevoir qu'Abbie n'avait pas tué son mari.

Barry parut honteux.

— Je te dois des excuses. Tu avais raison depuis le début. Je...

Tracy pressa doucement sa main dans la sienne.

— Pas d'excuses, tu veux bien ? Le vrai et le faux ne sont pas toujours noir et blanc.

— Qu'aurais-tu fait, si tu avais découvert qu'Abbie était coupable ?

— Je n'en sais rien, et je suis bien contente de ne plus avoir à me poser la question.

Tracy prit son attaché-case.
— Allons trouver Jack Stamm.

2.

Abbie était assise à côté du lit de Matthew et lui tenait la main quand Jack Stamm entra dans la chambre.
— Comment va-t-il ?
— Il est hors de danger, mais il devra rester ici quelque temps. C'est une visite de politesse, que vous lui faites là ?
— Non. J'ai des nouvelles que je tenais à lui communiquer personnellement. Et je suis ravi de vous trouver ici. Cela m'évitera d'aller ensuite chez vous.
Matthew et Abbie regardaient Stamm, attendant la suite. Il sourit.
— Je viens de passer une heure avec Chuck Geddes, Tracy Cavanaugh et Barry Frame. Je rendrai demain une ordonnance de non-lieu. Il n'y a plus d'accusation.
— Geddes est d'accord ? demanda Matthew.
Le sourire de Stamm disparut.
— Il n'avait pas le choix. Non seulement son témoin principal est mort, mais il est complètement discrédité, et il ne reste plus l'ombre d'une preuve. Chuck n'a pas voulu admettre qu'Abbie était victime d'une machination, même après avoir entendu Ms. Cavanaugh. Mais j'ai toujours cru, pour ma part, à l'innocence d'Abbie et j'en suis désormais convaincu à cent pour cent. L'attorney general est d'accord. Chuck Geddes n'est plus, depuis une demi-heure, procureur délégué du comté de Multnomah. (Stamm se tourna vers Abbie.) Vous avez compris, j'espère, que je n'avais pas le choix lorsque je me suis récusé pour confier l'instruction et le soin de requérir à l'attorney general ?
— Je ne vous en ai jamais voulu, Jack.
— J'en suis ravi. Toute cette affaire a été, pour moi, très dure à vivre.
— Matthew m'a dit que vous étiez intervenu pour me permettre de quitter la prison en attendant le procès. Je ne suis pas près de l'oublier. Je ne sais pas comment j'aurais tenu le coup si j'avais dû rester enfermée là-bas.
— Vous vous en seriez sortie. Costaud comme vous l'êtes !
— Je le suis moins que je ne le pensais.

Stamm parut gêné. Son regard se perdit dans le vague. Puis il dit :

— Vous allez prendre deux semaines de congé. Et ensuite, quand vous vous serez bien reposée, je vous attends au bureau.

Ce fut au tour d'Abbie de regarder ailleurs.

— Je ne reprendrai pas mon travail, Jack.

— Écoutez, je sais ce que vous pensez. J'en ai parlé avec les uns et avec les autres. Tout le monde vous attend. Vous êtes l'une des meilleures juristes de cet État. On a besoin de vous.

— J'apprécie cela, et je tiens à tous les remercier. Ce que vous venez de dire compte beaucoup pour moi. Mais j'ai reçu une proposition qu'il m'est impossible de refuser.

Le regard de Stamm allait et venait d'Abbie à Matthew.

— Ma parole, dit-il, avec un grand sourire. J'ai l'impression qu'on ne m'a pas encore tout dit ?

— Accepterez-vous d'être notre témoin ? demanda Abbie.

— Bon Dieu, non ! Et j'aurai mon mot à dire, quand le pasteur demandera si quelqu'un voit une objection à ce mariage ! Si vous croyez, vous deux, que je vais vous laisser vous liguer contre moi sans réagir, vous vous trompez !

SEPTIÈME PARTIE

À LA NUIT TOMBÉE

CHAPITRE 29

L'averse qui frappait les vitres et les prévisions météorologiques annonçant un redoublement des pluies pendant la semaine précédant Noël n'entamaient pas la bonne humeur de Tracy. Elle fredonnait en travaillant et souriait en fredonnant, car elle avait plus d'une raison de se sentir euphorique. L'affaire Abigaïl Griffen venait d'être close par un non-lieu grâce à son travail de détective, Matthew était presque rétabli et quitterait l'hôpital dans deux jours, et avec Barry, tout allait bien et mieux que bien.

Tracy se retourna en entendant frapper à la porte de son bureau. Devant elle, sur l'écran de l'ordinateur, on pouvait lire les premières lignes d'une note préparatoire à une affaire qui devait se plaider devant la cour d'appel du Texas. Matthew lui avait demandé de l'accompagner dans ce déplacement.

— Tracy ! (Emily Webster, la secrétaire de Matthew, semblait tout excitée.) Dennis Haggard m'a appelée. On vient de prononcer le non-lieu pour Jeffrey Coulter. Mrs. Franklin a été soumise au détecteur de mensonges, et les résultats ont été négatifs sur toute la ligne.

— Formidable ! Je le dirai à Matthew cet après-midi, puisque je vais le voir à l'hôpital.

— On nous a livré les cartons d'invitation pour le mariage, dit Emily. Vous pourriez lui en apporter un.

— Bien sûr, répondit Tracy en souriant. Ça lui fera plaisir.

— Pouvez-vous lui remettre ceci, également. C'est la note d'honoraires du Pr Shirov. Je préfère que Mr. Reynolds y jette un coup d'œil avant d'établir le chèque.

Emily tendit une liasse de papiers à Tracy et sortit. Tracy mit de côté le carton d'invitation et la note d'honoraires, et reprit son travail. Un quart d'heure plus tard, elle abandonna l'ordinateur pour aller chercher un volume des annales de la Cour Suprême des États-Unis à la bibliothèque. À son retour, elle posa le volume sur la note du Pr Shirov afin d'en recopier un passage. Puis elle referma le volume, et jeta un coup d'œil machinal à la note. Le Pr Shirov y avait fait figurer le nombre d'heures consacrées à son expertise, et les dates auxquelles il avait travaillé.

Tracy fronça les sourcils. Il y avait quelque chose d'anormal sur cette note d'honoraires. Elle la relut en secouant la tête. Il s'agissait, à l'évidence, d'une erreur de frappe. Mieux valait régler cela tout de suite plutôt que d'importuner Matthew, sur son lit d'hôpital, avec ce qui n'était qu'un petit problème. Matthew, elle en était certaine, voudrait qu'on règle au plus vite ce qui était dû au Pr Shirov.

— Professeur Shirov, ici Tracy Cavanaugh, du cabinet de Matthew Reynolds. Désolée de vous déranger. J'ai votre note d'honoraires sous les yeux. Je vais l'apporter à Mr. Reynolds, que je dois voir tout à l'heure à l'hôpital.

— Comment va-t-il ?

— Il sort dans deux jours. Et il n'y aura pas de séquelles.

— À la bonne heure ! Faites-lui mes amitiés.

— Je n'y manquerai pas. À propos de cette note d'honoraires. Il y a une petite erreur sur la date. Certainement une faute de frappe. Je préférerais avoir la date exacte, afin de vous régler rapidement.

— Voilà qui est bien ! Je m'apprête justement à partir en vacances, et ce chèque sera le bienvenu.

— Nous allons faire au plus vite, dit Tracy, en riant. Avez-vous un double ?

— Une seconde. Je le cherche.

Un court moment passa, puis, à nouveau, la voix du professeur.

— Quel est le problème ?

— C'est sur le relevé de vos heures. On y lit que vous avez reçu cette commande de travail début octobre.

— Oui.

— Lorsque nous avons décidé de faire appel à vous, le procès était déjà en cours. Ce ne peut être que vers la mi-novembre.

Il y eut un moment de silence. Puis le Pr Shirov dit :

— La date est correcte. Je me souviens très bien du jour où Matthew m'a appelé à ce sujet, car j'étais chez moi.

— Pouvez-vous me préciser comment cela s'est passé, afin que je l'explique à Mr. Reynolds ?

— Oh, c'est très simple. Il m'a dit qu'il devait plaider un procès prochainement et qu'il aurait peut-être un travail urgent à me demander. Il voulait s'assurer que je serais bien à Portland à ce moment-là.

— Vous a-t-il dit de quoi il s'agissait ?

— Non, pas précisément. Mais il m'a demandé si le réacteur serait disponible.

— Merci, professeur Shirov.

— N'oubliez pas de saluer Matt de ma part.

— Comptez sur moi.

Tracy raccrocha et resta un long moment immobile devant l'écran de son ordinateur. Les lignes se brouillaient. Son cœur battait à tout rompre. Elle sortit de son bureau, entra dans celui d'Emily Webster.

— Où Mr. Reynolds range-t-il ses livres de comptes ?

— C'est moi qui les ai.

— Il faut que je sache s'il a déjà tiré un chèque au nom du Pr Shirov pour son expertise dans l'affaire Griffen.

— Je peux vérifier cela pour vous.

— Ne vous donnez pas cette peine. Je le ferai. J'ai tout mon temps.

Tracy repartit vers son bureau avec le livre de comptes et le registre bancaire. Elle les examina sur plusieurs mois sans trouver ce qu'elle y cherchait. Quand elle les rapporta à la secrétaire, celle-ci s'apprêtait à partir pour déjeuner avec la réceptionniste.

— Qui garde la boutique ? demanda Tracy.

— Maggie est malade. Pendant l'heure du déjeuner, nous basculons le standard sur le secrétariat téléphonique. Si vous restez ici, je peux leur demander de vous passer vos appels.

— Non. Ce n'est pas nécessaire.

Tracy se força à attendre cinq minutes après le départ des deux femmes. Puis elle ferma la porte d'entrée à clé et se dirigea tranquillement vers l'appartement de Matthew. Elle n'y était jamais entrée. Il y avait une petite cuisine au fond du couloir. Elle ouvrit rapidement tous les tiroirs, et n'y vit que des couverts et divers ustensiles. Puis elle alla dans la chambre de Matthew. Elle hésita un instant sur le seuil. L'idée de fouiller cette pièce lui faisait horreur. Mais elle se décida à y entrer.

Rien, dans le décor ni dans l'ameublement, ne permettait de savoir qu'on était au vingtième siècle. Le grand lit était en chêne massif orné, à la tête et au pied, de motifs floraux sculptés dans la masse. Il y avait également un haut miroir et une commode ancienne de style bateau.

Sur la commode étaient disposés plusieurs cadres contenant des photographies. Sur l'une, on voyait un homme et une femme côte à côte. L'homme était grand et taillé en athlète. Il avait un sourire engageant et des cheveux gris coupés court. La femme était grande et mince. Ils n'étaient beaux ni l'un ni l'autre, mais on lisait sur leurs traits de l'intelligence, de l'humour et de la tendresse.

Une autre photographie avait été découpée dans un journal. On y voyait le même homme descendant des marches devant un tribunal, la tête haute, les mains croisées devant lui et prises dans des menottes. Et dessous, en légende : OSCAR REYNOLDS CONDAMNÉ À MORT.

La troisième photographie était celle de Matthew Reynolds en compagnie de son père. Ils se tenaient debout devant un ruisseau, en pleine forêt. Matthew devait avoir six ou sept ans. Son père brandissait une canne à pêche et, de son autre bras, entourait les épaules du petit garçon. Matthew était rayonnant d'amour et de fierté.

Tracy sentit des larmes lui venir aux yeux. Elle prit une profonde inspiration. Son calme retrouvé, elle entreprit d'inspecter les tiroirs. Les vêtements de Matthew étaient noirs et blancs. Il n'y avait rien, dans sa garde-robe, pour le sport ou pour les loisirs.

Le bureau se trouvait en face de la chambre, de l'autre côté du couloir. Tracy jeta un coup d'œil au jeu d'échecs. Elle avait apporté à l'hôpital des cartes postales envoyées par les partenaires de Matthew.

Tracy regarda les rayonnages de la bibliothèque. On y trouvait une collection de plaidoiries célèbres, des biographies de Benjamin Cardozo, Oliver Wendell Holmes, Felix Frankfurter et autres grands juges des Cours Suprêmes, une série de répertoires de toutes les condamnations à mort prononcées par la Cour Suprême des États-Unis et des ouvrages de philosophie, de psychologie, de médecine légale, tous en rapport avec le métier de Matthew Reynolds. Tracy en feuilleta rapidement quelques-uns. Elle était ici dans le sanctuaire de Matthew, où il développait les idées qui l'aideraient à sauver des vies humaines. Et c'était là, aussi, qu'il abritait ses pensées les plus secrètes. Si elle devait trouver quelque part la vérité, c'était là.

Tracy se hâtait, car elle voulait en finir avant la fin de la pause déjeuner. Elle s'attaqua au bureau à cylindre de Matthew et, dans le tiroir du bas, trouva la grande enveloppe de papier kraft. En glissant la main à l'intérieur, elle sentit un chéquier. C'était précisément ce qu'elle cherchait et redoutait tant de trouver. Maintenant, elle avait peur de l'ouvrir.

En s'asseyant, elle fit grincer le vieux fauteuil en bois. Le compte de Matthew était crédité de 300 000 dollars après le versement des 250 000 dollars encaissés pour la défense de Joel Livingstone. Il n'en restait plus que 150 000 dans la semaine qui avait suivi le meurtre du juge Griffen.

Tracy retourna l'enveloppe d'une main tremblante pour en vider le contenu sur le sous-main. Elle se sentit prise de vertige. Elle aurait donné n'importe quoi pour ne pas voir ce qui s'étalait maintenant sous ses yeux. D'abord, les articles de journaux sur Abigaïl Griffen. Elle les écarta et vit les photographies.

— Oh, mon Dieu ! murmura-t-elle.

Il y avait des clichés d'Abbie vêtue d'un tailleur strict, en discussion animée avec un autre procureur devant un immeuble administratif. Abbie assise sur un banc dans le jardin public situé en face de la Cour Suprême, photographiée à son insu à l'aide d'un téléobjectif, la tête renversée en arrière pour offrir son visage au soleil. Abbie dans la maison où le juge Griffen avait été tué et devant la maison où on avait retrouvé les pièces à conviction provenant de la bombe. Abbie en train de jardiner, vêtue d'un jean et d'un T-shirt. Et plusieurs clichés d'Abbie à l'intérieur des deux maisons, pris de nuit et à travers une fenêtre.

Tracy vit une série de tirages en grand format, également pris au téléobjectif, montrant Abbie en costume de bain au bord de sa piscine. On la voyait d'abord sur le seuil de la maison, puis le photographe l'avait suivie jusqu'à la piscine. Sur d'autres, on la voyait dans des poses plus lascives : s'étirant comme un félin, couchée en chien de fusil comme un enfant, étendue sur le dos en plein soleil, la tête reposant sur ses avant-bras repliés. Et une dernière série comprenait uniquement des plans très rapprochés de différentes parties de son corps.

Tracy se rappela les vues de paysages sauvages qui l'avaient frappée lors de sa première visite à Matthew Reynolds. Et plus particulièrement celle qui montrait une biche et son façon dans une clairière. Elle songea, horrifiée, que Matthew avait traqué Abbie avec son appareil exactement comme il avait traqué cette biche.

Toutes les pièces du puzzle s'emboîtèrent lorsqu'elle vit les dernières séries de photographies. D'abord, celles que Matthew avait prises à la maison, au bord de l'océan. Abbie faisant le tour de la maison, son Pentax à la main, le jour de l'agression. Abbie marchant sur la plage, et d'autres clichés d'Abbie volés, de nuit, à travers la fenêtre. On la voyait nue, cherchant quelque chose dans son living-room. Puis courant, terrifiée, à travers bois.

Tracy regardait chaque image, la posait, en prenait une autre avec des gestes ralentis, en retenant sa respiration. Après les photos d'Abbie, elle en vit une représentant un homme vêtu de noir qui tournait le dos à l'appareil. Puis le même homme, pris de face. L'homme était masqué, mais il avait la corpulence de Charlie Deems.

La dernière série ne laissait plus aucun doute sur l'identité de l'agresseur. Matthew avait saisi Charlie Deems sans son masque, debout sous un réverbère à l'angle d'un parking désert, en pleine discussion avec Robert Griffen.

CHAPITRE 30

Assise près de Matthew Reynolds dans sa chambre d'hôpital, Tracy Cavanaugh eut une sorte de vision. Elle imagina la même scène se déroulant, à la nuit tombée, dans l'étroite cellule d'un pénitencier. Cette image ne devait plus jamais la quitter.

— Le plan est excellent, dit Matthew en relisant le dernier paragraphe du document établi par Tracy pour préparer le procès devant la cour d'appel du Texas.

Malgré son air fatigué et sa peau pâle semblable à un fin parchemin, Matthew rayonnait.

— Merci, répondit Tracy, très tendue.

Reynolds ne remarqua rien. Il posa le document et prit le carton d'invitation pour l'examiner une nouvelle fois.

— L'imprimeur a fait du bon travail, vous ne trouvez pas ? demanda-t-il.

Tracy resta silencieuse. Elle n'était toujours pas parvenue à lui dire pourquoi elle était là.

— Tracy ? appela Reynolds en posant le carton d'invitation.

Elle regardait par la fenêtre. La pluie ruisselait sur les vitres. Tracy frissonna.

— Vous vous rappelez ce que vous m'avez dit au sujet de votre père ? demanda Tracy. À propos de votre amour pour lui, et de sa mort, et de ce qu'elle a représenté pour le petit garçon que vous étiez alors ?

Tracy se tut un instant. Elle avait la gorge nouée.

— Que se passe-t-il ? demanda Reynolds, surpris et brusquement inquiet.

— J'ai essayé de me mettre à votre place, de comprendre ce que vous aviez ressenti, reprit Tracy. Vous saviez qu'il allait mourir et vous ne pouviez rien pour le sauver. Je crois savoir, maintenant, ce que cela a été pour vous.

Reynolds la regardait, la tête penchée de côté, mais ne disait rien.

— Il n'y a pas eu que cette photo, n'est-ce pas ? Vous avez forgé *toutes* les preuves. Vous avez fabriqué la bombe et les pièces métalliques, et vous avez attiré Abbie dans la roseraie pendant que vous alliez chez elle pour déposer les pièces et la bouteille de Clorox dans son garage. Vous avez remis cent mille dollars à Charlie Deems en échange de son témoignage contre Abbie, afin de pouvoir le démolir à l'audience.

Matthew ne la quittait pas des yeux, attentif à chaque mot.

— Que racontez-vous là ? dit-il enfin.

— Quand avez-vous pensé pour la première fois que ces plaques métalliques présentaient un intérêt pour l'accusation ? demanda Tracy, sans répondre à sa question.

— Après le témoignage de Torino. Vous le savez bien.

— Je sais surtout que vous avez appelé le Pr Shirov bien avant l'ouverture du procès pour vous assurer qu'il resterait à Portland, et que le réacteur serait disponible. Pourquoi l'auriez-vous fait, sinon parce que vous saviez déjà, un mois avant, que vous auriez besoin de son témoignage pour contrer celui de Paul Torino ?

— Si je comprends bien, vous êtes en train de me dire que j'ai tué le juge Griffen et monté une machination pour faire accuser sa femme.

— Vous m'avez parfaitement comprise.

— Auriez-vous oublié qu'Abbie et moi allons nous marier ?

— Non.

— Savez-vous que j'aime cette femme plus que ma vie ?

— Oui. Et c'est pour cela que vous avez fait cette chose monstrueuse. Par amour. Inutile de nier. Je sais tout. J'ai vu les photos.

Matthew ouvrit de grands yeux.

— Quelles photos ?

— Celles qui sont chez vous, dans votre bureau.

Matthew blêmit sous le coup de la colère et se redressa sur son fauteuil.

— Vous êtes allée chez moi ? Vous avez osé fouiller dans mes papiers ?

Tracy était dans un tel état de tension qu'elle n'éprouvait plus ni crainte ni colère, ni même de pitié.

— Était-ce pire que de se glisser dans l'obscurité, comme vous l'avez fait, au mépris de toute décence, pour satisfaire vos fantasmes ? Pire que d'épier Abbie à travers ses volets, de la violer avec votre appareil photo ?

Tracy se tut. Matthew retomba sur son siège comme s'il avait reçu une gifle.

— Pourquoi ? demanda Tracy, en retenant ses larmes. Pourquoi, Matt ?

Matthew regardait la pluie qui tombait au-dehors. Un instant, elle eut peur qu'il ne la chasse de sa chambre. Puis, d'une voix qui semblait venir de très loin, il dit :

— Elle n'aurait jamais... C'était ma seule chance. La seule. Et... Et il l'aurait tuée si je ne l'en avais pas empêché. Il n'y avait pas d'autre façon de la protéger.

Il était tassé dans son fauteuil, les yeux clos.

— Avez-vous la moindre idée de ce qu'a pu être mon enfance, l'enfance d'un gamin dont la mère s'est suicidée, avec la honte d'avoir pour père un assassin, et avec ce visage ? Je n'avais aucun ami, et l'idée qu'une femme puisse m'aimer un jour était si invraisemblable que je m'interdisais d'y penser. Je n'aurais pas supporté la souffrance qu'un tel amour m'aurait forcément apportée. Je n'avais que mon imagination pour échapper à cette solitude, et plus tard, comme unique secours, la mission que je m'étais assignée.

« Puis j'ai vu Abbie. Elle requérait contre Charlie Deems. J'étais venu assister à une audience par curiosité, car Deems avait essayé de me prendre comme avocat, et je voulais voir comment il était défendu. Elle était d'une beauté si rayonnante que j'en ai été frappé comme par la foudre. Je l'ai suivie dès ce premier jour. Je ne pouvais plus détacher mon regard de sa personne. Pendant la nuit qui a suivi, toutes mes défenses se sont effondrées et je me suis vu tel que j'étais réellement. Un homme pathétique, si effrayé par le monde qu'il se servait de la mort de son père pour excuser son refus de vivre. J'étais moins qu'un être humain. J'étais un animal enfoui dans son terrier, fuyant la lumière. Et cette lumière, c'était la vie. Et je comprenais soudain qu'une vie sans amour était une vie privée de sens.

Matthew se projetait en avant, poussé par un besoin désespéré de se faire comprendre.

— Pouvez-vous imaginer ce que c'est, que de vivre ainsi ? En sachant que vous devez être parfait dans tout ce que vous faites car sinon, un homme mourra ? Je ne dors jamais en paix. La crainte de commettre une erreur m'en empêche. Avant de connaître Abbie, je m'en sortais en me racontant des histoires. Je croyais sincèrement en ma mission. J'étais comme ces mystiques capables de marcher sur des charbons ardents parce que leur foi les rend insensibles à la douleur. Puis j'ai connu Abbie, et tout s'est passé à partir de ce moment comme si j'avais perdu ma foi pour découvrir, à la place, un grand vide.

« J'ai vu en elle mon salut. Elle mettait de la couleur dans un monde gris. Le simple fait de savoir qu'elle existait me donnait la force de vivre.

« Une semaine avant notre départ pour Atlanta, elle m'a dit qu'elle allait passer quelques jours dans sa maison près de l'océan. Après que Joel Livingstone eut accepté un arrangement à l'amiable, je suis rentré chez moi et de là je suis reparti aussitôt pour la côte. J'ai campé dans les bois, et j'ai passé deux jours avec Abbie.

Matthew rougit légèrement, détourna les yeux.

— Je sais ce que vous pensez en ce moment. Que je suis un malade, une sorte de monstre. Je suis certainement tout cela, mais c'était plus fort que moi. Je n'ai jamais pris la peine de m'interroger sur ce que je faisais. Elle était pour moi comme l'air que je respirais. Sans elle, je mourais.

« Puis Deems a tenté de tuer Abbie. Je l'ai vu s'approcher du chalet. J'étais paralysé. Il fallait que je la sauve, mais je ne savais comment faire. Quand Abbie s'est échappée et qu'elle est partie en courant, j'ai suivi.

« Mon père m'a appris, très jeune, à me déplacer sans bruit dans la forêt. J'ai attendu en faisant le guet. J'ai vu arriver Deems qui cherchait Abbie. Il était arrivé si près d'elle qu'il n'avait plus qu'à tourner la tête pour la voir. J'ai fait la seule chose qui me soit venue à l'idée. J'ai utilisé le flash de mon appareil pour détourner son attention. Il s'est lancé à ma poursuite, mais je n'ai pas eu de peine à le semer dans l'obscurité. Il a dû s'affoler, car il ne m'a pas cherché très longtemps, préférant retourner à sa voiture.

« Je ne me doutais pas, alors, que l'homme qui avait cherché à tuer Abbie était Charlie Deems, puisqu'il portait un masque. Je l'ai suivi pour tenter de découvrir son identité. Il a pris sa voiture et il a roulé jusqu'à un bar où il s'est arrêté pour téléphoner. Puis il a filé vers Portland. Là, il avait un rendez-vous sur le parking d'un motel. Le parking était désert, mais éclairé par des réverbères. J'ai pu photographier la rencontre de Charlie Deems et Robert Griffen.

— Je le sais, dit Tracy. J'ai vu la photo.

— Donc, vous avez compris, Tracy. *Griffen avait engagé Deems pour tuer Abbie.*

« Mon premier mouvement a été d'aller tout de suite à la police avec les photos. Ainsi, Deems serait arrêté et dénoncerait Griffen. Mais je n'ai pas pu m'y résoudre. Il aurait fallu expliquer ce que je faisais dans les bois, en pleine nuit, autour du chalet d'Abbie. Et les policiers n'auraient pas manqué de dire à Abbie que je... que je l'épiais. Abbie m'aurait méprisé, et je l'aurais perdue à jamais.

« C'est alors que j'en suis venu à l'idée de tuer le juge Griffen. Mais cela ne me débarrasserait pas de Deems, et je ne comprenais pas très bien ce qui le motivait. Rendait-il un service à Griffen pour de l'argent, ou était-il poussé par un désir de vengeance à l'égard d'Abbie ? Le problème m'a semblé insoluble jusqu'à...

— Jusqu'au moment où vous vous êtes dit que vous pouviez vous débarrasser de Griffen et faire de Deems votre complice.

— Exactement.

— Et vous avez compris, également, que vous pourriez être en permanence avec Abbie si vous étiez son avocat et qu'elle était en prison, ou assignée à résidence.

Reynolds hocha la tête.

— Je devenais, ainsi, son unique confident. Nous pourrions nous voir tous les jours. J'espérais que, le temps aidant, elle finirait par oublier mon physique. J'espérais aussi que, lorsque je l'aurais sauvée, elle me serait assez reconnaissante pour... m'aimer.

— Vous étiez certain qu'elle vous prendrait comme défenseur ?

— Certain, peut-être pas. Mais je me serais proposé si elle ne m'avait pas appelé.

— Et si elle avait décliné votre offre ?

Reynolds rougit.

— Impensable. Je suis le meilleur dans ma spécialité. Tout le monde le sait. Abbie, la première.

Tracy secoua la tête.

— Et si votre plan n'avait pas fonctionné et qu'Abbie ait été condamnée ?

— J'aurais tout avoué. Mais j'étais certain de pouvoir contrôler ce procès. Surtout avec Chuck Geddes comme procureur.

— Vous ne pouviez pas savoir que Geddes se porterait volontaire.

— C'était ma seule certitude, répondit Reynolds avec un imperceptible sourire. Chuck Geddes ne pouvait pas laisser passer un procès à sensation comme celui-ci, qui lui offrait, en outre, l'occasion de se venger sur moi d'un certain nombre d'humiliations. Non, de ce côté-là, tout était simple.

— D'où teniez-vous votre connaissance des engins explosifs ?

— La bombe qui a tué le juge Griffen était d'une conception très sommaire, et j'avais entendu le témoignage de Torino lors du procès Deems.

— Et les pièces à conviction, les fameux échantillons de métal expertisés par le Pr Shirov ?

— Deems m'avait demandé d'assurer sa défense après le meurtre du témoin Hollins et de sa petite fille. Avant de lui donner une réponse, j'avais étudié le dossier et les pièces à conviction. J'avais vu cette bande de métal marquée d'une encoche. Je l'ai revue, au procès, quand Paul Torino a expliqué à quoi elle servait.

« Il fallait, pour tromper les policiers, une preuve si flagrante qu'elle les dissuade de pousser plus avant leurs investigations. Je me suis donc procuré deux bandes d'acier fabriquées dans des usines différentes. Je me suis même assuré auprès des fabricants que la composition de l'acier n'était pas la même d'une bande à l'autre. Puis je les ai placées l'une contre l'autre dans deux étaux, et je les ai découpées en même temps. J'ai pris la première moitié de la première bande pour fabriquer la bombe. Je suis allé déposer l'extrémité de l'autre dans le garage d'Abbie pendant qu'elle se rendait à la roseraie du campus, où je l'avais attirée par un coup de téléphone anonyme. Je savais que la pièce métallique placée dans la bombe serait retrouvée dans les débris, et que celle que j'avais mise dans le garage apparaîtrait si clairement comme son complément que les enquêteurs ne se donneraient pas la peine de procéder à d'autres tests.

— Et si Jack Stamm n'avait pas chargé Torino de fouiller la maison et le garage ?

— Deems aurait dit aux enquêteurs qu'Abbie lui avait proposé de confectionner la bombe dans son garage. Ils l'auraient fouillé tôt ou tard.

Tracy secoua la tête. Le plan était pervers, mais elle ne pouvait s'empêcher d'admirer l'intelligence déployée par Matthew pour le concevoir et l'exécuter. Le champion d'échecs avait prévu toutes les difficultés et anticipé tous les mouvements de ses partenaires...

— Vous avez utilisé le numéro de téléphone mentionné dans le dossier du premier procès pour entrer en contact avec Deems ?

— Oui.

— Comment vous y êtes-vous pris, pour amener quelqu'un comme lui à collaborer avec la police ?

— J'ai déposé dans une consigne, à son intention, les photos de lui que j'avais prises près du chalet et lors de sa rencontre avec le juge Griffen. Je l'ai menacé de remettre ces clichés à la police et de le faire arrêter pour l'agression contre Abbie et pour le meurtre du juge.

« Pour faire bonne mesure, j'ai promis de lui verser cent mille dollars s'il acceptait de témoigner contre Abbie et de raconter l'histoire exactement telle que je l'avais préparée. Je lui ai laissé entendre que j'étais moi-même un repris de justice qu'Abbie avait fait condamner et qui cherchait à se venger. Et je n'ai pas eu trop de difficultés à le convaincre que la meilleure façon de prendre sa revanche sur Abbie n'était pas de la tuer, mais de l'envoyer attendre la mort pour un crime qu'elle n'avait pas commis.

— Est-ce vous qui avez dit à Deems de déclarer qu'Abbie lui avait montré de la dynamite dans l'abri de jardin et qu'elle lui avait proposé de s'en servir pour fabriquer la bombe ?

— Oui.

— Pourquoi avez-vous fait cela, alors qu'Abbie ne vous avait pas montré ses photos ? Nous savons qu'elle ne vous en a parlé qu'après son arrestation.

— Oui, mais je l'avais vue prendre ces photos. Je savais qu'elle avait photographié à plusieurs reprises l'arrière de la maison. Si elle n'avait pas parlé la première de cette pellicule restée dans son appareil, je me serais arrangé pour qu'elle y pense.

— Comment vous y êtes-vous pris, pour lui faire croire qu'elle vous aimait ? dit Tracy, sans intention de blesser, mais incapable de se retenir.

Reynolds réagit vivement.

— C'était ma seule chance de lui faire oublier ce visage qui est le mien. De lui faire savoir que je l'aimais. De lui donner une raison de m'aimer pour ce que je suis.

— C'était une tricherie, Matt. Vous lui avez fait subir un véritable lavage de cerveau. Vous l'avez fait assigner à résidence. Vous l'avez coupée du monde pour la mettre sous votre dépendance. Vous... l'avez dressée, comme on dresse un animal. Ce qu'elle éprouve n'est pas de l'amour. C'est quelque chose que vous avez inventé. Quelque chose d'artificiel.

— Non ! Elle m'aime ! Elle m'aime vraiment ! s'écria Matthew, retrouvant toute son énergie.

— Vous aimerait-elle encore, si elle savait ce que vous avez fait ?

Il parut accuser le coup.

— Vous ne le lui direz pas !

Tracy le regarda, stupéfaite.

— Comment, je ne le lui dirai pas ? Mais enfin, Matthew, c'est d'un meurtre qu'il s'agit ! Vous avez tué un homme. Il faudra bien que je le dise à la police. Je suis venue ici pour vous laisser une chance de le faire vous-même. Si vous avouez, Jack Stamm pourra peut-être éviter de requérir la peine capitale. Prenez un avocat qui négociera pour vous.

— Non.

— Matt. Il n'y a pas d'autre alternative.

— Si. Vous pouvez garder tout cela secret, comme vous l'avez fait pour la photo truquée. Et moi, je renoncerai à mon métier d'avocat.

Tracy se pencha en avant. Leurs visages se touchaient presque. Se pouvait-il que Reynolds ne comprenne pas la gravité de ce qu'il avait fait ?

— Est-ce que vous êtes fou ? demanda-t-elle. Croyez-vous avoir commis un délit mineur, une légère entorse à l'éthique, un petit détournement de fonds ? Vous avez commis un meurtre, Matthew ! Vous avez fait exploser une bombe pour tuer un juge de la Cour Suprême de justice !

Matthew Reynolds voulut argumenter avec Tracy, retrouver cette force de persuasion qui lui avait permis de sauver tant de vies humaines par le passé. Mais il s'arrêta, évitant son regard et comprenant soudain que le moment qu'il redoutait tant était arrivé. Il était pris dans une affaire qu'il ne pouvait gagner, et la vie qui allait basculer était sa propre vie.

— Je vous laisse deux jours pour vous constituer prisonnier, dit Tracy. Passé ce délai, c'est moi qui irai prévenir la police.

Reynolds se tourna vers elle. Il semblait désespéré.

— Je peux détruire les preuves. Dire que vous mentez. Je nierai même que nous ayons eu cette discussion. Il y a quelques jours, vous prétendiez que Deems avait tué Griffen. Aujourd'hui, vous dites que c'est moi. Ce sera votre parole contre la mienne, et c'est moi que Stamm croira.

Tracy aurait voulu s'en aller et faire ce que lui demandait

Matthew, mais ce n'était plus possible. Elle secoua tristement la tête.

— J'ai les clichés, j'ai votre chéquier et j'ai la photo truquée de l'abri de jardin. Si je les remets à Jack Stamm, il risque de penser qu'Abbie était votre complice. Si vous avouez tout, vous lui éviterez l'épreuve d'un nouveau procès.

— Griffen était un assassin, dit Matthew. (Il suppliait, maintenant.) Il a tué votre amie Laura Rizzatti, et il a payé Deems pour tuer Abbie. Comment pouvez-vous l'accepter ?

Tracy se leva et tourna les talons. Et à cet instant précis, elle se rappela la question que lui avait posée Matthew la première fois qu'ils s'étaient vus : « Dites-moi, Miss Cavanaugh, êtes-vous déjà allée à la prison de Stark, en Floride, à la nuit tombée ? »

Elle s'était vue alors, quittant une prison juste avant l'aube après la mort de son client, et cette image n'avait cessé de la hanter. Aux côtés de Matthew à Atlanta, pendant le procès d'Abbie, pendant qu'elle travaillait sur le procès qui devait avoir lieu au Texas, la peur ne l'avait pas quittée. La peur que cette image ne devienne un jour réalité si elle ne donnait pas à chaque nouvelle cause tout son temps et toute son énergie.

Des larmes silencieuses roulèrent sur les joues de Tracy au moment où elle referma la porte de la chambre d'hôpital. Elle savait maintenant ce que ces avocats, fussent-ils les plus talentueux, ressentaient à l'instant de franchir le seuil de la prison, à la nuit tombée, lorsque tout était terminé.

ÉPILOGUE

Abbie laissa sa voiture sur le parking du pénitencier d'État de l'Oregon et suivit l'allée ombragée conduisant à la porte de la prison. La rue avait un jour fait partie d'un quartier résidentiel, mais les maisons qu'on voyait de part et d'autre étaient désormais occupées par des bureaux. La prison dressait sa silhouette massive et ses épais murs d'enceinte jaunes hérissés de miradors et de barbelés au-dessus des pelouses impeccablement entretenues.

Après s'être présentée au guichet des visiteurs, Abbie franchit un portique électronique, descendit le long d'une rampe, passa entre deux barrières d'acier coulissantes et attendit, dans une petite pièce, que le gardien qui l'accompagnait ouvre avec ses clés l'épaisse porte métallique donnant accès au parloir.

Abbie se présenta au gardien assis sur une estrade à l'une des extrémités de la vaste salle encombrée de banquettes et de tables basses en bois fabriquées par les détenus. Le gardien appela le bloc où se trouvait Matthew pour qu'on le fasse descendre. Pendant qu'il téléphonait, Abbie regarda autour d'elle. Tout au fond de la salle, un détenu attendait, devant un distributeur automatique de boissons, que son gobelet s'emplisse de café. Les détenus étaient facilement reconnaissables à leurs jeans bleus et à leurs chemises de grosse toile. Ils jouaient avec leurs enfants qu'ils ne voyaient qu'une fois par mois, se penchaient vers leurs parents par-dessus les tables basses ou restaient dans les coins, serrés contre une femme ou une petite amie, s'efforçant de voler les quelques instants d'intimité qui les aideraient à supporter le vide et la dureté de leur vie de prisonniers.

— Il sera ici dans quelques minutes, annonça le garde. Vous pouvez aller dans le parloir des avocats.

Sur la gauche, à l'extérieur de la grande salle, se trouvait une zone dégagée, délimitée par deux murs percés de fenêtres. Derrière ces fenêtres se tenaient les détenus considérés comme dangereux. Leurs visiteurs, assis sur des chaises pliantes, communiquaient avec eux par des micros.

On avait aménagé dans cette même zone deux pièces aux cloisons vitrées dans lesquelles les détenus pouvaient s'entretenir avec leur avocat. Jack Stamm avait appelé le directeur du pénitencier pour qu'il autorise Abbie à utiliser l'une de ces pièces. Elle referma la porte et s'assit en attendant Matthew. Elle redoutait cette confrontation, mais la savait nécessaire, aussi douloureuse qu'elle puisse être pour chacun d'eux.

Abbie ne reconnut pas immédiatement Matthew. La lourde nourriture des prisons lui avait fait prendre du poids. Ses traits étaient pleins, et il avait épaissi des hanches et de la taille. Abbie crut même apercevoir une brioche naissante. En le voyant pénétrer dans la pièce, elle se leva et chercha sur son visage un reflet de ses sentiments, mais Matthew ne laissait rien paraître de ce qu'il ressentait. Comme il hésitait sur le seuil, elle craignit un instant qu'il ne se ravise et fasse demi-tour. Mais déjà, il lui tendait la main. Elle la prit dans les siennes et la retint quelques secondes. Puis ils s'assirent.

— Merci d'être venue, dit Matthew. En dehors de Tracy et de Barry, je n'ai pas eu beaucoup de visites.

— Comment ça se passe ? demanda Abbie, n'osant pas aborder tout de suite la véritable raison de sa visite.

Matthew sourit.

— Plutôt bien, à vrai dire. Mes compétences sont très appréciées, ici. J'avais surtout peur de subir des brutalités en arrivant à la prison, mais je suis sous la protection des détenus. Il semble que j'aie pas mal d'amis dans cette enceinte. Des gens que j'ai aidés. Et ils sont encore plus nombreux à réclamer mon assistance.

Abbie se mit à rire.

— Mettre en prison un avocat aussi dévoué que toi à sa cause, c'est lâcher un gamin dans une confiserie !

Ils se regardèrent en souriant. Puis Abbie reprit son sérieux.

— Je suppose que tu sais pourquoi je ne suis pas venue plus tôt ? demanda-t-elle.

— Tracy m'a rapporté ce que tu lui avais dit.

— Je t'ai haï, Matt. À cause de ces photos. Quand j'ai appris ça... et que tu m'épiais... j'ai eu du mal à encaisser le choc.

Matthew baissait les yeux.

— Je voudrais ne jamais avoir pris ces photos, mais c'était plus fort que moi. J'étais fou de toi, et je n'avais aucun moyen de te le dire. Tu étais pour moi quelqu'un d'inaccessible. Je n'imaginais pas qu'une femme comme toi puisse jamais m'accorder un regard, et moins encore m'aimer. Ce qui m'étonne, c'est que tu aies cessé de me haïr.

— Tracy m'a raconté ce que tu as fait la nuit où Deems m'a poursuivie dans le bois, et elle m'a dit aussi que tu avais tué Robert pour me sauver la vie. Elle m'a expliqué pourquoi tu m'avais fait accuser du meurtre de Robert. Elle aurait voulu que j'aille trouver le juge lors de ton procès, mais je n'ai pas pu. Il m'a fallu un certain temps pour comprendre. Pour accepter l'idée que tu avais agi dans le seul but de te faire aimer de moi.

Matthew se penchait en avant, attentif à chaque mot.

— Jack t'a permis de plaider coupable d'homicide sans préméditation en raison de tout ce qu'on avait découvert à propos de Robert et, surtout, parce que tu l'avais tué pour me protéger. Tu peux être libéré sur parole à tout moment, puisque la condamnation pour homicide sans préméditation ne comporte pas de peine minimale. J'ai écrit à la commission. Je veux être présente pour plaider en ta faveur lorsqu'elle se réunira pour statuer sur ton cas. Je sais que tu n'as jamais eu l'intention de me faire du mal, et je voulais que tu saches que je te pardonne.

Matthew se rejeta en arrière comme s'il avait reçu un coup en pleine poitrine.

— Merci, parvint-il à articuler.

— Ça va ? demanda Abbie.

— Oh, oui !

Abbie vit s'approcher le garde qui annonçait la fin des visites. Elle était intentionnellement arrivée tard pour rester le moins longtemps possible au cas où les choses se passeraient mal. Elle se leva.

Matthew prit une profonde inspiration. Il faisait un effort visible pour cacher son émotion.

— Tu reviendras me voir ? demanda-t-il.

— Je ne crois pas.

— Je comprends. Que vas-tu faire, maintenant ?

— Je ne le sais pas encore très bien. J'ai quitté le bureau du district attorney. Je crois que je vais voyager pendant quelque temps. J'ai besoin de mettre un peu de distance entre moi et ce qui s'est passé.

Un gardien vint frapper à la porte.

— Il est temps de m'en aller. Je ne te souhaite pas bonne chance car je ne pense pas que tu en aies besoin. Je sais que tu t'en sortiras.

— Je t'aimerai toujours, Abbie. Tout ce que j'ai fait, je l'ai fait pour toi.

Abbie lui toucha légèrement l'épaule.

— Je le sais, Matthew.

Elle lui jeta un dernier regard, ouvrit la porte et rejoignit le groupe des visiteurs qui s'en allaient. Matthew savait qu'il ne cesserait jamais de l'aimer et qu'il l'avait définitivement perdue. Il comprenait qu'elle ne pouvait plus l'aimer. Et pourtant, il n'était pas triste. Il avait sauvé la vie d'Abbie, et cela seul justifiait, à ses yeux, tout ce qu'il lui faudrait encore endurer. Et même si cet amour n'avait vécu que très peu de temps, elle l'avait aimé elle aussi, et c'était plus qu'il n'aurait jamais osé espérer.

Et désormais, il se savait pardonné.

Remerciements

De nombreuses personnes m'ont aidé dans mes recherches pour *Les heures noires*. Je dois de chaleureux remerciements à Tony Ferreira, Earl Levin, au Dr. Michael Kay, à Michael Romanos et au Dr. William Brady, qui m'ont fait profiter de leurs connaissances techniques, ainsi qu'au juge Paul DeMuniz, qui m'a parlé de l'affaire Beach/Norblad ; à mon excellent ami le président de tribunal Edwin Peterson, et à son clerc Steven Briggs, qui m'a servi de guide à travers les bâtiments de la Cour Suprême de l'Oregon ; ainsi qu'aux autres juges qui m'ont permis de circuler librement dans les locaux de la Cour et dans leurs propres bureaux. Je tiens à prévenir le lecteur que *tous* les juges dont j'ai dressé les portraits au fil de ce récit sont des personnages de pure fiction. Les vrais juges, eux, sont bien trop dévoués à leur tâche pour consacrer du temps au meurtre, aux intrigues et aux aventures amoureuses.

Les remarques et commentaires de Susan Svetkey, Vince Kohler, Larry Matasar, Ben Merrill, Jerry, Joseph, Eleonore et Doreen Margolin et ceux de Norman Stamm, qui ont tous eu la gentillesse de lire les premières versions de *Les heures noires* m'ont été éminemment utiles, tout comme l'affection et le soutien que m'ont prodigués sans réserve les trois personnes qui comptent le plus pour moi : Doreen, Daniel et Amy.

Je ne remercierai jamais assez mon agent, Jean Naggar, et tous les collaborateurs de son agence. Ce sont tous de formidables professionnels et, de surcroît, des gens adorables. Je dois également beaucoup à David Gernert, mon infatigable éditeur, car ses suggestions m'ont permis d'améliorer considérablement mon texte et parce qu'il a su, en me poussant avec acharnement à écrire et réécrire, me prouver qu'on pouvait toujours faire mieux. Merci, également, à Elisa Petrini, ma directrice de collection chez Bantam, ainsi qu'à Doubleday et Bantam pour le soutien sans faille qu'ils m'ont apporté.

Enfin, en mon nom et au nom des clients que j'ai défendus

dans des procès où ils risquaient la peine de mort, je veux remercier Millard Farmer pour avoir, en 1984, prononcé devant l'Oregon Criminal Defense Lawyer's Association (Association des avocats d'assises de l'Oregon) l'extraordinaire discours sur lequel je me suis fondé pour écrire une partie des dialogues du sixième chapitre. Le discours de M. Farmer m'a, à la fois, rassuré et inspiré. Je n'oublierai jamais les mots qu'il a prononcés ce jour-là et c'est à lui, pour une part, que mes clients doivent la vie.

Pour des moments de lecture intenses, retrouvez les plus grands noms du suspense en POCKET THRILLERS :

David BALDACCI

- *Une femme sous influence,* nº 10596 (mai 99)

Iain BANKS

Dans les années 80 en Ecosse, une série de meurtres particulièrement odieux met la police et la presse sur les dents. Nommé en 1993 parmi les meilleurs jeunes écrivains en Grande-Bretagne, Iain Banks nous livre ici un thriller exceptionnel dans la veine de Thomas Harris.

- *Un homme de glace,* nº 10477

Thierry BATAILLE/Jean Bruno

Après avoir collaboré à divers journaux puis à l'écriture de scénarios, Thierry Bataille a écrit une vingtaine de romans policiers. Jean Bruno, de son côté, a fait la majeure partie de sa carrière dans la bande dessinée.
L'empreinte du serpent retrace le destin fulgurant de Lai Khao, Cambodgienne, dans le quartier chinois de Paris.

- *L'empreinte du serpent,* nº 4273

Simon BECKETT

Avant de se consacrer à l'écriture et de devenir un des grands noms du thriller psychologique avec ce premier roman, Simon Beckett, Anglais né à Sheffield, a été professeur et musicien de rock.

- *Le rêve de l'antiquaire,* nº 10115

Rosellen BROWN

Américaine, spécialiste du « thriller familial », Rosellen Brown a déjà publié cinq livres dont plusieurs ont fait l'objet de film. *Les quatre vérités* décortiquent le drame d'une famille éclatée par l'accusation de meurtre qui pèse sur un de ses jeunes membres.

- *Les quatre vérités,* nº 3238

Anthony BRUNO

Un thriller au sujet pour le moins original, puisque les meurtres se rapportent aux sept péchés capitaux. Reste à trouver le mobile...

- *Seven,* n° 4475

Tom CLANCY/Steve PIECZNIK

Un duo efficace : Tom Clancy est un spécialiste des dossiers militaires, politiques et technologiques et Steve Piecznik, médecin psychiatre, a été sous-secrétaire d'Etat aux Affaires étrangères et l'un des négociateurs américains lors des affaires de prises d'otages. Thrillers technologiques, captivants et très rythmés, les 4 titres de la série *Op-Center* peuvent être lus indépendamment les uns des autres.

- *Op-center 1,* n° 10262
- *Op-center 2 — Image virtuelle,* n° 10309
- *Op-center 3 — Jeux de pouvoir,* n° 10310 (mai 99)
- *Op-center 4 — Actes de guerre,* n° 10311 (novembre 99)

Larry COLLINS

Bien connu par ses livres en duo avec Dominique Lapierre, Larry Collins écrit, seul, des thrillers politiques au rythme rapide et fort bien documentés.

- *Les aigles noirs,* n° 4234
- *Dédale,* n° 10133

Robin COOK

Spécialiste du thriller médical, Robin Cook doit ses connaissances scientifiques à son expérience de chirurgien.

- *Mutation, n° 3427*

Michael CRICHTON

Mondialement connu pour les films tirés de ses livres — *Harcèlement, Jurassic Park,* entre autres — Michael Crichton, par sa formation de médecin, domine incontestablement le thriller scientifique.

- *Congo,* nº 4429
- *Extrême urgence,* nº 4253
- *Harcèlement,* nº 10046
- *L'homme terminal,* nº 3639
- *Jurassic Park,* nº 3275
- *Le monde perdu,* nº 10263
- *Soleil levant,* nº 4334
- *Sphère,* nº 10483
- *Turbulences,* nº 10448
- *Un train d'or pour la Crimée,* nº 4465 — INEDIT
- *La variété Andromède,* nº 4193

Martin CRUZ SMITH

Aujourd'hui mondialement connu grâce à ses best-sellers *(Parc Gorki)*, Cruz Smith a aussi un autre visage. Indien Pueblo par sa mère il sait mieux que personne parler des minorités. *L'étoile polaire* est la suite de *Parc Gorki.*

- *Parc Gorki,* nº 4237
- *L'étoile polaire,* nº 10630 (juillet 99)

Nelson DEMILLE

Auteurs de thrillers psychologiques très forts, Nelson Demille a été journaliste avant de publier ses premiers livres.

- *Le déshonneur d'Ann Campbell,* nº 4332
- *Retour de l'enfer,* nº 10003

Thomas DRESDEN

Anglais, Thomas Dresden est non seulement auteur de littérature policière, mais également d'ouvrages sur l'histoire contemporaine. *Ne te retourne pas* est un thriller politique avec en toile de fond les camps de travail soviétiques.

- *Ne te retourne pas,* nº 10384

Loup DURAND

Avant de se consacrer au journalisme, Loup Durand fit de nombreux métiers. En 1967, il publia un premier roman policier, puis sous un pseudonyme, de nombreux autres livres. Les trois titres de la collection Thrillers, bien que très différents, sont tous d'une efficacité redoutable.

- *Daddy*, n° 3144
- *Le grand silence*, n° 10013
- *Le jaguar*, n° 4541

Daniel EASTERMAN

Irlandais, Daniel Easterman est spécialiste de l'Islam iranien. Ses thrillers sont très efficaces par leur trame politique très bien documentée.

- *Le jugement final*, n° 10526
- *Le nom de la bête*, n° 4495
- *La nuit de l'apocalypse*, n° 10224
- *Le testament de Judas*, n° 4494

Penelope EVANS

Penelope Evans, Anglaise, est avocate. Dans son premier roman publié chez Pocket, *La locataire*, elle nous décrit un terrifiant voyage dans les méandres psychologiques d'un psychopathe amoureux.

- *La locataire*, n° 10122
- *Voyage au cœur des ténèbres*, n° 10513 (octobre 99)

Joy FIELDING

Avant de devenir l'une des reines du thriller psychologique, cette Canadienne d'origine était auteur de romans sentimentaux. Ce thriller est un angoissant suspense où tous les repères de la vie d'une femme s'effondrent les uns après les autres.

- *Ne pleure plus*, n° 10177

John FULLERTON

Journaliste, John Fullerton a écrit un livre extrêmement bien documenté dont l'action se déroule dans Sarajevo en guerre, dans la grande tradition de John Le Carré.

- *La cage aux singes*, n° 10113

Stephen GALLAGHER

En Angleterre, Stephen Gallagher est considéré comme l'un des meilleurs auteurs de suspense. *Mort sur catalogue* est un thriller psychologique mené de main de maître, au dénouement surprenant et fort.

- *Mort sur catalogue*, n° 10357

Sophie GALLOIS

Un thriller où se mêle au suspense une réflexion scientifique médicale et intellectuelle sur le génie créatif, sa définition, et sa fonction dans la société.

- *Genius*, n° 4498

Michael GRANT

Une forme originale pour ce thriller : le lecteur connaît l'identité du criminel grâce à la narration alternée de deux personnages, le tueur et le détective.

- *Ascenseur pour un tueur*, n° 10483

James GRIPPANDO

- *Le pardon*, n° 10489 (octobre 99)

John GRISHAM

Né en 1955 dans l'Arkansas, John Grisham est avocat, mais sa véritable vocation étant l'écriture, il n'a eu de cesse de devenir romancier. Aujourd'hui auteur de plusieurs best-sellers dans le monde, les studios d'Hollywood avancent des millions de dollars pour lui acheter les droits cinématographiques de ses ouvrages.

- *L'affaire Pélican*, n° 4335
- *Le client*, n° 10286
- *Le couloir de la mort*, n° 10087
- *La firme*, n° 2959
- *L'idéaliste*, n° 10285
- *Le maître du jeu (septembre 99)*
- *Non coupable (Le droit de tuer)*, n° 10043

Remo GUERRINI

- *Ecran noir*, n° 10458

James HALL

- *Tueurs de jungle*, n° 10374

Robert HARRIS

Journaliste politique, Robert Harris maîtrise parfaitement l'art du thriller politique historique, digne de Forsythe, Le Carré ou Cruz Smith.

- *Enigma*, n° 10199
- *Fatherland*, n° 4485

Thomas HARRIS

Auteur star chez Pocket Terreur avec *Le silence des agneaux* et *Dragon rouge*, Thomas Harris signe là un superbe thriller politique relayé par le film aux cinq oscars de Jonathan Demme.

- *Black Sunday*, n° 4457

Colin HARRISON

Corruption, ou la longue déchéance d'un jeune loup de la finance pris dans un engrenage fatal.

- *Corruption*, n° 4454

Eric HARRY

Le roman de la Troisième Guerre mondiale, un techno-thriller magnifique. Un roman apocalyptique où l'anarchie qui règne en ex-URSS réactive la menace nucléaire.

- *10 juin 99*, n° 10116

Steven HARTOV

- *La fièvre du Ramadan*, n° 4262

Carl HIAASEN

- *Pêche en eaux troubles*, n° 10496 (juin 99)

Tami HOAG

Meurtre au carnaval, n° 10389 (avril 99)

Marie-Reine de JAHAM

- *Le Libanais*, n° 3107

Iris JOHANSEN

- *Bien après minuit*, n° 10539 (septembre 99)

John KATZENBACH

- *Juste cause*, *n° 10038*

Jonathan KELLERMAN

Psychologue spécialisé dans les traumatismes de l'enfance, Jonathan Kellerman concocte des thrillers psychologiques à l'efficacité garantie.

- *Double miroir*, n° 10016
- *Le nid de l'araignée*, n° 10219
- *Terreurs nocturnes*, n° 10088
- *La valse du diable*, n° 10282

Judith KELMAN

Ancienne éducatrice spécialisée, Judith Kelman se consacre maintenant à l'écriture et sa maîtrise du thriller est tout à fait remarquable. A propos d'*Un dernier baiser*, Mary Higgins Clarks a déclaré : « Un suspense digne d'un cauchemar... »

- *Phobies*, n° 10351 (juillet 99)
- *Un dernier baiser*, n° 10463

Jerry KENNEALLY

- *Le chef d'orchestre*, n° 10510 (novembre 99)
- *Un talent mortel*, n° 10297

Laurie KING

Comparée à Ruth Rendell ou P.D. James, Laurie King sait, dans ses thrillers, réunir avec brio tous les éléments du genre : meurtres en série, suspense, soupçons.

- *Le jeu du fou, n° 10391 (octobre 99)*
- *Un talent mortel, n° 10297*

Dean KOONTZ

- *Prison de glace*, n° 4423

John LA GALITE

Par un biochimiste, un thriller scientifique captivant d'un bout à l'autre, à mi-chemin entre Michael Crichton et Robert Ludlum.

- *Mon nom est Kate Crow*, n° 10636

Dominique LAPIERRE/Larry COLLINS

- *Le cinquième cavalier*, n° 4179

William LASCHNER

Ancien procureur du ministère de la Justice américain, William Lashner, aujourd'hui avocat, a choisi le thriller juridique comme forme de roman, dans la veine de John Grisham.

- *Les prévaricateurs,* n° 10335
- *Veritas,* n° 10336 (juin 99)

John T. LESCROART

Considéré par la critique comme un maître du thriller à l'instar de Grisham, John Lescroart a publié huit romans aux États-Unis.

- *Faute de preuves,* n° 10547 (mai 99)
- *Justice sauvage,* n° 10250

Robert LUDLUM

D'abord producteur de théâtre, il est devenu le maître incontesté du thriller avec 200 millions d'exemplaires vendus à travers le monde.

- *L'agenda Icare,* n° 10451
- *La conspiration Trevayne,* n° 10373
- *Le duel des gémeaux,* n° 4218
- *L'échange Rhinemann,* n° 10452
- *L'illusion Scorpio,* n° 4217
- *Le manuscrit Chancellor,* n° 3637
- *La route d'Omaha,* n° 4232
- *Le secret Halyadon,* n° 1059 (avril 99)
- *Les veilleurs de l'Apocalypse,* n° 4219
- *La vengeance dans la peau,* n° 10484 (juillet 99)

Philip MARGOLIN

Philip M. Margolin, lui-même avocat d'assises dans l'Oregon, est un spécialiste des coulisses de la justice américaine.

- *La dernière chance,* n° 10242
- *Les heures noires,* n° 10135
- *La rose noire,* n° 10041

Marcel MONTECINO

La recherche d'un meurtrier dont les mobiles semblent uniquement raciaux. Une variation très réussie sur un tueur fou.

- *Crosskiller,* n° 10024

Susanna MOORE

Une écriture nerveuse et un thriller teinté d'érotisme mettant en scène un personnage féminin ambigu, à la fois proie et voyeuse.

- *A vif,* n° 10385

Michael PALMER

- *Mesure d'urgence,* n° 10154

James PATTERSON

Dans ces thrillers sans temps mort, menés à un rythme d'enfer, nous retrouvons le personnage d'Alex Cross, un flic noir, docteur en psychologie.

- *Et tombent les filles (Le collectionneur),* n° 10036
- *Jack et Jill,* n° 10350

Douglas PEARSON RYNE

- *Code Mercury,* n° 10349

Thomas PERRY

Un thriller original dans lequel l'écologie et le mode de vie indien sont prédominants.

- *Une fille de rêve,* n° 4499

Jessie PRICHARD HUNTER

Un thriller particulièrement efficace dans lequel une femme découvre progressivement que son mari est un serial killer.

- *L'assassin habite à la maison,* n° 4406

Enzo RUSSO

Sicilien, spécialisé dans les affaires de la mafia, Enzo Russo nous conte ici le jeu du chat et de la souris entre un homme et l'Etat, une extraordinaire descente dans les fonctionnements de la mafia et de lutte anti mafia.

- *Tous sans exception,* n° 10163

John SANDFORD

Journaliste (prix Pulitzer), John Sandford, considéré comme l'un des maîtres du thriller, a créé le personnage de Lucas Davenport à l'humour grinçant, dont on a fait connaissance dans *La proie de l'ombre.*

- *La proie de l'esprit,* n° 10660 (juin 99)
- *La proie de la nuit,* n° 10249
- *La proie de l'ombre,* n° 10110

André SOUSSAN

- *Octobre II,* n° 3907

Harry STEIN

- *Victoire in extremis,* n° 10316

Alain THIERRY

- *L'étrange destin du docteur Tillac,* n° 4496

Eric VAN LUSTBADER

- *Le Ninja,* n° 4394

Michael WEAVER

Digne successeur de Stephen King et Thomas Harris, Michael Weaver est très vite entré dans la catégorie best-seller aux États-Unis grâce à son premier roman, *Obsession mortelle.*

- *Obsession mortelle,* n° 4353
- *La part du mensonge,* n° 10048

Tom WILLOCKS

Psychiatre à Londres, Tom Willocks nous décrit, dans ce livre d'une rare violence, le monde clos et infernal d'un pénitencier.

- *L'odeur de la haine,* n° 10090

IMPRIMERIE BUSSIÈRE À SAINT-AMAND (II-1999).
DÉPÔT LÉGAL : MARS 1999. N° 445.